피오르의 유령

ÉG MAN ÐIG
(English title: I remember you)
by Yrsa Sigurðardóttir

피오르의 유령

이르사 시귀르다르도티르 장편소설 | 김진아 옮김

Ég man þig

문학동네

일러두기

1. 번역 대본으로는 독일어판 *Geisterfjord*(Yrsa Sigurðardóttir, übersetzt von Tina Flecken, Fischer Taschenbuch Verlag, 2011)를 사용했다.
2. 본문 중 고딕체는 원서에서 이탤릭으로 표시된 부분이다.

나의 멋진 시부모님 아우스룬 올라프스도티르와 소르하들뤼르 욘손에게
이 책을 바칩니다.

등장인물

헤스테이리

카트린 레이캬비크 출신의 젊은 교사

가르다르 카트린의 남편

리프 카트린과 가르다르의 친구

이사피외르뒤르

프레이르 정신과의사, 실종된 벤니의 아버지

사라 벤니의 어머니, 프레이르의 전처

다그니 이사피외르뒤르 경찰서 강력반 형사

베이가르 다그니의 동료

우르술라 프레이르의 환자

그 외 여러 명……

1장

보트는 밀려오는 파도 위에서 불규칙한 리듬으로 흔들렸다. 강한 물살이 선체를 거칠게 옆으로 밀어낼 때마다 뱃머리가 천천히 오르내렸다. 선장은 가느다란 쇠말뚝에 낡은 밧줄을 걸어 고정시키려고 안간힘을 썼으나 낡은 선착장은 그를 피하며 약을 올리는 것만 같았다. 그는 참을성 있게 같은 동작을 반복했지만 밧줄이 어렵사리 제자리에 미끄러져들어가기 직전 보트는 다시 물살에 휩쓸렸다. 마치 바다가 심술을 부리며 누가 더 센지 보여주려는 듯했다. 파도가 이 놀이에 싫증났는지 아니면 선장의 끈기가 보상을 받았는지, 드디어 보트를 대는 데 성공했다. 그는 무표정한 얼굴로 승객 세 사람을 돌아보았다. “자, 내리쇼. 발 밑 조심하고. 저건 내가 뭍에 내려주기는 할 텐데 집까지는 못 들어다 드립니다.” 그는 상자며 봉지 따위에 든 승객들의 짐을 턱짓으로 가리켰다. 그리고 눈살을 찌푸리며 수면을 살폈다. “서둘러 돌아가야겠어요. 짐은 내가 가고 나서 천천히 옮겨도 되잖아요. 어딘가에 손수레가 있을 겁니다.”

"네, 문제없습니다." 가르다르는 대답만 그렇게 했지 뚱한 얼굴로 서서 짐을 내릴 생각을 하지 않았다. 그는 다른 다리로 무게중심을 옮기며 코로 길게 숨을 내쉬었다. 그리고 백사장 너머 집 몇 채를 바라보았다. 집들 뒤로 멀리 지붕 몇 개가 창백한 겨울 햇살에 반짝 빛났다. 아직 이른 오후인데 해가 뉘엿뉘엿 지고 있었다. 곧 칠흑 같은 어둠이 찾아올 것이다. "진짜 시골이네요." 가르다르가 짐짓 쾌활하게 말했다.

"그래요, 뭐 다른 걸 기대했습니까? 전에 와본 적 있는 줄 알았는데. 마음이 바뀌었다면 그대로 타고 돌아가도 됩니다. 물론 돈은 안 받을게요."

가르다르는 고개를 저었다. 그리고 애써 카트린의 시선을 외면했다. 카트린은 고개를 끄덕이거나 뭔가 다른 방법으로 돌아가고 싶다는 뜻을 밝히려 했지만 허사였다. 그녀는 처음부터 이 계획이 마음에 들지 않았다. 하지만 가르다르가 하도 들떠서 일을 추진하는 바람에 제대로 반대의견 한번 내보지 못했다. 모든 게 잘될 거라는 가르다르의 낙관론에 전염되어 결국 따라나섰지만 정작 그가 망설이는 모습을 보자 억지로 부여잡고 있던 자신감이 온데간데없이 사라졌다. 그뿐 아니라 이 무모한 계획이 절대 성공할 리 없다는 확신이 들기 시작했다. 최악의 경우 같은 것은 아예 생각하고 싶지도 않았다. 그녀는 리프에게 시선을 돌렸다. 리프는 난간에 기댄 채 이사피외르뒤르 부두에서 잃어버린 균형감각을 찾으려 애쓰고 있었다. 배 안에서 내내 멀미에 시달린 그녀는 카트린의 근심 섞인 반대의견을 일축하고 결단력 있게 자기도 꼭 가야겠다고 말하던 때와는 사뭇 대조적인 모습이었다. 그건 가르다르도 마찬가지였다. 그는 해변이 가까워지자 특유의 명랑함을 잃었다. 사실 카트린의 상황도 그리 다르지 않았다. 마음 같아서는 장작더미 위에 그냥 주저앉아버리고 싶었다. 가르다르, 리프와 다른 점이라면 처음부터 이

여행에 기대가 없었다는 것 정도다. 어서 빨리 뭍에 뛰어내리고 싶어 안달난 유일한 승객은 리프의 개 퀴티였다. 사람들은 소형견이 장거리 바다여행을 견디지 못할 거라고 했지만 퀴티는 예상과 달리 항해에 뛰어난 소질을 보였다.

부서지는 파도 소리 말고는 모든 것이 고요했다. 어떻게 이런 말도 안 되는 계획이 실현될 수 있었을까? 카트린은 생각할수록 믿기지 않았다. 한겨울에 달랑 셋이서 전기도 가스도 들어오지 않고 배가 유일한 교통수단인 외딴곳으로 낡은 오두막을 고치러 온 것이다. 만일 무슨 일이 생기면 그 안에서 스스로 알아서 해결해야 했다. 셋 다 딱히 아웃도어 애호가라 할 수 없고 집수리에 일가견이 있는 것도 아니다. 배 위에 잔뜩 쌓여 있는 짐을 보니 카트린은 막막하기만 했다. 그녀는 선장의 제안을 받아들이자고 말하고 싶었지만 입술을 달싹했을 뿐 차마 말을 꺼내지 못하고 나지막하게 한숨만 내쉬었다. 이제 와서 항의해봐야 먹히지도 않을 것이고 반대의견을 꺼내기에는 너무 늦었다. 한겨울에 이런 무모한 짓을 저지르게 놔두고 따라나서기까지 하다니 자업자득이다. 사실 반대하고 계획을 백지화할 방법은 얼마든지 있었다. 예를 들어 오두막에 투자한 지분을 빼겠다고 할 수도 있었고 배가 정기적으로 다니는 내년 여름까지 기다리자고 설득할 수도 있었다. 카트린은 갑자기 불어온 싸늘한 바람에 파카를 더 단단히 여몄다. 모든 게 정말이지 말도 안 되는 상황이었다.

그러나 이 무모한 계획의 책임 소재를 따지자면 카트린의 무기력증보다는 에이나르의 열광이 먼저일 것이다. 얼마 전 저세상으로 간 에이나르는 가르다르의 둘도 없는 친구이자 리프의 남편이다. 이제는 그들 곁에 없는 사람에게 화를 낼 수도 없는 노릇이지만 카트린이 생각하기에 이 사태의 가장 큰 책임은 역시 에이나르에게 있었다. 에이나르는 이 년 전 여름 호르든스트란디르로 여행을 다녀와 그 오두막이 있는 헤스테이리에 대해 이야기해주었다. 아름답고 평화로우며 트레킹코스는 엄청난 비경으로 끝없이 이어진다고 세상 끝 외딴 마을에 대해 열을 내어 떠들어댔다. 가르다르가 그 이야기에 솔깃했던 건 자연을 사랑하는 마음에서라기보다는 헤스테이리에서 숙소를 구하지 못했다는 에이나르의 말 때문이었다. 그는 근처에 있는 집을 사서 게스트하우스로 개조하자는 의견을 내놓았다. 아니, 먼저 제안한 사람은 에이나르였는지도 모르겠다. 어쨌든 누군가의 입에서 나온 그 아이디어는 무모한 계획으로 돌변했고 걷잡을 수 없이 커졌다. 당시 팔 개월째 무직상태였던 가르다르는 뭔가 생산적인 일을 할 수 있겠다는 기대감에 잔뜩 부풀었다. 거기다 에이나르가 노동력과 자금을 투자하고 무조건 함께하겠다고 설치자 제대로 바람이 들어버렸다. 언제나 말만은 시원시원하게 잘하는 리프도 정말 좋은 생각이라며 두 사람을 부추겼다. 카트린은 리프의 참견이 마음에 들지 않았고 남편을 멀리 떠나보내려는 게 그녀의 의도가 아닐까 의심하지 않을 수 없었다. 당시 리프와 에이나르의 관계는 상당히 좋지 않았고, 오두막을 고치려면 에이나르는 멀리 떨어진 곳에서 한참 지내야 할 것이었다. 그러나 막상 에이나르가 죽자 리프는 깊이를 알 수 없는 슬픔에 빠졌다. 카트린은 그러면 안 된다는 걸 알면서도 에이나르가 오두막을 사기 전에 죽었더라면 좋았을 거라는 생각을 떨치지 못했다. 그렇다고 현실이 바뀌지는 않았다. 사놓은 집은 어떻게든 처분해야 했다. 달라진 것이라고는 일을 벌이고 싶어 안달난 남자가 이제 둘이 아니라 하나라는 것뿐이었다. 리프는 남편이 생전에 세운 뜻을 잇겠다며 그를 대신해 함께하겠다고 나섰다. 물론 남편의 죽음을 극복하기 위한 애도의 일환이었다. 만약 리프가 마음을 바꿨다면 오두막은 다른 사람에게 다시 팔렸을 것이다. 그리고 그들은 지금쯤 칠흑 같은 헤스테이리의 어둠 속이 아니라 밤에도 완전히 어두워지지 않는, 안전한 도시의 품에서 텔레비전을 보고 있으리라.

에이나르의 죽음과 함께 계획도 묻혀버린 게 아니라는 사실이 분명해지자 가르다르와 리프는 주말에 시간을 내어 서피오르에 다녀왔다. 이사피외르뒤르에서 보트를 타고 헤스테이리로 건너가 집을 보고 온 것이다. 집 상태가 생각보다 좋지 않았지만 그들의 불타는 의지는 꺾일 줄 몰랐다. 그들은 집을 구석구석 찍은 사진을 한 가방 들고 돌아왔다. 가르다르는 여름 시즌이 되기 전에 무슨 일을 해야 하는지 바로 계획을 짜기 시작했다. 사진으로 봐서는 손만 대도 쓰러질 것 같은데 가르다르는 전문성을 요하는 일은 이미 전 주인이 모두 해놓았다며 안심시키려 했고, 리프는 아직도 감격이 가시지 않은 듯 헤스테이리에서 보고 온 아름다운 자연경관을 예찬했다. 가르다르는 엄청난 예산을 세우기 시작했다. 엑셀 문서를 열 때마다 숙박료가 올라갔고, 좁아터진 삼층짜리 건물에 들어설 침대 수는 늘어만 갔다. 카트린은 얼마나 대단한 집인지 궁금했다. 과연 가르다르의 계획대로 그 많은 손님을 들일 수 있을지 눈으로 직접 확인하고 싶었다.

그녀는 자리에서 일어나 집이 있는 쪽을 향해 발돋움했지만 아무것도 보이지 않았다. 가르다르가 찍어온 사진에서는 마을 외곽에 약간 위로 솟아 있어서 잘 보였다. 혹시 가르다르와 리프가 다녀간 후 폭삭 무너져버린 것은 아닐까? 답사 온 지 벌써 두 달이나 지났고 그동안 여러 차례 악천후가 지나가지 않았는가? 혹시 모르니 보트가 떠나기 전에 확인해봐야 한다는 생각이 들었다. 그때 선장이 도통 내릴 기미가 보이지 않는 손님들 때문에 초조해진 듯 입을 열었다. "그래도 날씨가 이만하면 운이 좋은 겁니다." 그는 그렇게 말하고 하늘을 올려다보았다. "일기예보에서도 좋을 거라고 하긴 했는데, 여기 날씨는 변덕이 심해요.

만약의 경우에 대비해야 합니다."

"준비는 철저하게 했습니다. 이 짐 좀 보세요." 가르다르가 미소를 띤 채 특유의 자신 있는 목소리로 말했다. "우리가 걱정해야 할 건 근육통밖에 없어요."

"뭐, 그렇다면 다행이고요." 더 자세한 말은 하지 않고 선장은 상자 하나를 들어 선착장에 올려놓았다. "휴대전화는 충전해왔죠? 저 언덕에 올라가면 신호가 잡힐 겁니다. 여기 아래에선 해봐야 소용없어요."

카트린과 가르다르는 선장이 가리키는 곳으로 시선을 돌렸다. 언덕이라기보다는 오히려 산에 가까운 모습이었다. 리프는 여전히 출렁이는 검은 수면만 내려다보고 있었다.

"잘 알겠습니다." 가르다르가 파카 주머니를 툭툭 치며 말했다. "하지만 되도록 휴대전화를 사용하는 일은 없어야겠죠. 일주일은 거뜬히 버틸 겁니다. 그다음엔 아까 말한 대로 여기 와서 기다리고 있으면 선장님이 데리러 오시는 거 아닙니까, 그렇죠?"

"하지만 날씨가 나쁘면 배를 띄울 수가 없어요. 그럴 경우에는 날이 개자마자 바로 올 거고요. 그때는 선착장에 나오지 말고 해변에서 기다리면 됩니다. 여기서는 추위와 바람을 못 견뎌요." 선장은 몸을 돌려 피오르 쪽을 살폈다. "일기예보는 나쁘지 않았지만 일주일 사이에 날씨가 어떻게 변할지 모릅니다. 파도가 높지 않아도 보트가 코르크마개처럼 흔들릴 때가 있어요. 바람 불고 날씨 안 좋으면 배 못 띕니다."

"날씨가 얼마나 안 좋아야 배가 못 뜨는 거죠?" 카트린은 점점 초조해졌다. 왜 선장은 이제야 이런 얘기를 하는 걸까? 미리 말했으면 더 큰 배를 빌릴 수도 있었을 텐데. 그러나 그 순간 큰 배를 빌리려면 돈이 훨씬 더 들었을 거라는 데 생각이 미쳤다.

"파도에 흰색 거품이 일면 못 떠요." 선장이 피오르 쪽을 건너다보며 고개를 끄덕였다. "지금은 괜찮아요. 여기서 더 희어지면 배가 못 다녀요." 그러고는 다시 승객들 쪽을 돌아보았다. "난 이만 가봐야 해서." 선장은 짐이 쌓인 곳으로 가서 맨 위에 있던 방한매트를 가르다르에게 건넸다. 곧 그들은 줄을 지어 상자, 페인트통, 장작, 연장, 깨지지 않는 물건들을 쑤셔넣은 검은 비닐봉지들을 배 밖으로 나르기 시작했다. 카트린은 물건들이 막힘없이 부려지도록 선착장에서 정리하는 역할을 맡았고, 리프는 빠졌다. 제 몸 하나 돌보는 것만으로도 충분했다. 리프는 비척비척 모래사장으로 걸어가 드러누워버렸다. 주인을 따라 배에서 내린 개는 땅을 밟아 기쁜 듯 모래밭을 뛰어다닐 뿐 몸이 불편한 주인은 거들떠보지도 않았다. 카트린이 속도를 못 따라가서 허덕거리면 가끔 남자들 중 한 명이 선착장으로 올라와 정리하는 것을 도왔다. 어느덧 짐이 모두 옮겨졌다. 그들이 가져온 물건들은 나란히 도열한 채로 갓 도착한 방문자들을 맞았다. 선장은 다른 다리로 무게중심을 옮기며 두 사람을 쳐다보았다. 어서 떠나고 싶어하는 선장과 달리 둘은 그가 조금이라도 오래 같이 있어주기를 바랐다. 옆에 있는 것만으로도 든든했다. 도시에서 편하게만 살아온 자신들과 달리 거친 자연과 싸우며 살았을 그는 어떤 난관에 부닥쳐도 헤쳐나갈 방법을 알 것 같았다. 카트린과 가르다르는 선장에게 함께 있어달라고 부탁할까 하는 생각으로 눈짓을 주고받았지만 결국 아무도 말을 꺼내지 못했다. 대신 선장이 입을 열었다.

"자, 이제 내리면 되겠습니다. 일을 시작해야죠." 선장의 말에 가르다르는 힘없이 웃었다. 그리고 선착장으로 올라와 카트린과 함께 선장이 있는 보트 쪽을 빤히 쳐다보았다. 선장은 불안한 표정으로 그들의 시선을 피했다.

"다 잘될 겁니다. 저 친구분도 빨리 괜찮아져야 할 텐데 말입니다."

그는 고개를 길게 빼고 리프 쪽을 바라보았다. 흰색 파카가 눈에 확 들어왔다. 그 하얀 옷은 도시에서 온 세 남녀가 이 환경에 얼마나 어울리지 않는지 적나라하게 보여주는 상징이었다. "아까보다 훨씬 나아 보이네요." 선장은 용기를 북돋우려는 것 같았지만 그 의도는 완전히 빗나갔다. 카트린은 선장의 눈에 자신들이 어떻게 비칠지 상상해보았다. 레이캬비크에서 온 삼십대 초반의 교사와 회사원 커플, 둘 다 별로 튼튼해 보이지는 않는다. 게다가 함께 온 친구는 고개도 가누지 못할 정도로 허약하다. "다 잘될 겁니다." 선장의 걸걸한 목소리에는 그다지 확신이 없었다. "어서 서둘러서 짐을 안으로 옮겨요. 곧 어두워집니다."

거센 바람이 불어와 머리칼 한 줌이 카트린의 얼굴을 덮었다. 먹을 것과 집수리에 필요한 물건들에 신경쓰다보니 머리를 묶을 고무줄 하나 챙기지 못했다. 리프가 가져온 하나는 배에서 토할 때 요긴하게 쓰였다. 카트린은 머리를 뒤로 빗어 넘기려 했지만 바람에 금방 다시 헝클어졌다. 가르다르도 산발이었지만 카트린보다 훨씬 짧아서 그녀만큼 심하지는 않았다. 두 사람 모두 이번 여행을 위해 구입한 듯 보이는 새 등산화를 신었다. 방한바지와 파카도 새것처럼 보였다. 가르다르의 가족에게 받은 결혼선물이었는데 이제야 처음으로 입을 기회가 생긴 터였다. 리프의 하얀 스키점퍼는 이탈리아에 스키 타러 갈 때 입으려고 산 것이다. 어쨌든 이 상황에 어울리지 않기로 치면 목욕가운보다 나을 게 없었다. 세 사람의 하얀 피부는 그들이 아웃도어 애호가가 아니라는 것을 말해주는 증거였다. 모두 헬스장에 열심히 다니며 몸 관리를 해왔지만 이 상황에서 크게 도움이 될지 의문이었다.

"이번 주에 혹시 다른 배가 들어오나요?" 카트린이 기대감에 찬 목소리로 물었다. 여차하면 새로 들어오는 배를 타고 도로 이사피외르뒤르로 나갈 수 있다는 희망이 필요했다.

선장은 고개를 저었다. “이곳에 대해 잘 몰라요?” 배를 타고 오는 동안에는 요란한 모터소리 때문에 거의 대화를 나누지 못했다.

“네, 잘 몰라요.”

“여긴 여름에만 사람들이 와요. 겨울엔 여기 와도 할 게 없지. 연말을 보내려고 해마다 찾아오는 집이 있긴 한데, 그때 말고는 집주인들이 잠깐씩 살피러 오는 게 다예요. 겨울에는 인적이 없는 곳이라고요.” 선장은 갑자기 입을 다물더니 보트에서 보이는 집들 쪽으로 시선을 던졌다. “샀다는 게 어느 집이에요?”

“맨 끝에 있는 집입니다. 제 생각엔 목사관인 것 같아요.” 가르다르가 뿌듯함을 감추지 못하고 말했다. “지금 어두워서 안 보이는데 낮에는 눈에 잘 띕니다.”

“뭐요? 확실해요?” 선장이 놀라서 물었다. “이 마을엔 목사가 없어요. 한때 교회가 있긴 했는데 그것도 아달비크에서 사람이 와서 관리했죠. 얘기를 잘못 들은 모양이구먼.”

가르다르는 잠시 망설였다. 카트린은 차라리 이 모든 게 오해이기를, 사실은 그런 건물이 존재하지 않아서 그대로 집으로 돌아갈 수 있기를 바랐다. “아닙니다. 제가 직접 봤는걸요. 목사관이 맞아요. 문에 아주 예쁜 십자가가 새겨져 있었습니다.”

선장은 가르다르의 말을 믿지 못하는 눈치였다. “공동소유주가 누군데요?” 합법적이지 않은 경로로 집을 샀다고 의심하는 것 같아 가르다르는 이맛살을 찌푸렸다.

“그런 건 없었습니다.” 가르다르가 불퉁하게 대답했다. “그 집을 수리하다가 다 못 끝내고 죽은 사람의 유산을 처분하는 자리에서 샀죠.”

선장은 밧줄을 잡아당기며 그들이 있는 쪽으로 훌쩍 뛰어내렸다. “나랑 한번 같이 가봅시다. 여기 집들은 대부분 공동소유주단체에서 관리해요. 원래 살던 사람의 형제자매나 후손이 대부분이죠. 단독소유주가 있다는 말은 들은 적이 없어요." 그는 바지에 손을 닦았다. "잠잘 데는 있어야지. 무슨 착오가 있는 게 아니란 걸 확인해야 나도 맘 편히 가지요." 그는 선착장을 빠르게 걸었다. "여기선 보트 불빛 때문에 눈부시니까 저 위쪽 해변으로 가서 어느 집인지 한번 봅시다."

선장이 앞장섰다. 카트린과 가르다르는 키는 작지만 행동이 민첩한 선장을 쫓아가느라 걸음을 빨리해야 했다. 그러다 선장이 갑자기 멈춰서는 바람에 부딪힐 뻔했다. 녹초가 된 리프가 웅크리고 앉은 곳이었다. 아까보다는 안색이 나아 보였다.

"이제 멀미는 괜찮아진 것 같아." 리프는 창백한 얼굴로 찡그리듯 미소를 지었다. "근데 너무 추워. 언제 들어가는 거야?"

"좀 이따가." 가르다르가 평소답지 않게 짧게 잘라 말하더니 부드럽게 덧붙였다. "그동안 기운 좀 차리고 있어." 그러고는 반갑다고 꼬리를 흔들며 펄쩍펄쩍 뛰어오르는 퓌티를 밀어내버리고 바짓부리에 묻은 모래를 털었다.

선장이 가르다르를 향해 몸을 돌렸다. "어느 집입니까? 여기서 보여요?"

카트린도 남자들 옆으로 가서 섰다. 그녀도 늙은 선장만큼이나 긴장해 있었다. 가르다르가 찍어온 마을 사진이 지금도 생생하게 기억났지만 눈앞에 펼쳐진 풍경과는 잘 맞아떨어지지 않았다. 열 채 남짓 되는 집과 헛간 몇 개가 모여 있는 마을은 상상외로 넓었고 집들이 놀라울 정도로 멀리 떨어져 있었다. 이런 외딴곳에서는 무슨 일이 생길 경우 가까운 이웃이 알아차릴 수 있도록 서로서로 붙어살 줄 알았는데 그렇지도 않은 모양이었다. 하긴 그녀가 이곳에 대해 아는 게 있긴 했던가? 건물들이 언제 지어진 건지도 몰랐다. 가축을 기르거나 채소며 감자를

심을 넓은 뜰이 필요했는지도 모른다. 마을에 가게가 있는 것 같지는 않았다. 드디어 집을 발견한 가르다르가 손을 뻗어 먼 곳을 가리켰다. "저기요. 저기, 저쪽 물가, 맨 끝 집입니다. 전나무 가지 때문에 여기선 지붕밖에 안 보여요." 그는 팔을 내렸다. "저 집 목사관 아닙니까?"

늙은 선장은 혀를 끌끌 차며 누런 나뭇가지 사이로 보이는 죄 없는 지붕을 쏘아보았다. "아, 저 집을 생각 못했군. 저건 목사관이 아니에요. 문에 새겨진 십자가도 목사와는 아무 상관 없어요. 집주인이 신앙심이 깊었던 거지요." 선장은 잠시 생각하다가 다시 말했다. "옛날에는 끄트머리 집이라고 불렀어요. 바다 쪽에서는 잘 보입니다." 그리고 무슨 말인가 덧붙이려다가 그만두었다.

"아, 네. 끄트머리 집요." 가르다르는 별 관심 없다는 듯 말했지만 카트린은 그의 속마음을 읽었다. 가르다르는 영향력 있는 인물이 살았다는 이유로 그 집이 특히 마음에 들었던 것이다. "하긴 이렇게 작은 마을에서는 목사 월급 주기도 힘들었겠죠." 가르다르는 마을의 다른 집들을 죽 훑어보았다. 이제 그들 소유가 된 집만 유독 보이지 않았다. "옛날에는 집이 더 많았습니까? 그동안 낡아서 없어진 집도 있을 텐데."

"예, 뭐 그렇죠." 노인은 여전히 끄트머리 집을 바라보며 생각에 잠겨 있었다. "옛날엔 이렇게 작은 마을이 아니었어요. 사람이 많았던 적은 한 번도 없지만 집은 몇 채 더 있었죠. 주인이 저세상으로 가면서 같이 없어져서 집터만 남은 곳이 몇 돼요."

"안에 들어가본 적 있으세요? 그러니까, 저희가 산 집요." 카트린은 선장이 뭔가 숨기고 있다는 느낌을 받았다. "붕괴될 위험이 있거나 하진 않겠죠?" 그 이상의 다른 위험은 상상이 되지 않았다. "지붕이 무너지면 안 되는데."

"저 집에 들어가본 적은 없지만 지붕은 멀쩡해요. 주인이 바뀔 때마다 다들 수리에 공을 들였죠. 시작은 다들 좋았어요."

"시작은요?" 가르다르가 카트린을 바라보며 씩 웃었다. "그럼 이제 우리가 끝을 봐야겠군요."

분위기를 누그러뜨리려는 가르다르의 시도에 별다른 반응 없이 선장은 마을이라 할 수도 없는 집 몇 채를 뒤로하고 선착장 쪽으로 걸음을 떼어놓았다. "보트에서 뭘 좀 가져와야겠어요." 카트린과 가르다르는 거기서 그를 기다릴지 따라갈지 어쩔 줄 모르고 서 있다가 결국 뒤따라 터벅터벅 걷기 시작했다.

"어디 가? 나만 두고 가지 마!" 리프가 힘들게 몸을 일으키며 외쳤다.

카트린이 걸음을 멈추지 않고 뒤돌아보며 말했다. "금방 돌아올게. 벌써 삼십 분째 거기 혼자 앉아 있었잖아. 몇 분 더 그런다고 달라질 거 없어. 그냥 쉬고 있어." 카트린은 리프가 대꾸할 틈을 주지 않고 얼른 남자들을 따라갔다.

선장은 보트로 들어가 금세 플라스틱 상자를 들고 나왔다. 그리고 평범한 열쇠 하나와 오래돼 보이는 열쇠가 매달린 열쇠고리를 꺼냈다. "무슨 일이 생길지 모르니까 갖고 있어요. 저기 보이는 병원 관사 열쇠예요." 선장은 선착장에서도 잘 보이는 가장 크고 좋은 집을 가리켰다. "집주인한테는 내가 열쇠 빌려줬다고 할 테니까. 우리 처남댁이 관리하는데, 만약의 경우를 대비해서 줬다고 하면 뭐라고 안 할 겁니다. 걱정 말고 들어가 있어요."

뭔가 말해지지 않은 것이 허공에 떠 있었다. 카트린과 가르다르는 선장에게 그들의 계획에 대해 말하지 않았다. 그들이 만들 게스트하우스는 방금 열쇠를 받은 그 게스트하우스와 경쟁하게 될 것이었다. 누구도 입을 열지 않았다. 이윽고 카트린이 손을 내밀어 열쇠를 받았다. "고맙습니다."

"휴대전화 충전 잘해두고 무슨 일 있으면 바로 전화해요. 날씨가 괜찮으면 두 시간도 안 돼서 오니까."

"친절한 말씀 감사해요." 가르다르가 말하며 카트린의 어깨에 팔을 둘렀다. "저희도 보이는 것처럼 그렇게 허약하진 않습니다. 별일 없을 거예요."

"내가 걱정하는 건 젊은이들 때문이 아닙니다. 저 집은 소문이 무성해요. 나도 미신을 믿지는 않지만 다른 데 갈 곳이 있고 도움이 필요할 때 바로 연락할 수 있다는 걸 알면 안심이 될 것 같아서 그래요. 게다가 여기 날씨는 가끔씩 아주 변덕스러워지니까 조심해야 합니다." 카트린과 가르다르가 아무 말이 없자 그는 행운을 빈다며 작별인사를 했다. 카트린과 가르다르는 입속으로만 인사를 중얼거렸다. 그리고 선장이 조심스럽게 선착장에서 빠져나가 피오르를 향해 나아가는 모습을 보며 손을 흔들었다.

둘만 남자 카트린은 불현듯 이상한 기분에 사로잡혔다. "그 집에 대한 소문이라는 게 뭘까?"

가르다르는 천천히 고개를 저었다. "글쎄. 어쩌면 우리 계획에 대해 더 많은 걸 알고 있을지도 몰라. 처남댁이 게스트하우스를 운영한다잖아. 우리한테 겁주려는 것 같아. 그 집에 대해 이상한 소문 내고 다니면 안 되는데."

그렇지 않다는 것을 잘 아는 카트린은 아무 대꾸도 하지 않았다. 그들의 계획을 아는 사람은 리프뿐이다. 혹시 어떻게 될지 몰라서 가족에게도 얘기하지 않았다. 실직상태인 가르다르 때문에 받는 동정만으로 이미 충분했다. 가족들은 지금 자기가 방학을 맞아 서피오르로 놀러갔다고 철석같이 믿고 있다. 아니, 늙은 선장은 그들을 겁주려고 그런 말을 한 게 아니었다. 뭔가 다른 게 있었다. 카트린은 무슨 소문인지 물어보지 않은 것이 후회되어 견딜 수 없었다. 이제 별의별 생각이 다 들었다. 보트는 올 때보다 훨씬 빠른 속도로 멀어져서 곧 주먹만해졌다.

"징그럽게 조용하네!" 가르다르가 보트가 남기고 간 침묵을 깼다. "이렇게 사람 없이 적막한 곳은 와본 적이 없었던 것 같아." 그는 몸을 숙여 카트린의 짠내 나는 볼에 입을 맞췄다. "그래도 좋은 사람이 옆에 있어서 다행이야."

카트린은 미소를 지으며 가엾은 리프는 잊었느냐고 말하려다 그만두었다. 그녀는 보트가 시야에서 완전히 사라졌다는 걸 확인하고 싶지 않아 해변 쪽으로 고개를 돌렸다. 리프는 자리에서 일어나 열심히 손을 흔들고 있었다. 카트린은 손을 올리다가 멈칫했다. 위아래로 흰색 옷을 입은 리프 뒤로 뭔가 스쳐지나가는 것이 보였다. 어두운 주위보다 훨씬 더 어두운 그림자 같은 것. 작은 사람의 형상 같기도 했지만 나타났을 때처럼 빠르게 사라져 뭔지 알아볼 수 없었다. 그녀는 가르다르의 팔에 매달렸다. "방금 그거 봤어?"

"뭐?" 가르다르는 카트린이 가리키는 방향을 살폈다. "리프 말이야?"

"아니, 리프 뒤로 휙 지나간 거."

"아냐." 가르다르가 의아하다는 듯이 그녀를 바라보았다. "아무것도 없어. 내 눈에는 뱃멀미에 녹초가 된 흰색 스키복 입은 여자밖에 안 보이는데. 개가 리프 뒤로 지나간 거겠지."

카트린은 애써 마음을 진정시켰다. 아마도 잘못 봤을 것이다. 하지만 분명 퓌티는 아니었다. 퓌티는 리프 앞에 서서 고개를 쳐들고 킁킁거리고 있지 않은가. 가벼운 물건이 바람에 휘날렸을 수도 있다. 하지만 그 정도로 빠르게 움직이려면 바람이 세차게 불었어야 하는데. 카트린은 가르다르의 팔을 놓고 천천히 심호흡을 했다. 리프 앞에서도 그 얘기는 다시 꺼내지 않았다. 누렇게 메마른 수풀이 바스락거리더니 잔가지가 딱 하고 부러지는 소리가 났다. 가르다르와 리프는 아무것도 눈치채지 못한 듯했지만 카트린은 이곳에 있는 것이 그들만이 아니라는 느낌을 떨치지 못했다.

2장

“누가 이런 짓을 저질렀는지는 몰라도 내가 보기엔 아이들은 아니에요. 물론 가능성을 배제할 수는 없지만.” 프레이르는 코트 주머니에 손을 넣은 채 난장판이 된 교실을 둘러보았다. 바닥에는 배가 찢어진 곰인형과 눈이 파이고 팔다리가 떨어져나간 봉제인형이 흩어져 있었다. “한 명인지 여러 명인지 고민되는 이유는 충분한데 이걸로 정확한 진단을 내릴 수는 없어요. 도움이 될지 모르겠지만 내 생각엔 단독범행이에요. 안타깝지만 지금 상태에서 더 자세한 건 얘기하기 힘들어요.” 그는 그림이 떨어져나가고 조각들만 붙은 노란색 벽을 응시했다. 이사피외르뒤르 유치원생들이 두꺼운 도화지에 화려한 색으로 그린 그림은 발기발기 찢긴 채 바닥에 흩어져 있었다. 언뜻 범인이 메시지를 남길 공간을 마련하기 위해 마구 잡아뜯은 것 같지만 자세히 보면 아무렇게나 막 찢은 게 아니었다. 그림이 찢겨나간 벽에는 크레용으로 삐뚤빼뚤 글자를 휘갈겨놓았고, 두 동강이 난 크레용은 종잇조각 사이에 아무렇게나 처박혀 있었다. 이것이 정말 메시지라면, 메시지를 남긴 범인의 나

이대를 특정하기는 힘들었다. 더러워.

순간 번쩍하고 플래시가 터졌다. 프레이르는 눈이 부셔 얼굴을 찌푸렸다. "뭐 연상되는 거 없어요?" 묵직한 카메라를 든 다그니가 벽에서 눈을 떼지 않은 채 물었다.

"네, 없어요." 그는 다그니의 섬세한 옆얼굴을 유심히 보았다. 약간 차가운 인상이지만 제멋대로 자란 짧은 머리 덕분에 오히려 여성성이 돋보였다. 의도한 것은 아닐 것이다. 경찰이라는 직업 때문에 일부러 여성스러운 매력을 감추는지, 아니면 단순히 취향 때문인지는 알 수 없었다. 그는 사람의 마음을 읽어내는 데 어느 정도 자신 있었지만 다그니는 예외였다. 다그니의 그런 특별함에 끌렸지만 그녀는 그의 소심한 작업에 거의 반응을 보이지 않았다. 가끔씩 일 때문에 함께 있게 되면 싫은 기색은 아니었지만 쉽게 마음을 열지 않았다. 그는 관계를 진전시킬 준비가 되었는데 다그니는 아닌 경우도 있지만 다그니가 먼저 손을 내밀 때 그가 지레 겁먹고 몸을 사리는 일도 드물게 있었다. 다그니 때문이 아니라 그 자신의 문제 때문이었다. 그의 마음 한구석에 감히 다그니를 넘봐선 안 된다는 생각과 누군가와 관계를 맺기에는 자신에게 상처가 너무 많다는 회의적인 생각이 도사리고 있었다. 그러다 다시 자신감을 회복하고 한 걸음 다가서면 다그니는 뒤로 한 걸음 물러났다. 그들의 관계는 그런 식으로 악순환에 빠져 제자리를 맴돌고 있었다.

프레이르가 인간심리를 연구하기 시작한 후 사람을 어떻게 대해야 할지 모르겠다는 생각이 든 것은 아주 오랜만이었다. 다그니에게 끌린 이유 또한 그것일 것이다. 하지만 다그니에 대한 감정이 사라질까봐 자신의 마음을 분석하고 싶지 않았다. 그는 다시 벽에 휘갈겨진 낙서에 집중했다. 그리고 천천히 머리를 흔들며 낮은 한숨을 쉬었다. 난감한 상황에서 나오는 버릇이다. "물론 생각나는 건 있는데 다 그냥 흔한 거예요."

"예를 들면요?" 그녀의 목소리는 마치 빵집에서 '썰어드릴까요?'라고 묻는 것처럼 완벽하게 무심했다.

"글쎄요, 더러운 빨래, 더러운 돈, 더러운 거래, 더러운 생각, 뭐 그런 거요. 이 일과 딱히 연관이 있는 것 같진 않네요."

다그니는 무표정한 얼굴로 다시 카메라를 들어올려 사진을 찍었다. 그러고는 잘 찍혔는지 한참이나 카메라 액정판을 들여다보았다. 프레이르는 그녀가 자꾸 카메라 뒤에 숨으려 한다는 인상을 받았다. "정신과전문의는 그런 것도 배우는 줄 알았어요. 어떤 감정상태에서 이런 낙서를 하는지 그런 건 안 배워요?"

"배우긴 하죠. 대개는 달랑 단어 하나보단 단서가 많지만요. 아니면 유치원기물 파괴행동 배울 때 땡땡이쳤을까요? 기억이 잘 안 나는데." 그는 그런 말을 하는 자신에게 화가 났다. 다그니의 사무적인 태도에 왜 그렇게 화가 나는 걸까? "일단 원래 하던 방법으로 범인을 찾아내요. 그러면 내가 범인이랑 얘기해서 동기를 판단하죠. 지금으로선 딱히 얘기할 게 많지 않네요." 사실 그는 다그니가 왜 자신을 불러냈는지 이해가 되지 않았다. 현재 이사피외르뒤르 시립병원에서 일반의로 일하고 있는 그가 경찰자문을 해야 할 이유도 없고, 다그니도 그의 의견을 듣고 사건에 큰 진전이 있기를 바라는 것 같지 않았다. "아니면 다른 곳에서 일어난 비슷한 사건들을 조사해서 의견을 내줄 수는 있어요. 도움이 될지는 모르겠지만."

"아니, 아니요." 다그니는 단호하고 냉정하게 말했지만 곧 부드럽게 덧붙였다. "고마워요. 근데 그럴 필요까지는 없어요."

창밖에서 아이들이 떠드는 소리가 났다. 원래 이 시간이면 교실에 들어와 놀거나 그림을 그리고 있어야 하는데 이날은 아침부터 아예 교실에 들어오지도 못했다. 제일 먼저 현장에 도착한 유치원 교사가 충격을 받아 바로 경찰에 신고했고, 선배 형사와 다그니가 출동했다. 프레이르는 다그니가 일찍 출근했기 때문에 유치원에 보내진 거라고 짐작했다. 아침 근무는 여덟시 시작이지만 다그니는 당직이든 아니든 항상 여섯시에 일어난다. 그리고 당직인 날은 일곱시에 집을 나선다. 집에 할일 없이 앉아 있는 걸 싫어해서다. 프레이르가 이런 사실을 아는 건 그가 다그니의 앞집에 살기 때문이다. 그리고 그의 일과도 비슷하게 시작된다. 프레이르는 둘 다 빈둥거리는 걸 싫어한다는 점도 마음에 들었다. 이제까지의 몇 안 되는 관계에서 여자들은 항상 아침이 되어도 일어날 생각을 하지 않고 그가 함께 침대에 있어주기를 원했다. 조간신문이 배달되기 전에 일어나 새벽시간을 즐기고 싶은 그의 바람은 무시되기 일쑤였다. 아직 어둡고 조용한 시간, 모두 잠든 시간에 함께 일어나 부엌에서 도란도란 이야기를 나눌 수 있는 여자라면 좋을 것 같았다. 그것 말고 미래의 파트너에게 바라는 것은 없었다. 그러기엔 아직 이별의 상처가 너무 컸다. 그는 자신이 실제로 그런 여자를 원하는지 아니면 다그니를 좋게 보려고 해서 그런 것인지 잘 구분이 되지 않았다. 사실 대답은 이미 알고 있지만 기정사실로 확인하고 싶지 않았다.

그는 창가로 가서 밖을 내다보았다. 유리에 비친 모습은 원래 나이보다 훨씬 젊어 보였다. 꾸준한 운동으로 몸을 단련해서 학교 때 친구들과 달리 불어난 체중 때문에 고민하지 않아도 되었다. 학창 시절에는 다른 친구들처럼 여자를 사귈 기회가 없었으니 그 점에서는 공평한 것 같았다. 다행히 지금의 외모와 몸매는 여자들에게 인기가 있었다. 마음에 드는 여자의 관심을 끌려고 매번 헛기침을 해서 존재를 알려야 했던 걸 생각하면 한동안은 운동으로 얻은 이 몸매를 유지하고 싶었다. 물론 언젠가는 몸도 늙겠지만 마흔이 되려면 아직 몇 년 남았으니 당장은 괜찮았다.

마당에 모인 아이들은 모두 두꺼운 겨울용 오버올 차림이라 움직임이 둔하고 둥글둥글해 보였다. 올겨울은 이례적으로 푸근했지만 지금은 야외에 나와 있는 터라 털모자 밑으로 드러난 아이들의 뺨이 발갛게 터서 반질거렸다. 아마 이번 일로 병원을 찾는 어린이 환자의 수가 대폭 늘어날 것이다. 독감이 유행하고 있고 중이염도 늘어가는 추세이기 때문이다. 교실을 다 치울 때까지 기다려야 한다면 아이들은 아마 하루 종일 밖에 서 있어야 할 것이다.

"애들이 안됐네요. 언제 들여보내죠?" 프레이르가 말한 순간 여자아이 하나가 모래상자에 걸려 넘어졌다.

"여기 일 다 끝나면요." 다그니가 바닥에 쓰러진 책장을 찍는 모습이 유리에 비쳤다. 싸구려 책장들은 그 안에 원래 있던 내용물과 함께 해안으로 떠밀려온 표류물처럼 널브러져 있었다. "그렇게 오래 걸리진 않을 거예요. 범인이 만졌을 법한 곳의 지문은 다 채취했거든요. 근데 여긴 온통 지문투성이예요. 사실 어느 지문이 범인 것인지 가려내기는 불가능해요."

프레이르는 말없이 아이들을 바라보았다. 몇 해 전 아들이 여기서 놀았을 모습이 선하게 떠올랐다. 그의 아들도 지금 밖에 있는 아이들과 하는 짓이 똑같았다. 남자아이 몇 명은 아들이 어렸을 때와 정말 똑같았다. 게다가 다들 두꺼운 옷을 입어서 더 비슷해 보였다. 꿈 같은 세상을 떠나 아들이 없는 차가운 현실로 돌아오는 일이 전에 없이 힘들게 느껴졌다.

그때 문이 열리고 다그니의 선배 형사 베이가르르가 들어왔다. "여긴 어때?" 그는 교실을 둘러보며 머리를 절레절레 흔들었다. "어휴, 난장판이군." 오랫동안 다그니와 호흡을 맞춰온 베이가르르는 다그니가 대답을 안 하는 데도 익숙해졌는지 언짢은 기색이 없었다. 질문을 반복하거나 화를 내지도 않고 프레이르에게 말했다. "어이, 박사! 우리 사건 해결했어?"

프레이르는 창을 등지고 돌아서서 베이가르에게 미소로 답했다. "아니요, 아직. 증거물로 봐선 정신적으로 상당히 문제가 있는 사람인 것 같습니다."

"아, 그거야 레이캬비크에서 온 전문가가 아니어도 딱 보면 아는 거 아니야." 그는 바닥에서 휘어진 의자 다리를 주워올렸다. "도대체 어떻게 하면 이렇게 되는 거야? 왜 이런 짓을 했는지는 사실 관심도 없어. 이걸 다 어떻게 부쉈는지 그게 궁금하군."

"멀쩡한 데도 있습니까?" 프레이르가 들어와 살펴본 교실은 하나뿐이지만 복도를 지나오면서 입구의 옷걸이가 뽑히고 책장이 넘어간 모습을 보았다.

"거의 없어. 주방도 엉망진창이야."

"그럼 메시지는 이 방에만 있는 겁니까?"

베이가르가 뒤통수를 긁적였다. "응, 그런 것 같아. 더 쓰려고 했는데 그럴 새가 없었나봐. 놈은 이렇게 다 뒤집어놓고 나서 마저 글씨를 쓰려고 했던 게 틀림없어."

"여자인지 남자인지는 아직 몰라요." 다그니가 낑낑거리며 검은 가방에 카메라를 넣느라 쳐다보지도 않고 말했다. "두 명 또는 그 이상일 수도 있고요. 주말 내내 했다고 쳐도 혼자서 이렇게 만드는 건 불가능해요."

"어쨌든 엄청 심혈을 기울이긴 했네요." 프레이르가 층층이 쌓여 있는 목재 레일을 발로 툭 건드렸다. 그 위로 달려야 할 장난감 기차들은 산산조각나서 저만치 흩어져 있다. "그런데 이웃이나 행인 중에 무슨 소리 들은 사람은 없답니까? 상당히 시끄러웠을 텐데."

"우리가 알아본 바로는 없어. 이웃들을 다 만나진 못했지만 얘기를 나눠본 사람들은 아무 소리도 못 들었대, 무슨 소리를 들었어도 유치원과는 상관없는 거였고. 유치원 부지가 넓긴 하지. 바로 옆 건물도 한참 떨어져 있으니까." 베이가르가 대답했다.

그때 프레이르가 등지고 서 있던 창문으로 빨간 플라스틱 삽 하나가 날아들었다. 다들 화들짝 놀라 쳐다보았다. "아이들이 슬슬 지겨운 모양이군." 베이가르가 말했다. "빠른 시간 내에 아이들을 들여보내지 못하면 무슨 조치를 취해야 할 거야. 한 시간 뒤에는 점심도 먹어야 하고, 밖에는 사용할 수 있는 화장실도 하나뿐인데 저 인원에는 턱없이 모자라."

"원장은 뭐래요?" 다그니가 카메라를 꾹 눌러넣고 가방을 잠갔다.

"응, 이런 상황이 못마땅한 것 같더군. 경찰이 하는 일이니 협조는 하지만 마음에 안 든다 이거지. 아이들도 계속 저러고 있으면 추울 거야."

프레이르는 곧 다그니가 어쩔 수 없지 않느냐고 냉정하게 대꾸할 줄 알았다. 하지만 다그니는 웬일로 사려 깊게 말했다. "삼십 분 후에 작은 방으로 들어가라고 하세요. 거긴 텅 비어 있다시피 해서 부술 게 별로 없었어요. 그래도 식판은 무릎에 놓고 먹어야 할 거예요. 가구는 성한 게 없으니까요."

"원장한테 가서 알려줘야겠군. 아주 좋아하겠어." 베이가르가 문을 열어둔 채 나가자 난장판이 된 복도가 훤히 내다보였다.

"나도 슬슬 가봐야겠어요. 할 수 있는 것도 더 없는 것 같고." 프레이르가 창밖을 내다보며 말했다. 아이들은 서로 어울려 놀고 있었지만 짜증내는 아이가 많았다. 아마 배가 고파졌는지도 모른다. 그중 서너 살 된 남자아이가 눈에 띄었다. 아들을 닮아서가 아니라 다른 아이들과 달리 가만히 서서 유리창 너머의 그를 빤히 쳐다보았기 때문이다. 유치원을 망가뜨린 장본인이 프레이르라고 믿는 표정이었다. 교사와 경찰이 들어오지 못하게 철저히 막았지만 아이들도 뭔가 안 좋은 일이 일어났다는 사실은 알고 있었다. 남자아이는 눈 하나 깜짝하지 않고 프레이르를 쏘아보았다. 두려운 기색은 전혀 없었고 눈빛에 드러난 억눌린 분노는 분명 프레이르를 향한 것이었다. 프레이르는 웃으며 손을 흔들었지만 아이의 굳은 표정은 변하지 않았다.

"저 남자애한테 손 흔든 거예요?" 어느새 다가온 다그니가 초록색 오버올을 입은 아이를 가리켰다. "이상한 아이네요." 그리고 실내라서 따뜻한데도 추운 듯 팔을 문질렀다.

"나를 범인으로 생각하나봐요. 어쨌든 그런 눈빛이에요. 어쩌면 무서워서 표정이 굳은 거겠죠."

다그니가 고개를 끄덕였다. "이상하네요, 다른 애들은 그 정도로 안 무서워하는 것 같은데."

"다른 애들은 놀면서 다 잊어버렸겠죠. 아이들은 나쁜 일을 잊어버리는 데 선수거든요. 그런데 저애는 좀 특이하네요." 프레이르는 아이에게서 눈을 뗄 수 없었다. 그때 교사가 식사시간을 알리며 아이들을 불러모았다. 다른 아이들은 우르르 교사를 향해 달려갔지만 그 아이는 꼼짝도 않고 서서 창문 쪽을 노려보았다. 잠시 후 교사가 와서 아이를 데려갔다. 아이는 뒤돌아 가면서도 그에게서 눈을 떼지 않았다. 아이가 건물 모퉁이를 돌아가고 나서야 그들의 시선은 갈라졌다.

"저런!" 다그니가 눈썹을 치켜세우며 창문에서 떨어졌다. "주말에 안 만났으면 알리바이 물어봐야 했겠는걸요." 그러고는 방긋 웃었다. 다그니가 웃는 일은 좀체 없다. 환하게 웃는 모습이 예뻐서 잘 웃지 않는 것이 안타까울 뿐이다. 프레이르의 아내는 잘 웃는 여자였다. 웃을 이유가 없어지기 전까지는. 프레이르는 다그니가 자기 얘기를 한다는 것만으로도 좋아서 행복한 미소를 지었다. 하지만 다그니의 얼굴은 금세 다시 심각해졌다. "미쳤다고 할지도 모르겠지만, 이 사건 왠지 이상한 기분이 들어요."

프레이르가 난장판이 된 교실을 둘러보며 말했다. "아니요, 불안해하는 게 당연하죠. 이런 짓을 저지른 사람이 다음번엔 어떻게 나올지 알 수 없는 거니까."

"내 말뜻은 그게 아니에요. 뭔가 못 보고 지나쳤거나 잊어버린 느낌이 든다고요. 병적인 분노, 파괴행동 이런 거 말고 뭔가 다른 게 숨겨져 있는 것 같거든요. 정신과전문의가 와서 보면 설명해줄 수 있지 않을까 싶었던 건데."

프레이르는 어떻게 대답해야 할지 몰라 잠시 망설였다. 그는 그녀 앞에서 정신과의사입네 하는 것이 싫었다. 공식적으로 정신과의사의 의견을 말하는 것과 친구로서 말하는 것을 떨어뜨려 생각하고 싶지 않았다. 그가 이사피외르뒤르 병원으로 옮긴 이유 중 하나도 그곳에서는 정신과 치료에 대한 수요가 많지 않아 평소에는 일반의로 일할 수 있기 때문이었다. 자신의 문제만으로도 버거운데 하루종일 다른 사람들의 정신적 문제와 씨름하고 싶지 않았다. 그에게서 아무 대답이 나오지 않아 다그니가 초조해하자, 그는 얼른 대답했다. "여러 요인이 섞여 있는 것 같아요. 이런 섬뜩한 상황에선 누구라도 이상한 기분이 들기 마련이죠. 범인을 잡아야 한다는 책임감, 현장검증을 빨리 마쳐야 한다는 압박감이 있고요. 뭔가 중요한 걸 놓쳤을지 모른다는 우려도 있죠. 무엇보다 잠재의식 속에서는 그 모든 게 동시에 작동되고 있어요. 당신이 말한 이상한 느낌은 그 결과물이 아닐까요?" 프레이르는 더 말할 수도 있었지만 그쯤에서 말을 끊었다.

"그렇군요." 다그니는 뭔가 석연치 않다는 표정이었지만 베이가르가 문가에 나타나 머리를 쏙 내미는 통에 다른 말은 하지 않았다. "다그니, 서둘러야겠어. 여기 일은 귄니랑 스테판이 알아서 할 거고 우린 딴 데 가봐야 해." 베이가르의 눈빛은 유치원 습격 사건보다 훨씬 심각한 일이 벌어졌음을 암시하고 있었다.

다그니는 서둘러 인사하고 베이가르와 함께 사라졌다. 프레이르는 유치원 문을 꽝 닫고 황급히 사라지는 형사들의 등뒤에 대고 중얼거리듯 잘 가라는 인사를 던졌다.

넓은 현관 앞에 혼자 남겨진 그는 두꺼운 오버올을 벗느라 꼬물거리는 유치원생들과 능숙하게 아이들의 옷을 벗기는 교사들에게 둘러싸였다. 교사 한 명이 아이 넷을 데리고 복도 쪽으로 가면서 소강당에 가서 점심을 먹을 거라고 했다. 그는 몇몇 아이에게 눈을 찡긋한 다음 교사들에게 가보겠다며 인사를 했다. 교사들은 일손을 놓지 않은 채 입으로만 인사했다. 그가 막 문을 열려고 할 때 누군가 그의 바짓자락을 잡았다. 미소 지으며 내려다보니 창밖에서 빤히 쳐다보던 그 아이였다. 이상한 사람들을 대하는 데 익숙한 프레이르도 그 아이가 가까이 있으니 영 기분이 좋지 않았다. 그는 허리를 굽혀 아이에게 말했다. "아까 그 경찰 아줌마 봤지? 아저씨는 그 아줌마가 범인 잡는 거 도와주는 사람이야." 아이는 여전히 아무 말 없이 그를 빤히 쳐다보았다. "경찰은 나쁜 놈들 다 잡을 수 있어." 그때 아이가 뭐라고 중얼거렸지만 프레이르는 제대로 듣지 못했다. 그가 다시 말해달라고 하려는데 교사가 아이를 불렀다. 그는 문을 열고 밖으로 나갔다. 그리고 아이가 난장판이 된 유치원을 보고 크게 충격받은 것 같다고 생각했다. 잘 알아듣지는 못했지만 그 아이가 한 말은 분명 더러워였다.

3장

카트린은 테라스 끄트머리에 앉아 눈을 감고 심호흡을 했다. 신선한 공기가 폐 속으로 밀려들었다. 나무로 된 테라스 바닥은 한쪽이 푹 꺼져서 중심을 잡으려면 뒤로 버티고 서야 했다. 떠오른 아침해는 하루종일 어떻게 버틸지 모르겠다는 듯 하늘에 낮게 걸려 있었다. 햇볕도 따뜻하다기보다는 미지근했지만 추운 방에서 자고 난 뒤라 불평할 계제가 아니었다. 사실 한겨울에 자진해서 북쪽 끝에 온 사람이 그저 해가 나와준 것만도 감지덕지해야지, 무슨 더 큰 걸 바라겠는가. 어디선가 부드러운 바람이 불어와 얼굴을 스쳤다. 옷과 머리칼에 밴 페인트 냄새도 함께 날아가는 것 같아 기분이 좋았다. 그녀는 폐가 허락하는 한 깊숙이 숨을 들이마셨다. 호흡할 때마다 그 수가 제한된 뇌세포를 독성물질이 갉아먹고 있다는 느낌이 생생히 전해져, 자극적인 페인트 냄새는 늘 불쾌했다. 틀림없이 오늘 한 페인트 작업으로도 뇌세포가 꽤 많이 죽었겠지 싶었다.

카트린은 눈을 뜨고 기지개를 켰다. 인적이 전혀 없는 마을과 그들의 집 사이에 흐르는 강물 소리를 빼고는 완벽하게 고요했다. 어제 카트린과 가르다르는 짐을 나르느라 피곤한데도 잠을 잘 이루지 못했다. 반면 뱃멀미에 시달린 뒤여서 짐 나르는 것을 구경만 한 리프는 그대로 곯아떨어졌다. 그녀가 도왔더라면 한결 수월했을 터였다. 선장이 말한 손수레를 도무지 찾을 수 없어 그들이 직접 모든 걸 날라야 했기 때문이었다. 카트린은 집까지 몇 번이나 왕복하는지 세다가 열세번째부터 포기했다. 이십 번, 오십 번, 아니 백 번도 더 왔다갔다한 것 같았다. 금세 근육통이 찾아왔다. 어제 짐 나른 걸 떠올리니 팔이 더 아파왔다. 그동안 헬스장에 다니며 열심히 운동한 보람이 전혀 없다는 데 좌절감을 느낄 수밖에 없었다.

카트린은 테라스에 앉아 마을 서쪽의 야산을 오르는 가르다르와 리프의 모습을 찾아보려 했지만 지난여름 이후 메말라버린 구릿대 때문에 보이는 것이 거의 없었다. 누르스름한 덤불에 가려 뭔가를 분간하기 쉽지 않았고 꼭대기까지는 아예 불가능했다. 가르다르가 설명하길 그 산은 걷기 좋을 만큼 완만했고 정상 부근에 가서야 경사가 가팔라져서 다음 피오르까지 이어졌다. 하지만 카트린이 있는 곳에서는 정상은 고사하고 산의 몸통도 극히 일부만 보였다. 그녀는 가르다르가 잘 모르면서 그렇게 말했으리라 짐작하면서도 곧 돌아오겠지 하며 테라스에서 일어날 생각은 하지 않았다. 시계가 없어서 두 사람이 출발한 지 얼마나 됐는지도 몰랐다. 몇 년째 손목시계를 차지 않고 휴대전화로 시간을 확인했지만 그러자고 전원을 켜는 게 지금은 너무 아까웠다. 어쨌든 나간 지 한참 지났는데도 돌아오지 않자 같이 안 가길 잘했다는 생각이 들 정도였다. 언덕 위에 올라가면 신호가 잡힐 거라는 말은 주위에 손수레가 있을 거라는 말처럼 믿을 게 못될 수도 있다. 거기서 한참 더 위로 올라가야 신호가 잡힐지도 모른다. 가르다르는 집에서 발견된 상자가 누구 것인지 부동산중개인에게 전화로 물어봐야 한다며 고집을 부렸다. 카트린은 날씨가 나빠져 도움을 청해야 할 때를 대비해 휴대전화 배터리를 아껴야 한다는 의견이었다. 하지만 가르다르가 한번 마음먹으면 절대 고집을 꺾지 않는다는 것을 잘 알기에 더 반대하지는 않았다. 거기다 기운이 없다며 빈둥거리던 리프까지 무조건 함께 가겠다고 나섰다. 카트린은 페인트칠이나 하라고 쏘아붙이고 싶었지만 꾹 참았다. 어쩌면 리프는 둘만 남게 되었을 때 카트린이 그렇게 나올 줄 알고서 가르다르를 따라나섰는지도 모른다. 그는 아침에 리프에게 몸이 괜찮아질 때까지 쉬라고 했지만 카트린은 그리 너그러운 마음이 들지 않았다.

카트린은 다시 메마른 구릿대 덤불 너머를 살폈다. 혹시 두 사람에게 무슨 일이 생긴 걸까. 둘 다 등산에 소질이 있는 편이 아닌데다 리프는 편평한 길을 가다가도 넘어지기 일쑤다. 카트린은 쓸데없는 생각이라고 생각하며 혼자 웃었다. 이곳엔 자기들 말고는 사람도 없고 새, 회색여우 외에는 짐승도 살지 않는데 무슨 일이 생긴단 말인가? 어제저녁 짐을 옮기는 내내 여우 한 마리가 보였는데 오늘은 퀴티 때문인지 통 모습을 드러내지 않았다. 퀴티는 그 짧은 다리로 산에 올라갈 수 없을 것 같았지만 결국 그녀를 혼자 두고 둘을 따라갔다. 카트린은 태어나서 이토록 철저하게 혼자인 적이 없었다. 주변 풍경, 등뒤로 보이는 빈집들이 위협적으로 느껴져서 여우라도 나타나주기를 바랐지만 울음소리조차 들리지 않았다. 그러고 보니 여우가 야행성인지 주행성인지도 몰랐다. 여우가 나타나면 좋겠지만 그보다는 역시 가르다르가, 그리고 당연히 리프도 옆에 있으면 좋겠다고 생각하며 그녀는 쑤시는 몸을 일으켰다. 이제는 경사진 산등성이가 훤히 내다보였다. 하지만 가르다르와 리프는 어디에도 보이지 않았다. 둘 다 황토색 옷을 입어서 눈이 내리지 않은 겨울 산에서는 분간하기 힘들 것이다. 그녀는 오솔길에 움직임이 있는지 살폈다. 그때 갑자기 집안에서 삐걱거리는 소리가 났다. 등줄기가 서늘해졌다. 마음 같아서는 당장이라도 언덕 위로 내빼고 싶었지만 곧 긴장을 풀었다.

이렇게 바보 같을 데가. 이런 오래된 집에서는 갖가지 소리가 나기 마련이다. 따뜻한 햇볕에 나무 틈이 벌어지며 소리가 났을지도 모른다. 익숙지 않은 적막감에 신경이 곤두선 것뿐이다. 그때 누군가의 손이 그녀의 어깨를 와락 붙들었고 그녀는 소스라치게 놀라 외마디소리를 질렀다.

"왁!"

"꺄! 미쳤어?" 카트린은 가르다르의 손을 뿌리치고 화가 나서 발을 동동 굴렀다. "심장마비 오는 줄 알았잖아!" 그녀는 어릴 때부터 남이 몰래 와서 놀래면 질색했다. "나 이런 거 싫어한단 말이야!"

가르다르는 손을 거두며 머쓱해했다. "미안. 그렇게 놀랄 줄 몰랐어."

"정말 간 떨어지는 줄 알았잖아." 카트린은 미안한 듯 미소를 지었다. "미쳤냐고 한 건 미안해. 너무 놀라서 그랬어." 가르다르는 금세 풀이 죽어 삐친 아이 같은 표정이 되었다. 그 모습을 보니 마음이 아팠다. 실직 기간이 길어지면서 가르다르는 자그마한 일에도 곧잘 토라진다. "앉아 있다가 막 일어나서 언제 오나 살펴보던 중이었어. 자기가 등뒤에 서 있으라곤 전혀 예상 못했지." 아마 가르다르가 집안으로 들어오면서 아까 그 삐걱거리는 소리를 낸 모양이다. 집안 곳곳에 튀어나오거나 옆으로 휜 마룻장이 있어서 밟을 때마다 소리가 났다. "그래도 자기가 돌아와서 기뻐. 리프는 어디 있어?"

가르다르는 계속 삐쳐 있을까 말까 생각하는 듯하다가 이내 평소의 쾌활함을 되찾았다. 환하게 웃으며 그녀의 머리를 쓰다듬는 그는 오랫동안 알아온 친절한 모습의 가르다르였다. 아이슬란드에서 최고로 꼽히는 투자회사들 중 한군데에서 승승장구하던 가르다르, 살면서 못할 게 없어 보이던 가르다르, 카트린이 마음 깊이 사랑하던 그 남자로 돌아와 있었다. "식사 준비한다고 들어갔어." 그는 그렇게 말하고 그녀의 뺨에 입을 맞추었다. "사실 등뒤로 와서 놀라게 할 생각은 없었는데 자기가 어찌나 빠르던지!"

"응?" 그녀는 무슨 말인지 몰라 고개를 갸웃했다. "나 거의 굼벵이 수준인데. 온몸이 쑤셔서 잘 움직이지도 못하겠는걸."

"무슨 굼벵이가 그렇게 빨라? 내려오면서 보니까 자기가 집 앞에 서 있다가 쌩하니 도망가더라고." 가르다르가 그녀의 반대쪽 차가운 뺨에 입을 맞추고 물었다. "그래서 내가 쫓아왔더니 여기 집 뒤에 있던데? 도대체 왜 그런 거야?"

카트린은 미간을 찌푸렸다. "나 집 앞에 나간 적 없어. 벽 다 칠하고 여기 나와 신선한 공기 마시면서 자기랑 리프가 어디 있는지 찾고 있었어. 잘못 본 거 아냐?"

가르다르도 그녀 못지않게 이상하다는 듯이 어깨를 으쓱했다. "그럼 잘못 봤겠지. 우리 나간 다음에 누구 왔었어? 배가 왔나?"

카트린은 고개를 저었다. "어제 짐 속에서 뭐가 빠졌다가 바람에 날려온 게 아닐까? 옷이나 담요 같은 거. 햇빛이 약해서 뭐가 뭔지 구분이 돼야 말이지. 가벼운 천조각이나 비닐 같은 걸 거야. 아니면 여우일 수도 있고."

"그렇겠지." 가르다르는 테라스 바닥을 발로 살짝 눌러보았다. "여기도 좀 고쳐야겠네. 어딜 보나 일거리가 널렸군."

"난 벽 다 완성했는데." 카트린이 씩 웃었다. "손님 맞을 준비 다 됐어. 희고 깨끗해." 그녀는 가르다르가 화제를 돌려서 다행이라고 여겼다. 가르다르와 리프가 본 게, 혹은 잘못 본 게 뭔지에 대해서는 더이상 생각하고 싶지 않았다. 이곳에 자신들 외에 누군가가 있다는 상상은 황당무계하고도 으스스했다. 그저 사람이 없는 적막한 환경이 익숙지 않은 것이다. "아직 해가 남아 있을 때 다른 벽도 시작하려고." 카트린은 그제야 가르다르가 산에 갔던 이유가 생각나서 물었다. "참, 부동산중개인은 뭐래? 통화됐어?"

"전화를 안 받아. 퇴근시간쯤에나 해봐야 할까봐. 낮에는 시내에 집 보러 다니거나 다른 용무가 있겠지." 가르다르가 집 쪽을 보며 말을 이었다. "그 상자는 그냥 한번 열어보자. 그래서 잡동사니만 들어 있으면 놔두고, 아니면 우리가 가지고 나가면 되잖아. 중개인이랑 통화를 하겠다고 저길 또 오르고 싶진 않네. 우리가 여기서 나갈 때 선착장까지 옮기는 게 더 간단하겠어."

카트린이 한숨을 푹 쉬었다. "제발 짐 나르는 얘기는 하지 말아줘." 그러고는 가르다르에게 몸을 기대고 양팔로 그의 허리를 감쌌다. "자기, 나 좀 업고 가. 아침보다 몸이 더 무거워."

"오늘은 안 될 것 같은데. 자기만 피곤한 게 아니야." 가르다르는 건성으로 그녀의 정수리에 입을 맞추고 기지개를 켰다. "배고파 죽겠어. 어디 리프가 얼마나 맛있는 걸 만들었는지 가볼까?"

카트린은 집에서 준비해온 통조림, 빵 따위를 떠올리니 별로 입맛이 돌지 않았다. "난 피자 먹고 싶은데."

가르다르가 난처한 듯이 미소 지었다. "그건 메뉴에 없어." 그러고는 카트린의 팔을 풀고 집안으로 들어갔다. "피자 주문하려면 또 산에 올라가야 하잖아. 더이상은 못 올라가. 자, 가서 빵이 따뜻할 때 먹자. 나중엔 하루 세 끼 통조림 수프만 먹어야 할지도 몰라."

부엌 창문으로 음식을 준비하는 리프의 모습이 보였다. 혼잣말을 하는지, 개에게 말을 거는지 연신 입이 달싹였다. 리프가 개를 기르기로 한 것도 바로 그 이유가 아닐까 싶었다. 에이나르가 세상을 떠나고 말 상대가 없었으니까. 카트린은 가르다르의 크고 뼈마디가 굵은 손을 잡고 깍지를 꼈다. 커플이 된 지 벌써 오 년째지만 아직도 가르다르와 결혼했다는 게 믿기지 않을 때가 많았다. 초등학교 고학년부터 시작해 중고등학교를 함께 다녔지만 가르다르는 그녀에게 전혀 관심이 없었고, 그녀는 멀리서 그를 동경하며 그와 함께할 날을 꿈꾸는 것으로 만족해야 했다. 그녀는 그의 패거리에 끼지 못했다. 잘생기고 예쁘고 똑똑한, 전도유망한 아이들은 미인대회에 나갈 만한 외모도 아니고 특별히 머리가 좋지도 않은 그녀와 공통점이라곤 없었다. 그것은 인생이 쉽기만 한 가르다르, 리프, 에이나르의 세계였다. 평범한 외모에 과체중과 싸워야 하고 공부에도 많은 노력을 들여야 했던 카트린과는 상관없는 세계였다. 그런데 졸업 후 이 년 만에 시내 클럽에서 우연히 만난 가르다르가 그녀에게 다가왔고, 그날의 인연이 오늘에까지 이르렀다. 같은 날 저녁 리프와 에이나르도 커플로 맺어졌다. 그 점 때문에 이제 에이나르가 죽고 리프는 과부가 되었다는 사실을 떠올릴 때마다 카트린은 소름이 끼쳤다. 관계가 시작된 날이 같다는 이유만으로 자신에게 그런 운명이 닥치진 않을 거라고 끊임없이 되뇌어야 했다.

가르다르는 손깍지를 풀고 테라스에 앉아 신발을 벗었다. 카트린은 신발이 몸의 한 부분이 된 것 같다고 투덜거리는 가르다르를 두고 집안으로 들어갔다. 리프는 부엌에 있었다. 부엌이라고 해봐야 냉장고도 수도시설도 없지만 그곳에 음식을 보관하기로 한 터였다. 싱크대가 있긴 해서 강물을 끌어다 쓰겠다는 것이 가르다르의 생각이었는데, 어차피 연결할 줄 아는 사람이 없었다. 리프는 등을 돌린 채 싱크대 서랍에서 찾아낸 울퉁불퉁한 도마에다 빵을 썰고 있었다. 조리대 위에서 도마가 계속 달그락거렸다. 그 소리 때문에 문가에 서 있던 카트린은 목소리를 높여야 했다. "뭐 만들어?"

이번에는 리프가 소스라치게 놀랐다. 작게 소리지르며 몸을 곧추세우는 바람에 도마가 덜그럭 소리를 냈다. 놀란 그녀는 칼을 가슴에 안은 채 뒤돌아보았다. "깜짝이야!"

카트린은 좀더 조심하지 않은 것이 후회되었다. 일 안 하고 뺀질거린 것 때문에 화나 있던 마음이 금세 풀렸다. "아, 미안. 내 발소리 들은 줄 알았어."

리프는 숨을 고르고는 미소 지으며 말했다. "괜찮아. 네 잘못 아니야." 그녀는 칼을 내려놓고 안도의 한숨을 내쉬었다. "에이나르가 죽은 뒤로 깜짝깜짝 잘 놀라. 처음엔 혼자 있는 게 힘들었는데 이젠 누구랑 같이 있는 게 힘들어." 그녀가 다시 미소 지었다. "웃기지?"

"나도 상상이 가." 카트린은 무슨 말을 해야 할지 몰랐다. 리프는 그녀보다 훨씬 속마음을 잘 터놓는 편이다. 에이나르에 대해서도 여러 번 말하고 싶어하는 눈치였지만 그때마다 그녀가 피했다. 너무 냉정해 보이거나, 너무 과장해서 동정하거나, 그것도 아니면 다른 우스꽝스러운 모습을 보일까봐 두려워서였다. 물론 언제까지나 그럴 수는 없는 노릇이었고, 아무리 능숙하게 피했어도 리프는 다 알아챘을 것이다. 반면 가르다르는 매우 모범적인 모습을 보였다. 카트린은 충격적인 소식을 접한 후 눈물범벅이 된 리프를 침착하게 달래는 가르다르를 보면서 속으로 감탄했다. 가르다르는 에이나르와 초등학교 때부터 단짝이었다. 아마 똑같이 상실의 아픔을 겪었기 때문에 그렇게 대할 수 있었을 것이다. 카트린은 더이상 유치하게 굴지 않기로 했다. 어차피 일주일간 리프와 함께 지내야 하니 에이나르 얘기를 피할 수 없었고, 에이나르 얘기가 나올 때마다 가르다르가 대신 말해주기를 바랄 수도 없었다. "많이 힘들었지? 물론 지금도 그럴 테고."

"응." 리프는 다시 등을 돌리고 빵을 썰기 시작했다. "너 그거 알아? 여기 헤스테이리에 살던 어떤 여자가 남편과 아들이 물에 빠져 죽는 걸 봤대."

"몰라." 카트린은 이 지역에 대해 잘 알지 못했고 이곳 사람들의 삶이 어땠는지 별 관심도 없었다. 적어도 여기 있는 동안은 알고 싶지 않았다.

"그래서 다른 남자랑 결혼했는데 그 남자도 물에 빠져 죽었대." 리프가 다 썬 빵을 들고 다시 카트린 쪽으로 몸을 돌렸다. "그에 비하면 내 고민은 우습지."

"다른 사람의 상황이 나보다 안 좋다고 내 상황이 나아지는 건 아니잖아."

"맞아. 하지만 나보다 어려운 상황을 헤쳐나간 사람이 있다고 생각하면 도움이 돼." 리프는 이 집에 원래부터 있던 작은 식탁에 빵을 내려놓은 후 양손을 허리춤에 얹고 흡족한 얼굴로 차려진 음식을 내려다보았다. "훈제 고기가 어디 있는지 못 찾겠어. 분명히 여러 개 샀는데." 그러고는 카트린에게 시선을 돌렸다. "그래도 멋진 식탁이지?" 리프는 얇게 썬 치즈를 봉지에서 꺼내 빵 옆에 놓았다.

카트린이 고개를 끄덕였다. "훌륭해." 그녀는 웃으면서 말했다. "레스토랑 열어도 되겠는걸."

그때 가르다르가 다리를 절룩거리며 들어왔다. "아, 발 아파. 이 신발 진짜 형편없어. 싸게 파는 이유가 다 있었어."

"바보, 그런 신발을 신고 산을 타려면 먼저 길들였어야지. 그건 나도 아는 거야." 리프가 머리를 절레절레 내둘렀다. 그리고 퓌티에게 간소시지 한 조각을 주었다. 퓌티는 간식을 입에 물고 구석으로 가서 엎드려 먹었다.

"그걸 이제야 말해주냐? 고맙다, 고마워." 가르다르는 기우뚱거리는 의자에 조심스레 앉았다. 여자들은 조마조마한 마음으로 그 모습을 지켜보다가 의자가 부서지지 않자 서로 마주보고 웃었다.

구식 벽난로 위에 낡은 주전자가 놓여 있었다. "여기다 구릿대 가지 태울 수 있지 않을까?" 카트린이 열판 아래쪽 문을 열어보며 말했다. 그녀는 재냄새가 풍겨나오는 시커먼 구멍 안을 들여다보았다. "커피를 마시고 싶은데 귀한 장작을 낭비할 순 없잖아."

"모르겠어. 가지를 한데 엮으면 될 것 같기도 한데." 가르다르는 신발을 벗고 허공에 다리를 뻗어 발가락을 꼼지락거렸다. "물이 끓기도 전에 다 타버릴지 모르지만 한번 시도해볼 만해." 그는 빵 한 조각을 집어 버터를 발랐다. "하지만 땔감 모으러 간다고 이 신발을 다시 신지는 않을 거야. 당분간 멀리하고 싶어." 그러다 부엌 뒤편 구석을 응시했다. "저긴 바닥이 왜 저래?"

여자들은 그쪽으로 시선을 돌렸다. 리프가 어깨를 으쓱했다. "그냥 얼룩이야. 오래된 집이라 그렇지 뭐." 일정한 모양이 없는 커다란 얼룩이 벽을 따라가며 나무 바닥을 장식하고 있었다.

"바닥은 새것인걸. 상태가 너무 안 좋아서 전 주인이 새로 깔았다고 했어. 근데 미처 다 못 끝냈나봐." 가르다르가 이맛살을 찌푸렸다. "일거리가 또하나 늘었군."

카트린도 얼룩진 바닥에서 시선을 돌렸다. 잠깐이라도 집수리에 대한 생각을 잊고 싶었다. "내가 가서 땔감 만들어올게. 난 빵보다 커피가 마시고 싶어." 그녀는 두꺼운 니트 재킷을 여미고 주전자를 집어들었다. "밖에 나가면 구릿대 천지니까 오래 걸리지 않을 거야." 어제 양동이에 물을 담아 둘이 함께 끙끙거리며 집안에 들여다놓긴 했지만 끓이기 전에 주전자를 한번 헹구고 싶었다. 그전에 죽은 생쥐나 벌레 같은 것이 안에 들어 있지 않은지 확인하는 일은 가르다르가 맡았다.

카트린은 어둡고 좁은 복도를 지나 뒷문으로 나갔다. 아직 해가 떠 있지만 바깥 공기는 아까보다 차가웠고 바람까지 세차게 불고 있었다. 마음 같아서는 그냥 집으로 들어가고 싶었지만 커피 생각이 간절해서 그럴 수 없었다.

강가로 내려오니 훨씬 더 추웠다. 주전자를 여러 번 물에 담그려니 손가락이 얼얼했다. 그녀는 한 발로 물속에 있는 바위를 디디고 다른 발로 축축한 흙을 디딘 채 쭈그리고 앉아 주전자를 헹궜다. 조금이라도 중심을 잃으면 물에 빠질 위태로운 자세였다. 그렇게 생각하니 주전자가 충분히 깨끗해 보였다. 그녀는 주전자에 물이 흘러들게 해놓고 반짝거리는 수면을 바라보았다. 비단을 깔아놓은 듯한 강물은 세상 무엇보다 맑아 보였다. 그녀는 물에 비친 자기 모습을 응시했다. 물살 덕분에 얼굴과 머리칼에 묻은 페인트가 보이지 않아 얼마나 다행인지. 주전자에 물이 채워지자 넘치지 않도록 조심하며 천천히 몸을 일으켰다. 그때 물에 비친 그림자를 언뜻 본 것 같았다. 누군가 등뒤에 서 있었다.

"리프니? 가르다르?" 그녀는 천천히 고개를 돌렸다. 시야에 들어온 것은 경사진 오르막길과 두 갈래로 나뉘어 바다로 흘러드는 강의 지류뿐이었다. 그녀는 자신의 어리석음을 탓하며 머리를 절레절레 흔들었다. 리프는 부엌에서 훈제 고기를 찾고 있을 것이다. 가르다르는 발꿈치에 물집이 잡혔다며 구시렁거리고 있을 테고, 게다가 또다시 그녀를 놀랠 만큼 뻔뻔한 사람도 아니었다. 카트린은 다시 수면을 내려다보았다. 조금 전과 마찬가지로 자신의 그림자와 등뒤에 서 있는 또다른 그림자가 보였다. 왜 이런 착시현상이 생기는지 설명할 수가 없었다. 그녀는 다시 뒤돌아보았다. 시야에 들어온 것은 역시 처음과 다르지 않았다. 햇빛의 성가신 장난일까? 그녀는 너무 피곤해서 이유를 따져보고 싶지 않았다. 그녀의 등뒤가 아니라 물속에 있는 것의 그림자인지도 모른다. 특이한 모양의 돌이나 물살에 휩쓸리는 해초가 그렇게 보인 것일 수도 있다. 이러다가는 백년이 가도 커피를 못 마시겠다고 생각하며 그녀는 걸음을 옮겼다.

집으로 올라온 카트린은 비스듬히 기운 테라스 위에 주전자를 올려놓고 나대지에 무성하게 자란 구릿대 속으로 들어갔다. 마른 구릿대를 뽑는데 문득 겨울방학 전날 슬픈 얼굴로 말하던 남학생이 떠올랐다. 또래에 비해 키가 유난히 작고 학교생활을 힘들어하던 아이였다. 초등학교 1학년에는 그런 아이가 하나둘씩 있기 마련이지만 그 아이는 앞으로 잘 적응할 수 있을지 심각하게 걱정스러웠다. 금발에 살결이 희고 눈이 커다란 그 아이가 너무 큰 파카를 입고 작은 어깨에 큼지막한 책가방을 멘 채 천사 같은 얼굴로 교실에 들어왔을 때 카트린의 시선을 잡아끈 것은 그 눈이었다. 빤한 일상의 반복인 학교생활과 전혀 어울리지 않는 깊은 슬픔이 아이의 눈에 담겨 있었다. "가지 마세요." 아이가 말했다. 삐뚤빼뚤한 글씨로 가득한 동급생의 시험지를 채점하던 카트린은 색연필을 내려놓고 아이에게 부드러운 미소를 지었다. "무슨 소리니? 선생님 집에 안 가. 아직 할 게 좀 남았단다." 아이는 굳은 듯 그 자리에 서서 작은 손으로 책가방 끈을 만지작거렸다. "무서운 데 가지 마세요. 다시 못 돌아와요." 카트린은 아이가 아파서 열이 있나 싶었다. 하지만 빰이 창백한 것으로 보아 그런 것 같지는 않았다. "선생님 무서운 데 싫어해. 그런 데 안 가." 아이는 못박힌 듯 그 자리에 서서 움직일 줄 몰랐다. 약간 입을 벌리고 있어서 큰 앞니 두 개가 하얗게 빛났다. 아이는 다시 예의 슬픔 어린 목소리로 말했다. "그 집에 가지 마세요. 다시 못 돌아와요." 아이는 그대로 뒤돌아 교실을 나갔다. 카트린은 아무 말도 못하고 멍하니 앉아 있다가 아이가 문을 닫고 나간 다음에야 반 학생들에게 여행 간다는 말을 하지 않았음을 깨달았다. 어쩌면 그 짧고 기이한 대화의 영향 때문에 이곳이 그토록 낯설게 느껴지는지도 몰랐다.

카트린은 다시 구릿대 뽑기에 열중했다. 무서운 상상에 휘둘리고 싶지 않았다. 여기 이곳은 가르다르의 꿈이었다. 비록 잠시일지라도 그의 꿈을 지켜주고 싶었다. 철없는 어린아이가 한 말 때문에 불안해할 필요는 없다. 어느새 마른 구릿대가 한아름 모였지만 꾹꾹 누르면 얼마 되지 않을 것 같았다. 카트린은 뽑은 구릿대를 주전자 옆에 갖다놓고 더 가지러 갔다. 오솔길을 따라가다보니 점점 집에서 멀어졌다. 다시 구릿대가 한아름 모였을 때 저만치 보이는 얕은 구덩이 속에 새하얀 것이 눈에 띄었다. 그쪽 내리막길에는 구릿대가 훨씬 더 무성했다. 카트린은 뭔지 보려고 허리를 굽혀 시든 풀줄기와 죽은 잡초를 걷어내다가 깜짝 놀라 뒤로 물러서며 팔에 안고 있던 구릿대를 떨어뜨렸다. 세상에, 저게 뭐지? "가르다르! 리프! 이리 와봐! 여기 이상한 게 있어!"

4장

"나중에 얘기해, 사라." 프레이르는 소리가 들리지 않는 척 전화를 끊어버리고 싶은 충동을 느꼈다. 전화가 왔다고 해서 부리나케 달려왔지만 힘든 일과의 끝에 이혼한 아내의 전화를 받는 것만큼 달갑지 않은 일은 없었다. 최소한 동료들이 끊임없이 들락거리는 병원 병동에서 그러긴 싫었다. 이런 종류의 화제에는 원치 않아도 더 귀를 쫑긋 세우기 마련이니까. 프레이르는 마침 아무도 없을 때 재빨리 전화를 끊으려는 심산이었다. "병원으로 전화하지 말라고 했잖아." 당신 얘기 듣는 거 끔찍하다는 말이 목구멍까지 치밀어올랐다. 하지만 정신적으로 불안한 사라와 그런 식으로 싸우면서 전화를 끊고 싶지는 않았다.

수화기 속에서 거친 숨소리가 흘러나왔다. "당신이 내 말을 안 들어주잖아. 내 얘기를 들어줬다면 이렇게 똑같은 말을 반복할 필요도 없었겠지." 그녀가 곧 울음 섞인 높은 목소리로 말했다.

프레이르는 눈을 감고 눈두덩을 문질렀다. 사라와 헤어진 해에 그를 끔찍이도 괴롭히던 두통이 다시 찾아왔다. 관자놀이를 망치로 두드리는 것 같은 아픔, 어떤 진통제도 듣지 않는 두통이다. "사라, 난 당신 얘기 안 들어준 적 없어. 그냥 그런 걸 믿지 않을 뿐이야. 당신도 알잖아. 어쨌든 얘기해줘서 고마워." 마지막 말은 사실이 아니었다. 그는 사라가 꾸는 아들에 대한 꿈과 그녀가 들었다는 저세상의 메시지를 그냥 혼자서만 알고 있었으면 했다.

"지금 있는 곳이 너무 힘든가봐." 사라는 곧 울음을 터뜨릴 것이다.

"사라." 프레이르는 눈두덩을 더 세게 문질렀다. "제발 그런 생각 하지 마. 이제 우리가 할 수 있는 건 없어. 할 수 있는 건 그때 다 해봤잖아. 현실을 받아들여야 해. 벤니는 돌아오지 않아." 목소리가 살짝 떨렸다. 그는 눈에서 손을 떼고 눈을 크게 떴다. 사라가 집착하는 그 꿈이 마음의 상처를 후벼판 적이 얼마나 많았던가! 만약 사라와 헤어지지 않았다면 지금쯤 술독에 빠져 죽었거나 다른 방법으로 망가졌을 것이다. 그가 다른 무엇보다 바라는 것은 사라의 망상에 방해받지 않고 자신만의 방식으로 아들을 애도하는 것이었다. 사라와 한집에 살 때는 항상 일이 끝나고 집에 들어가는 것이 두려웠다. 그래서 최대한 늦게까지 남아서 일을 했는데 그 버릇은 아직까지도 버리지 못했다. 그러나 그것은 반년 전 이사온 낯선 도시, 잘 모르는 동네, 새집에 아직 정을 붙이지 못했기 때문이기도 하다. "이젠 현실을 받아들여. 당신 자신뿐만 아니라 다른 사람들을 위해서도. 나 이제 끊어야 해."

"꿈에 벤니가 나왔어. 지금 있는 곳은 너무 힘들대. 당신이 찾아내주길 바라고 있어."

프레이르는 소리지르고 싶은 것을 꾹 눌러 참았다. "됐어. 나중에 얘기해." 그는 수화기를 내려놓았다. 거의 매일 밤 잠 못 이루게 하던 질문이 머릿속을 스치고 지나갔다. 일곱 살 난 남자아이가 어떻게 환한 대낮에 흔적도 없이 사라질 수 있단 말인가? 벤니는 어디 숨었던 걸까?

왜 어디서도 발견되지 않은 걸까? 그는 의자에서 일어나 투박하고 조야한 전화기를 노려보았다. 마치 전화기가 답을 알고 있다는 듯.

노인이 기침을 하자 깡마른 몸이 앞뒤로 흔들렸다. "기침약 드릴까요?" 프레이르가 진료기록을 옆에 놓으며 물었다. "아니면 약은 더 안 드시고 싶은가요?"

병원 로고가 그려진 흰색 환자복을 입은 노인은 자줏빛 입술을 마치 두 개의 선처럼 양쪽으로 늘이며 웃었다. 틀니가 너무 커져서 웃을 때 얼굴에서 제일 두드러졌다. "아니, 왜 안 먹어?" 노인은 얕은 숨을 쉴 때마다 가슴에 파르르 떨리는 손을 조심스레 갖다댔다. "나는 주는 대로 약 잘 먹어. 그래야 낫지."

"옳으신 말씀입니다." 프레이르도, 환자 본인도 죽을 날이 가까웠다는 것을 잘 알면서 하는 말이었다. 노인은 아흔 살을 훌쩍 넘겼고 위암 말기다. 프레이르는 너무 피곤해서 삶과 죽음에 대한 깊은 이야기를 나눌 여유가 없었다. "예쁘네요. 아까 왔던 손녀딸인가요?" 그가 침대 옆에 놓인 액자를 들어 보이며 물었다. 짙은 갈색 머리를 길게 땋아내린 여자아이의 사진이다. 그러나 곧 오전에 엄마 손을 잡고 병실을 나간 아이는 사진 속 아이보다 어리다는 데 생각이 미쳤다.

노인은 밭은기침을 하며 짧게 웃었다. "관찰력이 좋으시구먼. 이건 우리 손녀 스바나가 이십 년 전에 찍은 사진이야. 지금은 다 커서 저만한 딸이 있지. 둘 다 얼마나 예쁜지 몰라. 이 할아비도 자주 보러 오고." 노인은 눈물이 글썽한 눈을 가늘게 뜨고 프레이르의 손을 유심히 살폈다. "의사 양반은 결혼 안 했나?" 기침발작이 이어지며 노인의 심문은 중단되었다.

"이혼했습니다." 프레이르는 청진기를 꺼냈다. "잠깐 좀 들어볼게요.

기침소리가 좋지 않아요."

"기침소리가 좋을 리 있나?" 노인은 대답을 기다리지 않았다. "재혼 안 하고 혼자 사는 건 잘못하는 거야. 암, 큰 잘못이고말고."

프레이르가 고개를 끄덕였다. "저도 그럴 생각은 없습니다. 문제는 적당한 여자가 없다는 거예요. 여자들이 제 뒤를 줄줄 따르지는 않더라고요." 그는 노인이 덮고 있는 이불을 내리고 환자복 단추를 끌렀다. "좀 차가울 겁니다. 아시죠?"

"아까 왔던 내 손녀딸 스바나도 혼자 살아." 노인은 프레이르의 눈을 똑바로 보았다. "아주 착하고 예뻐. 증손녀도 마찬가지고."

프레이르는 가볍게 웃어넘겼다. "여부가 있겠습니까? 두 사람 다 저한테는 너무 과분하죠." 그는 벽시계를 힐끗 보았다. "전 일이 너무 많은걸요." 그러고는 노인의 얼룩진 가슴에 청진기를 대고 여기저기 짚어 보았다. "증손녀는 몇 살이에요?"

"세 살. 말도 얼마나 잘하는지 몰라." 노인은 프레이르의 지시대로 말을 멈추고 기침을 해보았다. "오늘 유치원이 문을 닫아서 쉬었는데 증조할아버지한테 간다고 했다는구먼. 밤새 누가 유치원에 들어가서 기물을 다 부숴버린 모양이야. 어째서 그런 몹쓸 짓을 하는지, 원." 노인은 다시 말을 멈추고 프레이르의 지시대로 심호흡을 했다. 그리고 프레이르가 청진기를 도로 주머니에 넣자 말을 이었다. "절대 달라지지 않는 일도 있는 법이지. 재미로 남의 물건 때려부수는 놈들은 늘 있는 모양이니까. 이 파괴충동이란 게 무서운 거야. 내가 이곳 초등학교에서 아이들을 가르칠 때도 그런 일이 있었어. 끔찍한 날이었지. 이번에도 그때랑 비슷한 광경이었다면 유치원 선생들이 정말 안됐군."

"저도 오늘 아침 그 일로 유치원에 불려갔었습니다. 무슨 말씀이신지 저도 알아요." 프레이르는 다시 환자복의 단추를 채우고 이불을 덮어주었다. “어서 범인을 잡아야죠.”

“글쎄. 그때 초등학교를 부순 놈은 끝내 못 잡았어. 아마 죗값을 치르지 않고 저세상으로 갔겠지.” 노인은 침통한 표정으로 천천히 머리를 내둘렀다. “이 나이가 되면 알던 것도 다 까먹어. 그런데 그때의 살풍경은 잊을 수가 없어. 물건이 귀했을 때라 교구가 부서졌다고 옆 가게에 가서 사오고 그럴 수도 없었어. 정신적 피해가 다가 아니라 그 이상이었지. 몇 년이 지나서도 그 흔적이 남아 있었으니까.” 노인은 갑자기 심한 기침발작을 일으켰다가 잠시 후 목쉰 소리로 말을 이었다. “페인트를 아껴야 해서 벽의 낙서도 그대로 비치는 채로 두고 볼 수밖에 없었어. 나중에 학교 전체를 새로 칠하고 나서야 낙서가 없어졌지.”

프레이르는 다음 환자를 보러 가기 위해 노인의 말이 끝나기를 정중히 기다리고 있었다. 그런데 그건 아침에 유치원에서 본 것과 기분 나쁠 정도로 비슷한 이야기였다. 점심때 다그니와 통화가 되지 않아 수사에 진척이 있는지는 알 수 없었다. 어쩌면 다그니가 전화를 했을지 모르지만 일할 때 방해받기 싫어 휴대전화는 캐비닛에 두고 다녔다. 안타깝게도 그걸 어떻게 알아챈 사라가 데스크로 직접 전화를 거는 방법을 생각해낸 것이었다. “벽에 낙서가 돼 있었다고 하셨나요?”

“응. 도통 이해할 수 없는 낙서였어. 범인은 전하고자 한 메시지가 있었는지 모르지만 내가 보기엔 미친놈이야.”

“뭐라고 쓰여 있었는데요?”

“그냥 단어. 비슷한 단어들을 온 건물에 휘갈겨놨어.” 노인은 큼큼거리며 목청을 가다듬었지만 다행히 기침발작으로 이어지지는 않았다. “우리 반에는 추잡해라고 쓰여 있었어. 그걸로 뭘 말하려고 했는지는 모르겠지만.”

“추잡해, 요?”

노인의 연하늘색 눈동자가 프레이르의 눈과 마주쳤다. "그래. 난 그걸 범인 자신의 외모와 자신이 저지른 행동을 뜻하는 거라고 이해했어. 그러지 않았다면 너무 힘들었을 거야. 페인트에 가려서 흐릿하긴 했지만 그런 걸 몇 년씩 매일같이 봐야 하는 건 끔찍한 일이거든." 노인은 이불을 턱까지 끌어당겼다. "강당에 있는 건 더 심했어."

"거긴 뭐라고 쓰여 있었는데요?" 프레이르는 노인의 말을 끊고 일을 마무리한 후 집에 가서 두통약을 먹고 쉬어야 한다는 것을 알았지만 참지 못하고 그렇게 물었다. 인정하고 싶지 않았지만 그날 아침의 일이 생각보다 더 강렬한 영향을 미치고 있었다.

"더러워." 노인의 목소리는 마치 젊은 날의 굵직한 저음이 되살아난 듯 아까보다 힘있게 들렸다. 그 자신도 그것을 느꼈는지 있는 힘을 그러모아 침대에서 몸을 일으켰다. "강당에 그런 게 쓰여 있었다니까! 전교생이 모여 행사를 하는 곳에서 그런 걸 봐야 했으니 그 기분이 어땠을 것 같아?"

"정말 더러워가 맞습니까?" 프레이르는 자신이 잘못 들은 거라 생각했다. "오늘 아침 유치원에서 있었던 일을 손녀딸에게 듣고 착각하시는 거 아니에요?"

노인은 못마땅한 표정으로 그를 쏘아보았다. "당연히 아니지. 어제 일처럼 분명히 기억난다고 했잖아. 강당 벽에는 그 단어 하나뿐이었어. 더러워."

다그니도 그 노인 환자처럼 못마땅한 표정을 지었다. "그래서요? 범인이 육십 년 간격으로 학교와 유치원에 나타나 기물을 파손했단 말이에요?" 그녀가 천천히 머리를 내둘렀다. "그럼 범인은 적어도 일흔다섯 살이라는 얘긴데, 나더러 그 말을 믿으라고요? 노인 양반이 아침에 손녀딸에게 들은 얘기를 한 거겠죠."

"그건 아니래요." 프레이르는 초조한 기색을 감추려고 애썼다. 다그니에게 얘기하고 보니 자신이 생각해도 터무니없게 들리긴 했다. 하지만 그는 주장을 굽히지 않았다. 믿기 힘든 이야기를 하는 쪽은 언제나 사라였는데 그가 그 역할을 맡은 것이다.

"좋아요. 하지만 그 노인은 아흔이 넘었다면서요?" 다그니는 흔치 않은 미소를 지었다. "그냥 착각한 걸 거예요."

프레이르는 서류로 가득한 벽을 둘러보았다. "당시 사건자료가 있는지 찾아볼 수 있잖아요. 그러면 의심도 사라지겠죠. 그 환자 정말 확신에 차 보였다고요."

"경찰이 할 일이 얼마나 많은지 알아요? 보건복지 예산만 삭감된 게 아니라고요. 인력이 턱없이 부족해요. 유치원 사건보다 급한 사건도 많고요." 다그니는 두꺼운 서류뭉치를 들었다가 책상에 털썩 내려놓았다. "다른 사건이 이렇게 많아요. 지금 실정으로는 상습범들 데려다 조져보고 운좋으면 그중 하나가 자백하는 거고, 아니면 지문으로 찾아야 해요. 그도 아니면 범인이 다른 사건으로 잡혀들어오길 바라거나. 경찰 데이터에 이미 있을 가능성도 있지만 일일이 확인하려면 한도 끝도 없어요." 다그니는 어깨를 으쓱하며 한숨을 쉬었다. "유치원에서 나온 지문이 수백 개가 넘어요."

프레이르는 두꺼운 파카를 입고 있어서 등에서 땀이 났다. 하지만 책상 위에 쌓인 서류가 날아갈까봐 창문 열자는 소리를 하지 못했다. "얼마나 걸릴 것 같은데요?"

"일이 주? 만약 공공기물에 대한 보험 문제가 되면 보험사 쪽하고 연계해서 수사하는 건데 그건 아닌 거 같고, 지금으로선 우리 쪽에서 빨리 마무리짓고 끝날 것 같아요. 다른 일이 생기거나 범행동기가 밝혀지면 얘기가 달라지겠지만요. 생각을 해봐요, 누가 옛날 사건기록을 뒤져서……" 다그니는 머릿속으로 적당한 표현을 찾느라 잠시 말을 끊었다. "봐요, 뭘 찾아야 하는지도 모르잖아요."

프레이르는 아무 대꾸도 하지 못했다. 그 자신조차 육십 년 전 사건 보고서가 지금 와서 무슨 도움이 될지 몰랐다. 딱딱하고 불편한 의자에 앉아 몸을 이리저리 뒤채는 동안 차츰 다그니의 말이 옳다는 생각이 들었다. 이건 경찰이 공들여 수사를 펼칠 만한 사건이 아니다. 낙서는 페인트로 지우면 되고 파손된 기물은 수리하면 된다. 그러고 나면 금세 없었던 일이 될 것이다. 그는 더이상 사건에 간섭하지 않기로 마음을 굳혔다. 만약 다그니가 의학적 문제에 대해 이러쿵저러쿵한다면 자신도 기분이 좋지는 않을 것이다. 그가 할 수 있는 일은 더이상 없었다. "오늘 아침에 다른 큰 사건이 터진 거예요? 서둘러 나갔잖아요."

다그니는 생각에 잠긴 얼굴로 턱을 만졌다. "어차피 내일 병원에서 들을 테니까 그냥 얘기해줄게요. 벌써 들은 줄 알았어요."

"무슨 얘기요? 특별한 건 못 들었는데." 그는 사라와 통화하고 나서 일부러 아무 생각 없이 일만 했기 때문에 동료들의 수다를 전혀 듣지 못했다.

"어젯밤 수다비크의 교회에서 자살한 여자 시체를 목사가 아침에 발견하고 신고했어요. 그 일 때문에 서둘렀던 거예요."

"젊은 여자예요?" 프레이르는 아니길 바라며 물었다. 어린 학생들 사이에 자살이 유행처럼 번진 일이 있었기 때문이다.

"아니요, 할머니예요." 다그니는 서류더미 맨 위에서 종이 한 장을 집어들었다. "예순아홉 살." 그녀의 시선이 프레이르를 향했다. "은퇴하고 힘들었는지도 모르죠. 일에서 삶의 의미를 찾는 사람도 많으니까. 아니면 중병에 걸렸는데 고통받느니 깨끗하게 죽자 했을 수도 있고요."

프레이르는 진지한 표정으로 고개를 끄덕였다. 처음에는 자살한 사람이 여자라는 사실에 놀랐다. 아이슬란드에서 자살하는 사람 사분의 일만 여자라지만 통계상 서피오르에서는 그런 일이 일어날 만도 하다. 아이슬란드 전체를 통틀어 자살자의 수는 연간 칠십에서 팔십 명이다. 그중 대부분은 수도인 레이캬비크와 그 주변에서 일어난다. 서피오르가 그 뒤를 따르는 것은 이상한 일이 아니다. "연령이 높을수록 자살률도 높아지죠. 하지만 사건을 잘 모르긴 해도 은퇴해서 일이 없다고 자살했을 것 같지는 않은데. 그건 주로 남자들에게 해당되거든요. 뭐 가족이 이유를 알겠죠." 그는 파카 지퍼를 내렸다. "하지만 하필 교회에서 죽다니 특이하네요. 보통은 집에서 죽거나, 가족이 시체를 발견하는 게 싫으면 야외에서 죽거든요. 교회에서 자살하는 사람은 드물어요."

"신앙이 깊어서 죽는 순간 신의 곁에 있고 싶었을 수도 있죠. 하지만 광적인 신자는 아니었어요. 남편 말로는 그래요. 물론 거짓말일 수도 있겠지만. 그 남편도 광신도라서 이 일 자체를 우리랑 다른 관점에서 보고 있는지도 모르죠."

"그러니까 결혼을 했다고요?"

다그니는 고개를 끄덕였다. "네. 자녀가 셋, 손자가 다섯이에요. 그중 몇몇은 레이캬비크에 살지만 노인네들만 외롭게 떨어져 지냈던 건 아니에요."

"남편도 이유를 모르고요? 놀란 눈치예요?"

"네, 그런 것 같아요. 전혀 예상 못했는지 충격이 심해요. 병이나 우울증이 있었는데 남편이 숨기는 걸 수도 있겠죠. 최근 들어 신경이 예민하고 사람을 피하는 경향이 있긴 했는데 걱정할 정도는 아니었나봐요. 갑자기 이유 없이 예민해졌다가 괜찮아졌대요." 다그니는 프레이르의 눈을 똑바로 보았다. "그런데 이번엔 괜찮아지지 못한 거죠."

"어떻게 죽었어요?" 그는 다그니가 대답하지 않을지 모른다고 생각하면서도 물었다. 어차피 내일 부검하면 알게 될 일이긴 하다.

"목을 맸어요." 다그니는 프레이르의 반응을 살폈다. "그것도 아주 확실하게 맸죠. 교회 천장은 꽤 높잖아요."

"음, 그렇죠." 프레이르는 그런 시체의 몰골이 흉하다는 것을 익히 알고 있다. 아무리 힘든 삶이라도 죽음보다는 낫다는 것을 뒤늦게 깨닫기 때문에 목에 크게 상처가 남는다. "유서는 남겼어요?" 자살자 중 유서를 남기는 경우는 사분의 일 정도에 그친다. 그런 결정을 글로 표현하기가 힘들거니와 딱히 남길 말이 없기 때문일 것이다.

"그건 말 못해요." 다그니가 그의 시선을 피했다.

"이해해요." 프레이르는 살짝 미소 지었다. "이제 질문 그만할게요. 그 환자한테 들은 얘기를 전해주러 온 거예요. 중요할 수도 있을 것 같아서." 프레이르는 파카 지퍼를 다시 올렸다.

다그니는 그가 앉아 있는 흔들거리는 의자보다 훨씬 편안해 보이는 커다란 하이테크 의자 깊숙이 등을 기댔다. "그 초등학교 벽에 무슨 낙서가 돼 있었는지 얘기 안 했잖아요. 더러워 말고 다른 낙서도 있었대요?"

"네, 그거 하나만 있었던 게 아닌가봐요. 정확히 몇 개였는지는 모르지만 자기가 가르치던 반에는 추잡해라고 쓰여 있었대요. 아마 더 많았겠죠. 필요하면 그 노인한테 다시 물어볼게요."

다그니의 컴퓨터가 이메일이 왔음을 알렸다. 그러나 그녀는 아무 소리도 듣지 못한 기색이었다. 얼굴이 발갛게 상기된 채 잠시 침묵을 지킨 후 다시 평상시 모습으로 돌아왔다. 그냥 갑자기 더워졌던 걸까. "네, 그래요, 한번 물어봐줘요. 얘기 들어서 나쁠 건 없죠."

프레이르가 문을 닫고 나간 후 다그니는 컴퓨터 옆에 놓인 투명한 서류봉투를 집었다. 종이 한 장이 거꾸로 들어 있었다. 그녀는 봉투를 조심스레 들고 종이를 뚫어져라 바라보았다. 작은 여자 글씨가 빽빽이 채워져 있었다. 다그니는 수화기를 들고 잠시 번호를 누를 때를 제외하곤 종이에서 눈을 떼지 않았다. "베이가르 선배, 옛날 사건기록 보관하는 데가 어디죠?"

5장

빛바랜 흰색 나무십자가 두 개가 작은 식탁 위에 나란히 놓여 있었다. 그 스산한 모습은 군데군데 얼룩진 소박한 식탁과는 전혀 어울리지 않았다. "이 집하고는 아무 상관 없어." 가르다르가 딱 잘라 말했다. 카트린이 반대하지 않았다면 그는 그 십자가를 벌써 장작더미 속에 던져버렸을 것이다. "잘 봐, 아랫부분이 부러졌잖아. 누가 어디 무덤에서 빼다가 갖다버린 거라니까. 만약 거기 무덤도 있었다면 풀 사이에 십자가 밑동이 튀어나와 있었겠지."

"도대체 누가 무덤에서 십자가를 빼서 우리집 앞에 갖다놔?" 카트린은 흥분해서 말하면서도 비바람을 맞은 십자가에서 눈을 떼지 못했다.

"내 생각도 그래." 리프는 식탁에서 되도록 멀찍이 떨어진 구석에 서서 팔짱을 낀 채 미심쩍은 눈으로 십자가를 건너다보았다. 발치에는 퓌티가 잠들어 있었다. 소시지 두 조각을 얻어먹은 뒤였는데 꿈속에서 대단한 모험이라도 하는지 이따금 몸을 움찔거렸다. "누가 그런 짓을 해?"

"그런 식으로 질문해선 안 되지. 어린아이와 젊은 여자가, 아마 아이 엄마겠지, 이 집 뒤에 묻혀 있을 이유가 뭐야? 내 생각엔 누군가 십자가를 여기 갖다버린 것보다 그게 더 말이 안 돼. 그리고 만약 이 십자가가 반세기 동안 저기 밖에 있었다면 이것보다 훨씬 상태가 나빠야 해. 누군가 몇 년간 돌봤다는 건데 이 집은 계속 비어 있었던 거나 마찬가지거든." 가르다르의 시선은 십자가에 붙은 구리판에 가닿았다. 휘기 1946~1951/ 베르그디스 1919~1951. 그는 눈두덩을 문질렀다. "다 잊어버리고 원래 자리에 갖다놓자. 이사피외르뒤르에 가서 물어보면 아는 사람이 있을지도 몰라. 내 생각엔 십자가를 비석으로 바꾸고 나서 원래 있던 십자가를 못 버린 게 아닐까 싶어. 죽은 사람들이 이 집과 상관이 있는지는 알 수 없지만 어쨌든 아무것도 아닌 걸로 큰일 만들지 말자고."

카트린은 생각에 잠겨 윗입술을 잘근잘근 씹었다. "그래, 그 말이 맞을지도 몰라." 그녀의 시선이 지저분한 부엌 창문 너머에 붙박여 있었다. "그래도 이상해. 자기는 웃을지 모르지만 이건 뭔가 정상이 아니야. 처음에 잡초 사이에서 이걸 발견했을 때 뭔가 잘못됐다는 느낌이 분명하게 들었어. 십자가 두 개가 가지런히 놓여 있었다니까. 그냥 아무렇게나 언덕 아래로 내던진 게 아니야."

"하지만 왜?" 리프는 구석으로 뒷걸음치며 몸을 움츠렸다. "난 벌써 그 사람들이 거기 묻혀 있는 거 같아."

"왜 그랬는지는 알 수 없지만 만약 내가 시체 두 구를 묻는다면 편평한 땅을 고르지 그런 내리막길에 묻지는 않을 거야. 혹시 무덤을 숨기려던 게 아닐까?" 카트린은 자신의 목소리가 떨리는 것을 깨닫자 짜증이 났다.

"그래서 십자가를 그 위에 세웠다고?" 가르다르가 힘없이 웃었다. "말이 안 되잖아. 십자가들은 딴 데 있던 거야. 혹시 밑동이 있나 자세히 살펴봤는데 못 찾았어. 무덤 같은 건 없다니까."

"삽을 가져가서 한번 파봐야 하지 않을까?" 카트린은 내심 가르다르가 반대하기를 바라며 그를 보았다. 집 가까이에서 관이나 해골 같은 걸 보긴 싫었다. "거기 말고 집 주변 다른 어딘가에 있을지도 모르잖아?"

"그래, 확인해봐야 해. 집 주변에서 무덤이 나오면 난 딴 데로 갈 거야. 배가 없으면 헤엄을 쳐서라도." 리프가 흥분해서 외쳤다. 리프의 격한 반응에 카트린은 흠칫 놀랐다. 평소에도 상당히 충동적이지만 이 정도로 예민한 성격은 아니었다. 아마도 에이나르가 죽은 지 얼마 되지 않았는데 그런 식으로 죽음을 연상하는 것이 싫어서일 것이다.

"쓸데없는 소리 하지 마." 가르다르가 큰 소리로 말했다. "가긴 어딜 가? 그리고 무덤 찾는다고 삽질할 일도 없어. 정말 내가 이 집 주변을 파고 다니길 원해?" 그러고는 대답을 기다리지 않고 말을 이었다. "난 절대 못해. 첫째, 파봐야 아무것도 안 나오니까. 둘째, 그냥 시간낭비니까." 그는 의자에서 힘겹게 일어났다. "게다가 그 빌어먹을 등산화 때문에 걷기도 힘들어. 발이 얼마나 아픈지 알아?" 그는 절뚝거리며 문가로 가서 벽에 다리를 대고 스트레칭을 했다. "제시간에 집수리를 마치려면 서둘러야 해. 내가 피곤한 몸에 물집 잡힌 발로 주변에 오래된 무덤이 있나 찾아 헤매고, 삽이 돌멩이에 부딪힐 때마다 너희가 꺅꺅 소리를 질러대면 그럴 수가 없다고."

카트린도 그의 말이 옳다는 것을 알았다. 좀더 부드럽게 표현할 수는 없나 싶었지만 꾹 참았다. 이렇게 고립된 장소에서 서로 기분을 상하게 하는 것만큼 불필요한 일은 없었다. "좋아, 그래도 이상한 건 이상한 거야. 그건 인정해야 돼."

"이상하다고? 이건 그냥 이상한 정도가 아냐." 리프가 노골적으로 말했다. "완전히 비정상이야. 혹시 이 집에 살았던 사람 사이코 아니야? 이래서야 앞으로 뭐가 나올지 어떻게 알아?"

가르다르는 집을 살 때 들은 이야기가 있지만 카트린에게 함구한 것이 분명하다. 하지만 카트린에게도 잘못이 없지는 않다. 집에 대해 큰 관심을 보이지 않은 채 가르다르가 집수리 계획을 세우고 목재니 전기드릴 부품이니 이것저것 사들이는 동안 남의 일처럼 구경만 했으니까.

"혹시 집주인이 십자가와 관계있는 사람이야? 어떤 사람이었어?" 그녀는 늦게나마 물었다.

가르다르는 오른다리를 내리고 왼다리를 들어 벽에 대고 쭉 뻗었다. 얼굴이 더 찡그려지는 걸 보니 이쪽 스트레칭이 더 효과가 있는 모양이다. "별로 들은 얘기도 없어. 그냥 평범한 사람이야. 십자가하고도 상관없고. 집을 산 것도 십자가가 세워지고 한참 뒤야." 그는 스트레칭을 마치고 벽에서 다리를 내렸다. "게다가 독신이었어. 결혼도 안 했고 아이도 없었어. 레이캬비크에서 십자가를 가져왔을 리는 없잖아. 이 집에서 생활한 적도 없고 이사피외르뒤르에 사는 사람도 아니었어."

"사람들 모르게 여자를 들인 거 아닐까?" 리프가 가볍게 떨리는 목소리로 말했다. "그 여자랑 아이를 낳았는데 둘 다 죽인 거 아냐?"

가르다르는 어이없다는 듯 천장을 올려다보았다. "그럼 몇 살에 아버지가 됐게? 휘기가 태어났을 때 집주인은 열 살이었어." 그가 한숨을 푹 내쉬었다. "그 십자가는 이 집과 아무 상관 없어. 등산하는 사람들이 주워서 들고 다니다가 거기 던져놨겠지."

"나 어젯밤에 자다가 이상한 목소리를 듣고 깼어." 리프는 얼굴이 하얗게 질리도록 입술을 앙다물었다. "아침에 왜 너희한테 얘기 안 했는지 나도 모르겠어. 일층에서 나는 소리였어. 이 집 뭔가 잘못됐어."

"아, 그만 좀 해." 이야기가 그런 방향으로 흐르는 것이 몹시 신경에 거슬리는 듯 가르다르가 성급하게 내뱉었다. 아마 속으로는 에이나르나 다른 남자가 있어서 함께 여자들을 비웃으며 못이 어쩌고저쩌고 하는 얘기나 할 수 있기를 바랐을 것이다. "자다가 꿈꾼 거겠지. 이 집이 문제가 있긴 하지만 낡아서 그런 거야. 우리가 여기 온 것도 수리를 하기 위해서고." 가르다르는 머리를 내두르며 혼자 구시렁거렸다. "목소리가 들린다고? 맙소사."

"분명히 들렸어. 사람이 내는 목소리였어. 아이 목소리." 그 순간 대들보가 삐걱거렸고, 리프는 지레 겁을 먹고 움찔했다.

"그래." 가르다르가 득의양양해서 말했다. "이 소리였겠지. 이렇게 오래된 통나무집에서는 별의별 소리가 다 나. 밤에 조용할 때는 이상하게 들릴 수 있어."

"나무가 삐걱거리는 소리가 아니었다니까. 사람 목소리였어."

그만하면 리프의 꿈 얘기는 실컷 들은 것 같았다. 카트린은 더이상 상상력에 불을 지피고 싶지 않았다. 그랬다간 집안에서 무슨 소리가 나건 대화나 속삭임이라고 생각할 테니까. "가르다르 말이 맞아, 리프. 너 꿈꾼 거야. 선잠 들면 말도 안 되는 것도 현실로 느껴지잖아." 그녀는 리프가 뭐라고 대꾸하기도 전에 가르다르에게 물었다. "집주인에게 자녀가 없었더라도 유산상속인은 있었을 거 아냐. 왜 집을 내놓은 거지?" 낡아빠진 집 상태를 고려하면 그 질문은 좀 우스꽝스럽게 들렸다. 그러나 선장이 말하길 이 근처 집들은 꽤 인기 있다지 않던가.

"그걸 내가 어떻게 알아? 늙은이들이라 여기까지 배 타고 들어오고 싶지 않았나보지. 전기도 없고 집은 수리할 게 산더미고. 누구나 선뜻 나서기 힘들 거야. 집보다 돈이 더 필요했을 수도 있고. 이유를 찾으려면 수천 가지도 넘어. 그래서 중개인한테 물어보지 않은 거야. 물론 너희라면 물어봤겠지만."

"나라면 분명히 물어봤을 거야." 리프가 말했지만 카트린은 그 말을 곧이곧대로 듣지 않았다. 그녀가 아는 리프는 사려 깊고 신중한 성격과는 거리가 멀다. 뭔가를 판단할 때도 '끝내준다' 아니면 '완전 후지다' 둘 중 하나고, 결정을 내릴 때도 오랜 고민 없이 후딱 해치운다. 그것은 아마 에이나르와 리프의 경제적인 배경 때문일 것이다. 결정을 하나 잘못 내렸다고 크게 영향받는 일이 없었던 것이다.

집 이야기를 하다보니 대화가 엉뚱한 방향으로 흘렀다. 카트린은 십자가 때문에 소란을 피운 것이 후회되기 시작했다. 그것 때문에 가르다르는 아픈 발을 이끌고 밖으로 달려나와야 했고, 리프는 잔뜩 겁을 먹었다. 그냥 십자가를 두고 집으로 돌아왔다면 좋았겠지만 이미 엎질러진 물이다. 카트린은 이 상황에서 가능한 최선의 것을 끄집어내기로 했다. 고립된 상태가 그녀 안에 불러일으킨 불편한 감정을 리프가 알아채지 못하도록 떨쳐버려야 했다. 조금이라도 당황한 기색을 보이면 리프의 히스테리는 걷잡을 수 없어질 것이다. 카트린은 의자에서 일어나 가르다르에게 다가갔다. "우리가 그 자리에 없었던 걸 다행으로 여겨. 만약 있었다면 자기는 이 집 절대 못 샀을걸." 카트린은 가르다르의 허리를 껴안았다. 두꺼운 파카를 통해 그의 체온이 느껴졌다. 그러나 가르다르는 그녀를 안아주지 않고 멀뚱멀뚱 서 있기만 했다. 리프 앞이라 불편한 것이리라. 가르다르는 평소에도 남들이 보는 데서 애정표현하는 것을 별로 좋아하지 않았다. 그것을 잘 알면서도 카트린은 왠지 다른 이유가 더 있는 것 같다는 생각이 들었다. 가르다르가 뭔가를 알고 있으면서 자신에게 숨기는 것 같았다.

"그러게. 천만다행이네." 가르다르는 헝클어져 얼굴로 흘러내린 카트린의 머리칼을 귀 뒤로 넘겨주고 리프를 건너다보며 눈을 찡긋했다. 카트린은 리프의 표정을 볼 수 없었지만 이 화해의 제스처를 통해 리프도 마음의 안정을 얻기를 바랐다. 가르다르는 다시 카트린에게 시선을 돌리며 어깨를 감쌌다. "자, 이제 말싸움 그만하고 일해야지?"

카트린은 한숨을 푹 쉬었다. "페인트칠은 이제 더 못하겠어. 눈감고 할 수 있는 일은 없나?" 카트린은 가르다르의 품이 너무 편안해서 떨어지고 싶지 않았다. 식탁을 차릴 때부터 해가 뉘엿뉘엿 지기 시작하더니 어느새 어둠이 찾아왔다. 갑자기 부엌은 더이상 초라해 보이지 않았다. 노란색으로 칠한 벽도 그럴듯해 보이고 오래된 얼룩들도 두드러지지 않았다.

가르다르는 어색하게 카트린을 한 번 안았다가 놓았다. "바깥은 아직 완전히 어두워지지 않았으니까 그동안 뭘 좀 할 수 있을 거야. 테라스의 썩은 마룻장부터 뜯어내자. 일하다보면 추위도 못 느낄걸. 자, 어서, 리프. 너도 신선한 공기를 마시면 기분이 나아질 거야."

"뭘 하든 집안에 혼자 있지만 않으면 괜찮아." 리프의 목소리는 다시 힘을 찾아 평소와 다름없이 들렸다. "게다가 여기보다는 밖이 따뜻하겠지. 나 얼어죽을 지경이야." 그러고는 자고 있던 퓌티를 발끝으로 살짝 건드렸다. 퓌티는 바로 눈을 뜨고 잠들었던 것이 민망한 듯 기지개를 켜며 하품을 했다.

리프의 말을 들으니 카트린도 갑자기 한기가 들었다. 어스름과 함께 추위가 온 집안에 내려앉았다. 그녀는 반사적으로 재킷의 지퍼를 목까지 잠그고 소매를 손등 위로 끌어내렸다. 밖에서 일하다보면 더워질 테지. "나도. 일하고 들어오면 바로 벽난로 때야겠어. 아끼고 자시고 할 거 없어." 하지만 난방을 하는 건 최대한 미룰수록 좋았다. 선착장에서 집으로 나를 때는 한없이 많아 보이던 장작이 어제 잠자기 전 가지러 가서 보니 말도 안 되게 적은 느낌이었다. 세 사람 중 누구도 마지막 남은 밤들을 추위에 떨며 보내고 싶지 않았기에 장작은 최소한만 사용하기로 했다. "자기가 십자가를 원래 자리에 갖다놓으면 악마가 쫓아온다는 듯이 열심히 일할 수 있을 것 같은데. 오늘밤 저걸 집안에 두고 자기는 정말 싫거든." 좋은 의도였음에도 그렇게 말이 나와버렸다. 깊숙이 자리잡은 불쾌감 때문에 아무리 마음을 다잡아도 카트린 자신이 가겠다고 할 수는 없었다.

"동감!" 리프가 훨씬 더 쾌활해진 목소리로 말했다. "나도 저거 내놓지 않으면 오늘밤에 한숨도 못 자."

가르다르는 너희가 언제부터 그렇게 예민했냐고 말하려는 듯 입을 뻥긋했으나 곧 아무 말 없이 고개만 끄덕였다. 그는 십자가를 들고 부엌을 나갔다. 부엌과 뒷문 사이에는 작은 다용도실이 있다. 그곳에 누가 비상식량을 두는 수납장을 들여놓은 터였다. 선반은 대부분 비어 있었다. 그들이 연장을 보관하기로 한 맨 아래 칸을 제외하면, 먼지를 뒤집어쓴 빈 나무상자와 주인을 알 수 없는 물건이 담긴 종이상자 몇 개가 전부였다. 세 사람은 그곳에서 서로 부딪치지 않도록 조심하면서 파카를 입었다. 가르다르는 십자가를, 카트린은 쇠지레와 망치를 들었다. 리프의 손에는 부엌에서 꺼내온 콜라 캔 하나만 달랑 들려 있었다. 밖으로 나오니 상쾌한 공기가 폐 속으로 밀려들었다. 카트린은 걸음을 멈추고 심호흡을 하며 오늘의 마지막 노동을 시작하기 전에 잠시 아픈 근육을 쉬게 했다. 그새 가르다르는 퓌티를 이끌고 십자가를 원래 있던 곳에 두러 언덕 아래로 내려갔고, 리프는 테라스에 앉아 콜라를 홀짝거렸다. 두 여자는 가르다르가 구릿대를 헤치고 더듬더듬 나아가는 모습을 말없이 지켜보았다. 퓌티는 덤불에 가려 금세 보이지 않았다. 가르다르도 십자가를 내려놓으려고 허리를 굽히자 시야에서 사라졌다. 그의 모습이 바로 다시 나타나지 않자 카트린의 심장박동이 빨라지기 시작했다. 만약 가르다르가 이대로 사라져버린다면 어떻게 될까? 리프는 바로 자제력을 잃고 미쳐버릴 것이다. 아마 자신도 다르지 않으리라.

걱정도 잠시, 낯익은 파란색 파카가 구릿대 사이에 다시 나타났다. 이 년 전 카트린이 비싼 돈을 주고 크리스마스 선물로 사준 것이다. 가르다르는 모자를 벗고 그들을 향해 엄지손가락을 높이 치켜올리며 웃었다. 카트린은 마음이 놓였으나 불길한 느낌은 여전히 가시지 않았다. 집 옆에 서 있는 키 작은 나무에 마지막으로 남은 메마른 이파리처럼 이 적막한 곳에서 혼자가 되는 상상을 떨칠 수 없었던 것이다. 카트린은 웃는 얼굴로 그에게 손을 흔들었다. 그리고 다음에 가르다르와 리프가 산에 올라가게 되면 자신도 꼭 따라가리라 마음먹었다. 걷기가 아무리 힘들어도 두 사람이 저 위에서 무슨 일을 당해 사라져버리고 혼자 남는 것보다는 훨씬 참을 만할 것이다.

"자, 이만하면 해결한 것 같지." 가르다르가 하얀 입김을 작게 뿜었다. 발치의 퀴티도 작은 입김을 내뿜었다. "자, 조금이라도 빛이 남아 있을 때 일 좀 할까?" 가르다르는 바닥까지 푹 꺼진 테라스 구석을 발로 힘껏 밟았다. 가장자리에 엉덩이를 걸치고 앉아 있던 리프의 몸이 덩달아 들썩거렸다. "성한 데가 없이 다 썩었군."

"이걸 다 들어내려고?" 카트린이 테라스에서 메마른 풀밭으로 내려갔다. 리프의 몸이 다시 들썩였고 그 바람에 콜라가 넘쳐흘렀다. "그러려면 나무가 있어야 해."

"이 집에 필요한 걸 다 가져오려고 했으면 아마 지금도 짐 나르고 있었을걸. 그건 다음번에 가지고 와야지. 그때는 목수도 같이 데려오고." 가르다르는 카트린이 들고 있는 지렛대를 향해 손을 뻗었다.

"목수를 데려와? 그럴 돈 없어. 난 이번에 사온 걸로 충분할 줄 알았는데." 카트린은 열이 뻗쳤다. 그들은 파산 직전이었다. 가르다르가 번 돈은 주식으로 다 날렸고 남은 건 빚뿐이다. 사실은 이미 파산한 것이나 다름없다. 은행에서 무슨 편법을 써서 겨우 버티고 있는데, 카트린은 자세한 내용을 전혀 알고 싶지 않았고 가르다르가 알아서 하게 내버려두었다. 그러나 은행 담당 직원의 얼굴을 보면 시한폭탄 재깍이는 소리와 함께 이제 빵 터질 일만 남았다고 말하는 것 같았다. 만약 빚이 없고 자전거만 타고 다닌다면 자기 월급과 가르다르가 받는 실업수당으로 어떻게든 살 수 있을 것이다. 원래 다음달 이자로 내려고 했던 돈은 집수리에 다 써버리고 지금은 한푼도 남지 않았다. 그런데 이 외진 곳으로 출장비를 줘가며 풀타임으로 목수를 고용한다니 집을 다 부수고 새로 짓자는 것이나 다름없이 비현실적인 생각이었다. "그럴 형편이 안 된다는 건 자기도 잘 알잖아."

단순히 전문 업자를 고용하는 것 이상의 문제였지만 가르다르는 이번에도 역시 카트린의 말을 가볍게 무시했다. 그들의 앞날이 바람 앞의 촛불처럼 위태로웠고 그들이 품었던 희망과 계획은 무산됐다. 계획이라고 해봐야 대단한 것은 아니었다. 내 이름으로 된 집, 자동차 두 대, 그리고 나중에 아이를 낳아 키우겠다는 평범한 꿈이었다. 카트린은 가슴이 아파도 그 꿈을 포기할 수 있었지만 가르다르는 여전히 현실을 직시하지 못했다. 혹시 자신들에게 생긴 일을 한마디라도 입 밖에 내면 그대로 운명이 정해진다고 믿는 건 아닌지 의심스러운 지경이었다.

"일단 이쪽 구석만 뜯어내고 생각해보자." 가르다르는 썩은 널빤지 사이에 지렛대를 끼워넣고 힘껏 눌렀다. 가르다르가 테라스를 뜯어내기 시작하자 소음 때문에 대화는 자연스럽게 중단되었다.

카트린은 옆에 서서 그를 지켜볼 뿐 기분이 상해서 같이 작업할 마음이 전혀 들지 않았다. 다시 으슬으슬 추위가 밀려들었다. "돈 걱정은 하지 마." 어느새 다가온 리프가 그녀의 귓가에 속삭였다. "목수가 필요하면 내가 부를게. 나도 동업자잖아. 돈은 충분해." 그녀는 카트린의 어깨에 손을 얹었다가 겸연쩍어하며 곧 거두었다. "에이나르가 금융위기 직전에 가지고 있던 돈을 조금만 남기고 다 유로화로 바꿨거든. 거기다 생명보험도 들어놓았고. 그래서 사는 데 걱정은 없어. 내가 뭐 돈을 많이 쓰는 것도 아니고."

카트린은 리프를 쳐다보며 웃었다. 카트린은 리프만큼 옷, 가방, 신발을 사들이고 머리하는 데 돈을 많이 쓰는 여자를 알지 못했다. 아무리 경제적으로 탄탄하다고 해도 에이나르 생전에 그녀가 살아왔던 방식을 고수하기에는 어쩌면 충분치 않을 것이다. 어쨌든 장기적으로 볼 때는 분명 모자랄 수밖에 없다. 에이나르는 금융위기 전에 억대 연봉을 받는 큰 회사의 사장이었다가 회사가 매각되면서 평생 돈 걱정 없이 살 수 있는 큰돈을 쥐었다. 그러나 목돈이 아무리 좋아도 꼬박꼬박 받는 월급과는 달라서 잘못 투자하면 심각한 타격을 받기 마련이다. 게다가 리프는 그러기 딱 좋은 성격이고 그렇다고 어디 취직해서 돈을 벌 능력도 못 되었다.

"말은 고맙지만 집수리는 우리 힘으로 하는 게 좋겠어. 너한테도 그게 낫고." 카트린은 리프가 좋은 뜻으로 한 말임을 알았기에 상냥하게 말했다. 자신도 똑같은 액수를 내놓을 수 있다면 모를까 지금 상황에서는 리프에게 한푼도 받고 싶지 않았다. 그리고 리프가 아무리 고귀한 뜻으로 제안했다 해도 가르다르가 에이나르의 아내였던 사람에게 손을 벌릴 리 없다.

"어쨌든 내 뜻은 전했으니까 필요하면 얘기해." 콜라를 한 모금 마시는 리프는 어느 정도 마음이 안정된 듯 보였다. 그녀는 여전히 널빤지를 뜯어내느라 열심인 가르다르를 지켜보고 있었다. "사실 여기 함께 데려와줘서 너희한테 얼마나 고마운지 몰라. 혼자 있는 거 너무 지겹거든."

"고맙긴, 당연할 걸 가지고." 카트린이 대꾸했다. 순간 바람 한줄기가 집을 휘돌아나왔고, 한기가 옷 속까지 파고들었다. 그러나 가르다르가 끙끙거리며 들어올리던 긴 널빤지가 부러지면서 수십 년간, 아니 백 년쯤 햇빛을 못 보고 테라스 아래 있었던 것 같은 흙이 드러나자, 추위도 잊어버렸다. 처음에는 특별한 게 보이지 않았다. 그런데 잠시 뒤 검은 흙 속에서 누르스름한 윤곽이 눈에 들어왔다. "저게 뭐야?"

가르다르는 뜯어낸 널빤지를 옆에 놓고 구멍 안을 들여다보았다. "글쎄, 잘 모르겠는데." 그가 몸을 숙이고 흙 여기저기를 쑤셨다. "뼈네. 새 뼈인 것 같아." 그러더니 마른 흙을 치우고 손가락만한 뼈 두 개를 끄집어냈다.

"아냐, 이거 새 뼈 아니야." 카트린은 가르다르 쪽으로 몸을 숙였다. 뼈는 지저분하고 오래돼 보였다. "새 뼈라기엔 너무 두꺼워. 내가 보기엔 양 뼈 같은데. 그런데 뼈다귀가 어떻게 테라스 밑으로 들어간 거지?" 십자가를 발견했을 때와 같은 불안감이 다시 찾아왔다. 카트린은 뼈에 대해 아는 게 별로 없지만 이 뭉툭한 것이 새 뼈가 아니라는 것은 알았다. 순간 사람의 뼈일지도 모른다는 생각이 들었다. 집 주변에 있을까봐 두려워했던 무덤이 사실은 집 밑에 있었단 말인가?

"으, 정말 뼈다귀야?" 리프가 콜라 캔을 던지고 카트린의 어깨 너머로 구멍 속을 들여다보았다.

"고기 먹고 남은 게 썩은 거 아닐까? 아니면 여우가 물어다놓은 뼈다귀일 수도 있어. 아니면 여우의 보금자리였거나. 집도 오래됐고 뼈다귀도 꽤 오래돼 보이잖아." 가르다르가 조심스레 흙을 더 치우자 정말 여우 같은 짐승의 뼈다귀 구조가 나타났다. "거봐! 내 말이 맞지?"

"하지만 어째서 죽은 여우가 테라스 밑에 있어?" 카트린은 구멍 안으로 들여다보이는 곳을 눈으로 샅샅이 훑었지만 움푹 팬 시커먼 흙구덩이 말고는 아무것도 보이지 않았다. "여우는 원래 보금자리에서 죽잖아?"

"여우마다 다르겠지. 혹한기에 굶어죽었을 수도 있고." 가르다르는 어깨를 으쓱했다. "이 두 개도 아마 여우 뼈일 거야." 그는 처음 발견한 뼈 두 개를 전체 뼈 구조에 맞춰보았지만 전혀 맞지 않았다. 세 사람은 아무 말이 없었다. 어스름 속에 들리는 것이라고는 가르다르의 손에 들린 뼈다귀 냄새를 맡아보고 깜짝 놀라 뒤로 물러난 퓌티가 낑낑거리는 소리뿐이었다.

카트린이 가르다르의 말이 틀렸다는 것을 깨달았을 때는 셋이 나란히 침낭을 깔고 누웠을 때였다. 여우는 사람이 사는 곳을 좋아하지 않기 때문에 인가 밑에 보금자리를 만들었을 리 없다. 카트린은 가르다르의 옆구리를 툭 쳐서 그에게도 말해주고 싶은 것을 겨우 참았다. 그는 깊이 잠들어 있었고, 게다가 겁먹은 리프를 더 자극해서는 안 되었다. 곤히 잠든 리프의 침낭 위에서 퓌티가 몸을 동그랗게 만 자세로 잠들지 않고 깨어 있었다. 카트린은 여우가 어떤 경로로 테라스 밑에 들어가게 됐는지 한참 생각하다가 결국 답을 얻지 못하고 잠들었다.

아래층에서 웅얼거리는 소리가 들리기 시작했을 때는 이미 카트린의 호흡이 일정해진 뒤였다. 아이의 나지막한 목소리가 똑같은 말을 계속 반복하고 퓌티가 낮게 으르렁거렸지만 피곤해서 곯아떨어진 세 사람은 아무 소리도 듣지 못했다.

6장

환자는 상태가 좀 호전된 듯 프레이르가 마지막으로 들렀을 때처럼 불안해 보이지 않았다. 그 밖에는 모든 것이 똑같았다. 그녀는 똑같은 의자에 앉아 똑같은 창문으로 여느 때와 같이 밖을 내다보고 있었다. 공기 중에는 매일 라이스푸딩만 먹는 것이 아닐까 싶을 만큼 어제와 똑같이 계피향이 떠돌고 있었다. 가는 실로 성기게 짠 숄이 왼쪽 어깨로 약간 흘러내리고 블라우스의 맨 윗단추가 잠기지 않아 베이지색 브래지어 끈이 살짝 보였다. 모든 것이 어제와 똑같았다. 심지어 치맛단 밑으로 보이는 두꺼운 나일론 타이츠도 똑같은 자리에 올이 나가 있었다.

"어제 산책 안 나가셨다면서요. 제가 말씀드렸을 땐 나쁘지 않은 생각이라고 하셨잖아요. 날씨가 좋은 동안은 놓치지 말고 최대한 누려야죠." 프레이르는 평소보다 목소리를 높였다. "규칙적인 산책이 얼마나 중요한지 잘 아시잖아요. 피곤하거나 기분이 안 좋으면 오래 하지 않아도 돼요. 잠깐이라도 신선한 공기를 마시며 걸으면 한결 좋아질 거에요, 우르술라."

"나가기 싫어." 그녀는 마치 금방이라도 죽을 사람처럼 힘없이 말했다. "지금은 싫어. 여기도 싫고."

프레이르는 뭐라고 대꾸할 말을 찾지 못했다. 우르술라는 일 년 전쯤 이사피외르뒤르로 옮겨왔다. 새로운 환경에 적응할 만한 시간이지만 그 속도는 더디기만 했다. 완벽하게 적응할지는 예측할 수 없었으나 초반에는 프레이르도 뚜렷한 진전을 보이리라는 기대를 품었다. 이송은 빠르게 이루어졌다. 이사피외르뒤르 말고는 다른 선택지도 없었다. 1940년생인 우르술라는 독신으로 늙었기 때문에 노환에 시달리는 오빠를 제외하고는 가족이 없다. 그 유일한 혈육이 이사피외르뒤르에 살기 때문에 이곳으로 결정된 터였다. 뿐만 아니라 그녀가 어린 나이에 발병해서 레이캬비크에 있는 병원으로 보내지기 전까지 살았던 곳이기도 하다. 십대 시절 망상과 끊임없는 공포 증세를 보여 떠났다가 오십 년도 넘게 발을 붙이지 않은 도시에 살날이 얼마 남지 않은 늙은이가 되어 돌아온 것이다.

그녀의 상태로 봐서는 새로운 환경에 적응할 수 있을지 불투명했다. 어렸을 때 가정환경이 불우했고 학교에서도 왕따를 당했다. 병의 증세가 나타났을 때도 제대로 주변의 관심을 받지 못한 채 그저 고집 세고 이상한 아이로 찍혔다. 그래서 이사피외르뒤르에서 보낸 어린 시절은 그녀에게 좋은 추억이 아니다. 그런데도 이곳으로 보내진 것이었다. 그런 결정은 프레이르가 그의 전공 분야에서 일하는 것을 별로 좋아하지 않는 이유이기도 했다. 일반의학은 정신과처럼 끝없는 절충과 관료주의의 영향을 많이 받지 않았다. 우르술라의 경우는 관료들이 얼마나 배려와 이해가 없는지 보여주는 좋은 예고, 프레이르는 그런 행태를 마주할 때마다 일하고 싶은 마음이 뚝 떨어졌다. 클레퓌르 정신병원 제7병동이 문을 닫으면서 열두 명이 다른 곳으로 옮겨가야 하는 처지가 됐고, 우르술라도 그중 한 명이었다. 제7병동은 수십 년간 마음의 병을 앓는 사람들과 중증 행동장애 환자들을 위한 시설이었다. 우르술라를 비롯해 환자 몇 명은 그곳에서 인생의 많은 시간을 보냈다. 프레이르는 환자들의 장기 입원이 현대적 병원 시스템과 맞지 않고 인권 차원에서도 문제가 있다는 의견에 별로 동의하지 않았다. 해당되는 환자들도 있겠지만 병원을 집으로 생각하는 고령 환자들은 그렇지 않았다. 그런 관점에서 볼 때 환자의 인권보다는 병동이 하나 없어지면서 생기는 인건비 절감 효과를 노린 것이 아닌가 하는 의심을 거둘 수 없었다.

"새로운 곳에 적응하려면 시간이 걸리기 마련입니다. 여기 이사피외르뒤르에도 곧 정이 들 거예요." 그가 말했다.

"아니야."

그 대답이 너무 단호해서 프레이르는 뭐라고 반박할 수가 없었다. "제가 늘 근처에 있다는 거 아실 거예요. 필요할 때는 언제든 부르세요. 간병인 아주머니들도 여기 상주하세요. 저희가 잘 적응하시도록 도와드릴게요." 프레이르는 그렇게 말하고 간병인을 돌아보았다. "오늘은 이걸로 된 것 같아요." 그가 우르술라의 손등에 손을 살짝 올리자 그녀는 깜짝 놀라 움찔했다. 피부가 꺼칠하고 얼음처럼 차가웠다. 정신질환을 가진 환자들 중 호전될 희망이 있는 사람의 비율은 매우 낮다. 우르술라의 경우만 해도 평생을 피해망상에 시달렸다. 항상 누군가 자신을 해치려 한다고 생각했고, 약에 의지하지 않으면 초월적 존재가 응징하러 온다며 두려움에 떨었다. 오랜 치료에도 도무지 그런 생각에서 벗어나지 못했다. 그녀의 진료기록은 수백 페이지에 달하는 불행의 역사라 할 만했고, 읽다보면 이보다 힘든 삶이 있을까 싶어졌다. 내년이면 우르술라도 일흔이지만 틀림없이 그 생일도 이제까지의 인생처럼 조용히 지나갈 것이다. 간병인들이 케이크 한 조각을 준비할 테고, 어쩌면 생일 축하 노래를 불러줄지도 모른다. 프레이르는 그녀가 좋아할 만한 선물이 뭘까 생각해보았다. 그러고 보니 견진성사를 받지 못해 아쉽다는 얘기를 여러 번 들은 터였다. 우르술라는 견진성사를 넉 달 앞두고 처음으로 병원에 실려갔고, 몸이 아프고 정신이 혼미한 와중에도 행사에 참석할 수 있기를 간절히 바랐다. 분명 당시 다른 청소년들도 그랬듯이 오랫동안 손꼽아 기다려왔으리라. 그렇게 바라는 것을 왜 아무도 들어주지 않았는지 프레이르는 늘 의아했었는데, 생일도 다가오니 지금 그 소원을 이루어준다면 작게나마 보상이 될 것 같았다.

"약은 군말 없이 잘 드세요." 간병인이 프레이르를 따라 복도로 나왔다. "큰 발작만 없으면 이대로 괜찮을 것 같아요. 물론 저희가 하루종일 지키고 있진 못하지만 시간을 정해놓고 들여다보고 되도록 자주 옆에 있어드려요. 야간에도 지킬 수 있다면 더 마음이 놓이겠지만 저녁에 수면제를 먹으면 괜찮으니까요."

프레이르는 고개를 끄덕였다. 이사피외르뒤르에는 우르술라가 들어갈 만한 생활 집단이 없었다. 유일하게 가능한 곳이 요양원이라 그곳에 배정됐는데, 이곳에서는 요양원이 이사피외르뒤르와 주변 마을을 돌며 간병하는 일까지 맡고 있어 수년간 정신병원에 있던 노인을 따로 보살필 여력이 없었다. 프레이르가 이곳 시립병원으로 오게 된 데는 우르술라의 이송이 크게 작용했다. 이사피외르뒤르 부근에는 정신과의사가 한 명도 없었고 일반의가 이런 환자를 적절히 치료하기는 어려웠기 때문이다. 그래서 이곳에 오자마자 맡은 일 중 하나가 몇 안 되는 요양원 간병인에게 정신질환자 다루는 법을 강의한 것이었다. 몇 년에 걸친 정규 교육과정에 비교할 바는 아니지만 그의 노력은 결실을 맺었다. 간병인들이 큰 관심을 보이고 열심히 따라준 것이다.

프레이르는 간병인에게 내일 올 시간을 말해준 후 자동차를 세워둔 곳으로 갔다. 차에 타기 전 건물을 올려다보니 언제나처럼 창가에 앉은 우르술라가 보였다. 그녀는 무표정한 얼굴로 그의 행동을 하나하나 주시하고 있었다. 이상하다고 여기며 그 자리에 서서 위를 올려다보던 그와 시선이 마주쳤다. 그녀가 이중유리를 통해 뭐라고 말하기 시작하자 그는 눈썹을 치켜올렸다. 그녀는 듣지 못해도 상관없다는 듯이 그가 시선을 돌려 차에 올라탈 때까지도 혼자 말하는 것을 멈추지 않았다. 그녀는 평소 몇 마디 짧게 대답하는 것을 제외하면 늘 말이 없는 편이었다. 그렇게 혼잣말을 중얼거린 적은 한 번도 없었다. 그런 변화를 일으킨 요인이 무엇인지 모르지만 좋은 징조가 아니라는 것을 경험으로 알았다. 다시 안정을 잃은 것일까? 그는 주차장을 나가면서 간병인에게 전화를 걸어 우르술라의 상태가 걱정스러우니 관심 있게 지켜봐달라고 당부했다. 순수한 마음으로 일하는 요양원 직원들이 지난번 우르술라가 뜨개바늘로 찔러 오른쪽 귀의 청력을 잃었을 때처럼 놀라는 일이 생기지 않도록 하기 위해서다. 사 년 전 일이었고 그도 보고서를 읽고서야 알았지만 상상만으로도 충분히 끔찍했다. 위협적인 말을 속삭이는 목소리를 잠재우겠다고 한 짓이었는데, 실질적 근원이 없는 목소리이니 위장이나 발가락에서도 나타날 수 있었고 그렇게 찔러대다간 온몸이 피투성이가 될 것이다. 어쨌든 예의 주시할 필요가 있었다.

그다음은 모니터링을 위한 방문이었다. 수다비크 교회에서 자살한 여자의 남편이 주치의에게 마음의 병을 다뤄본 의사와 이야기하고 싶다는 뜻을 전했고, 주치의가 전날 저녁 프레이르에게 전화해서 걱정스러운 말투로 그 집에 한번 가봐달라고 부탁했던 것이다. 레이캬비크에서 일할 때는 가까운 사람의 죽음을 극복하지 못해 힘들어하는 사람들을 찾아가 상담해주는 일이 더 잦았다. 하지만 자살자 유족은 처음이었다. 병원 정보에 따르면 죽은 여자는 우울증에 시달리지도 큰 병을 앓지도 않았고 정신질환이 있었던 징후도 없었다. 다시 말해 왜 그런 방식으로 마지막 길을 갔는지 말해주는 단서가 전혀 없었다. 보통 자살자 유족은 가족의 행동에 변화가 있었다는 사실을 잘 모른 채 자살을 갑작스러운 것으로 받아들인다. 그러나 사실은 그렇지 않은 경우가 많다. 자살을 결심한 사람은 아주 느리게 자살이라는 지점에 이르기 때문에 행동의 변화도 매우 서서히 일어난다. 가족들은 그 변화를 눈치채지 못한 채 점점 커지는 경보음을 듣지 못하는 것이다.

터널에 들어선 그는 주위에 차가 없는 것을 보고 속도를 냈다. 터널이 튼튼하게 지어졌고 그 위에 있는 산이 무너져내리지 않을 것을 알지만 그럼에도 터널을 빠져나오면 항상 안도감에 가슴을 쓸어내렸다. 낮에 터널을 통과할 때면 나타나는 야맹증은 전조등만으로는 극복하기가 힘들었다. 그래서 여러 번 다녀도 6킬로미터의 터널이 도무지 익숙해지지 않았다. 그것은 생물학적이라기보다 정신적인 불안에 기인한 것이었다. 처음부터 인간에게 주어진 것이 아닌 공간을 달린다는 사실 자체가 내면의 원초적 두려움을 일깨우는 것이다. 그러나 오늘 그를 불안하게 한 것은 거대한 바위산이나 인공적인 불빛이 아니라 우르술라가 창문 너머에서 소리 없이 입술을 달싹이던 모습이었다. 뭔가 좋지 못한 느낌이 들었다. 플라테이리에 사는 홀아비에게 가는 것을 미루고 다시 방으로 돌아가 그녀의 말을 들었어야 했다. 무슨 말을 한 것인지 도무지 감이 잡히지 않아서 더욱 후회가 되고 궁금증이 일었다. 그녀가 무슨 말을 하려고 했는지 이제 영영 알아낼 길이 없을 것이다. 그는 그녀가 자신의 아들에 대한 이야기를 한 것 같다는 터무니없는 생각에 사로잡혀 있었다. 그러나 그녀가 벤니에 대해 뭔가 안다는 것은 불가능했다. 아마도 전처와 전화 통화를 했기 때문에 드는 생각일 것이다.

드디어 터널이 끝났다. 그는 어두운 돌 속에 갇혀 있다 나온 사람처럼 크게 숨을 들이마셨다. 그러고 나니 다시 머릿속이 맑아지는 것 같았다. 아마 주차장에서 발길을 돌려 방으로 돌아갔다고 해도 달라질 것은 없었을 것이다. 우르술라는 금세 다시 자기만의 세계 뒤로 숨어버렸을 테고, 그는 아무것도 알아내지 못했을 것이다. 의심의 여지가 없다. 터널을 벗어나자 내비게이션이 다시 경쾌한 수신음을 내며 목적지 안내를 시작했다. 교회에서 죽은 여자의 남편이 사는 곳은 에이라르피아들 산자락에 삐죽이 나와 있어 바다 쪽으로 불쑥 솟은 듯 보이는 작은 마을이었다.

산을 빙 둘러싸고 있는 높은 산사태 방지벽은 십오 년 전 마을을 덮친 대재앙을 떠올리게 했다. 거대한 산사태가 잠자던 주민과 가옥을 순식간에 휩쓸었다. 산자락에는 유난히 눈이 적게 내려서 얇게 쌓인 눈 사이로 검은 방지벽이 잘 드러나 보였다. 프레이르의 시선은 방지벽을 따라 위로 향했다. 혹시 죽은 여자 하들라도 그때 자식이나 손자를 잃은 게 아닐까. 그런 충격에서 평생 헤어나지 못하는 사람도 많다. 상실감을 끊임없이 떠올리며 사는 것이 얼마나 피 말리는 일인지, 그는 누구보다 잘 알았다.

하지만 프레이르는 자신의 그런 추측이 빗나갔으면 했다. 내비게이션이 알려주는 대로 죽 직진해서 남자의 집에 도착했다. 주차한 후 천천히 안전벨트를 풀며 작은 정원이 딸린 이층집을 넌지시 살폈다. 레이캬비크 신시가지에 지어진 으리으리한 집들과는 비교할 수 없이 소박한 벽돌집이지만 잘 손질되어 있었다. 창가에 산뜻한 커튼이 걸려 있고 예쁜 꽃병도 놓여 있다. 앙상하게 가지만 남은 키 작은 나무들도 지난가을 가지치기를 한 흔적이 있다. 달리 말해서, 우울증을 앓는 주부가 살던 집으로는 보이지 않았다. 물론 모든 것이 겉보기에 괜찮으면 질서 잡힌 그 모습이 그녀에게 영향을 미쳐 상태가 호전될 수도 있으리라는 희망으로 남편이 집과 정원을 부지런히 돌봤을 수도 있다.

프레이르는 대문 앞에서 사람이 나오기를 기다리며 초인종 밑에 있는 구리 문패를 읽었다. 하들라와 뱌르드니. 부부의 이름 밑에 아이들의 이름도 있었다. 윈스테이든, 라뤼스, 페트라. 그들은 이미 오래전 집을 떠나 제 갈 길을 갔을 것이다. 문가에는 그것 말고 다른 장식도 있었다. 양쪽에 십자가가 걸려 있는데 오래돼 보이는 문패와 달리 아주 새 것이었다. 문에도 십자가가 매달려 있었다. 십자가 장식은 집주인이 생을 마감한 장소와 분명 일맥상통하는 면이 있지만, 진정한 종교인이라면 자신이 섬기는 신을 그런 식으로 배신하지는 않았을 것이다. 신앙이 없는 프레이르는 주인 남자가 종교 이야기를 늘어놓으며 성가시게 굴지 않기를 내심 바랐다.

주위는 바람 한 점 없이 조용해서 안에서 신발을 끌며 나오는 기척까지 들렸다. 소리 없이 천천히 문이 열리고 한 남자가 나타났다. 오랜 습관에 따라 옷을 걸쳤을 뿐 제대로 입었는지 살피지 않은 차림이었다. 허연 머리는 며칠째 빗지 않은 듯 헝클어져 있고 눈은 퉁퉁 부어 있었다.

"의사 선생이오?" 오늘 들어 처음 말하는 것인지 목소리가 갈라져 나왔다.

프레이르가 그렇다고 하며 손을 내밀었다. 남자는 어리둥절한 표정으로 그 손을 빤히 보기만 하다가 곧 마주잡았다. 악수하는 손에는 힘이 하나도 없었다. 그는 손님을 집안으로 안내하면서 신발은 벗지 않아도 된다고 들릴 듯 말 듯한 소리로 중얼거렸다.

복도에는 머리에 가시관을 쓴 예수가 고통스러운 얼굴로 하늘을 쳐다보는 그림이 걸려 있었다. 복사본이지만 액자는 무척 비싸 보였다. 그리고 둘 다 최근에 구입한 티가 났다. 집안으로 따라 들어가는 동안 금색 십자가와 성경구절이 붙어 있는 커다란 초, 제의에 쓰는 듯한 나무접시, 문 앞에서 본 것과 비슷한 십자가가 여러 개 눈에 띄었다. 현관 복도의 그림을 제외하고는 어디에 둘 줄 몰라 아무렇게나 방치한 느낌이었다. 노부부가 문 닫는 교회의 정리 세일에 가서 사다놓고 아직 제자리에 정돈하지 못한 것일까. 그 밖에는 우체통에 신문과 편지 모서리가 삐죽 나와 있는 것만 빼면 지극히 평범해 보였다.

"신앙이 있으십니까?" 프레이르가 묻고 나서 소파에 앉았다. 집주인 남자는 맞은편 낡은 안락의자에 앉았다.

남자는 탁자만 멍하니 바라보았다. "네. 아니요. 현재는 신앙이 없다는 편이 맞겠어요." 감정이라곤 담기지 않은 목소리였다. 프레이르는 직업상 그런 공허한 말투에 익숙했다. 홀아비가 되어 자포자기한 남자들이 지금 이 남자처럼 손을 마주대고 비비는 모습도 셀 수 없이 봐왔다.

"부인은요? 부인은 신앙이 있었습니까?"

"아니요. 네. 하들라는 저와 반대였습니다. 처음엔 신앙이 없었지만 나중엔 달라졌죠."

"신앙 깊은 분들이 사는 집 같아서 한번 물어봤습니다. 요새는 이런 집이 잘 없거든요." 프레이르의 진짜 의도는 물론 하들라가 광신도였는지 알아내는 것이었다. 그것이 극심한 심적 압박이나 정신적 문제의 징후인 경우들이 있기 때문이다. 정신질환은 항상 의식, 행동, 기분의 변화와 함께, 혹은 이 세 가지가 뒤섞인 형태로 나타나며 하들라에게도 이 세 가지 중 하나는 분명히 나타났을 것이다. 그것이 뭔지 알아내야 했다.

"하들라는 최근 들어서 다시 종교에 관심을 갖기 시작했습니다. 별로 대수롭지 않게 여기며 신경 안 썼습니다. 크게 달라진 점도 없었고 변화라고 해봐야 추리소설 대신 성경을 읽는 것 정도였으니까요."

"제가 보기엔 종교에 관심이 상당히 많았던 것 같네요." 프레이르는 여기저기 흩어져 있는 성물을 둘러보았다. "이 물건들은 언제부터 모으기 시작한 건가요?"

집주인 남자는 마치 보이지 않는 달력을 보듯 허공을 응시했다. "삼사 년 됐죠. 정확히는 모르겠습니다."

"제가 알기로 부인은 큰 병도 없었고 알코올의존증도 아니었습니다. 그렇죠?" 노인은 크게 고개를 끄덕였다.

"혹시 두 분의 관계나 주변에서 삶에 대한 의지를 꺾는 사건 같은 것이 있었습니까?"

"아니요. 우리 생활은 만족스러웠습니다. 아니, 행복했어요. 적어도 저는 그랬습니다." 그는 목이 메는지 잠시 말을 멈추었다. "돈 문제는 없었습니다. 부자였던 적은 없지만 특별히 쪼들리지도 않았어요. 그건 앞으로도 비슷할 겁니다. 뭐, 지출이 반으로 줄기는 하겠죠."

마지막 짧은 문장에서 프레이르는 이 남자가 감정적으로는 지뢰밭을 헤매고 있지만 머리로는 이미 주변 지형을 파악했다는 것을 알 수 있었다. 그렇게 상황을 객관적으로 볼 수 있는 상태라면 분명 이 위기를 잘 헤쳐나갈 것이다. 재미없는 농담이지만, 그가 터널 끝에서 빛을 보고 있음을 알려주는 신호이기도 했다.

"아시다시피 제가 여기 온 건 도움을 드리기 위해서예요. 많이 힘드실 텐데 제가 조금이라도 도움이 됐으면 좋겠습니다. 궁금한 게 있으면 물어보시고, 제가 질문하는 게 더 편하다고 하시면 그렇게 하죠."

남자는 콧김을 내뿜었다. "제가 알고 싶은 건 하들라가 왜 그런 짓을 했느냐 하는 것뿐입니다. 그걸 의사 양반이 어떻게 알겠어요?"

"저도 그건 모릅니다만, 제 생각엔 부인에게 마음의 병이 있었던 것 같습니다. 정신질환은 참을 수 없는 고통 때문에 다른 길을 선택할 수 없게 만들기도 합니다. 그에 대해 누구도 죄책감을 느낄 필요는 없습니다. 남편분이 어떻게 할 수 있는 일이 아니었어요. 그 점을 명심하셔야 합니다."

남자는 미심쩍은 눈빛으로 프레이르를 보았다. "하들라는 그런 고통에 시달리지 않았어요. 그랬다면 왜 내가 몰랐겠습니까?"

"신앙으로 고통을 달랬을 수도 있고, 남편분을 생각해서 일부러 숨겼을 수도 있습니다."

남자는 머리를 절레절레 흔들었다. 그러나 더는 확신에 찬 표정이 아니었다. "그 일이 있고 나서 계속 여기 앉아 생각했습니다. 하들라의 행동 중에 내가 알아챘어야 할 뭔가가 있었는지, 내가 막을 수 있는 게 있었는지 곰곰이 생각해봤어요. 그런데 아무것도 생각이 안 납니다."

프레이르는 자살충동이 나타나는 방식을 자세히 얘기하고 싶지 않았다. 여러 번 자살을 시도한 경우라면 위험 징후가 있기도 하지만, 하들라는 해당되지 않았다. 게다가 남자에게 죄책감을 심어줄 필요도 없었다. 프레이르는 화제를 돌려 어떻게 하면 아내를 잃은 이 상황을 잘 헤쳐나갈 수 있는지에 대해 이야기했다. 남자는 프레이르의 말을 귀담아들었고 좋은 징후가 무엇인지 물어보기도 했다. 아들들은 일찌감치 레이캬비크로 나갔지만 딸 페트라가 이사피외르뒤르에 산다는 말을 듣고 프레이르는 크게 안도했다. 적어도 노인이 완전히 혼자는 아니었다. 프레이르는 되도록 자주 딸과 만나고, 그 집에 가서 함께 식사를 하거나 사람들과 어울리며 위안을 찾으라고 조언했다. 바르드니는 아내와 똑같은 길을 가겠느냐는 질문에 아니라고 대답했다. 백 퍼센트 안심할 수는 없지만 좋은 징후임은 틀림없었다. 프레이르는 대화가 순조롭게 진행된 데 만족했고 슬슬 일어날 채비를 했다. 남자는 피곤한지 더이상 프레이르의 말이 귀에 들어오지 않는 기색이었다.

"괜찮으시면 내일 또 들르겠습니다. 아무때나 전화하셔도 되고요."

프레이르가 명함을 건네자 그는 작은 글씨를 열심히 해독했다. 그렇게 관심을 보이는 반응도 상당히 만족스러운 것이었다.

프레이르는 인사를 하고 집을 나와 차를 세워둔 곳으로 걸어갔다. 주머니에서 차 열쇠를 꺼내는데 교회 첨탑이 눈에 들어왔다. 마을로 들어오면서는 보지 못한 교회다. 다시 집 쪽으로 고개를 돌렸다. "부인이 여기 플라테이리에 있는 교회에 다니셨습니까?" 그는 집 앞에 나와 있던 남자에게 물었다.

"네." 프레이르는 남자의 눈빛에서 왜 그런 질문을 하는지 정확히 알겠다는 뜻을 읽어낼 수 있었다. "수다비크 교회에 다니지 않았고 예배도 본 적 없어요." 그가 씁쓸한 목소리로 덧붙였다. "그냥 거기서 죽기로 결심한 겁니다. 난 이것도 저것도 다 이해가 안 되지만." 남자는 더 말하지 않고 프레이르를 지나쳐 마을 쪽으로 시선을 던졌다. "사람이 늙으면 으레 그렇듯이 하들라도 옛날 일에 관심이 많았습니다. 최근 들어 옛날 친구들도 다시 만나고 가계도 연구에도 관심을 가졌죠." 그는 프레이르가 유심히 듣는 것을 눈치채고 오해받기 싫은 듯 설명을 덧붙였다. "나도 그런걸요. 하지만 난 자살 안 했잖아요. 전혀 이상한 일은 아니었습니다."

프레이르는 이사피외르뒤르로 돌아가는 동안 왜 하들라가 멀리 있는 교회를 찾아가 죽었는지 생각해보았다. 물론 가족이나 친구들이 시신을 발견하는 걸 막고 싶었을 것이다. 하지만 그렇다면 가까운 쉬뒤레이리, 싱게이리, 아니면 이사피외르뒤르에 있는 교회를 택해도 됐을 텐데. 분명 수다비크를 택한 이유가 있었다. 프레이르는 그 이유가 중요하다는 것을 알았다. 도대체 그게 뭘까?

7장

날은 추웠지만 카트린의 등에는 땀이 흥건했다. 움직일 때마다 면 티셔츠가 기분 나쁘게 몸에 척척 달라붙었다. 온몸에서 열이 나는데 얼굴만 매서운 칼바람에 노출돼 있는 것도 곤혹스럽기 짝이 없었다. 춥거나 덥거나 둘 중 하나라면 견딜 만할 텐데 추위와 더위가 한꺼번에 몰아닥치니 도무지 참을 수가 없었다. 카트린은 허리를 펴고 양손을 허리춤에 짚은 채 지난 한 시간 동안 자신이 해놓은 일을 꼼꼼히 살폈다. 집안에서 페인트칠을 하다가 끔찍한 두통이 시작되기 직전 신선한 공기를 쐬러 바깥으로 나와 전날 하다 만 테라스 수리를 재개했는데, 왠지 손을 대기 전이 더 나았다는 느낌이 들었다. 주변에는 부서진 널빤지가 어지럽게 널려 있고, 수리하지 않아도 되는 부분과 부순 부분의 경계가 들쭉날쭉하고, 멀쩡한 널빤지를 잘못 건드려서 구멍이 커다랗게 뚫렸다. 가르다르가 보면 아주 좋아할 것이다. 리프는 이번에도 역시 이상한 부분만 찾아낼 것이다. 리프는 오늘 하루종일 그녀가 한 일을 깎아내리며 손재주가 없다고 놀려댄 터였다. 사실 카트린이 실패한 일은 테라스만

이 아니다. 집안 곳곳에 그녀가 벌였다가 그만둔 일이 널려 있었다. 하지만 그 일들을 언제 다 끝낼지 묻는 사람은 아무도 없었다. 리프는 자신이 하고 있는 일 외에는 관심이 없고, 가르다르와 카트린은 작업방식에 관한 한 서로 간섭하지 않았다. 사실 그들이 문제를 인식하면서도 의논하지 않는 것은 이번이 처음은 아니다. 물론 그래서는 안 된다는 것, 침묵이 문제를 악화시킨다는 것도 안다. 아마 떠나기 직전 어쩔 줄 몰라하며 대충 마무리지을 것이다.

카트린은 크게 한숨을 토해내고 싶었지만 어느새 익숙해진 엄청난 정적을 깨기 싫어 허리춤에서 손을 내리며 조용히 숨을 내쉬었다. 어떻게든 되겠지. 수십 년간 조용히 썩어가던 테라스는 별안간 평화를 빼앗긴 것이 믿기지 않는 듯 시커먼 속을 드러낸 채 그녀의 발아래 놓여 있었다. 커다란 구멍을 통해서 테라스 아래의 시커먼 흙이 보였다. 거기서 그들이 찾아낸 동물 뼈를 제외하면 그 자리는 마치 달 표면처럼 헐벗고 황량한 모습이었다. 카트린은 구멍 속에서 피어오르는 오래된 흙냄새에 욕지기를 느꼈다. 특별히 나쁜 냄새는 아니지만 그 속에서 동물 뼈가 발견됐다는 사실이 영 꺼림칙했다. 사실 뼈에 그리 거부감을 가질 이유도 없었다. 채식주의자도 아니고 특별히 뼈에 얽힌 나쁜 기억이 있는 것도 아니다. 그런데도 테라스 널빤지 밑을 애써 보지 않으려 했다. 사람 뼈, 십자가의 주인인 젊은 여자와 어린아이의 뼈가 더 나올지도 모른다는 두려움 때문이었다.

"이런 젠장." 가르다르가 문가에 나타났다. 온통 흰색 페인트가 튄 옷과 머리, 거뭇거뭇 자란 지저분한 수염이 과음한 다음날이나 컨디션이 아주 안 좋을 때의 모습을 연상시켰다. 눈을 가늘게 뜨고 보니 정말 세상을 포기한 사람 같았다. 벌겋게 핏발 선 눈 때문에 그런 인상이 한층 더했다.

"숨막혀 죽는 줄 알았네." 가르다르가 엄지와 검지로 간발의 차이를 강조했다. "시너 냄새가 얼마나 독한지 잊어버리고 있었어." 하긴 이제까지는 페인트칠할 일이 있으면 항상 사람을 불렀다. 돈 걱정할 일도 없는데 괜히 옷을 더럽힐 이유가 없었다. 그때 누군가가 가르다르와 카트린에게 몇 달 후 파산 직전에 놓일 거라는 말을 했다면 그들은 난처한 웃음을 지으며 약이나 잘 챙겨 먹으라고 했을 것이다. "리프는 어쩜 저렇게 오래 버티는지 모르겠네. 벌써 다락방 문하고 창틀을 다 칠했어." 그는 벽에 등을 털썩 기댔다. "물론 거의 날림이긴 하지만 환한 데서 보면 그렇게 표나지 않을걸." 그가 문밖으로 걸어나왔다. "여긴 왜 이래?" 가르다르가 테라스의 움푹 팬 부분을 보고도 그럭저럭 태연한 목소리로 말했다.

"내가 너무 힘이 셌나봐." 카트린이 웃으면서 말했다. "냄새 때문에 무작정 나왔는데, 뭘 해야 하는지도 모르고 일하다보니까 이렇게 됐어."

"나도 아까 같이 나올 걸 그랬어. 후회해도 이미 늦었지만. 옷이며 온몸에 냄새가 완전히 배어서 빠지지도 않을 것 같아." 가르다르가 두 손으로 머리칼을 쓸어올리더니 냄새를 없애려는 듯 마구 털었다. "기분 전환도 할 겸 잠깐 산책 가려고 하는데 같이 갈래?"

"그럼." 카트린은 테라스를 어떻게 구제할지 골치를 썩이지 않아도 된다는 사실에 안도하며 벌떡 일어섰다. 마음 같아서는 그냥 모래나 돌멩이로 구멍을 메우고 그 위에 새 널빤지를 깔고 싶지만 처음부터 그렇게 만들지 않은 이유가 있을 것 같았다. "가서 리프 불러올게. 리프도 그만 쉬어야 해."

"리프가 쉬는 게 이 집도 좋을 거야." 가르다르가 허리를 숙이고 테라스 부서진 곳을 꾹꾹 누르자 삐걱거리는 소리가 났다. "이 테라스도 마찬가지고. 우리가 일을 안 하는 게 여러모로 도와주는 거야." 그는 그렇게 말하고 카트린을 따라 집안으로 들어갔다. "아까 해변에 갔었어?" 가르다르가 다용도실에서 파카를 입으며 층계를 오르는 카트린의 등뒤에 대고 물었다. 한쪽 소매를 꿰다가 손을 책장에 부딪힌 그는 혼자 신경질을 내며 구시렁거렸다.

카트린은 층계에서 돌아보며 가르다르가 다른 팔도 마저 꿰기를 기다렸다. "해변에 갔었느냐고?"

"응, 아까 방에 갔더니 바닥에 물 묻은 발자국이랑 조개껍데기가 있던데. 집안을 꾸밀 생각은 안 했으면 좋겠어. 기본적인 수리만 해도 할 일이 산더미인데 조개껍데기로 장식까지 할 필요는 없잖아."

카트린은 어이없는 듯 웃었다. "테라스를 망가뜨린 건 인정하는데 조개껍데기는 주워오지 않았어." 그녀는 파카 지퍼를 내렸다. 찬 공기에 정신이 맑아지는 느낌이었지만 곧 몸속으로 한기가 파고들어 다시 지퍼를 올렸다. "원래 이 집에 있던 거겠지."

"아니야, 그전에는 본 적이 없어."

"난 안 주워왔다니까. 자기가 한 게 아니면 원래 이 집에 있었겠지. 아니면 리프가 주워왔거나."

가르다르의 표정이 심상치 않게 변했다. "리프는 밖에 나간 적 없어. 내 옆에 내내 있었는걸. 워낙 시끄럽게 굴었으니 나갔으면 내가 바로 알아챘을 거야."

카트린은 어깨를 으쓱했다. "그럼 누구야? 여우가 물어다놨을 리는 없잖아. 퀴티가 그랬나?"

"에이, 아닐 거야. 퀴티는 오전 내내 잠만 잤어. 게다가 걔가 조개껍데기로 글씨를 쓸 리 없잖아."

"뭐라고 쓰여 있는데?"

"잘 가." 가르다르는 한참 부스럭거리며 지퍼를 잠갔다. "처음부터 있었는데 내가 못 본 거겠지. 시너 냄새 때문에 머리가 어떻게 됐나봐."

"잘 가?" 카트린은 찡그린 얼굴로 어색하게 미소를 지었다. "그럼 빨리 밖에 나가야겠네!"

세 사람은 나가기 싫어하는 퀴티를 이끌고 정처 없이 밖으로 나갔다. 산에 올라가고 싶어하는 사람은 아무도 없었지만 모두 피곤한 상태라 굳이 그러지 말자고 할 필요도 없었다. 계절이 계절인지라 해가 낮게 걸려 있어 그림자를 길게 드리웠다. 오솔길을 따라 걷는 그들의 발밑에서 자갈이 바드득거리는 소리가 났다. 첫날 짐을 옮기느라 수없이 오간 길이라 익숙했다. 가르다르는 걸음을 뗄 때마다 생각하기라도 하는 듯 유난히 느릿느릿 걷다가 첫번째 집이 나오자 지붕의 빗물받이가 어떻게 설치됐는지 보겠다며 멈춰 섰다. 카트린은 발꿈치가 아파서 그러는 것임을 바로 알아챘다.

"왜 창문이 막혀 있지?" 리프가 현관 옆 창문 앞에 서서 널빤지 사이로 안을 들여다보았다. 다른 집들도 모두 널빤지로 창문을 막아놓아서 마치 집들이 안대를 한 것 같았다. 유일한 예외는 그들이 수리하고 있는 집이었다. 그러고 보니 비바람과 혹한에 노출된 채로 상하지 않고 잘도 버텼다.

"창문 깨지면 내부가 망가지니까 대비를 한 거지, 틀림없어." 가르다르는 벽을 따라 내려온 빗물 홈통을 잡아 흔들었다.

"창문이 왜 깨져? 여긴 아무도 안 사는데." 리프는 집에서 한 걸음 물러났다.

"나도 몰라. 폭풍 불면 깨질 수도 있지. 아니면 새가 와서 부딪히거나." 가르다르는 의기양양하게 말했다. 카트린도 리프도 아는 바가 없으니 뭐라고 하든 반박하지 못하는 상황을 즐기는 듯했다. 그는 수직 홈통을 살펴보며 단단히 고정되었는지 확인했다.

"참 이상해." 카트린이 눈앞에 펼쳐진 마을을 바라보며 말했다.

"뭐가? 홈통이?" 가르다르는 놀랍다는 듯 물었다.

"아니, 이 마을 말이야. 이렇게 외딴곳에서 어떻게 살았을까? 도시로 나간 사람들은 잘 적응했을까?" 카트린은 집들을 하나하나 눈여겨보았다. 이런 곳에서 집수리를 한다는 것이 얼마나 힘든지 직접 겪어본 뒤라 얼마나 공들여 관리한 집인지 첫눈에 알 수 있었다. "마지막으로 문을 닫고 집을 떠날 때 기분이 어땠을까?"

"좋진 않았겠지." 가르다르의 목소리에 안타까움이 실렸다. 기적이 일어나지 않는다면 자신들도 지난 세기 중엽 이곳을 떠나야 했던 마을 사람들과 똑같은 신세가 된다. 다른 점이라면 마을 사람들은 헤스테이리에서 멀리 떠났지만 그들은 동네를 지날 때마다 옛날 집을 보고 매번 상실감을 느껴야 한다는 것이다. 카트린은 이사가게 되면 그 동네를 피해다닐 생각이었다. 다른 사람들의 자동차가 집 앞에 서 있고, 다른 커튼이 부엌 창문에 걸려 있고, 다른 정원의자가 집 뒤에 나와 있는 걸 보고 싶지 않았다. 그녀는 가르다르의 마음도 자신과 크게 다르지 않다는 걸 알고 있었다.

리프가 카트린 옆으로 와서 텅 빈 마을을 둘러보았다. "어쩔 수 없었겠지. 공장이 문을 닫아서 일거리가 없어졌는데 여기 있어봐야 뭐해?"

가르다르와 카트린에게도 그대로 해당되는 말이다. 카트린은 아무 말도 하지 않았지만 머릿속에서 리프의 말이 메아리처럼 울렸다. 집이 넘어가지 않는 기적은 일어나지 않을 것이다. 일명 '열쇠법'의 적용을 받아서 개인파산이나 다른 처분 없이 은행에 집 열쇠만 넘겨주면 되는 걸 다행으로 여겨야 한다. 법과 상관없이 은행이 다른 방안을 제시하면 또 이야기가 달라지지만 말이다.

"저게 뭐지?" 카트린이 마을 남쪽 언덕 위에 우뚝 솟은 돌덩이를 가리켰다. 모양으로 보아 틀림없이 사람이 만든 것이었다.

가르다르는 뒤돌아 그녀가 가리키는 방향을 보며 어깨를 으쓱했다. "몰라. 한번 가볼까? 가는 길에 집도 구경하고. 우리한테 필요한 게 있을지 몰라."

"지금 우리한테 필요한 건 목욕이나 스파야." 리프가 코를 찡긋거리며 말했다. "마사지도 괜찮고."

"꿈 깨." 카트린도 따뜻한 물을 받아 거품목욕을 할 수만 있다면 무슨 짓이든 할 것 같았지만 비싼 스파 시설은 꿈같은 얘기가 되어버린 지 오래였다.

그들은 천천히 오솔길을 따라 걷기 시작했다. 가르다르는 자꾸만 걸음을 멈추고 아픈 발꿈치를 보호하기 위해 양말을 끌어올리거나 신발 속으로 접어넣었다. 그러나 두 방법 모두 효과가 오래가지 않아 결국 카트린이 말한 곳에 다다랐을 때는 거의 다리를 절고 있었다. 가는 길에도 다른 집들이 있었지만, 그들은 집수리에 활용할 방법은 전혀 찾지 못한 채 감탄사만 연발했다. 가르다르가 발이 아프지 않았다면 더 꼼꼼히 살펴보았겠지만 그랬다면 산책하는 데 시간이 너무 오래 걸렸을 것이다. 마을을 돌아보니 집과 집 사이가 멀어서 남아도는 공간이 많았다. 그러나 다른 한편으로는 바다에 맞닿아 있어 더이상 뻗어나갈 곳이 없었다.

"발 많이 아프면 그만 돌아가자." 카트린이 가르다르의 벗은 발꿈치를 보고 얼굴을 찡그렸다. 벌겋게 부어오른데다 커다랗게 물집이 잡혀 있었다. 퓌티가 기웃거리며 다가와 킁킁거리자 가르다르가 신음소리를 냈다. 카트린은 이사피외르뒤르에서 배로 짐을 옮길 때 차에서 반창고와 붕대를 꺼냈는지 기억을 더듬어보았지만 생각만 했을 뿐 실제로 챙기지는 않은 것 같았다. "안 좋아 보여."

"내일이면 괜찮아질 거야. 다른 신발도 가져왔고. 그건 발목까지 안 올라와." 가르다르는 양말을 발등까지 내리고 신발 위에 발을 올렸다.

"으, 징그러워." 리프가 혐오스럽다는 표정을 짓고는 킥킥거렸다. "발목을 절단할 수밖에 없겠군요. 안되셨습니다, 가르다르 씨."

가르다르는 웃을 기분이 아니었지만 애써 미소를 지었다. 그가 뭐라고 대꾸하려는데 카트린이 한발 빨랐다. "내가 리프랑 같이 가서 저게 뭔지 얼른 보고 올게. 그동안 여기서 쉬고 있어. 우리가 돌아오면 천천히 걸어서 돌아가자."

가르다르는 앉을 수 있게 되어 기뻤다. "좋은 생각이야. 여기서 더 가면 돌아가는 길이 너무 힘들 것 같아." 그리고 지친 다리를 쉬어가라고 만들어진 듯한 풀이 무성한 언덕에 주저앉았다. "찬바람에 식히면 상처는 금방 나아질 거야." 그는 반쯤 벗은 발을 허공에 들어올렸다. 기다렸다는 듯 바람이 불어왔다.

"나도 여기 있을래." 리프가 가르다르 옆에 앉았다. "이제 평생 등산은 안 해도 될 것 같아." 그녀는 벌렁 드러누워 하늘을 쳐다보았다. "그래도 얼른 와야 돼."

카트린은 혼자서 언덕배기로 올라갔다. 자꾸 바람에 머리칼이 날려서 눈을 찔렀다. 혹시 고무줄이 있는지 멈춰 서서 파카 주머니를 뒤졌지만 아무것도 없었다. 머리칼이 시야를 자꾸 가린 탓에 목적지에 가까이 다가가서야 그게 뭔지 알 수 있었다. 카트린은 돌아서서 가르다르와 리프를 향해 외쳤다. "묘지야! 그 십자가도 여기서 나왔는지 몰라!" 바람소리 때문에 그녀의 외침이 들렸는지는 알 수 없지만 가르다르가 계속 손을 흔들었다. 카트린은 소리지르는 것을 그만두고 화려하지만 손질이 전혀 안 된 무덤들이 모여 있는 편평한 곳으로 올라갔다. 묘지 한

가운데 기념비 같은 것이 서 있었다. 카트린이 멀리서 본 돌덩이는 그 기념비였다.

무덤의 수로 보아 이 마을에서 살다가 죽은 사람은 삼사십 명 정도인 것 같았다. 대부분의 무덤이 수차례 겨울을 난 듯 황폐해져 있고 어떤 무덤들은 자손들이 다른 도시나 외국으로 떠나버려 돌보는 사람이 없는지 그대로 방치되어 있었다. 제멋대로 자라나 무성한 풀들은 이제 무덤 사이에서 시들고 메말라 있었다. 예전 마을 사람들의 안식처임을 알려주는 것은 비바람에 상한 십자가들과 비뚜름하게 서 있는 비석들이었다. 기분 탓이겠지만 이곳의 식물들은 왠지 다른 곳보다 더 생기가 없어 보이고 발밑에서 잔가지와 메마른 이파리들이 부서지는 소리도 더욱 크게 들렸다. 바람도 더 차갑게 느껴지고 알 수 없는 말을 속삭이는 것만 같았다. 카트린은 금세 뼛속까지 얼어붙었고 이대로 영영 따뜻해지지 않을 것 같은 느낌이 들었다. 그녀는 작은 울타리가 쳐진 무덤으로 몇 발짝 다가갔다. 쇠로 만든 십자가가 녹슬고 부서진 채 옆으로 기울어 있었다. 십자가를 받치고 있는 우아한 쇠장식도, 한때 매우 화려했을 울타리도 비바람에 녹슬고 망가진 모습이 을씨년스럽기 짝이 없었다.

카트린은 얼른 고개를 돌려 가르다르와 리프가 그 자리에 있는지 확인했다. 그들은 물론 그대로 있었고 한창 얘기를 나누는 중이었다. 카트린은 어서 뒤돌아 그들에게 달려가고 싶었다. 그리고 그들과 함께 다시 와서 묘지를 둘러보고 싶었다. 하지만 이대로 그냥 돌아가면 왜 그 십자가가 이 묘지에서 나온 것인지 확인하지 않았느냐는 비난을 들을 것이 뻔했다. 그래서 용기를 내어 빠른 걸음으로 커다란 비석이 서 있는 첫번째 무덤을 향해 다가갔다. 1949년에 죽은 어느 부부의 무덤이었다. 이름도 연도도 집 근처에서 발견한 십자가와는 맞지 않았다. 그 십자가에는 휘기와 베르그디스라고 되어 있었고 연도는 정확하지 않지만 1951년이었을 것이다. 평소 숫자를 잘 외우지 못하는데 그 숫자가 머릿속에 남아 있다는 것이 마냥 신기했다. 그다음 무덤의 비석은 비바람에 깎여서 이름을 알아볼 수 없었다. 그다음의 다른 비석 두 개도 마찬가지였다. 카트린은 무덤들을 하나하나 전부 확인해야 할지 고민에 빠졌다. 그때 기념비에 붙어 있는 팻말이 눈에 띄었다.

소박하지만 멋진 돌 위에 십자가가 서 있고 기념비 앞쪽, 돌의 움푹 팬 부분에 예쁜 종과 팻말이 매달려 있었다. 팻말에 묘지 안내도와 묘지에 묻힌 사람들의 명단이 있는 것을 보고 카트린은 회심의 미소를 지었다. 그뿐 아니라 작은 교회를 찍은 흑백사진과 헤스테이리를 안내하는 글도 있었다. 헤스테이리에는 1899년 지어진 작은 교회가 있었다. 마을 뒤편의 스테케이리에서 고래잡이 단지를 운영하던 M. C. 불이라는 노르웨이 사람이 마을에 기증한 것이었다. 교회 건물 앞에는 수십 년간 작은 예배당도 있었다고 한다. 그 교회는 1960년 수다비크로 옮겨갔지만, 교회에 매달려 있던 종은 남아서 이 묘지의 기념비를 장식하고 있었다. 그런데 1691년 만들어졌다는 종이 이렇게 지붕도 울타리도 없이 비바람에 노출되어 있다니 이상한 일이 아닐 수 없었다. 그 밑에는 헤스테이리에 대한 약간의 설명도 있었다. 한때 이곳에서 살다 간 사람들의 희로애락을 생각하면 상당히 짧다 싶은 설명이었다. 1881년 공식적인 상업중심지로 인정받은 헤스테이리는 전성기 인구가 사백이십 명에 달했다. 마을에 무선전신국이 있었고 나중에는 전화교환국이 들어오고 의사도 상주했다. 그렇게 발전하던 헤스테이리는 1940년 이후 인구가 점점 줄어들다가 1952년 마지막 주민을 떠나보내기에 이르렀다.

묘지에 묻힌 사람들의 명단은 더 많은 정보를 포함하고 있었다. 이 묘지에는 두 종류의 무덤이 있는데, 하나는 여기 묻혀 있긴 하지만 비석이 확인되지 않은 무덤들이고, 다른 하나는 비석이 남아 있어서 안내도에 표시된 무덤들이다. 표시되지 않은 무덤들은 주로 세기가 바뀌는 1900년경 만들어진 것들이었다. 카트린은 당시 사람들이 가난해서 오래가는 표식을 만들어 세우지 못했으리라 짐작했다. 봉분이나 다른 표식은 비바람에 깎여 사라졌을 것이다. 비석이 남아 있는 무덤은 대부분 1930년대에 만들어진 것들이었다. 가장 최근에 만들어진 무덤은 놀랍게도 1989년 것이었는데, 노르웨이인 두 명과 독일인 한 명이 묻힌 무덤이었다. 다른 것은 다 지워지고 국적만 알아볼 수 있었다. 타국에 묻힌 것도 모자라 태어난 연도와 이름까지 잊히다니 참으로 슬픈 운명이었다.

하지만 이름 모를 외국인들은 카트린의 관심 대상이 아니었다. 그때 찾던 이름이 눈에 띄었다. 휘기 피에튀르손과 베르그디스 욘스도티르. 둘 다 1951년에 죽었고 사망 당시 나이는 네 살과 서른두 살이었다. 카트린은 두 이름을 응시하며 그들의 짧은 생애를 상상해보았다. 베르그디스와 휘기는 모자지간이었을 것이고 아버지는 함께 묻히지 않았다. 두 명단을 다 훑어보았지만 피에튀르손이라는 이름은 없었다. 카트린은 리프가 함께 오지 않고 가르다르와 있겠다고 해서 다행이다 싶었다. 불과 얼마 전 에이나르를 떠나보낸 리프가 이 자리에 있었다면 무척 난감했을 것이다. 에이나르는 평온히 잠들었다. 베르그디스와 휘기는 같은 날은 아닐지라도 같은 해 죽은 걸 보면 사고를 당하거나 전염병에 걸렸을 것이다. 그들에 비하면 에이나르의 운명은 얼마나 평탄했는가. 그러나 운명이란 사람의 뜻대로 되는 것이 아니다. 그리고 리프는 분명 다른 의견일 것이다. 그녀는 싸늘한 남편의 시체 옆에서 잠이 깼으니까. 거기까지 생각이 닿자 카트린은 등골이 오싹해졌다.

카트린은 안내도를 따라 휘기와 베르그디스의 무덤을 찾아갔다. 돌담이 둘러쳐 있을 뿐 아무 표식이 없었다. 안내도가 없었다면 마을과 함께 버려진, 이름 없는 무덤이라 여기고 그냥 지나쳤을 것이다. 그런데 그곳에는 다른 무덤들과 달리 아무것도 자라지 않았다. 바닥에는 먼지 같은 검은 흙만 깔려 있고, 흰색 조약돌이 무덤 위에 듬성듬성 놓여 있을 뿐 풀이나 잡초, 덤불은 전혀 보이지 않았다. 무덤을 에워싼 낮은 돌담은 거의 허물어져 있었다. 카트린이 무덤 앞으로 다가가자 바람이 휘몰아쳤고 기분 나쁜 속삭임은 더욱 커졌다. 뭔가를 제대로 보려면 날리는 머리칼을 단단히 그러쥐어야 했다. 사실 그럴 필요도 없었다. 그녀는 이미 알고 있었다. 십자가가 이 무덤에 있던 것임을. 머리칼이 정돈되자 자신의 추측이 틀리지 않았음을 확인할 수 있었다. 십자가가 부러지고 남은 밑동 두 개가 무덤 끝 땅에서 비죽 나와 있었다. 빙고! 왜 그 십자가가 부러졌는지, 왜 하필이면 집 근처에 버려져 있는지 이해하기는 힘들었지만 십자가의 출처를 알고 나니 그나마 안심이 되었다. 어쩌면 술 취한 등산객들이 망가뜨려 집 앞에 던져놓았을지도 모른다. 그러나 생각하면 생각할수록 기분이 찜찜한 것은 어쩔 수 없었다. 그리고 무덤 위에 놓여 있는 하얀 것이 실은 조약돌이 아니라 조개껍데기라는 걸 알아챘을 때 안도감은 완전히 사라지고 말았다.

카트린은 조개껍데기 하나를 집어들고 자세히 살펴보았다. 가느다란 골이 있고 속이 빈 흰색 조개껍데기였다. 새가 물어온 것이라면 여기저기 흩어져 있어야 할 텐데 무덤 옆 풀밭에 다른 조개껍데기는 더 없었다. 그리고 새들이 조개껍데기를 흙속에 꾹꾹 눌러놓았을 리도 없다. 조개껍데기들은 모두 볼록한 부분이 위를 향하도록 놓여 있었다. 그때 다시 세찬 바람이 불어왔다. 조개껍데기들은 바람이 일으킨 흙먼지에 덮여 아까처럼 하얗게 보이지 않았다. 또 한차례, 더 거센 바람이 지나가자 그중 몇몇은 아예 흙에 덮여 보이지 않았다. 카트린은 손안의 조개껍데기를 꽉 쥐고 그대로 뒤돌아 서둘러 걷기 시작했다. 흙먼지에 덮이는 속도로 봐서 그 조개껍데기들이 지난가을부터 거기 있었을 리 만무했다. 오늘 아침에 갖다놨다고 해도 그런 상태는 아니었을 것이다. 카트린은 그 조개껍데기가 가르다르가 방에서 발견했다는 것과 똑같은 것인지 비교해볼 참이었다. 어쩌면 이 마을에 정체를 밝히기 싫어하는 누군가가 있는지도 몰랐다.

묘지를 벗어난 카트린은 멀리 가르다르와 리프의 머리가 보이기 시작하자 안도의 한숨을 쉬었다. 그 순간 바람이 내내 속삭였던 말이 무엇인지 카트린은 확실히 알 수 있었다.

도망쳐, 카트린!

8장

프레이르의 수수한 사무실 책상 위에는 아들의 사진이 놓여 있었다. 달리 더 꾸밀 여력이 없었지만 아들 사진은 예외였다. 어디든 그가 가는 곳이면 비슷한 사진이 놓였다. 집에도 부엌 조리대 위 커피머신 옆, 나이트테이블, 텔레비전을 보는 안락의자 옆 작은 탁자, 그 밖의 곳곳에 사진이 있었다. 굳이 세어보지 않았고 몇 개나 되는지 알고 싶지도 않았다. 액자는 거의 같은 모양으로 싸구려라서 부실한지 몇 개는 벌써 깨져 다른 걸로 교체했다. 전부 사진을 확대하려고 간 가게에서 사들인 것이었다. 별생각 없이 액자를 골랐듯 액자 안에 넣을 사진도 시간에 쫓겨 아무렇게나 골랐다. 프레이르는 그날의 기억이 아직도 선명했다. 아침에 잠에서 깼는데 아들의 얼굴이 잘 떠오르지 않았다. 기억이 나긴 하는데 또렷하지 않고 어딘지 모르게 부족한 느낌이었다. 액자 속 사진들은 그런 순간을 위한 것이었다. 물론 무뎌져가는 기억을 지탱하려면 사진은 계속 늘어나야 할 것이다.

"누구예요?" 다그니가 턱짓으로 액자를 가리켰다. 프레이르가 사진을 응시하고 있음을 알아챈 것이다. 다그니는 피곤해 보였지만 그 모습도 매력적이었고 오히려 인간적으로 느껴졌다. 짧은 머리는 평소와 달리 힘없이 늘어지고 퇴근이 늦은 날이라 기름기로 약간 번들거렸다. 분명 프레이르의 사무실보다는 집에 있는 소파가 그리울 테지만 자진해서 온 것이니 그를 탓할 수는 없었다. "내가 아는 사람이에요?"

"내 아들이에요. 벤니요." 그는 다그니가 사진을 볼 수 있도록 반사적으로 액자를 돌리려다가 그만두었다.

"끝내 못 찾았죠?" 다그니는 그렇게 말하고 얼굴을 약간 붉혔다. "전근 올 때 얘기 들었어요. 사건 당시 방송도 봤고요. 쉽게 잊을 수 있는 뉴스가 아니죠. 아이슬란드에서 아이가 사라지는 일은 드무니까요."

"그래요, 천만다행이죠. 하지만 아주 없는 일도 아니에요. 십오 년 전 케블라비크에서 청소년 두 명이 실종되었죠. 그애들도 결국 못 찾았어요." 다그니는 민감한 이야기가 나오자 초조한지 의자 위에서 몸을 비틀었다. 하지만 그런 걸 물어봐선 안 된다는 생각보다는 호기심이 더 강했다. 프레이르는 불쾌하지 않았다. 오히려 직접적으로 물어오는 사람이 이야기를 빙빙 돌리는 사람보다 더 나았다. 최악은 그가 있는 자리에서 아이 얘기가 나오면 당황해서 어쩔 줄 몰라하며 홍당무처럼 빨개진 얼굴로 어떻게든 화제를 돌리려고 애쓰는 사람들이었다. 아니다, 그런 경우에는 직설적으로 말을 거는 것이 최선이다. 아픈 기억을 환기시킨다고 사람이 금방 죽는 건 아니지 않은가. "이제 다시 찾을 수 있을 거란 기대는 안 해요. 벌써 삼 년이나 됐잖아요. 그때 안 찾아본 데 없이 다 뒤졌고."

그가 가벼운 마음으로 아들 이야기를 한다는 사실에 다그니는 안도했다. 그래서 벽에서 시선을 거두고 그의 눈을 똑바로 쳐다보며 용기내어 물었다. "무슨 일이 있었던 걸까요? 밝혀낸 게 아무것도 없다니 너무 이상해요."

프레이르는 고개를 끄덕였다. 전처 사라를 제외하면 이제까지 그보다 더 이 문제로 머리를 싸맨 사람은 없었다. 그래봐야 아무 성과도 없었지만. "나도 모르겠어요. 친구들이랑 숨바꼭질을 하다가 사라졌다고 하니 우물이나 구멍 같은 데 들어갔다가 못 빠져나온 게 아닌가 생각도 했죠. 물론 다 찾아봤고요. 차고, 집, 자동차, 캠핑카, 조그만 남자애가 들어갈 만한 데는 다 뒤졌어요. 경찰은 바다에 빠진 것 같다고 했지만 당시 우리가 살던 아우르툰스홀트에서 해변까지는 거리가 상당했어요. 물론 바다까지 갔을 수도 있지만, 숨바꼭질을 하던 중에 그랬을 리는 없죠. 아이들 말로는 그렇게 멀리까지 가서 숨는 일은 없었대요. 어쨌든 마지막에는 찾아내주길 바라고 숨는 거니까. 우리도 어릴 때 해봐서 알잖아요. 잘 숨으려고 다른 동네까지 가진 않는다고요. 게다가 차가 많이 다니는 길이라 아우르툰스브레카 근처에는 못 가게 했고 벤니나 아이들이 그 말을 어긴 적도 없었어요." 그는 팔짱을 끼며 덧붙였다. "물론 백 퍼센트 확신할 수는 없지만."

"개는요? 수색견도 풀었을 거잖아요. 아무 흔적도 못 찾았어요?"

"개도 동원됐지만 동네 북쪽 아우르툰스브레카 근처에서 냄새를 놓쳤어요. 큰 주유소가 하나 있는데, 그 시간에 차가 엄청 많이 다니거든요. 당시 듣기로는 매연 때문에 개들이 냄새를 놓쳤어요. 게다가 저녁에는 비가 억수같이 퍼부었고."

"유괴당한 걸까요? 교통량이 많은 곳이었다면 차로 납치했을 수도 있잖아요. 거기 주유소도 있다면서요?"

"완전히 배제할 수 없지만 그 가능성도 이미 철저히 수사했어요. 주유소 근처에 CCTV카메라가 여러 대였는데 수상한 건 안 찍혔어요. 카메라들이 주유소 전체를 비추어서 지나가는 자동차도 다 찍혔거든요.

그날 주유소를 지나간 자동차 번호판을 모조리 조사해서 차주들과 연락해봤지만 성과가 없었죠."

다그니가 사려 깊은 표정으로 그를 보았다. "그래도 아직 살아 있을지 몰라요, 안 그래요?"

프레이르는 대답을 망설였다. 다그니가 자신에게 희망을 주기 위해 하는 말이라는 걸 알고 있었다. 하지만 현실은 달랐다. 만약 벤니가 아직 살아 있고 범죄자의 수중에 떨어졌다면 그것은 상상할 수 있는 최악의 상황이었다. 정신이 멀쩡한 사람이 그런 식으로 남의 아이를 데리고 사라질 리 없지 않은가? 그는 가장 힘들지만 가장 단순한 가능성을 믿으려는 쪽이었다. 벤니는 죽었다. 반면 사라는 아들의 운명을 받아들이지 못하고 점점 더 이상한 믿음에 빠져들고 있었다. "아뇨, 벤니는 죽었어요. 선천성당뇨가 있었어요. 제1형. 실종되고 한 시간 뒤에 인슐린 주사를 맞았어야 했어요. 비정상적인 인슐린 구입 건이 있는지도 조사해봤죠. 누군가 벤니를 데려갔다면 주기적으로 인슐린을 주사해야 했을 테니까요. 전국에 있는 의사들과 약사들에게 공문을 보냈지만 특이점은 찾지 못했어요. 아마 해변이나 어디 숨어 있다가 인슐린쇼크가 왔을 거예요. 결과는 뻔해요. 의식을 잃었을 테고 더이상 도움을 청할 수 없었겠죠." 프레이르는 희미한 미소를 지어 보였다. "이상하게 들릴지 모르지만 그렇게 생각하면 위안이 돼요. 그런 죽음은 고통이 전혀 없거든요."

"이해해요." 다그니는 자세를 고치며 다리를 꼬았다. "정말 상심이 컸겠어요. 진즉부터 위로의 말을 건네고 싶었는데 그러지 못했어요. 이럴 땐 어떻게 해야 하는지 모르겠더라고요."

"고마워요." 프레이르는 담담하게 말했다. 사라는 벤니 일로 건네는 사람들의 위로가 피상적이라 여겼고 어느 누구도 당사자의 기분을 이해할 수는 없다고 말하곤 했다. 하지만 그의 생각은 달랐다. 직접 겪어보지 않아도 타인의 아픔을 나눌 수 있는 것이 사람이었다. "많이 힘들었지만 이젠 어느 정도 적응됐어요. 가장 힘든 시간은 지나간 것 같아요."

"경찰 수사 받는 건 힘들지 않았어요?" 다그니의 얼굴이 다시 약간 붉어졌다. 그리고 오해하지 말라는 듯 급히 덧붙였다. "그러니까 내 말은 필요 이상으로 힘들게 하진 않았느냐고요. 가끔 그런 생각이 들거든요. 사람들 눈에 비친 우리 경찰은 실제보다 더 냉정한 모습이 아닌가 하고."

프레이르는 잠시 고민에 빠졌다. 아직 한 번도 생각해본 적 없는 문제였다. "글쎄, 잘 모르겠어요. 사라, 벤니 엄마랑 나를 의심하는 게 제일 힘들긴 했죠. 물론 모든 가능성을 고려해야 한다는 건 알지만 그래도 당사자에게는 가혹한 일이니까."

"처음에만 그랬다가 바로 의심을 풀지 않았어요?"

프레이르가 고개를 끄덕였다. "네, 그랬던 것 같아요. 난 처리할 일도 있고 벤니 약도 가져올 겸해서 병원에 갔었어요. 사라는 장모님 생신이라 집에서 파티를 준비하고 있었고. 아침에 처제가 왔거든요. 알리바이가 모두 확인되고 나서는 훨씬 친절하게 대해줬죠." 그는 경찰에게 나쁜 감정이 없다는 것을 보여주려고 미소를 지었다. 하지만 다그니는 그것을 어떻게 받아들였는지 무표정한 얼굴이었다. "자, 이제 본론으로 들어갈까요?" 다그니는 연한 살구색의 작은 종이상자를 책상 위에 올려놓았다. "유치원 기물파손 사건 자료예요. 한번 봐줬으면 해서 가져왔어요. 지난번에 옛날 초등학교 사건 조사해봐야 한다고 했을 때 내가 시큰둥하게 반응했었죠? 그런데 그동안 생각이 바뀌었어요. 그래서 옛날 사건보고서를 찾아서 읽어봤거든요." 그녀는 잠시 말을 끊고 헛기침을 했다. "직접 보면 알겠지만 두 사건이 놀랍도록 비슷해요. 우리 반장님한테는 허락받았어요. 범인이 정신질환자인 것 같아서 선생님에게 보여드려야겠다고 했더니 알았다고 하더라고요. 대부분 복사본이긴 한데, 그래도 다른 사람 수중에 들어가는 일은 없게 해줘요."

프레이르는 내용물과 어울리지 않게 화사한 색의 상자를 내려다보았다. 누가 이런 색깔을 골랐을까. 상자 위에는 흰색 스티커가 커다랗게 붙어 있었다. 본 내용물은 이사피외르뒤르 경찰 소유입니다. 극비. "나한테 뭘 바라는 거예요? 이 사건을 해결하라고요?"

다그니는 가볍게 한숨을 쉬었다. "꼭 그런 건 아니에요." 그녀가 시선을 떨어뜨렸다. "그 안에 보면 수다비크에서 자살한 여자, 하들라에 대한 자료도 있어요."

"그래요?" 프레이르는 상자를 자기 앞으로 끌어당겼다. "뭔가 알아냈어요? 경찰에서는 자살이 아니라고 생각하는 거예요?"

"아니요, 그럴 만한 단서는 없어요. 하지만 좀 이상한 점이 있어서요."

"자살에는 항상 의문이 따르는 법이고 그중에 답을 얻는 경우는 드물죠. 사실 나도 좀 이상한 게 있었어요. 왜 하필이면 수다비크 교회에 찾아가 죽었을까요. 인터넷에서 찾아보니 수다비크 교회는 원래 헤스테이리에 있다가 마을이 공동화되면서 그리 옮겼대요. 전에 살던 주민들의 반대가 심했던 모양인데, 혹시 그게 하들라의 결심에 영향을 주진 않았을까 생각해봤어요. 그 답은 우리가 영영 모르겠지만. 어쩌면 수다비크와 다른 방식으로 엮였을 수도 있죠. 아니면 헤스테이리와 관계가 있거나."

다그니는 말없이 상자를 뚫어져라 바라보았다. "내 말은 그런 뜻이 아니에요." 그러고는 고개를 들어 그의 눈을 똑바로 보았다. "혹시 그 여자와 아는 사이예요?"

"네?" 프레이르가 전혀 생각지 않은 질문이었다. "그 여자가 내 환자였는지 묻는 거예요? 그랬다면 바로 얘기했겠죠."

"아니 꼭 환자가 아니더라도, 그러니까, 무슨 다른 관계가 있진 않았느냐는 거죠. 예를 들어 전부인 쪽 친척이라든가."

"아니요." 프레이르는 다그니가 결국 궁금해하는 게 뭔지 알았지만, 조급함을 감출 수 없었다. "그 여자에 대해선 그저께 처음 들었는걸요. 그 여자 남편이 그래요? 나한테는 그런 말 한마디도 안 했는데."

"네, 알아요. 조금 전에 그 여자 남편에게 전화해서 물어봤어요. 그런 관계에 대해서는 아는 게 전혀 없대요." 프레이르가 아무 대꾸도 하지 않자 다그니가 말을 이었다. "그리고 그 유치원 사건과 자살 사건 사이에 관련이 있는 것 같아요. 정확히는 나도 모르겠어요. 여기까지만 말할 테니까 선생님이 편견 없이 자료를 봐줬으면 좋겠어요."

"왜 내가 죽은 여자와 아는 사이라고 생각했는지는 말해줘야죠." 다그니가 그 이야기를 피하고 싶어하는 걸 알아챘음에도 프레이르는 묻지 않을 수 없었다.

그때 갑자기 복도에서 요란한 소리가 나면서 다그니에게 생각할 틈을 벌어주었다. 저녁식사 시간이 되어 음식카트가 병동으로 들어오고 한동안 접시와 식기 부딪치는 소리가 온 건물에 울려퍼지더니 빠르게 멀어져갔다. 그리고 다시 조용해졌다. "죽은 여자가 벤니를 찾는 수색작업에 참여했는지도 모르죠. 플라테이리나 이사피외르뒤르에서도 수색이 있었나요?"

프레이르는 갑자기 사무실 안이 못 견디게 더운 느낌이었다. 넥타이 매듭을 느슨하게 하고 셔츠 맨 위 단추를 풀었다. "아뇨, 거기선 수색하지 않았어요. 수색이 전국적으로 이루어지진 않았죠. 주민들한테는 주의깊게 봐달라고만 했고, 매스컴에 벤니의 사진이 나갔어요. 레이캬비크에서 수색에 참여한 사람들의 이름을 다 알지는 못하지만 하들라가 그중 한 사람이었을 가능성은 없다고 봐요. 수색대를 조직한 건 경찰과 구조대였는데, 하들라는 경찰도 아니고 그 나이에 구조대원이었을 리도 없으니까." 프레이르가 무슨 근거로 그런 말을 하느냐고 물으려는 찰나, 다그니가 다시 엉뚱한 질문을 던졌다.

"베르드노뒤스라는 이름 들어본 적 있어요?"

"아니요." 프레이르는 상자 속의 내용물을 보고 싶어 좀이 쑤셨다. "그런 특이한 이름이라면 분명히 기억이 날 텐데."

다그니는 고개를 끄덕였다. 다른 대답을 기대하지는 않았던 눈치였다. "알겠어요."

프레이르는 상자에 손을 올린 채 미소를 지어 보였다. "아니라고밖에 할 수 없네요. 근데 도대체 무슨 얘기를 하려는 건지 모르겠군요."

"그 속에 다 있으니까 한번 봐요. 이미 말했듯이 유치원 사건과 옛날 초등학교 사건은 서로 연관이 있어요. 하들라의 자살 사건도." 다그니는 잠시 망설이다가 그의 눈을 똑바로 쳐다보더니 거의 속삭이듯 말했다. "그리고 벤니의 실종 사건도요."

프레이르는 무슨 말을 하려고 입을 열었지만 아무 소리도 나오지 않았다. 잠시 숨이 멎는 듯했지만 곧 평정을 되찾았다. "그럴 리 없어요." 그가 또박또박 말했다. 직업상 몸에 밴 상냥함은 목소리에서 온데간데없이 사라졌다. "그걸 어떻게 알았죠?"

"얘기했잖아요. 직접 보면 알아요." 다그니는 자리에서 일어나 의자 등받이에 걸어놓았던 재킷을 집어들었다. "다 보고 나서 생각이 정리되면 연락 줘요. 이렇게 느닷없이 들이닥쳐서 미안하지만 나도 달리 어쩔 도리가 없어요." 프레이르는 문으로 향하는 그녀를 빤히 쳐다보았다. 그녀는 나가려다 말고 문 앞에서 뒤돌아보았다. "그게 아들 사진인 줄은 몰랐어요. 정보를 캐내려던 거라고 오해하지 말아줘요. 그런 거 아니에요." 그러고는 그가 대꾸하거나 인사할 틈을 주지 않은 채 문을 닫고 사라졌다. 실내 온도가 점점 더 오르는 느낌이었다. 프레이르는 넥타이를 빼내 다그니가 앉아 있던 의자 위로 던졌다. 의사 가운도 벗어 그 위에 던졌다. 흰 가운은 제대로 등받이에 걸렸다가 곧 미끄러져 바닥에 떨어졌다.

프레이르는 삼십 분 동안 상자의 내용물을 훑어보았다. 자료를 대충 보기만 해도 다그니가 왜 두 건의 침입 사건과 하들라의 자살 사건이 관련있다고 하는지 이해가 됐다. 당시 초등학교 사건 현장을 찍은 흑백 사진은 다그니가 유치원에서 찍은 사진과 놀랄 정도로 흡사했다. 사진들은 초점이 맞지 않아 상당히 흐릿했지만 대부분 알아보는 데는 무리가 없었다. 유치원 사진이 수없이 많은 반면 예전 초등학교 사진은 몇 장 되지 않았다. 당시에는 사진 현상에 돈이 많이 들었기 때문일 것이다. 가장 눈에 띄는 사진은 초등학교 강당 벽의 낙서를 찍은 것이었다. 다그니는 그것과 똑같은 낙서가 된 유치원 벽의 사진도 끼워놓았다. 프레이르는 두 장소에 똑같은 낙서가 있다는 사실을 이미 알고 있었지만 글씨체까지 똑같은 두 개의 낙서를 눈앞에 두고 보니 기가 막힐 따름이었다. 두 사진에서 서로 다른 배경을 없애면 정말 똑같은 낙서만 남을 것 같았다. 프레이르는 두 사진을 확대해서 낙서를 더 고화질로 보고 싶었다. 그건 나중에 다그니에게 부탁해볼 수 있을 터였다.

두 사건 사이에는 또다른 공통점이 있었다. 두 경우 모두 범인이 어떻게 건물 안으로 들어갔는지 밝혀내지 못했다는 점이다. 모두 안에서 잠긴 창문들은 깨진 것 없이 멀쩡했고 문으로 들어온 흔적도 없었다. 당시 경찰은 학교 열쇠를 가진 사람을 모두 불러 조사했지만 그들 중 그럴 만한 사람은 아무도 없었다. 그렇다고 열쇠를 잃어버리거나 남에게 빌려준 사람도 없었다. 유치원 사건 보고서에도 누군가 열쇠를 이용해 건물에 들어갔을 가능성은 거의 없다고 되어 있었다.

또하나 흥미로운 것은 학교에서 발견된 학급 사진이었다. 보고서에는 범인을 밝히는 실마리가 될 수도 있다고 나와 있었는데, 이유는 한눈에 봐도 알 수 있었다. 학급 사진에 찍힌 아이들 중 몇 명의 얼굴이 도려내거나 파여서 못 알아보게 되어 있었던 것이다. 범인은 액자를 깨고 얼굴을 오려낸 후 다시 제자리에 걸어놓았다. 다른 사진들은 그냥 구석에 던져놓은 걸로 봐서 그 사진 속 아이들에게 원한이 있었다는 것이 당시 관계자들의 추정이었다. 이런 가설이 실제로 입증되었는지는 보고서에 나와 있지 않았다. 하지만 그때 학생들의 나이는 기껏해야 열두 살에서 열네 살이었다. 그 어린 학생들이 그토록 범인이 분노할 짓을 했다니 쉽게 상상이 가지 않았다. 그 나이대 아이들이 또래에게 공격성을 보이는 일이 잦다는 것은 프레이르도 알고 있었다. 하지만 그 공격성이 이렇게 엄청난 파괴행동으로 나타나는 일은 극히 드물었다.

문제의 학급 사진 밑에는 학생들의 이름도 인쇄되어 있었다. 하지만 복사가 흐릿하게 되어서 알아볼 수는 없었다. 대신 범인이 얼굴을 못 알아보게 만든 아이 여섯 명의 이름이 따로 첨부되어 있었다. 프레이르는 그중 하들라의 이름이 있는 것을 보고 놀라지 않을 수 없었다. 이름 옆에는 사망일자도 쓰여 있었다. 물론 하들라의 이름 옆에도 사망일자가 나와 있었다. 라뤼스 헬가손이라는 이름 옆에는 아무것도 없는 걸로 보아 아직 생존해 있는 것 같았다. 다른 네 명, 남자 둘, 여자 둘은 모두 최근 삼 년 사이 사망했다. 그중 하들라를 제외하면 프레이르가 아는 사람은 아무도 없었다. 그는 그 사실을 어떻게 받아들여야 할지 몰라 무척 난감했다. 사망 당시의 나이가 육십칠 세에서 칠십 세이긴 하지만, 여섯 명 중 다섯 명이 그렇게 짧은 시기 사이에 사망한 것은 통계상으로 상당히 이례적인 일이었다. 프레이르는 그들의 사망원인이 궁금했다. 그중 자살이 여러 건이라면 수사할 필요가 있을 것이다. 그런 현상은 청소년기가 아니면 잘 나타나지 않기 때문이다.

가장 충격적인 것은 하들라가 남긴 편지의 복사본이었다. 경찰은 일부러 노란 포스트잇을 붙여 표시해두었다. 그만큼 유서로 보이지 않는 편지였다. 복사하면서 잘렸는지 가장자리의 단어들이 보이지 않았다. 애초에 하들라는 여백을 남기지 않고 빽빽하게 종이를 채운 듯 보였다. 그래도 내용을 파악하는 데는 지장이 없었다. 그 글은 현실감각을 잃어버린 사람들이 쓴 것과 유사했다. 생각이나 감정을 논리적으로 연결하는 실마리가 전혀 없었다. 일반인이 보기에 하들라의 편지는 혼란 그 자체였고, 하들라는 스스로 목숨을 끊음으로써 의미를 해독할 수 있는 모든 가능성의 문을 닫아버렸다. 프레이르는 하들라가 이 편지를 쓴 날 큰 충격을 받았거나, 아니면 그녀의 남편이 아내의 정신건강 상태를 속였거나 둘 중 하나라고 생각할 수밖에 없었다. 편지로 미루어볼 때 하들라가 정상이 아니라고 의심하지 않을 사람은 없었다. 그런데 그보다 더 이상한 것은 프레이르의 아들 이야기가 계속 나온다는 것이었다.

벤니 찾아야 해, 벤니 프레이손 찾아야 해, 벤니 찾아야 해, 베네딕트 찾아야 해, 벤니 못 찾겠어, 벤니 못 찾아, 벤니 어디 있지? 미안해, 베르드노뒤스, 미안해, 미안해, 미안해. 벤니 찾아야 해, 벤니 찾아야 해, 벤니 찾아야 해. 미안해, 베르드노뒤스, 미안해, 미안해, 미안해. 미안해, 베르드노뒤스.

프레이르는 종이를 내려놓고 책상에 팔꿈치를 괸 채 두 손으로 머리를 감쌌다. 그리고 눈이 아플 때까지 편지를 노려보았다. 아픔을 더 견디지 못하고 눈을 감자 어둠이 그를 감쌌다. 그제야 좀 살 것 같았다.

9장

은은한 달빛이 창문을 통해 비쳐들었다. 새로 칠한 새하얀 벽 덕분에 방안이 환해 보였다. 가르다르가 끝까지 고집을 부려서 카트린이 제안한 하늘색 페인트를 가져오지 않은 것이 천만다행이었다. 어둠의 기운을 덜어낼 수 있는 것이면 무엇이든 반가웠다. 오늘은 유일하게 페인트칠을 마쳐 다른 곳보다 훨씬 밝은 이 방에서 잠을 자기로 했다. 페인트냄새가 코를 찔렀고 셋 다 머리가 아팠지만 아무도 불평하지 않았다. 밝다는 것만으로도 모든 것이 용서가 됐다. 리프가 창가에 서서 밖을 내다보는 탓에 밝기가 약해졌다.

"집에 가고 싶어." 리프가 고개를 돌리고 말했다. 카트린과 가르다르는 소파 대용인 방한매트 위에서 최대한 편안한 자세를 찾고 있었고, 퓌티는 카트린의 발밑에 웅크린 채 잠들어 있었다. 두꺼운 털양말을 통해 퓌티의 작은 몸뚱이가 내뿜는 온기가 전해졌다. "오늘밤이라도 당장." 긴 금발을 늘어뜨린 리프가 말했다. 얼굴의 페인트 자국이 어느새 말끔히 지워진 리프는 무인도에서 집수리를 한 게 아니라 스파에서 마사지를 받고 난 사람처럼 무척 아름다워 보였다. "밖에 돌아다니는 그 사람이 정상이라면 집을 찾아와 인사하지 온 방안에 조개껍데기를 늘어놓고 젖은 발자국을 남긴 채 가버리지는 않았을 거야." 그녀가 덧붙였다.

가르다르는 손에 들고 있던 콜라를 한 모금 마셨다. "그런 소리 마. 지금 당장은 생각이 안 나지만 분명히 무슨 타당한 이유가 있을 거야. 조개껍데기는 원래부터 거기 있었는데 우리가 못 본 거고, 바닥에 고인 건 빗물일 거야. 집이 성한 데가 없잖아."

"엉뚱한 소리 좀 하지 마. 비는 오지도 않았다고. 그게 아니라 어떤 미친놈이 여길 돌아다니다가 어느 집에 숨는 거야. 게다가 그 인사는 생각만 해도 소름 끼쳐." 리프는 양팔로 몸을 감쌌다. "잘 가라니! 그게 무슨 의미야? 우리더러 여기서 나가라는 거야? 아니면 우릴 죽일 건데 그전에 미리 작별인사를 한다는 거야?" 그녀는 다시 창가로 돌아서서 바깥을 응시했다. "어젯밤이나 오늘 새벽 배가 왔더라면 우리가 그 소리를 들을 수 있었을까?" 그녀의 시선이 100미터쯤 아래 펼쳐진 해변을, 그러고는 바다 너머를 향했다. "여기서는 보이진 않지만 피오르 깊숙이 정박해 있을지도 모르잖아."

"배가 왔으면 당연히 소리를 들었지. 우리가 타고 온 그 보트도 얼마나 시끄러웠는데, 기억 안 나?" 가르다르는 연거푸 콜라를 들이켰다. "여기 우리 말고는 아무도 없어."

카트린은 리프의 말에 동의하지 않았지만 가르다르만큼 확신이 들지도 않았다. 어제 그들은 녹초가 되어 그대로 곯아떨어졌다. 아마 집 앞에 헬리콥터가 착륙했다고 해도 몰랐을 것이다. 그리고 선착장이 아닌 다른 곳에 배가 정박할 수 있다는 생각은 미처 하지 못했다. 물론 가능하긴 할 것이다. 선장도 고무보트로 백사장까지 온 사람들을 다시 배로 태워다주는 일이 많다고 하지 않았던가. 그러니까 헤스테이리를 지나던 배가 피오르 어딘가에 정박하고 고무보트로 노를 저어 들어올 수 있다는 얘기다. 그렇게 들어온다면 아무도 눈치채지 못할 것이다.

"나도 한 모금만 줘." 카트린은 가르다르의 콜라를 뺏어 한 모금 들이켰다. 방이 추운데도 콜라는 뜨뜻미지근했다. 침실 난방용인 일층의 벽난로는 때지 않았다. 어차피 그래봐야 그들이 두꺼운 풀오버에 털양말까지 신고 앉아 있는 이 방까지는 온기가 전해지지 않았기 때문이다. "그 얘기는 내일 아침에 하면 안 될까? 저녁이나 밤보다는 아침에 생각하면 일이 훨씬 간단하게 느껴지는 법이야. 더이상은 얘기하고 싶지 않아."

"하지만 밖에서 어떤 미친놈이 설치고 다니는데 어떻게 잠을 자?" 리프가 말했다. 그녀가 돌아서자 창문에 서린 입김이 보였다. "그리고 오늘밤에 오면? 아래층 자물쇠는 마음만 먹으면 어린아이도 충분히 열 수 있어. 어제 내가 깼을 때도 어쩌면 그 미친놈이 왔던 기척을 들은 건지 몰라."

가르다르는 자리를 훌훌 털고 일어났다. 그 통에 퓌티가 고개를 반짝 들었지만 바로 다시 웅크리고 잠을 청했다. "여긴 우리 말고 아무도 없다니까. 괜히 무서워할 거 없어. 지금부터 직접 증명해 보이면 되잖아. 내가 강에 가서 맥주 가져올게. 술을 마시면 그런 무서운 기분도 사라질 거야."

콜라를 마시던 카트린은 그 말에 사레가 들렸다. 리프와 둘만 남는 것도 가르다르가 어둠 속으로 나가는 것도 싫었다. 그녀는 낮에 산책을 마치고 돌아오자마자 방으로 가서 가르다르가 말한 조개껍데기를 찾았다. 묘지에서 주운 조개껍데기를 집으로 오는 내내 꽉 쥐고 있어서 손에 깊은 물결무늬가 박힐 정도였다. 그녀는 방에서 손안에 든 것과 똑같은 조개껍데기를 발견하고 나서야 주먹을 풀었다. 바닥에는 새하얀 조개껍데기로 삐뚤빼뚤하게 잘 가라고 쓰여 있었다. 작별인사였다. 셋 중 그런 짓을 했다고 실토하는 사람은 아무도 없었다. 가르다르는 리프를 의심하는 것 같았다. 삐뚤빼뚤 놓인 조개껍데기는 카트린에게 큰 충격이었다. 그들 중 누구도 그러지 않았다는 확신이 들었고, 그것을 본 순간의 으스스한 느낌이 도저히 떨쳐지지 않았다. 어쨌든 밖에서 누가 무슨 짓을 하고 돌아다닐지 모르는 이 밤중에 가르다르를 혼자 내보낼 수는 없었다. 리프 말대로 미친놈이 있을지 누가 알겠는가.

"혼자 어딜 나간다고 그래." 카트린은 그렇게 말하고 턱과 가슴에 흘린 콜라를 닦았다. "맥주를 포기하든가, 아니면 나랑 같이 가든가 둘 중 하나를 택해." 사실 그녀는 맥주를 마시고 싶지도, 어두운 바깥으로 나가고 싶지도 않았다. 퓌티가 다시 고개를 들더니 걱정스러운 눈초리로 카트린을 쳐다보았다.

"여기 혼자 있기 싫어." 리프가 몹시 진지하게 말했다. "나도 갈래." 그 순간 달빛이 약해지면서 하얀 벽도 빛을 잃었다. 하늘에 떠 있던 구름 한 점이 달을 가린 탓이었다. 결국 양자택일의 상황이 되어버렸다. 가르다르가 집에 남거나, 여자들도 함께 가거나. 리프가 혼자 있기 싫으니까 맥주를 가지러 가지 말라고 했다면 가르다르는 분명 그러겠다고 했을 것이다. 카트린은 두 가지 제안을 한 자신을 탓하며 후회했다. 원하는 것이 딱 하나라면 그래서는 안 되는 법이다.

밖으로 나오니 구름이 지나갔는데도 달빛은 한층 약해져 있었다. 다행히 가르다르가 맥주를 담가놓은 강은 그리 멀지 않았다. 퓌티는 느릿느릿 뒤따라오다가 집 벽에 오줌을 누고 다시 쫄랑쫄랑 쫓아왔다. 테라스에서 강가까지는 꽤 평평한 길이 작게 나 있었다. 밤사이 서리가 내릴 모양이었다. 세 사람은 하얀 입김을 뱉어냈다. 뭔가 나쁜 일이 일어날 것만 같은 분위기가 그들을 짓누르고 있었다. 그리고 무슨 일이 일어날지는 자연만이 아는 것 같았다.

가르다르는 분위기를 풀어보려고 농담 같은 제안을 했다. "이러면 어때? 너희가 조개껍데기 얘기를 그만두면 내가 내일 화장실 사용할 수 있게 정화조 연결해줄게." 현관 복도 옆 작은 방에는 전 집주인이 설치한 세면대와 양변기가 있었는데, 일을 다 해놓고 막판에 그만둔 것처럼 연결만 하면 되는 상태로 방치되어 있었다. 마당에 녹색 플라스틱 정화조까지 묻은 걸 보면 이 집에 큰 공을 들인 것 같았다.

"나쁘지 않은 제안이야, 만약 자기가 정말 연결방법을 알고 하는 말이라면 말이지." 카트린은 가르다르가 정화조 앞에서 연결부위를 한참 들여다보다가 뒤통수를 긁적거리던 모습을 생각해내고 말했다. "앞으로도 계속 야외에서 볼일을 봐야 할까봐 걱정이야." 그러나 말을 내뱉은 순간 왜 그냥 제안을 받아들이지 않았는지 짜증이 밀려왔다. 그랬으면 가르다르는 정말 열심히 연구해서 방법을 알아냈을지 모른다. 한밤중에 혼자 밖에 나가야 하는 건 상상만으로도 끔찍했다.

가르다르는 그들 모두의 분위기를 반영하듯 예민하게 반응했다. 보통은 그런 식으로 흥분하는 일이 없었다. "내가 못할 거라고 장담하는 이유가 뭐야?"

"쓸데없는 소리 말고 얼른 가서 맥주나 가져와." 리프가 끼어들었다. 그녀는 강가로 내려가는 길 옆에 비켜서서 가르다르가 조심조심 아래로 내려가는 것을 지켜보았다. 카트린도 리프 옆에 가서 섰다. 퓌티는 가르다르를 따라갈까 리프와 카트린에게 갈까 망설이다가 두 여자 사이로 파고들었다. 길이 잘 보이지 않는데다 강가의 흙은 이미 얼어붙었는지도 몰랐다. 가르다르는 미끄러져 차가운 물에 빠지지 않도록 조심스레 한 발 한 발 내디뎠다. 반창고 하나 챙겨오지 않은 터라 다치면 다친 사람만 고생이었다. 리프가 짓궂게 웃으며 카트린의 옆구리를 툭 쳤다. 그리고 가르다르를 향해 외쳤다. "가르다르, 너 물에 빠지면 웃기는 데는 확실하게 성공하는 거야!"

"하하. 하나도 안 웃겨." 강가에 다다른 가르다르는 경사면의 마른 풀잎에 더러워진 손을 쓱 닦았다. 그리고 맥주를 찾아 검은 물 쪽으로 몸을 돌렸다. "너희 나 놀리는 거지?"

"왜?" 카트린은 가르다르의 목소리가 다시 화난 것처럼 들려 의아했다. 그러나 보이는 것이라고는 가르다르의 뒷모습과 흐르는 물뿐이었다.

"맥주가 없어." 가르다르가 위를 향해 외쳤다. "너희가 이미 꺼내간 거 아냐?"

여자들은 단호히 부정했다. "거기 맞아. 강 위쪽이나 아래쪽으로 좀 가봐." 카트린은 눈으로 물 위를 훑었지만 넘실대며 흐르는 검은 물뿐 흰색 비닐봉지 같은 것은 보이지 않았다.

"누군가 다른 사람이 가져간 거야." 리프가 가르다르에게도 들리도록 큰 소리로 말했다. "거봐, 내 말이 맞잖아." 그러고는 카트린의 팔에 찰싹 달라붙었다.

리프가 긴장한 것을 눈치챈 퀴티가 낮게 으르렁거리더니 그 자리에서 빙빙 돌다가 강과 집 사이의 어둠을 향해 컹컹 짖었다. 카트린은 갑자기 무서워졌다. "가르다르, 어서 올라와!" 그녀는 두려움에 고개조차 돌릴 수 없었다. "맥주는 내일 가지러 오면 돼." 리프가 어찌나 꽉 잡는지 팔이 아팠다. "어서!"

가르다르는 맥주를 찾기로 작정한 듯 강가를 따라 내려갔다. "여기 있어!" 곧 가르다르의 승리에 찬 목소리가 들렸다. 하지만 카트린이 있는 곳에서는 아무것도 보이지 않았다. "물살에 휩쓸려서 떠내려왔나봐. 무거운 돌을 얹어놓을 걸 그랬어." 가르다르는 강물 위로 허리를 굽혀 하얀 비닐봉지를 들어올렸다. “이런, 젠장!” 물이 흘러넘치자 얼른 피하며 봉지를 멀찌감치 들었다. 그는 여자들에게 돌아와 빈 비닐봉지를 내밀었다. “강을 따라 좀더 가봐야겠어. 캔은 더 아래로 휩쓸려갔나봐.”

카트린은 큰 소리로 안 된다고 하고 싶었지만 꾹 참고 비닐봉지를 받아 리프와 자기 사이에 떨어뜨렸다. 그제야 리프가 팔을 놔줘서 가르다르에게 갈 수 있었다. “나랑 같이 가. 혼자 갔다가 물에 빠지면 어쩌려고?” 카트린은 중심을 잡으려고 애쓰며 경사면을 내려갔다. 가르다르가 왜 그렇게 천천히 움직였는지 알 것 같았다. 땅을 디딜 때마다 젖은 스펀지처럼 물이 스며나왔다.

“야, 너희 미쳤어?” 리프가 버럭 소리를 지르더니 아래로 뛰어내려왔다. 조심성 없이 허둥대는 바람에 하마터면 카트린을 밀어뜨리며 둘 다 넘어질 뻔했지만 아랑곳하지 않고 다급하게 외쳤다. “다시 집으로 돌아가! 함정일지도 몰라. 여기 누군가 있다면 그 사람이 맥주를 가져갔을 거야. 우리가 맥주를 가지러 올 걸 알고 기다리는지도 모른다고.” 퀴티는 사람들이 움직이기 시작하자 으르렁거리기를 멈추고 뒤따라 내려오더니 바닥이 미끄러운 줄도 모르고 그들을 지나쳐 정신없이 물가로 뛰어내려갔다. 그리고 수풀 옆에서 킁킁거리다가 다시 으르렁거리기 시작했다. “저것 봐!” 리프가 손을 휘둘러 개를 가리켰다. “우리 말고 누군가 있다는 걸 알아챈 거야. 안 보여? 맥주가 있던 자리에 가서 킁킁거리잖아.”

“개는 항상 짖어, 리프. 도시에서도 별 이유 없이 짖는다고.” 가르다르가 옆으로 비켜서며 말했다. 좁은 강둑에 세 명이 함께 서 있으려니 여유가 없었다. “그러지 말고 해변으로 가서 좀 걷자. 아무 일도 없는데 왜 이리 호들갑이야? 걸으면서 직접 확인하면 무서운 생각도 사라질 거야.” 퀴티가 가르다르를 보며 컹컹 짖었다. 그의 말이 옳다는 것인지 틀렸다는 것인지는 알 수 없었다.

그들은 말없이 걸었다. 강어귀에서 카트린이 맥주캔 하나를 발견하자 그제야 분위기가 한결 화기애애해졌다. 그들은 발걸음을 빨리했고, 퀴티마저 꼬리를 흔들며 좋아했다. 가르다르는 여봐란듯이 물속에서 맥주캔을 집어올렸다. 그들은 신선한 바다 공기를 마시며 계속 걸었다. 퀴티는 저만치 앞서 달려가다가 돌아오고 다시 앞서가기를 반복했다. 가르다르는 자기 말이 옳았다는 게 뿌듯한지 연신 흡족한 미소를 지었고, 그 기분이 다리까지 전해졌는지 더이상 절룩거리지 않았다. 강어귀를 막 지났을 때 가르다르가 두번째 맥주캔을 발견했다. 그는 미역줄기에 걸려 있는 캔을 집어 주머니에 넣었다. 세번째, 네번째 캔도 바로 그 근처에 있었다. 그러나 다섯번째 캔은 한참 걸어가서야 나왔다. 캔을 발견한 리프는 무서운 것도 잊고 달려나가 달빛에 반짝이는 황금색 맥주캔을 집었다. 의기양양하게 손에 들고 돌아서서 활짝 웃는 리프의 모습에 카트린은 미소가 절로 나왔다. 리프의 두려움은 찬 바닷바람에 실려 멀리멀리 날아가버린 것 같았다. 그때 퀴티가 갑자기 멈춰 서더니 으르렁거리기 시작했다. 카트린은 그 소리가 아까와 달리 더 절박하고 두려움에 차 있다는 느낌을 받았다. 꼭 자기를 위협하는, 어쩌면 그들을 위협하는 뭔가의 존재를 감지한 듯했다.

카트린이 가르다르에게 바짝 붙어서며 퀴티에게 짖지 말라고 하자, 개는 꼬리를 내리고 그녀의 다리 밑으로 기어들며 낑낑거렸다. 그러다 낑낑거리는 소리마저 뚝 그쳤다. 처음에는 리프의 발밑에서 자갈 밀리는 소리만 조그맣게 들렸다. 곧이어 어디선가 낮게 흐느끼는 소리가 났다. 카트린은 가르다르에게 더 바짝 다가서며 속삭였다. "방금 그 소리 들었어?"

리프는 아직 그들과 멀찍이 떨어져 있었다. 그러나 뭔가 이상하다는 것을 알아챌 만큼은 가까운 거리였다. 그녀가 걸음을 멈추고 물었다. "왜 그래?"

"리프, 거기 서 있지 말고 이리 와." 가르다르가 애써 아무렇지도 않은 척했지만 바짝 긴장했다는 것을 카트린은 알았다. 틀림없이 그도 그 소리를 들은 것이다. "어서 오라니까." 리프는 꼼짝도 하지 않았다. 맥주캔을 들고 서 있는 모습이 마치 여름 축제를 즐기는 사람 같아 낯선 느낌을 주었다. "거기 멍청히 서 있지 말고 빨리 뛰어오란 말이야!" 가르다르가 다급하게 소리를 질렀다. 퓌티가 그 작은 몸집이 허락하는 한 크게 짖기 시작하는 바람에 더 크게 소리질러야 했다. 가르다르와 퓌티의 소리 때문에 흐느낌은 더이상 들리지 않았다.

이윽고 리프가 마법에서 깨어난 듯 전속력으로 달려왔다. 그때 카트린은 가르다르가 왜 그렇게 다급하게 리프를 불렀는지 알게 되었다. 낮게 흐느끼는 소리 때문이 아니라 눈앞에 나타난 사람의 형상 때문이었다. 첫번째 맥주캔이 발견된 강어귀 근처 경사면에 사람이 서 있었다. 카트린은 두려움에 숨이 턱 막혔다. 역시 자신들 외에 다른 사람이 있었던 것이다. 이제까지 나온 증거들은 무시할 수 없는 것이었지만 그래도 설마하는 생각에 두려움을 억누를 수 있었다. 그런데 이제는 의심의 여지가 없었다. 어두워서 제대로 분간할 수 없었지만 모자를 쓰고 고개를 가슴 위로 떨어뜨린 채 팔을 늘어뜨린 사람이 보였다. 카트린은 그런 이상한 자세를 본 적이 없었다. 마치 세상의 불공평함 앞에 항복하는 듯했다. 낮은 흐느낌은 그에게서 나온 것이 분명했다. 도대체 왜 거기 혼자 서서 울고 있는 거지? 그런데 비옷을 입고 모자까지 쓰고 있어서 남자인지 여자인지 구분이 되지 않았다. 그때 갑자기 그가 움직이기 시작했고, 카트린은 그가 보기보다 훨씬 가까이 있었다는 걸 깨달았다. "세상에!" 그녀가 가르다르의 팔을 꽉 잡았다. "어린애잖아!"

가르다르는 카트린을 떼어놓고 리프에게 다가갔다. 그녀의 어깨를 붙잡고 카트린 쪽으로 거칠게 밀었다. "여기서 기다려." 뭐라고 대꾸하기도 전에 가르다르는 군데군데 자갈이 깔린 땅에서 발이 아픈 것도 잊고 아이를 향해 달려갔다. 카트린은 미처 말릴 새도 없이 재빠르게 경사면을 오르는 그의 모습을 바라볼 뿐이었다. 그가 가까이 가자 아이는 몸을 홱 돌려 어둠 속으로 사라졌다. 가르다르도 지지 않고 뒤쫓았다. 멀리 해변에서 쫓고 쫓기는 추격전이 벌어졌다. 그들이 멀어질수록 그들의 발소리도 작아졌다. 대신 리프가 흐느껴 우는 소리만 들렸다. 두 사람 사이에 납작 엎드린 퀴티는 이상하게 조용했다.

카트린은 양손으로 나팔을 만들어 가르다르를 애타게 불렀다. 그러나 그 소리는 바람에 실려 바다 저 너머로 흩어질 뿐이었다. "돌아와!" 카트린의 손이 힘없이 떨어졌다. 목이 터져라 불러봐야 소용없었다. 그들이 할 수 있는 일은 찬바람이 몰아치는 해변에서 무작정 가르다르를 기다리는 것뿐이었다. 카트린은 원래 아이들을 좋아하지만 가르다르가 혼자 돌아오기를 간절히 바랐다.

그 아이에게는 뭔가 문제가 있는 것이 분명했다. 그리고 그것은 그녀가 해결해야 할 문제가 아니었다.

10장

일기예보와 달리 날씨가 나빠졌지만 프레이르는 대수롭지 않게 여겼다. 최근 따뜻한 날이 계속된 것이 오히려 이례적이었다. 서피오르로 옮기기 전 그는 날씨를 많이 고려했다. 딱히 동절기 스포츠를 즐기는 편은 아니지만 이사피외르뒤르가 스키 천국이라는 것은 알고 있었다. 아직 레이캬비크에 살 때 친구들에게 가을에 서피오르로 옮길 거라고 했더니 너도나도 스키도 탈 겸 놀러오겠다고 했다. 크로네의 가치가 크게 떨어진 후로는 오스트리아나 이탈리아 알프스 대신 이곳을 찾는 모양이었다. 방문하겠다고 한 친구들은 날씨가 따뜻한 관계로 아직 연락이 없었다. 그것을 다행으로 여겨야 할지 안타까워해야 할지 프레이르는 잘 판단이 서지 않았다. 처음 이사왔을 때는 친구들의 연락이 반갑고 기다려졌다. 그러나 시간이 지날수록 옛날 일을 떠올리게 하는 것들이 점점 꺼려졌다. 그중에는 잊고 싶은 일도 많았고 아예 머릿속에서 지워버리고 싶은 것도 있었다. 레이캬비크의 지인들과 통화하다보면 꼭 미래에 대한 곤혹스러운 질문이 이어졌다. 가장 싫은 건 궁상맞은

독신자 숙소에서 매일 저녁 혼자 쓸쓸하게 텔레비전을 보는 자신의 모습이 눈앞에 그려진다는 것이었다.

강한 바람을 동반한 진눈깨비가 자동차 앞유리를 사정없이 후려쳤다. 와이퍼가 부지런히 움직여도 상황은 별로 나아지지 않았다. 프레이르는 운전대를 꽉 잡고 있다가 시내에 들어서고 나서야 긴장을 풀었다. 싸구려 고물 차라서 더 주의를 기울여야 했다. 그는 이혼할 때 그동안 모은 재산을 모두 사라에게 주고 처음부터 다시 시작했다. 그에게는 경제적으로 다시 일어서는 일이 그리 어렵지 않았지만 사라는 달랐다. 현재 상태로는 아마 다시 정규직을 구하지 못할지도 모른다. 어쨌든 그렇게 합의하는 것으로 그는 사라에게 경제적 어려움을 조금이나마 덜어주려고 했다. 그 문제가 아니어도 이미 충분히 힘들었으니까. 그가 제시한 유일한 조건은 옛날 집을 팔라는 것이었다. 지난날의 추억이 곳곳에 남아 있는 텅 빈 집을 서성이며 벤니를 떠올리는 것은 사라에게도 좋을 게 없었다. 결국 사라는 시내에 아담하고 예쁜 집을 사서 이사를 갔다. 그러나 최근 사라의 친구로부터 사라가 다시 집을 팔고 아우르튼스홀트의 옛날 집 근처로 이사가려 한다는 걱정스러운 얘기를 전해들었다. 물론 벤니 때문이었다. 그러나 프레이르도 더이상 뭐라고 말할 수 있는 입장이 아니었다.

라디오에서 흘러나오던 토론방송이 끝났다. 아이슬란드의 경제위기를 우려하는 전문가들의 의견이 오갔는데, 전문가 입장은 상당히 비관적이었고 토론도 그런 방향으로 흘러갔다. 그러다 누군가가 조금이라도 희망적인 이야기를 꺼낼라치면 모두 당황하며 말을 끊고 서둘러 원래의 비관적인 지점으로 돌아갔다. 하고많은 방송 중에 왜 하필이면 그런 세기말적인 분위기의 방송을 듣고 있는지 알 수 없는 노릇이었다. 그러나 채널을 돌리기에는 너무 늦었고, 다음 모퉁이만 돌면 병원이었다. 원래는 병원에 갈 생각이 전혀 없었다. 그냥 드라이브나 하면서 머리를 식힐 생각이었다. 텔레비전도 재미없고 일찍 잠자리에 들기도 싫었다. 그랬다간 한밤중에 깨어나 몇 시간 동안 잠을 이루지 못하고 잡념에 시달려야 하는 위험이 너무 컸다.

피오르를 따라 달리고 나니 머리가 한결 맑아졌다. 다그니가 다녀가고 나서 그는 무척 혼란스러웠다. 이렇게까지 마음이 흔들린 적도, 사라를 집어삼킨 절망의 구렁텅이에 이만큼 가까이 와본 적도 없었다. 벤니가 실종되고 처음 몇 주를 제외하면 지금껏 나쁜 생각에 빠지지 않게 언제나 정신을 바짝 차리려고 했다. 이미 일어난 일을 돌이킬 수는 없었다. 벤니가 사라진 날 아침 사무실에서 늦게 나왔다는 사실 때문에 죄책감이 들 때마다 주문처럼 그 말을 불러냈다. 그날 한 시간 일찍 집에 왔다면 상황이 달라졌을까? 아니, 그럴 리 없다. 아니면 그럴 수도 있었을까? 그런 회의가 든 것이 한두 번이 아니었다. 그때마다 그런 의심은 머릿속 가장 후미진 곳으로 밀어내버리고 쓸데없는 생각이 고개를 들지 않도록 서둘러 다른 일에 집중했다. 사라는 그러지 못했다. 그렇다고 나무랄 수는 없었다. 괴로운 생각을 억누르기가 얼마나 힘든지 누구보다도 잘 알기 때문이다. 게다가 사라는 원래부터 자제력이 강한 편이 아니었다. 그는 달랐다. 이번에도 자제력을 발휘해 절망과 싸워 이겼고, 어떻게든 문제를 파악해서 해결하도록 자신을 다잡을 수 있었다.

그러나 지금 맞닥뜨린 문제는 아주 특이했다. 어째서 플라테이리 출신의 생판 모르는 여자가 유서에서 벤니를 언급한 것일까? 그 답은 어둠 속에 묻혀 있지만 아무리 이상해 보여도 모든 일에는 타당한 이유가 있는 법이고, 그는 그 이유를 반드시 밝혀내야 했다. 그래서 다그니가 건네준 사건자료가 있는 병원으로 방향을 돌린 것이다. 그는 만족스러운 대답을 얻을 때까지 그 일에 매달릴 작정이었다. 오늘 저녁에도, 그

다음날 저녁에도, 텔레비전을 보거나 다른 일로 시간을 보내는 일은 없을 것이다.

프레이르는 젖은 외투를 벗고 하들라의 진료기록부가 도착했는지 둘러보았다. 부검보고서를 봐야 하는데 건강에 관한 기록은 모두 하들라의 고향인 플라테이리 보건소에서 보관하고 있었다. 하도 일이 많다보니 그 기록이 이사피외르뒤르에 도착했는지 확인하는 것을 깜빡했다. 두 도시가 가까운 거리에 있음을 감안하면 이미 도착해 있을 법했다. 그리고 실제로 그랬다. 사무실 한구석에 덩그러니 놓여 있는 비서의 책상 위에 그의 이름으로 된 두꺼운 서류봉투가 하나 놓여 있었다. 그는 서류봉투를 챙기고 비서에게 짤막한 메모를 남겼다. 가뜩이나 심란한데 성마른 비서의 잔소리까지 들을 기분은 아니었다.

사무동으로 들어가니 무덤 속 같은 적막감이 그를 맞았다. 사무실로 가는 동안 다행히 누구와도 마주치지 않았다. 그랬다면 늦은 저녁 왜 병원에 나왔는지 변명해야 했을 것이다. 혹시 누가 있을지도 모른다는 생각에 사무실 문을 닫고 책상 앞에 앉았다. 마치 도둑질을 하러 온 것 같은 착각이 들었다.

하들라는 평생 같은 곳에 살았다. 서류 속에는 아직 발행 전인 사망확인서를 제외하고는 출생에서 사망까지 한 사람의 인생을 총망라한 기록이 담겨 있었다. 만약 하들라에게 정신질환이 있었다면 그 속에 있어야 했다. 물론 의사들이 병을 제대로 짚어냈다면 말이다. 프레이르는 그 기록들을 한 장 한 장 꼼꼼하게 읽으면서 왜 그렇게 이상한 유서를 쓰게 됐는지 알아낼 작정이었다. 어쩌면 벤니가 실종될 무렵 정신질환이 발병했고, 그래서 매스컴에서 접한 내용과 환상이 뒤섞였을지도 몰랐다. 그런 경우는 드물지 않았다. 그리고 하들라의 남편은 아내가 종교에 관심을 갖기 시작한 것이 삼 년 전이라고 했다. 벤니가 실종된 것도 그때쯤이므로 시기상으로도 맞아떨어진다.

그러나 막상 병력을 훑어보니 일상적인 잔병치레와 독감예방주사 접종이 대부분이고 정신질환으로 의심되는 대목은 전혀 없었다. 열한 살 때 편도선 수술을 했고, 스키를 타다가 팔이 부러진 적이 있고, 임신 세 번에 유산 한 번, 칼에 베여 병원을 찾은 적이 있고…… 오 년 전부터는 고혈압과 콜레스테롤 수치 때문에 내원이 잦아졌다. 정신질환으로 의심되는 것은 열세 살 때 기록이 유일했다. 하들라의 어머니가 아이가 이상하다며 딸을 데리고 병원을 찾았다. 사람을 꺼리고 두려움이 많아졌으며 평소와 다른 행동을 한다는 것이었다. 의사는 사춘기 증상이라는 진단을 내렸다. 프레이르는 그 진료기록을 여러 번 읽어보았다. 물론 오늘날이라면 심도 깊은 관찰에 들어갔겠지만 소견 자체는 전혀 문제없었다. 한 가지 눈에 띄는 점은 그 일이 있었던 1953년 12월이 초등학교 침입 사건이 일어난 시기와 얼추 맞아떨어진다는 것이었다. 프레이르는 정확을 기하기 위해 다그니가 준 사건자료를 찾아 대조해보았다. 초등학교 침입 사건은 같은 해 11월 말 일어났다. 추측이 맞아떨어졌다. 우연이라면 너무 큰 우연이었다. 하들라는 초등학교에 누군가 침입했을 때 우울증에 걸렸고, 유치원에 도둑이 들자 자살했다. 분명한 인과관계는 아니지만 추적해볼 만한 가치는 충분했다.

프레이르는 병원기록에서 더 찾을 것이 없자 다그니가 준 자료를 다시 한번 훑어보았다. 그중 교회 바닥에 떨어져 있던 하들라의 손가방 내용물을 정리한 기록에 눈이 갔다. 특기할 만한 것은 없었다. 화장품 가방, 지갑, 작은 빗, 두통약, 열쇠, 휴대전화. 그런데 휴대전화에 흥미로운 메모가 있었다. 똑같은 내용의 문자메시지가 수백 개 저장돼 있었다는 것이다. 날 찾아내. 벤니를 찾아내. 마지막 문자의 수신일은 석 달 전이었다. 발신인이 문자 보내기를 그만두었는지 보관함이 꽉 찼던 것인지는 알 수 없었다. 프레이르는 하들라의 유서와 비슷한 그 두 문장 때문에 점점 더 당혹스러워졌다. 다시 자살 사건과 관련해 벤니의 이름을 보게 되니 맥박이 빨라졌다. 그는 서류를 옆으로 밀어놓고 잠시 정신을 가다듬었다.

다음 차례는 문제의 학급 사진이었다. 세 줄로 나란히 늘어선 아이들은 사진사가 미리 신호를 주지 않고 셔터를 누르기라도 한 듯 하나같이 놀란 표정이었다. 범인이 얼굴을 알아볼 수 없게 긁어놓은 아이들도 딱히 즐거운 표정은 아니었을 것 같았다. 아이들은 가장 좋은 옷을 입었다. 남자아이들은 셔츠에 넥타이를 맸고, 여자아이들은 단추로 멋을 낸 풀오버와 치마 차림이었다. 그런데 딱 한 명 두번째 줄 맨 끝에 선 작은 남자아이는 예외였다. 그 아이는 멋을 내지도 않고 놀란 표정을 짓지도 않았다. 유난히 슬픈 표정을 지으며 크고 검은 눈으로 카메라가 아닌 바깥을 응시하고 있었다. 게다가 다른 아이들처럼 어깨를 댄 채 붙어서지 않고 혼자만 무리에서 약간 떨어져 있었다. 새로 전학 왔거나 다른 이유로 왕따당하는 아이일 것이다. 차림새도 허름해서 바지는 너무 짧고 풀오버는 낡고 지저분했다. 프레이르는 아이들의 이름을 알아볼 수 없는 복사본에 다시 한번 짜증이 났다. 첨부된 목록에는 범인이 사진에서 얼굴을 못 알아보게 만든 아이들의 이름만 나와 있었다. 학생들의 이름이 전부 나와 있다면 그중 아직 이사피외르뒤르에 사는 사람을 찾아가 사건보고서에 없는 이야기를 들을 수 있을지도 모른다. 아이들은 어쩌면 범인이 누군지 알면서 경찰이나 선생님에게 말하지 않았을 수도 있다.

프레이르는 의자 깊숙이 등을 기대고 책상 위에 널린 서류들을 응시했다. 더 혼란스러워지기만 한 것 같은 기분이었다. 어쩌면 이유 따위는 없을지도 모른다. 그래도 이렇게 쉽게 포기하고 싶지 않았다. 지금 포기하면 이 생각이 악몽처럼 계속 쫓아올 것 같았다. 다그니에게 전화하기에는 너무 늦은 시각이었다. 다그니에게는 자신이 건네받은 것 외에 다른 정보가 더 있을 것이다. 학생들 이름이 나와 있는 학급 사진 원본도 가지고 있을 것이다. 프레이르는 다그니가 내일 아침 볼 수 있도록 이메일을 쓰기로 했다.

컴퓨터를 켰을 때 갑자기 문이 삐걱거렸다. 그리고 마치 손에 뭔가 잔뜩 들고 있어서 어깨로 밀 때처럼 천천히 열렸다. 그러나 사람이 들어올 만큼은 열리지 않은 채로 움직임이 멈추었다.

"누구세요?" 프레이르는 꼼짝하지 않고 의자에 앉아 있었다. "거기 누구 있어요?"

아무 대답도 없었다. 바깥 복도에서는 닳은 형광등이 깜박거리는 소리만 났다. "누구십니까?"

프레이르는 자리에서 일어나 문을 열었다. 밖에는 아무도 없었다. 그는 복도를 훑어보았다. 텅 비어 있었다. 아까 들어올 때 문을 제대로 닫지 않았는지도 몰랐다. 그는 어깨를 으쓱하며 문을 닫고 손잡이를 돌려가면서 제대로 닫혔는지 확인한 다음 제자리로 돌아왔다. 이메일 프로그램에 들어가보니 '하들라'라는 제목으로 다른 시립병원 의사에게서 메일이 와 있었다. 프레이르는 호기심에 눈을 반짝이며 이메일을 열었다. 그러나 내용은 다분히 행정적인 것이었다. 병리학과 소속 의사인데 하들라의 부검을 맡았다며 보고서를 어디로 보내야 하는지 알려달라는 것과, 하들라가 복용한 정신질환 치료제나 다른 약물의 정보를 보내달라는 용건이었다. 아마 하들라가 정신질환으로 그에게 치료를 받았다고 생각하는 모양이었다. 그 밖에도 그는 하들라의 등에 난 상처와 관련해 자세한 진료기록을 모아서 보내줄 수 있느냐고 물었다. 프레이르는 인상을 찌푸리며 다시 병원기록을 들고 사고나 병, 그 외 등에 상흔을 남길 수 있는 가능성을 찾아보았다. 그러나 그럴 만한 것은 전혀 없었다. 프레이르는 병원기록을 가지고 있으니 서둘러 보고서를 작성하겠다는 답장을 썼다. 그리고 잠시 생각한 후 내일 아침 전화하겠다고 덧붙였다. 전화해서 하들라가 복용한 것은 고혈압과 콜레스테롤 약뿐이라고 알려주고 등에 난 상처에 대해 물어보는 게 일이 더 간단할 터였다.

프레이르는 이메일 프로그램을 닫기 전 사라의 이메일을 열어보았다. 처음에는 내일 아침에나 볼 생각이었지만 하기 싫은 일을 미루지 말자고 마음을 바꾸었다. 그러나 사라의 짧은 메시지를 보자 바로 후회가 밀려왔다. 사라는 여전히 똑같은 이야기로 그를 괴롭혔다. 할 얘기가 있다, 일하는데 귀찮게 하고 싶지 않으니 전화해달라, 벤니가 찾아갈 것 같은 느낌이 드니 알고 있어야 할 것들을 말해주겠다는 내용이었다. 프레이르는 한숨이 나왔다. 사라는 전에도 벤니가 보인다거나 목소리를 들었다는 말을 자주 했다. 부부가 겪어야 했던 수많은 고통 중에서도 프레이르는 그것이 가장 견디기 힘들었다. 환자들이 그런 증세를 보이는 데는 의사로서 차분히 응대할 수 있었지만 가장 가까운 사람인 아내가 똑같은 태도를 보이는 건 전혀 다른 문제였다. 프레이르는 이메일을 닫으며 오늘 저녁이든 내일 아침이든 사라에게는 전화하지 않기로 마음먹었다. 몇 주 지나면 사라도 금세 그 일을 잊고 다른 망상에 사로잡힐 것이다.

프레이르는 딸칵 소리에 흠칫 놀랐다. 문이 다시 천천히 열리고 있었다. 이번에도 살짝 열리다 말고 멈추었다. 복도에서 형광등 깜박이는 소리가 아까보다 더 크게 들려왔다.

"누구세요?" 프레이르는 책상 위로 상체를 굽혀 열린 문 사이로 밖을 내다보았다. 복도에서는 천장 형광등만 고장난 것처럼 깜박거릴 뿐이었다. “거기 누구 있어요?” 다음 순간 프레이르는 등줄기에 소름이 쫙 끼쳤다. 귀에 익은 목소리의 속삭임을 들은 것이다. 언제나 생명력과 기쁨에 넘치던 다정한 목소리가 지금은 차갑고 둔탁하게만 들렸다. 목소리는 아주 가까이에서, 그러나 동시에 아득히 먼 곳에서 귓속을 파고들었다.

“아빠.”

11장

진눈깨비는 밤새 그칠 줄 몰랐다. 세 사람은 남쪽으로부터 먹구름이 바다를 건너 몰려오는 것을 이층 침실 창문을 통해 보았다. 마치 희미한 달빛은 절대 새어들 수 없는 검은 장막 같았다. 그 장막 앞으로는 별이 총총한 맑은 하늘이 펼쳐졌고, 뒤로는 칠흑같이 어두웠다. 눈발이 집채를 때리기 직전 바깥에서 방안을 비추던 약간의 빛조차 사그라졌고, 완벽한 어둠이 눈에 익기까지 잠시 시간이 필요했다. 이제 그들에게 보이는 것이라고는 창문의 윤곽과 유리창을 때리는 진눈깨비, 그리고 그들 자신의 윤곽이 전부였다. 그들은 서로의 체온을 느낄 수 있을 정도로 가까이 붙어 있었다. 어둠 속에서는 그것만으로도 큰 위안이 되었다.

"잠이 안 올 것 같아." 리프가 머리끝까지 두터운 침낭을 뒤집어쓰고 중얼거렸다. "도대체 우리가 여기 왜 와 있는 거야?"

카트린은 아무 대꾸도 하지 않았다. 이런 말도 안 되는 일을 벌인 사람이 다름아닌 가르다르와 리프 자신이라는 걸 상기시켜봐야 좋을 게 하나도 없었다. 가르다르도 조용했다. 카트린은 그가 잠들지 않았으면 했다. 저녁때 있었던 일로 충격받은 사람은 가르다르보다는 여자들이니 잠들 때까지 그가 지켜주기를 바랐다. 카트린은 팔꿈치로 가르다르를 툭 건드려보고 곧장 불평이 튀어나오자 안도했다. 다행히 아직 깨어 있었다. 비를 동반한 눈보라는 점점 거세지며 요란하게 유리창을 때렸고, 창문 틈새로 차가운 바람이 파고들었다.

"난로 아직 타고 있을까?" 카트린이 물었다. 그러나 그녀가 듣고 싶은 대답은 단 하나, 장작이 충분히 들어 있으니 아침까지 걱정 없다는 것이었다. 지금 아래층 난로에 장작을 넣으러 가고 싶은 사람은 아무도 없었다. 특히 카트린은 퓌티가 발을 따뜻하게 데워주고 있어서 정말 일어나기 싫었다.

"아직 타고 있을 거야." 가르다르의 목소리는 금방이라도 잠이 들 것처럼 위태로웠다. "하지만 오래가진 않을걸."

"그럼 여기서 얼어죽지, 뭐. 미쳐 돌아다니는 어린애한테 칼 맞아 죽느니 차라리 그게 낫겠어." 리프가 모두에게 들리도록 침낭 밖으로 머리를 쏙 내밀고 말했다. "앞문의 그 자물쇠는 장식이나 마찬가지야."

"자물쇠는 문제없으니 걱정 마. 앞문도 뒷문도 다 멀쩡해. 열쇠가 없으면 문을 부수지 않고는 못 들어와." 하지만 가르다르의 목소리에서 딱히 확신이 느껴지지는 않았다. 그는 단호하게 덧붙였다. "그리고 그 이상한 애가 여기 들어오는 일은 없을 거야. 어디로 가버렸는지는 몰라도, 여기 집들 중 어디 한군데로 숨어들지 않았다면 바깥에서 벌써 얼어죽었어."

"그런 끔찍한 소리 하지 마." 카트린은 이런 외딴곳에서 어린애 혼자 뭘 하는지 짐작도 가지 않았지만 어찌됐든 어른과 함께 있기를 바랐다. 멀리서 잠깐 봤을 뿐이지만 분명 머리가 이상해 보였다. 정상도 아닌 아이가 이런 황량한 마을에서 혼자 떠돌아다닌다고 생각하면 영 마음이 편치 않았다. "그 남자애 찾아봐야 하는 거 아닐까?"

"남자라고 생각해? 난 한참 쫓아갔는데도 잘 모르겠던데." 가르다르가 하품을 했다. "이 날씨에 남자든 여자든 그런 애를 찾아다니고 싶은 생각은 없어. 그애도 우리랑 엮이는 거 싫어할걸. 추위를 피해 어디든 들어갔을 테니 걱정 마. 창문에서 널빤지 하나 못 떼어낼 만큼 약한 애는 아닐 거야."

리프는 다시 침낭을 머리끝까지 뒤집어쓰고 있어서 큰 소리로 말해야 했다. "카트린, 너 그애를 동정할 생각은 하지도 마. 네가 선생이든 뭐든 상관없는데, 이건 명령이야!"

가끔은 명령과 금지로 삶이 편해지기도 한다. 카트린은 지금이 바로 그런 때라는 생각에 리프의 말을 따르기로 하고 파도처럼 요동치는 감정을 다잡았다. 이제 무서워하지 말라는 명령만 떨어지면 되었다. 그러면 모든 게 괜찮아질 것이다. 카트린은 눈을 감았다. 자리에 누운 후 처음으로 잠을 청해볼 수 있을 것 같다는 생각이 들었다.

그때 퀴티가 움찔하더니 낮게 으르렁거리기 시작했다. 개가 숨쉬는 박자에 따라 가슴팍이 움직이는 느낌이 발끝에 고스란히 전해졌다. 카트린은 아무것도 보이지 않는 캄캄한 어둠 속에서 일어나 앉았다. "퀴티가 왜 이러지? 무슨 소리 들렸어?"

리프는 침낭 속으로 더 깊이 파고들며 숨죽여 비명을 질렀다. 그 소리는 침낭의 솜털 때문에 먹먹하게 들렸다. 가르다르가 한숨을 푹 쉬었다. "그 똥개새끼 진짜 구제불능이네. 배가 고프거나 오줌 싸고 싶어서 그러겠지. 지금까지도 별 이유 없이 계속 그런 소리 냈잖아." 퀴티를 편들어주기라도 하듯이 아래층에서 마룻장이 삐거덕거리는 소리가 크게 들렸다. 세 사람 모두 그게 부엌 바닥의 들뜬 널빤지가 내는 소리라는 걸 알고 있었다. 가르다르는 깜짝 놀라 일어나 앉았다. "이게 무슨……?" 리프는 침낭 속으로 더 깊이 파고들며 다시 한번 낮은 비명을 질렀다.

카트린은 가르다르의 팔에 매달렸다. "날씨가 안 좋으면 나무에서 저런 소리가 날 수도 있는 거야?" 카트린은 자기 목소리가 울먹거리는 것을 느꼈지만 그런 걸 따질 계제가 아니었다. "누가 들어왔다면 우리도 기척을 들었을 텐데. 그치?"

가르다르는 뭐라고 대답하는 대신 말했다. "손전등 어디 있어?" 그는 방한매트 주변 바닥을 더듬거리며 손전등을 찾았다. "이런 젠장……" 그는 침낭에서 빠져나와 주섬주섬 옷을 챙기기 시작했다. "내가 내려가볼게. 아무 일 없겠지만 어차피 장작도 더 넣어야 하니까. 밤새 날씨가 이러면 이층 온도도 장담 못해." 가르다르가 잠옷 위에 옷을 겹쳐 입는 데 한참이 걸렸다. 기세 좋게 으르렁거리던 퓌티는 카트린만큼이나 가르다르의 계획이 마음에 들지 않는지 이내 걱정스러운 소리로 낑낑거렸다. 침낭 속의 리프는 미동도 없이 조용해서 기절한 게 아닐까 의심될 정도였다. 사실 마음 같아서는 카트린도 그러고 싶었다. 침낭 속에 파묻혀서 눈을 질끈 감고 속으로 숫자를 세며 아침이 오기를 기다리고 싶었다. 하지만 그럴 수가 없었다. 가르다르가 돌아오지 않는데 리프와 퓌티를 데리고 셋만 어둠 속에 남아 있다고 상상하면 그보다는 가르다르와 함께 아래층에 내려가 그 아이와 마주하는 게 나았다. 그리고 사실 무슨 일이 일어나기야 하겠는가? 지금껏 아이들이 무섭다고 생각한 적은 한 번도 없었기 때문에 예민하게 굴 이유가 없었다. 그녀는 퓌티를 발로 살짝 밀어내며 일어났다. 이제는 작게 헥헥거리는 소리만 들렸다.

"손전등 좀 켜봐. 풀오버를 못 찾겠어." 카트린은 자신의 차분한 목소리에 자못 안심이 됐다. "내가 같이 가서 장작 넣는 거 도와줄게." 맨발에 와닿는 바닥이 얼음장처럼 찼다.

가르다르는 별말 없었지만 혼자 가지 않아도 되는 것이 내심 기쁜 기색이었다. 손전등이 방안을 밝게 비추었다. 빛에 적응하는 데 약간 시간이 걸렸다. 카트린은 풀오버를 찾아 입고 실내화를 신었다. 바닥의 찬 기운이 견딜 만해지고 드디어 뭔가 보이기 시작하자 용기가 생기는 것 같았다. "난 준비됐어." 퓌티가 바짝 다가와 그녀의 다리에 몸을 기댔다. 자신의 방식으로 저도 준비가 됐음을 알린 것이었다. 그녀는 바닥에 길게 누워 있는 리프를 내려다보았다. "리프, 넌 여기서 기다려. 금방 올게. 손전등 있으니까 괜찮을 거야." 아무리 밝고 크다 해도 한낱 손전등이 무슨 힘이 있어서 그녀를 지켜줄지 알 수 없는 일이었지만, 리프는 아무것도 묻지 않았다. 카트린은 반응이 없는 리프를 내려다보며 어깨를 으쓱하고 가르다르를 따라 아래로 내려갔다.

손전등이 있다고 해도 그 빛이 작은 방에서처럼 환하지 않아서 아래층으로 통하는 가파른 계단을 내려갈 때는 조심해야 했다. 빛의 동그라미가 드리운 기다란 그림자가 가르다르의 빠른 손놀림에 따라 벽에 휙휙 스쳤고 집안의 모든 물건이 살아 움직이는 듯 보였다. 카트린은 갑자기 무서운 생각이 들어 가르다르 뒤에 착 달라붙었다.

"여긴 아무도 없어." 가르다르가 일층 방을 들여다보며 말했다. 손전등 불빛이 맞은편 창문에 반사되어 눈이 부시자 그는 얼른 손으로 눈을 가렸다. "현관을 살펴봐야겠어. 내 생각엔 눈보라 때문에 나는 소리가 확실한 것 같지만." 그는 카트린이 방안에 아무도 없다는 걸 확인할 수 있도록 옆으로 살짝 비켜섰다. 그리고 다시 창문에 빛이 반사되지 않도록 주의를 기울였다. "전부 상상이었던 게 분명해." 밖에서는 한동안 잠잠하던 폭풍이 다시 시작되었다. 온 집안이 요란하게 삐걱거리자, 카트린은 본능적으로 옷깃을 여몄다.

"얼른 현관에 가보고 장작 넣고 올라가자. 너무 추워서 빨리 침낭 속으로 들어가고 싶어." 카트린은 자신과 가르다르 사이에서 꼬리를 몸에 붙인 채 덜덜 떨고 있는 퀴티를 내려다보았다. "가엾어라, 얘 좀 봐. 퀴티도 엄청 추운가봐."

가르다르는 개를 내려다보더니 얼굴을 찡그렸다. 손전등 불빛 때문에 한층 과장돼 보였다. 마치 놀란 표정을 짓는 남자를 연기하는 무성영화 배우 같았다. "추운 게 아니라 겁먹은 것 같은데?" 가르다르는 허리를 숙이고 개의 머리를 쓰다듬으려 했다. 그러나 퀴티는 얼른 자세를 낮추며 그를 피했다. "잔뜩 겁에 질렸어." 가르다르는 다시 몸을 일으켰다. "아마 이런 날씨가 익숙하지 않겠지. 집안에 있으면 아무리 폭풍이 불어도 잘 모를 테니까."

카트린도 그의 말이 옳기를 바랐다. 다른 가능성이라면 낯선 사람의 존재를 느껴서일 것이다. "쉬하고 싶나?" 카트린도 평범한 이유를 찾아보았다.

"그럼 안됐네." 가르다르는 현관문으로 통하는 복도 바닥을 손전등으로 비추었다. "이런 날씨에 어딜 나가? 그냥 집안에다 싸야지." 그는 천천히 현관 쪽으로 향했다. 복도에는 여러 건축자재가 쌓여 있었고, 가르다르는 그 사이에 어린아이가 숨을 만한 곳이 있는지 손전등을 비춰보았다. 영원처럼 느껴지는 시간이었지만, 카트린은 구석에 아무도 없다는 것을 확인할 때마다 내심 안도의 한숨을 쉬었다. 그렇게 현관 앞까지 와서 문이 굳게 잠겨 있는 것을 확인하고 나니 한결 긴장이 풀렸다.

"거봐, 내가 뭐랬어." 가르다르는 확인 삼아 손잡이를 돌렸다 놨다 했다. 그리고 손전등으로 바닥을 비추었다. "이게 뭐지?" 가르다르는 자신이 흥건한 물웅덩이 속에 서 있음을 깨달았다. "이 똥개새끼, 그새 여기다 오줌 싼 거야?"

퀴티는 내내 카트린 옆에 붙어 그림자처럼 따라다녔다. "아니, 퀴티는 계속 내 옆에 있었어. 얘가 그런 거 아니야."

가르다르는 쭈그리고 앉아 물웅덩이를 살폈다. "맞아. 그냥 물이네." 그리고 손전등으로 부엌 쪽 복도 바닥을 비추었다. 비슷한 물웅덩이가 여러 개 있었다. 가르다르가 벌떡 일어나는 바람에 카트린은 그와 부딪칠 뻔했다. "세상에, 이럴 수가." 가르다르가 속삭이듯 중얼거렸다. 카트린은 무서운 마음이 들어 마구 심장이 뛰었다. 퀴티는 공기 중에서 무슨 냄새를 맡았는지 불쌍하게 낑낑거렸다.

"뭔데 그래?" 카트린이 작게 말했다. 그녀는 눈을 질끈 감아버리고 싶었다. 가르다르의 팔에 매달려 이층으로 데려다달라고 해서 얼른 침낭 속으로 숨고 싶었다. 리프가 있는 이층에서는 아무 소리도 나지 않았다. 카트린은 같이 내려오지 않은 리프가 부럽기만 했다.

"발자국이야. 집안에 누가 있어." 가르다르가 그렇게 말하고 손전등의 밝기를 낮추었다. "발자국이 부엌 쪽으로 나 있어." 마지막 말은 알아듣기 힘들 정도로 작게 속삭였다.

"다시 올라가자." 카트린이 가르다르의 소매를 잡아당겼다. 물론 가르다르가 말을 들을 거라고는 생각하지 않았다. 이미 누군가 집에 들어와 있다면 이층으로 가는 건 무의미한 일이었다. 그 사람이 올라오려고만 하면 막을 길이 없는 것이다. "부엌에 누가 있으면 어쩌지?"

가르다르가 막 대답하려고 할 때 부엌에서 다시 마룻장이 삐걱거리는 소리가 났다. 카트린은 너무 놀라 숨도 제대로 쉴 수 없었다. 그녀는 반사적으로 가르다르의 가슴에 얼굴을 묻었다. 가르다르도 긴장했는지 등 근육이 딱딱하게 굳어 있었다. 심장박동도 카트린만큼 빨랐다.

"거기 누구야?" 그런 상황에서도 가르다르는 두려움 없는 목소리로 또박또박 말했다. "어서 나와. 여기 있게 해줄 수도 있어. 하지만 우리 몰래 숨어 있는 건 허락 못해!"

대답은 들리지 않았다. 복도에는 무거운 정적이 감돌았고 깊은 구덩이 속에 있는 듯 숨이 막혔다. 그럼에도 카트린은 귀를 틀어막고 싶었다. 또 한번 부엌에서 삐걱거리는 소리가 나면 머리가 터져라 비명을 지르게 될 것 같았다. 별안간 전혀 다른 방향에서 무슨 소리가 나며 정적이 깨졌다. 리프가 가르다르의 소리를 듣고 깨서 알아들을 수 없는 말을 외친 것이었다. 그 소리가 두 사람을 각성시켰고, 가르다르는 의연하게 부엌을 향해 몇 걸음 다가가서 다시 외쳤다. "어서 나오라니까!" 역시 아무 대답도 돌아오지 않았다.

"칼을 가지고 있으면 어쩌지? "카트린이 가르다르의 귓가에 대고 속삭였다. 그의 등뒤에 바짝 붙어서서 매달렸다. 뒤에 남아 기다리든가 따라가든가 둘 중 하나인데, 어둠 속에서 혼자 기다리는 건 죽기보다 싫었다. "빵칼하고 식칼이 조리대 위에 있는데."

가르다르는 대꾸하지 않고 결연하게 계속 걸음을 옮겼다. 눈을 감고 따라가던 카트린은 잠시 후 가르다르가 갑자기 멈춰 서자 자신들이 부엌문 앞까지 왔음을 알았다. 눈을 떠야 할지 감고 있어야 할지 망설이는데 부엌에서 또다시 들리는 삐걱거리는 소리가 결정을 내려주었다. 카트린은 눈을 더 질끈 감았다. 삐걱거리는 소리의 진원지는 부엌임이 분명했다. 그리고 자신들과 그 사이에 놓인 것은 낡고 오래된 나무문짝 하나뿐이었다. 지금쯤 침입자가 칼을 들고 문가로 다가오고 있을지도 몰랐다. 카트린은 제대로 숨을 쉴 수 없을 지경이었다. 퓌티는 화가 난 듯 낮게 으르렁거렸다.

"열지 마." 가르다르의 오른팔이 문을 향해 움직이는 것을 느낀 카트린이 골이 파인 풀오버 등판에 대고 속삭였다. 그때 다시 삐걱거리는 소리가 났다. 그러나 유령이 내는 듯한 그 소리의 여운이 미처 사라지기도 전에 경첩이 날카로운 소리를 내며 문이 열렸다.

가르다르는 아무 말이 없었고, 카트린은 뭐가 보이는지 물어볼 엄두조차 내지 못했다. 가르다르가 두 발짝 안으로 들어가자 발밑에 문턱이 느껴졌다. "대체 어떻게 된 거지?" 가르다르가 화난 목소리로 어이없다는 듯 말했다. 그러나 두려워하는 목소리는 아니었다.

"뭔데?" 그렇게 묻기는 했어도 카트린은 대답을 전혀 듣고 싶지 않았다. 어쩌면 초대받지 않은 손님이 자신의 칼에 다쳤을지도 몰랐다.

"아무도 없어." 가르다르가 빠른 동작으로 부엌으로 들어가는 바람에 카트린은 그에게서 떨어져 문턱에 혼자 남았다. 눈을 살짝 떠보니 가르다르가 수납장 문을 열고 있었다. 부엌에 있는 것 중 사람이 들어갈 만한 곳은 그것뿐이었다. 그때 빗자루가 가르다르를 향해 쓰러졌다. 그는 창문으로 시선을 돌렸다. 창문은 안에서 잠긴 채 닫혀 있었다. "귀신이 곡할 노릇이네. 내가 문 열기 전에 마룻바닥 삐걱거리는 소리 들었지? 이 안에 분명히 누가 있었어!"

"응." 카트린은 가르다르의 체온이 사라지자 한기가 느껴져 양팔로 몸을 감쌌다. 도무지 영문을 알 수 없다고 생각하며 부엌으로 들어가는데 웬일로 퀴티가 따라 들어오지 않았다. 퀴티는 문턱에서 조그마한 몸을 덜덜 떨고 있었다. 짧은 밤색 털이 바르르 떨렸다. 카트린이 몸을 굽히고 불러들이려 했지만 꼼짝도 하지 않았다. 카트린은 다시 몸을 일으켜 가르다르를 바라보았다. "쥐 아니었을까?"

"내 생각엔 코끼리가 아니었을까 싶은데. 그렇게 작은 짐승이 낼 수 있는 소리가 아니야. 퀴티만 해도 돌아다닐 때 아무 소리 안 나잖아. 퀴티가 작긴 하지만 그만한 쥐가 있다면 한번 봤음 좋겠네." 말은 그렇게 했지만 가르다르는 서랍을 하나하나 열어보고 손전등으로 안을 비추었다. "쥐가 있을 만한 데도 없어." 그는 무릎을 꿇고 찬장 밑을 들여다보더니 벽난로 속을 비춰보고 부엌 전체를 훑듯이 손전등을 휘둘렀다. 복도와 마찬가지로 바닥에 흥건하게 고여 있던 물이 손전등 빛에 반짝였다. "말도 안 돼!" 가르다르는 일어나서 그쪽으로 갔다. "어떻게 이럴 수가 있지? 조금 전에는 안 이랬잖아?"

카트린은 가르다르 옆으로 가서 확연히 커진 검은 얼룩을 내려다보았다. "누수현상 아닐까? 바닥에서 배어나온 물이 어쩌다가 발자국처럼 보인 건지도 몰라."

가르다르는 다시 무릎을 꿇고 앉아 물로 얼룩진 자리를 자세히 살폈다. "곰팡이처럼 보이기도 해." 그가 몸을 일으켰다. "이 얼룩, 검은색이라기보다는 초록색이잖아. 누수 전문가가 아니라서 잘 모르겠지만." 가르다르는 코를 킁킁거렸다. "냄새는 곰팡이가 아니라 바닷물 비슷한데."

카트린도 쭈그리고 앉아 바닥의 젖은 발자국을 살폈다. 온 신경을 집중해 숨을 들이마시니 해변을 연상시키는 냄새가 났다. "가르다르, 이거 바다 냄새야. 바닷물이 밖에서 집안으로 스며들진 않아."

가르다르는 다시 냄새를 맡아보더니 카트린이 말릴 틈도 없이 손가락으로 그 물을 찍어 맛을 보았다. 그리고 곧 퉤 내뱉으며 물을 핥으려는 퓌티를 밀어냈다.

"바닷물이 맞아." 그가 일어나자 손전등이 위아래로 흔들렸다. "누가 들어온 게 분명해. 그런데 어떻게 들어온 거지?"

카트린은 더이상 젖은 발자국을 보고 싶지 않아 자러 가기 전 뜨거운 코코아를 마셨던 식탁 쪽으로 시선을 돌렸다. 리프의 코코아가 흘러넘쳐 생긴 갈색 동그라미가 그 자리에 그대로 남아 있었다. 그러나 식탁 위에는 다른 것이 더 있었다. 신문지 같았는데, 더 자세히 들여다보니 그 밑에 뭔가가 있었다.

"가르다르." 카트린은 그 자리에 못박힌 듯 서서 중얼거리듯 남편을 불렀다. 말이 나온다는 것 자체가 놀라웠다. "가르다르." 한번 더 불렀다. "십자가가 왜 다시 여기 있는 거지?"

그가 뭐라고 대답하기도 전에 벽난로 안에서 쩍 하고 나무 갈라지는 소리가 났다. 두 사람은 몸을 움찔했다. 가르다르가 떨리는 손으로 소리난 곳을 비추었다. 파르르 떨리는 밝은 동그라미 안에 검은 쇳덩어리가 들어왔다.

"깜짝이야! 간 떨어지는 줄 알았네." 난로 밑에서 리프가 퓌티와 놀아주려고 가져온 작은 공이 굴러나오자 카트린은 한숨을 내쉬며 떨리는 호흡을 가다듬었다. 그리고 얼른 가르다르 옆으로 가서 바싹 붙었다. 풀오버 아래 심장이 그녀만큼이나 빠르게 뛰고 있었다. "저 밑에 뭐가 있는 거지?" 퓌티는 한구석에 몸을 사리고 있다가 평소에는 좋아하던 공을 보고 낮게 으르렁거렸다.

"난로 안에서 장작더미가 내려앉으면서 바닥이 움직인 걸 거야." 가르다르의 말이 그렇게 설득력 없이 들린 적은 없었다. "팔 좀 놔봐. 난로 밑을 한번 봐야겠어. 너무 뜨거워서 뭐가 살 수는 없겠지만 확인은 해야 하니까." 카트린은 긴장해서 손가락을 펴는 것조차 힘들었지만 가르다르가 시키는 대로 했다. 가르다르는 머리를 바닥에 처박다시피 하고 난로 밑을 들여다보았다. "아무것도 없어. 그런데 이상하네. 바닥이 앞쪽이 아니라 뒤쪽으로 기울어져 있어." 그가 일어나 바짓자락에 손을 문질러 닦았다.

"이제 그만 올라가자." 카트린이 떨리는 목소리로 말했다. "더는 여기 못 있겠어." 그녀는 겁에 질려 퓌티를 불러들였다. 퓌티는 잠시 머뭇거리더니 쭈뼛쭈뼛 다가왔다. "어서 가자니까!" 가르다르는 뭐라고 말하려다가 입을 다물었다. 어서 그 자리를 뜨고 싶기는 그도 마찬가지인 것 같았다. 이층에서 리프가 무슨 일이냐고 묻는 소리가 났다.

"지금 가!" 카트린의 목소리가 갈라졌다. 멀리까지 들리지는 않았을 테지만 아무 말도 없는 걸로 보아 리프는 알아들은 것 같았다.

가르다르는 손전등을 여러 번 휘둘러 부엌에 아무도 없는 것을 확인한 다음 카트린을 앞장세우고 부엌을 나갔다. 그렇게 복도를 지나 층계 앞까지 와서 말했다. "먼저 올라가. 난 조금 이따 갈게." 카트린은 가르다르가 왜 아래층에 있겠다고 하는지 물어볼 힘조차 없었다. "난간 꽉 잡아. 손전등은 내가 가지고 있을게. 우릴 노리는 사람이 없다는 걸 그냥 확인해보고 싶어서 그래." 카트린은 더 묻지 않고 어둠 속으로 발을 내디뎠다. 거의 다 올라와서 마지막 한 계단을 남겨두고 문득 이상한 냄새를 느낀 그녀는 발걸음을 늦추었다. 아무것도 보이지 않았다. 그저 어둡고 텅 빈 복도뿐이었다. 무서운 상상 때문임을 알면서도 카트린은 팔의 솜털까지 곤두섰다. 그리고 복도에 막 발을 내디딘 순간, 무슨 일이 일어났는지 생각할 틈도 없이 복도 문이 엄청난 힘으로 벌컥 열렸다. 문에 정통으로 맞은 카트린은 중심을 잃고 휘청거리다가 계단 밑으로 곤두박질쳤다.

12장

폭풍은 밤새 이사피외르뒤르를 휩쓸고 북쪽에 있는 외퀄피오르의 외딴 마을로 이동했다. 뜬눈으로 밤을 지새운 프레이르는 몇시 몇분에 바람이 잠잠해졌는지 정확히 말할 수도 있을 것 같았다. 처음에는 눈보라가 끊임없이 창문을 때리는 소리에 잠을 이루지 못했다. 이러다가 미쳐버리겠다는 생각이 들어 아이팟 이어폰을 끼고 음악 속으로 빠져들었다. 발밑의 땅이 푹푹 꺼지는 느낌이었다. 보통 그가 환자에게 내리는 진단에 비춰보면 발밑의 땅은 벌써 꺼지고도 남았다. 그는 환청을 들었고 현실에서 일어날 수 없는 환시를 겪었다. 그전부터 늘 두려워하던 일이었다. 환청을 듣고 환시를 보는 사라에게 적응하지 못해 헤어진 것을 생각하면 아이러니가 아닐 수 없었다. 어쩌면 너무 늦게 결단을 내렸는지도 모른다. 가방을 싸고 있을 때쯤에는 이미 병이 옮겨왔을 수도 있다. 증세가 나타난 것은 그리 놀랍지도 않았다. 놀라운 것은 환시가 너무 사실적이라는 것이었다. 이제 그는 자기 앞에 앉아 이런 환시가 실제라는 확신에 차서 눈 하나 깜짝하지 않고 말도 안 되는 황당무계한

이야기를 하는 환자들을 이해할 수 있었다. 그는 환상과 환시를 일종의 환각상태에서 겪는 현상이라고, 그래서 적어도 환시가 지나간 다음에는 보통의 현실과 구분할 수 있는 흐리멍덩한 현실쯤으로 생각해왔다. 하지만 실제로는 그렇지 않았다. 어제 그가 들은 벤니의 목소리는 평상시 듣는 동료들의 목소리와 똑같았다.

그래서인지 그다음에 본 벤니의 환시는 더욱 사실적으로 느껴졌다. 어제저녁 그가 용기를 내어 밖을 내다보았을 때 복도를 달려가는 벤니의 뒷모습이 보였다. 키도 옷차림도 실종되던 날 그대로였다. 머릿속 이성은 불가능한 일이라고 했지만 프레이르는 잘못 보지 않았다고 확신했다. 벤니는 죽었고 살아 있다고 해도 실종된 지 삼 년이 지났으니 훌쩍 자랐어야 한다고 끊임없이 되뇌었지만 소용없었다. 그나마 제일 그럴듯한 가능성은 벤니와 옷이 똑같고, 벤니와 머리색이 똑같은 아이였다는 것이었다. 하지만 그런 우연이 일어난 것이나 그 아이가 사라진 방식이 상식으로는 설명되지 않는다는 점 때문에 혼란스럽기 짝이 없었다. 그는 복도와 문을 여러 개 지나며 정신없이 아이를 쫓아갔다. 그러나 병동으로 들어간 아이는 모퉁이를 도는가 싶더니 어느 순간 연기처럼 사라져버렸다. 그가 숨을 헐떡이며 모퉁이를 돌았을 때는 아무도 그 아이를 본 사람이 없었다. 모퉁이를 돌면서 부딪칠 뻔한 간호사 두 명은 고개를 저으며 어안이 벙벙한 얼굴로 프레이르를 보았다. 그들 앞에 선 그는 머리가 헝클어진 채 가쁜 숨을 몰아쉬면서 무슨 일인지 제대로 설명하지 못했다. 게다가 이날 저녁 당직이 아니어서 병원에 있는 것도 이상했다. 간호사들이 의미심장한 시선을 주고받자 곤혹스러워진 그는 얼른 미안하다며 사과하고 자리를 떴다. 그제야 자신이 미쳤다는 생각이 들었다. 그런 아이는 없었다. 더구나 몇 해 전 죽은 아들이 그곳에 있을 리 만무했다.

그렇게 밤을 새우고 출근해서 탈의실 거울 앞에 섰다. 그는 거울에 비친 자신의 모습에서 시선을 떼고 한숨을 푹 쉬었다. 타일 재질의 번들거리는 노란색 테두리가 예전부터 마음에 들지 않았는데 그 안에 자신의 꺼칠한 모습이 있으니 평소보다 더 참고 보기 힘들었다. 눈에는 핏발이 서고 얼굴은 잠을 못 자서 통통 부었다. 거기다 정말 미치는 건가 하는 생각에 괴로워하다가 면도를 못해 턱은 수염 자국으로 거뭇했다. 환자와 동료들에게는 어젯밤 과음한 결로 보일 것이 분명했다. 어쨌든 별 탈 없이 하루가 지나기를 바랄 뿐이었다. 48시간 연속 근무는 익숙해서 걱정할 것 없었다. 혼자 집에 앉아 대답 없는 질문을 반복하는 것보다는 훨씬 나았다. 병원에서는 일에 집중할 수 있었고 어쨌든 그런 쓸데없는 생각에 골몰할 시간이 없었다. 자꾸 신경쓰이는 문제는 따로 있었다. 원래는 원장에게 자신의 정신건강 상태가 의심스럽다는 말을 했어야 한다. 하지만 그다음에 따라오는 게 뭔지 그는 알고 있었다. 원장은 그에게 열흘간 쉬라고 할 것이다. 그러면 다른 동료들은 그만큼 부담이 늘어난다. 프레이르는 업무 수행이 불가능하다거나 환자들을 위험에 빠뜨릴 수 있다는 생각이 들면 바로 원장에게 보고해야겠다는 선에서 자신과 타협을 보았다.

사실 현재로서는 별다른 위험이 존재하지 않았다. 모든 것이 순조로웠고 헛것이 보이거나 이상한 소리가 들리지도 않았다. 만약 심각한 상태라면 무엇이 정상이고 무엇이 정상이 아닌지 판단할 수도 없었을 것이다. 전문교육을 받았고 의사로서 정신질환자를 많이 접해보았지만 자신은 그 경우에 해당되지 않는다고 마음속 깊이 확신했다. 그럴 리가 없었다. 아니, 그래서도 안 되었다. 그는 회진중 담당 간호사가 자신을 어떻게 대하는지 주의깊게 살폈다. 그의 행동을 이상하게 생각하는 기색은 전혀 없었다. 일부러 한 환자의 상태에 대해 엉뚱한 소리를 했더니 간호사는 미간을 찌푸리며 의아한 표정을 지었다. 그는 그 반응에 만족하며 어제 일이 예외적인 사건이기를 바랐다.

프레이르는 하들라의 부검을 맡은 의사에게 전화해야겠다는 생각으로 서둘러 사무실로 향했다. 아침에 두 번이나 전화했는데 안내센터만 나오고 통화는 하지 못했기 때문이다. 텅 빈 복도에 들어선 그는 잠시 멈칫했다. 그러나 곧 이상한 것이 보이거나 환청이 들릴 수도 있을 거라 각오하고 걸음을 옮겼다. 리놀륨 바닥이 눈에 거슬리게 번들거렸고 걸을 때마다 삑삑 소리가 났다. 형광등은 여전히 깜박거리며 지지직거리는 소음을 냈다. 그는 전구를 갈아야 한다고 관리실에 알려줘야겠다고 속으로 다짐했다. 그러나 잠시 후 땀에 젖어 축축한 손으로 사무실 문의 손잡이를 잡을 때는 고장난 전등이 오히려 고맙게 느껴졌다. 그런 시시콜콜한 일상적인 문제로 복도를 달려가는 아들의 모습을 잠시나마 잊을 수 있었기 때문이다.

프레이르는 문을 닫으려다 말고 이 문이 두 번이나 저절로 열렸다는 사실이 떠올라 멈칫했다. 문이 고장났을 수도 있다. 문틀이 뒤틀렸거나 손잡이에 문제가 생겨 열렸고, 문이 저절로 열리는 광경에 장기간 쌓인 정신적 부담과 육체적 피로가 겹쳐 순간적으로 환상을 본 것이다. 상당히 설득력이 있다고 생각하며 문을 열어둔 채 책상으로 걸음을 옮겼다. 그러나 곧 쾅 소리와 함께 문이 닫혔다. 등줄기에 소름이 끼쳤다. 그는 침을 꿀꺽 삼켰다. 그러고 나서는 내내 잠잠했다. 문이 고장났다면 저절로 열릴 수도 있고 닫힐 수도 있는 거라고 생각하며 책상 앞에 가 앉았다. 그리고 온 신경과 근육을 긴장시킨 채 갈색 문을 응시하며 문이 다시 열리자마자 화들짝 놀랄 준비를 하고 기다렸다. 그는 문에서 눈을 떼지 않은 채 수화기를 들었다. 안내센터에 전화해서 관리인을 연결해 달라고 했는데, 자신의 목소리가 아무렇지도 않게 들려서 그나마 안심이 되었다.

신호가 여섯 번이나 간 뒤 막 수화기를 내려놓으려 할 때 관리인이 전화를 받았다. 막 노년에 들어선, 조용하고 서글서글한 남자였다. 형광등이 깜박거린다는 말에 이상하다며 오늘 아침 갈았다고 했다. 프레이르는 방금 전에 분명히 깜박거리고 있었다고 주장했고, 관리인은 결국 마지못해서 시간 나는 대로 들르겠다고 했다. 곧이어 프레이르는 사무동 문에 문제가 있는 것 같은데 아는 바가 있느냐고 물었다. 건물이 비뚤게 지어졌거나 다른 문제가 있는지 문이 그냥 열렸다 닫혔다 한다고 했더니 처음에는 무슨 말인지 알아듣지 못했다. 프레이르가 사무실 문이 손도 안 댔는데 열렸다 닫혔다 한다고 덧붙이자 자기가 알기로 그 건물은 꽤 잘 지어졌고 각도 잘 맞는다고 했다. 그리고 만약 건물이 한쪽으로 비뚤어졌다면 문이 열리거나 닫히거나 둘 중 하나지, 열렸다 닫혔다 할 수는 없는 일이라며 건물이 양쪽으로 왔다갔다할 리가 있느냐고 되물었다.

프레이르는 얼굴이 붉어진 채 전화를 끊고 다른 곳에 전화를 걸었다. 다그니가 사건자료 검토 건으로 연락을 기다리고 있다는 걸 알지만 지금 상태로는 만나기는커녕 얘기하고 싶지도 않았다. 그는 레이캬비크 법의학연구소의 직통번호로 전화를 걸었다. 하들라의 부검의는 첫번째 신호가 간 후 바로 전화를 받았다. 프레이르가 자기소개를 하고 서로 예의상 인사를 주고받은 다음 부검을 마치고 차가운 철제 테이블에 누워 있는 하들라 이야기로 넘어갔다.

"제 생각엔 직접 와서 보시는 게 좋을 것 같습니다." 카르들이라는 이름의 부검의는 하들라의 병력에 등 상처에 대한 내용이 없다는 사실에 매우 의아해했다. "어쩌면 정신불안 상태에서 자해한 걸 수도 있습니다. 전 그쪽은 잘 몰라서 전문의의 도움을 받았으면 합니다."

"아침 비행기는 벌써 출발해버렸네요. 저녁때쯤 되어서야 도착할 텐데, 그래도 괜찮겠습니까?" 프레이르는 문득 떠나고 싶은 강렬한 충동을 느꼈다. "아니면 거기서 하룻밤 지내고 내일 아침 만나도 되고요."

카르들은 잠시 생각하더니 두번째가 낫다고 말했다. "비용절감 때문에 연구소는 다섯시에 문을 닫습니다. 물론 그후에도 출입할 수는 있습니다만, 요즘은 근무시간 외에는 일하고 싶지가 않아서요."

프레이르는 완전히 반대였다. 그는 비행기 푯값도 신청하지 않을 생각이었다. 괜히 그랬다가 문제가 복잡해져서 짧은 기분전환의 기회를 놓칠지 모른다는 우려 때문이었다. 여의치 않을 경우 휴가를 하루 쓸 생각까지 하고 있었다. "그럼 내일 아침 여덟시에 보죠."

"알겠습니다. 이제 하들라는 다시 냉동고에 넣어야겠군요."

노인의 병세는 훨씬 더 나빠졌다. 그러나 모두가, 누구보다도 노인 자신이 예상한 일이었다. 눈밑은 병적으로 누런빛을 띠었고, 나아질 기미가 없는 만성적 미열에도 불구하고 얼굴은 백지장처럼 하얬다. 쿨럭거리며 기침을 해도 뺨에 핏기가 돌지 않았고 얕은 숨을 쉬며 그르렁거리느라 말을 제대로 잇지 못했다.

"미안하군." 그는 뼈만 앙상한 손으로 손수건을 집어 보랏빛 아랫입술에 묻은 침을 닦았다. "아이들 모두 잘 기억나. 이 사진을 찍은 다음해에 이 반을 맡았지. 담임이었던 여자선생이 사고를 당했거든. 내가 맡았던 반은 봄에 졸업해서 다 나갔고." 노인은 사진을 무릎 위에 놓고 베개에 등을 기댔다. 병원 침대의 등받이가 높이 올려져 누워 있다기보다 앉은 자세에 가까웠다. "하필이면 왜 이 사진인가에 대해 말이 많았지. 이 사진 말고도 여러 개가 걸려 있었는데 전부 멀쩡했거든."

"얼굴을 못 알아보게 만든 아이들 사이에 혹시 공통점 같은 게 있었습니까?" 프레이르는 가지고 온 명단을 노인에게 읽어주었다. "예를 들어 같이 몰려다니는 패거리였다든가?"

"그런 것까지 자세히 알지는 못했어. 대부분 단짝친구가 있기는 했지. 기를 쓰고 짝이 되려고 하거나 수업시간 외에도 붙어다니는 아이들은 있었어. 하지만 그때는 아이들이 방과후에 뭘 하는지 선생들이 잘 몰랐어. 교육도 엄하고 짧은 시간 내에 최대한 많은 걸 가르쳐주는 게 학교의 역할이었거든. 지금처럼 놀이수업이니 그런 건 없었어. 물론 수업 마치고 몰려다니는 패거리가 있었겠지. 하지만 선생들도 집에 가면 자기 아이들이 있었기 때문에 학생들까지 신경쓰지는 못했어. 그건 각자 부모의 몫이었지."

프레이르는 고개를 끄덕였다. "이 학생들 중에 아직 이사피외르뒤르에 사는 사람이 있을까요? 라뤼스 헬가손과 얘기해보고 싶은데요." 그는 라뤼스가 여섯 명 중 현재 유일한 생존자라는 말은 하지 않았다.

노인은 잠시 기억을 더듬었다. "내가 알기로는 이사피외르뒤르를 떠난 지 한참 됐어. 졸업하고 자동차 기술 배우러 레이캬비크에 가서 다시 돌아오지 않았지. 물론 내가 잘못 알고 있을 수도 있지만."

"전화번호부를 찾아보면 나오겠죠." 프레이르가 노인에게 미소 지어 보였다. "하들라는 기억나세요? 하들라도 그 반이었어요. 나중에 플라테이리에 살았는데."

노인은 이번에도 대답하기 전에 잠시 기억을 더듬었다. "맞아, 맞아, 그 키 작고 통통한 아이. 아주 맹랑했지. 생각나." 노인은 하늘색 눈으로 프레이르를 쳐다보았다. "그애 아버지가 못 말리는 술꾼이었어. 부인도 때리고 자식들도 때렸지. 가정환경이 그랬는데도 하들라는 아주 잘 자란 편이야. 머리가 썩 좋진 않았지만 철도 일찍 들고 사리에 밝았지. 다행히 그 집 자식들은 아버지를 안 닮아서 다들 얌전했어."

"그건 진짜 다행이네요."

"마을에 아주 고약한 술꾼이 몇 있었어. 요새는 그래도 그런 사람이 많지 않은 것 같아. 지금은 술이 얼마나 나쁜지 다들 잘 아니까." 노인은 다시 손에 든 사진을 들여다보았다. "그래, 여기 이애 아버지도 심각한 알코올의존자였어. 정말 극악한 인간이었지."

옛 선생의 굽은 손가락이 중간 열 가장자리에 떨어져 서 있는 허름한 옷차림의 소년을 가리켰다.

"그 아이도 잘 자랐나요?" 프레이르가 물었다.

"베르드노뒤스? 아니, 안타깝게도 그렇게 말하기는 힘들지."

프레이르는 갑자기 입안이 바싹 탔다. 노인의 틀니가 담긴 물컵이 유혹적으로 느껴질 정도였다. "방금 베르드노뒤스라고 하셨어요?"

"응, 이름이 베르드노뒤스였지. 내가 그 반을 맡았을 때는 이미 없었지만 이름은 똑똑히 기억하고 있어. 그런 불행한 일은 쉽게 잊히지 않는 법이거든."

"그 아이도 알코올의존자가 됐나요?" 프레이르가 물었다. 노인이 사진을 내려놓자 다시 집어들었다. 흐릿한 복사본 속에서 소년이 그를 응시하고 있었다. 베르드노뒤스.

"아니, 아니야. 그렇게 될 기회마저 없었어. 실종됐거든." 노인은 또다시 쿨럭거렸다. "흔적도 없이 사라졌어."

13장

날씨는 나아졌지만 눈보라가 집안에 습기를 남기고 가 추위를 견디기 힘들게 했다. 풀오버를 세 겹이나 껴입은 리프는 네번째를 껴입는데 성공했다. 그녀는 가만있지 못하고 계속 왔다갔다하면서 면양말 속으로 털양말의 거친 실이 파고든다며 끊임없이 투덜거렸다. 하지만 얼어죽는 것보다는 가려운 게 나은지 현실을 받아들이고 가르다르가 헐거운 마룻장 틈새에서 찾아낸 오래된 뜨개바늘을 양말 속에 집어넣어 긁는 것으로 만족했다. 그런 리프 때문에 카트린은 신경이 곤두섰다. 그녀는 부엌의 등받이 없는 의자에 앉아 사시나무 떨듯 몸을 떨고 있었다. 추위 때문인지 어젯밤 일의 충격 때문인지는 알 수 없었다. 계단에서 굴러떨어져 온몸에 타박상을 입고 멍이 들었지만 그만하기 천만다행이었다.

카트린은 어떻게 계단을 굴렀는지, 몸의 어느 부분이 어느 계단에 부딪혔고, 언제 머리를 그렇게 세게 부딪혀 정신을 잃었는지 전혀 기억나지 않았다. 가르다르 말로는 봉제인형처럼 아래로 굴러떨어졌다. 몸이 유연해서 그나마 큰 사고를 면할 수 있었던 것이다. 다시 정신이 들었을 때 자신은 계단 아래 바닥에 누워 있었고, 가르다르와 리프가 걱정스러운 얼굴로 내려다보고 있었다. 안개 낀 듯 흐릿하던 시야가 점점 밝아지고 그들이 하는 말이 의식 속으로 파고들었다. 그렇게 말이 들리는 걸 보면 사고를 당하고도 그럭저럭 괜찮은 모양이구나 싶었다. 리프는 카트린이 영락없이 죽었다고 믿은 모양이었다. 사실 카트린도 그렇게 믿었다. 자신이 죽었다는 생각에 슬퍼하던 중이었는데 가르다르가 맥박이 느껴진다고 하자 엄청난 안도감을 느꼈다. 다른 것은 전부, 통증이나 머리가 쾅쾅 울리는 두통은 전혀 중요하지 않게 돼버렸고 이제는 서서히 적응해가고 있었다.

"정말 토할 것 같거나 하진 않아?" 가르다르가 물으면서 카트린을 살폈다. 가르다르의 표정에서 자신의 모습이 얼마나 처참한지 읽혔다. "뇌진탕이면 조치를 취해야 해." 하지만 구체적으로 무슨 조치를 취할지는 말하지 않았다. 그리고 카트린도 그에게 무슨 뾰족한 방법이 있을 거라고는 생각지 않았다. 그들은 선장에게 전화를 걸어서 데리러 와달라고 하기로 했다. 요컨대 도움의 손길을 기다리는 것 말고는 할 수 있는 일이 없었다.

"응, 괜찮아. 지금 유일하게 안 아픈 데가 배야." 카트린이 약간 쉰 목소리로 말했다. 그녀는 사고 이후 말수가 부쩍 줄었다. 정신이 든 다음 이상한 말을 마구 쏟아내다가 가르다르와 리프가 이층으로 데려가 침낭 속에 눕히자 울다가 잠이 들었다. 그녀의 말은 뒤죽박죽이었고 북받치는 울음에 수시로 끊겼다. 가르다르와 리프가 달래려고 해봤지만 역부족이었다. 카트린은 결국 그토록 갈구하던 잠 속에서 위안을 찾았다. 꿈속을 떠돌며 가르다르와 갓 결혼해서 행복하던 시절로 돌아갔다. 그 밖의 다른 것은 기억이 나지 않았다. 그런데 잠을 깨면 검은 모자를 눌러쓴 아이의 슬픈 얼굴이 보일 것만 같아서 차마 눈을 뜰 수 없었다. 막상 눈을 떴을 때는 그렇게 무섭지 않았다. 그저 지저분한 천장이 보였을 뿐이다.

카트린은 이마를 문질렀다. "리프, 혹시 거울 있니?" 자기 모습이 어떤지 외면하고 싶었지만 호기심에 두 손 들고 말았다. 그녀는 두 번이나 침을 꿀꺽 삼키고 나서야 화장품에 붙은 작은 거울을 들여다볼 수 있었다. 다행히 뺨에 찰과상이 나고 눈밑에 퍼런 멍이 들었을 뿐 예상했던 것보다는 괜찮아 보였다. 그녀는 거울을 위로 올려보았다. 머리칼이 나기 시작하는 곳 바로 아랫부분에 큰 혹이 빨갛게 나 있었다.

"그건 다 없어질 테니 걱정 마." 리프가 옆으로 와서 안됐다는 듯 미소 지었다. "다시 예뻐질 거야." 그러고는 곁눈질로 가르다르를 보았다. "이 남자가 그전에 널 죽이지 않는다면 말이야."

가르다르는 짜증이 치밀었지만 내색하지 않으려고 애썼다. 리프는 아침에 일어나자마자 혼잣말로 구시렁거리기 시작했다. 이미 떠나기로 결정했는데도 일이 잘될 리 없다며 자꾸 불길한 소리를 해댔다. 그녀는 어젯밤 사고도 그 아이 짓이라고 여겼다. 그러지 않고서야 문이 그렇게 세게 열릴 리 없다는 것이다. 반면 가르다르는 바람 때문이라고 우겼다. 집안에 열린 창문이라곤 없었는데도. 카트린은 이렇다 저렇다 말이 없었다. 하지만 속으로는 바람이 한 짓이 아님을 확신했다. 눈에 뻔히 보이는 불쾌한 사실을 극구 부인하는 가르다르가 신기할 따름이었다.

"그만해, 리프. 그런 쓸데없는 생각 해봐야 소용없어." 가르다르는 전 집주인이 두고 간 상자 하나의 갈색 접착테이프를 커터칼로 잘랐다. "여기 이거 보고 있다가 날 밝으면 산에 올라가 그 선장인지 뭔지 하는 사람한테 전화를 걸자고. 그러기로 했잖아."

"그건 전 집주인한테 무슨 일이 있었는지 알기 전이지. 어떻게 그런 걸 숨길 수 있는지 이해가 안 돼." 리프는 삐친 듯 입을 비죽거렸다. "알았으면 난 같이 안 왔을 거야."

카트린은 그 말을 믿지 않았다. 리프는 원래 듣고 싶은 말만 들었다. 처음 집을 샀을 때 에이나르가 그 얘기를 하지 않았을 리 없다. 그런 사실을 숨겼다는 데는 카트린도 화가 났지만 왠지 가르다르 편을 들어야 할 것 같았다. 이제까지 카트린은 가르다르와 리프가 주워섬기는 말을 묵묵히 듣고만 있었지만 거울을 보고 무시무시한 괴물로 변한 게 아니라는 걸 알고 나니 다시 말할 용기가 생겼다.

"그 남자가 이 집에서 사라진 게 확실해? 바다에 나갔다가, 아니면 하이킹을 갔다가 사라진 거 아냐?" 그녀가 물었다.

"에이나르 말로는 여기서 사라진 게 맞아." 가르다르는 상자를 열었다. "우리처럼 집수리를 하러 왔었어. 그런데 나중에 사람들이 데리러 와보니 없었대. 정확히 무슨 일이 있었는지는 모르겠는데 어쨌든 아무데서도 못 찾았대. 난 너희가 괜히 불안해할까봐 말 안 한 거야. 그런데 어제 그런 일이 있고 보니 가만있을 수가 없었어."

"그애가 죽였을 거야." 리프가 단호하게 잘라 말했다. "계단에서 아래로 밀어뜨린 다음 목을 조른 거야."

"그 사람이 어떻게 죽었는지는 지금 전혀 중요하지 않아. 이 물건들이나 봐. 뭔가 쓸 만한 게 있을지도 몰라." 가르다르는 여자들과 시선을 마주치지 않은 채 말했다. "상자 여는 건 너희도 동의한 거다."

카트린은 좋다고도 싫다고도 하지 않았다. 지금 상태에서는 이층에서 내려오는 것만 해도 충분히 힘들었다. 하지만 겨우겨우 계단을 내려와 떨리는 몸으로 부엌 의자에 앉아서 가르다르와 리프의 대화에 귀기울이고 있었다. 가르다르는 십자가를 내다버렸고 다른 이상한 물건은 집안에 없다고 장담했다. 그러지 않았다면 그녀는 절대 내려오지 않았을 것이다.

"그 사람이 사라진 게 삼 년 전이라고 하지 않았어?" 카트린은 소년과 사라진 남자 사이에 아무 관계가 없기를 마음속 깊이 바랐다. 생각하면 할수록 그럴 리가 없을 것 같았다. "내가 보기에 그 아이는 많아야 열한 살이나 열두 살이었어. 삼 년 전이면 여덟 살이나 아홉 살인데, 그렇게 어린 애가 어떻게 성인 남자를 죽이고 여기서 혼자 살아남을 수 있어? 불가능해."

"누가 같이 있었다면 가능하지." 리프는 자기가 말해놓고도 기발하다는 생각이 들었는지 만족스러운 표정을 감추지 못했다.

가르다르는 아무 대꾸 없이 상자를 뒤지는 데만 열중했다. "이 안에 무선기가 있을지도 몰라. 그게 있으면 산에 올라가지 않아도 돼. 너희는 어떨지 모르지만 난 등산하고 싶은 생각이 별로 없거든."

카트린은 창밖을 내다보았다. 잠자고 있는 풀들의 탁한 흙빛뿐이던 풍경이 새하얗게 변해 있었다. 빗줄기는 밤새 함박눈으로 바뀌어 온 세상을 얇게 뒤덮었다. 주위가 더 환해졌지만 카트린은 산에 올라가고 싶은 생각이 없었다. 기운도 없고 등산용 아이젠도 챙겨오지 않았다. 아마 눈 밑의 땅이 온통 얼어서 미끄러울 것이다. 세 명이기 때문에 누군가 혼자가 되지 않고는 두 패로 나눌 수 없다. 어디선가 바람이 불어와 망가진 테라스 앞에 쌓인 눈을 휘감아올렸다. 바람의 춤추는 듯한 움직임에 따라 고운 눈송이들이 허공에 흩날렸다. 바람은 곧 잦아들었다. 카트린은 다시 마룻바닥 위에 이중으로 쌓여 있는 먼지 낀 상자에 시선을 돌렸다. 가르다르가 첫번째 상자에서 책 두 권, 망치, 지갑, 손전등을 꺼냈다. 카트린은 허리를 굽혀 손전등을 집어서 스위치를 눌러보았다. 배터리가 없는지 켜지지 않았다.

"무선기가 있어도 배터리가 필요한 거 아니야?" 리프가 카트린 옆으로 와서 의자에 웅숭그리고 앉아 지갑을 집었다.

"글쎄. 아마 그렇겠지." 가르다르가 대답하고는 상자 밑을 보려고 위쪽의 물건들을 치웠다. "짐을 엉망으로 쌌군."

"누가 짐을 쌌을까?" 카트린은 손전등을 내려놓고 무심코 상자 옆에 붙은 테이프를 떼어냈다. "그 남자가 실종되기 전에 싸놓은 건 아닐 거 아니야."

"나중에 구조하러 온 사람들이 쌌을 수도 있지. 아니면 물건을 정리하러 온 유산상속인일 수도 있고." 가르다르는 행주 두 장을 꺼내 살폈다. "짐을 싼 게 아니라 막 쑤셔넣었어. 본인이 한 건 아닌 것 같아. 어쨌든 나라면 내 짐을 이렇게 안 쌀 거야. 완전히 엉망이야." 가르다르는 행주를 도로 상자에 집어넣고 이번에는 형광색 플라스틱 접시 두 개를 꺼냈다. "이 물건 저 물건 마구 섞여 있고 차곡차곡 넣지도 않았어. 자기 물건이라면 이렇게 막 다루지 않았을 거야."

"이름이 회이퀴르야. 회이퀴르 그레타르손." 리프가 지갑에서 신용카드 한 장을 꺼내 흔들었다.

"그건 우리도 알아." 가르다르는 리프의 손에서 신용카드를 뺏어 잠시 들여다본 후 돌려주고 다시 상자를 뒤졌다.

"짐을 누가 쌌든 곧 집에 간다는 생각을 하고 있었을 거야. 지갑에 신용카드, 영수증, 잔돈이 잔뜩 들어 있어." 리프가 영수증을 훑어보며 말했다. "만약 그 남자가 직접 짐을 쌌다면 죽으려고 작정한 거야. 지갑을 상자 속에 넣어버리는 사람은 없잖아."

"뭘 샀는데?" 카트린도 리프가 이미 살펴본 영수증을 들고 한 장 한 장 살폈다. 삼 년쯤 됐고 모두 소액이었다. 슈퍼마켓에서 수천 크로네, 흘렘뮈르역에 있는 미용실에서 머리 자른 영수증, 도미노 피자, 서브웨이, 주유소. 그다음 뭉치도 마찬가지였다. 별 의미 없는 일상적인 소비의 기록이 이어졌다. 카트린은 팔에 소름이 돋았다. "이 영수증들로 봐서 회이퀴르는 독신이었어. 주로 슈퍼마켓이나 패스트푸드점 영수증인데 다 적은 액수야."

"벌써 삼 년 전이잖아. 그동안 물가가 얼마나 많이 올랐는데. 그리고 다른 사람에게 밥을 사는 일이 자주 없었나보지. 어쨌든 가까운 친인척이 없어서 집 살 때 절차가 간단했어." 가르다르는 상자 밑에서 여러 번 접힌 종이를 끄집어내 펼쳤다. 종이를 살펴보던 그의 얼굴에 환한 미소가 떠올랐다. "빙고!" 그는 카트린과 리프에게도 종이를 보여주었다. 비코 DIY에서 발행한 영수증과 연필 도면이었다. "이게 있으면 정화조 연결할 수 있어." 카트린과 리프는 멍한 표정으로 무심하게 그를 바라보았다. "무슨 말인지 몰라? 화장실을 사용할 수 있다니까." 그는 약간 흥분이 가라앉은 목소리로 말했다. "이번 말고 다음번에 말이야."

"다음번?" 리프가 머리를 세차게 흔들며 코웃음을 쳤다. "내가 다시 여기 와서 정화조 연결하고 목욕할 일은 없을 것 같은데!"

가르다르는 종이를 옆으로 치웠다. "좋아. 그럼 너희는 안 오고 나 혼자 오면 되지 뭐." 그는 실망한 듯 말했다. "화장실이 있으면 숙박비를 올려 받을 수 있어." 그러고는 상자를 닫고 다음 상자를 가져왔다. "봄이 되면 여기서 있었던 일이 다 그냥 나쁜 꿈처럼 느껴질 거야. 내 말이 맞을 테니 두고 봐."

카트린과 리프는 수긍도 반박도 하지 않았다. 하지만 카트린은 속으로 어림없다고 생각했다. 절대 가르다르 혼자 헤스테이리로 보내지 않을 터였다. 이 집은 불운을 부르는 기분나쁜 장소였다. 가르다르는 상자를 열고 말없이 뒤적거렸지만 쓸 만한 것은 망원경뿐이었다. 리프는 얼른 망원경을 집어들고 눈에 대보더니 창가로 가서 밖을 내다보았다.

"나한테 좋은 생각이 있어." 카트린이 세번째 상자를 끙끙대며 가져온 가르다르에게 말했다. "병원 관사에 가서 망원경으로 보면 그애가 집에 어떻게 들어오는지 알 수 있잖아." 사실 카트린은 그보다도 다른 곳으로 숙소를 옮기는 데 관심이 있었다. 마음 같아서는 당장 이사피외르뒤르로 가서 레이캬비크행 비행기를 타고 싶었지만 선장도 열 일 제치고 그들을 데리러 올 수는 없을 것이다. 카트린은 윗옷 주머니에 손을 넣어 휴대전화의 매끈한 모서리를 만지작거리다가 손바닥 위에 꺼내놓았다. 주머니 속 온기가 차가운 손바닥에 전해졌다. 곧 산에 올라가 선장과 통화할 생각을 하며 별 생각 없이 오랜 습관처럼 전화기를 켰다. 그런데 아무 반응이 없었다.

"일단은 계획대로 하자." 가르다르가 상자에서 수첩 몇 개를 꺼내 훌훌 넘겨보며 말했다. "밝아질 때까지 조금만 더 기다렸다가 산에 올라가서 전화하는 거야."

카트린은 휴대전화의 어두운 화면만 들여다보았다. "내 휴대전화 배터리가 나갔어. 실수로 전화기를 켜놨나봐." 그녀는 자신의 말이 믿기지 않는 듯 전화기를 마구 흔들었다.

"뭐?" 가르다르는 손에 묻은 먼지를 탁탁 털고 카트린 곁으로 왔다. "이상하네." 카트린의 전화기를 살펴본 그는 자기 전화기를 꺼내 켰다. 그러고는 전화기를 멀찍이 들어서 뚫어져라 보았다. "야, 너 나 엿먹일 작정이구나?" 그는 혼잣말을 하더니 카트린과 마찬가지로 마구 흔들었다. 그리고 전원버튼을 다시 한번 더 세게 눌렀다. 아무 변화도 없었다. 배터리가 닳은 것이다. "뭐 이런 경우가 다 있어!" 가르다르는 태평하게 망원경으로 밖을 내다보고 있는 리프에게 고개를 돌렸다. "리프! 네 휴대전화 켜봐. 우리 건 안 켜져."

리프는 천천히 뒤돌아서서 망원경을 내렸다. 그리고 그동안 여러 번 봐서 익숙해진 경악의 표정으로 두 사람을 바라보았다. "싫어." 그녀는 세차게 머리를 흔들었다. "싫다고. 우리 산에 올라가서 켜보자. 내 건 멀쩡해. 내가 알아."

"리프, 휴대전화 어서 이리 줘." 가르다르가 손을 내밀었다. "전화기가 안 되면 산에 올라갈 필요도 없어." 그리고 금방이라도 무너져내릴 듯한 리프의 모습에 얼른 덧붙였다. "네 것도 안 되면 다른 방법을 찾을 거야. 겁낼 필요 없어."

리프는 두 번이나 입술을 달싹거렸지만 결국 아무 말 못하고 머뭇거리며 하트 모양의 반짝이 장식이 붙은 핑크색 폴더 전화기를 내밀었다. "되는지 안 되는지 말하지 마. 난 알고 싶지 않아." 리프는 눈을 감았다가 실눈을 떴다.

"이런, 빌어먹을! 믿을 수가 없어!" 가르다르는 자그마한 핑크색 전화기를 마구 두드렸다. 그 통에 반짝이 하나가 떨어졌다.

"어떻게 이럴 수가 있어?" 카트린이 전화기를 달라고 해서 켜보았으나 역시 아무 반응이 없었다. "전화기 세 대 모두 내내 꺼놓았는데 왜 갑자기 배터리가 나갔지?"

리프는 뭐라고 알아들을 수 없는 말을 중얼거리더니 벽에 털썩 몸을 기댔다. 창백한 얼굴에 짙은 잿빛 눈동자가 유난히 도드라져 보였다. "그러게 왜 켰어? 그냥 산에 가서 켰으면 됐을지도 모르는데. 괜히 켜서 재수가 없어진 거야."

가르다르는 손으로 얼굴을 감싸고 천천히 숨을 쉬었다. 한동안 꼼짝도 하지 않고 그 자리에 서 있다가 어깨를 축 늘어뜨리며 길게 한숨을 쉬었다. "좋아, 원래 계획은 이게 아니었어." 그가 두 손가락으로 상자를 가볍게 두드렸다. "나도 어떻게 해야 할지 모르겠다. 그래도 일단 아무 일도 없었다는 듯이 계속할게. 아니면 내가 벽을 쳐서 구멍이 날 거고, 그러면 수리할 게 더 많아질 테니까." 가르다르는 먼저 리프를 쳐다본 후 카트린에게 시선을 돌렸다. 카트린은 그의 그런 면을 너무도 잘 알았다. 그는 이런 충격을 현실적으로 감당할 수 있는 사람이 아니었다. 그런 생각을 하는 사이 두통이 견딜 수 없을 정도로 심해졌다.

리프는 뭐라고 하려다가 곧 생각을 바꿔 입을 다물었다. 카트린도 딱히 할말이 떠오르지 않았다. 몇 분 사이 분위기는 빙하 밑에 끼어 오도가도 못하는 잠수함의 선실처럼 변해버렸다. 가르다르는 계속 상자를 뒤졌고 카트린은 별수없이 그 모습을 지켜보았다. 주위가 조용해지자 아까는 들리지 않던 소리가 들리기 시작했다. 바람이 휘파람 같은 소리를 내며 지나갔고, 집안 여기저기에서 간헐적으로 삐걱거리는 소리가 났다. 카트린은 등줄기에 소름이 끼쳤고, 리프는 연신 흠칫거리며 놀랐다.

"이것 좀 봐!" 가르다르가 상자에서 모서리가 둥근 검은색 카메라 가방을 끄집어냈다. "비디오카메라 같은데?" 찌익 하는 요란한 소리와 함께 지퍼가 열렸다. "그러면 그렇지." 정교해 보이는 은색 비디오카메라가 모습을 드러냈다. 가르다르는 고개를 숙이고 눈을 감았다. "제발 휴대전화에 맞는 배터리가 있어라."

"그게 아직 작동할 거라고 생각하는 거야?" 리프가 흥분도, 호기심도 섞이지 않은 목소리로 말했다. "말도 안 돼. 미친 짓이야."

가르다르는 카메라를 이리저리 살펴보다가 전원을 켰지만 배터리가 남아 있을 리 없었다. 남아 있다 해도 너무 커서 휴대전화에는 맞지 않을 것이다. 그는 카메라를 계속 살펴보더니 옆구리에 붙은 작은 뚜껑을 열고 메모리카드를 꺼냈다. "이거 일반 카메라에도 들어갈까?"

"내 카메라에는 안 들어가. 메모리카드가 그것보다 훨씬 작아." 리프가 말했다.

카트린도 고개를 쑥 빼고 메모리카드를 보았다. "그거 우리 카메라에 맞을 거 같아." 카트린과 가르다르는 오 년 전 당시 최신형으로 나온 카메라를 샀다. 하지만 지금 리프가 가진 새 카메라에 비하면 구닥다리다. "그런데 비디오도 재생될지는 모르겠어."

가르다르는 벌떡 일어나더니 다용도실에 가서 카메라를 가져왔다. 원래 있던 메모리카드를 빼내고 다른 것을 끼웠다. 제대로 작동하자 가르다르는 만면에 미소를 지었다. "좋았어!" 그는 카트린과 리프에게 카메라 화면을 들이댔다. 여러 개의 폴더가 있었다. 세 사람은 순서대로 동영상을 보았다. 처음에는 헤스테이리의 풍경, 집 주변, 수리 과정을 찍은 것이 대부분이었다. "수리 과정을 영상으로 기록할 생각이었나봐. 시간이 남아돌았던 모양이군." 가르다르는 다른 폴더를 선택하려고 전 단계로 돌아갔다. "완전히 까만 그림이 몇 개 있는데." 그가 그중 하나를 선택했다. 카트린과 리프는 자세히 보려고 그의 어깨 너머로 고개를 들이밀었다. 카트린은 머리가 좀 덜 아픈 느낌이었지만 다른 곳은 움직일 때마다 욱신욱신 쑤셨다.

그들은 새카만 화면을 응시하며 카메라에 내장된 스피커에서 나오는 불분명한 소리에 귀를 기울였다. 그들이 익히 아는 삐걱거리는 소리와 바스락거리는 소리가 나오다가 갑자기 동영상이 끝났다. 가르다르는 다른 동영상을 틀었다. 이번에도 카메라를 켜지 않은 것처럼 화면이 까맸다. 한동안 아무 일도 일어나지 않고 시커먼 어둠만 계속되었다. 가르다르가 다른 동영상을 틀려고 한 순간, 마룻장을 밟는, 규칙적인 소리가 났다. 동영상 속 남자가 두려움에 사로잡혀 속삭이는 소리에 가르다르는 놀라서 하마터면 카메라를 떨어뜨릴 뻔했다.

"그게 집안에 있어."

14장

우연이란 뭘까? 프레이르는 경찰서로 가는 차 안에서 골똘히 생각했다. 마치 끈적끈적한 꿀을 가득 채운 공허 속에 들어앉은 것처럼 더디게 하루가 지나갔다. 머릿속은 뒤죽박죽이었지만 신기하게도 다른 사람들이 전혀 눈치 못 채게 행동할 수 있었다. 근무를 마치자마자 빠른 걸음으로 사무실을 나선 그는 떨리는 손으로 차에 시동을 걸었다. 다그니는 거의 육십 년 전 이사피외르뒤르에서 일어난 소년의 실종 사건에 대해 알아봐주겠다고 했다. 바쁘게 일하는 동안에는 육십 년 전의 그 비극과 아들의 실종 사이에 무슨 연관이 있는지 생각할 여유가 없었다. 경찰서로 가면서 차분히 생각을 정리할 시간이 생기자, 벤니의 실종에 대한 해답을 찾을 수도 있으리라는 가냘픈 희망은 금세 사그라지고 말았다.

두 실종 사건은 매우 흡사하지만 서로 연관이 있기에는 시간상으로 너무 멀리 떨어져 있었다. 사실 프레이르는 우연을 좋아하지 않았다. 아무리 우연이라 해도 결국은 납득할 만한 이유가 있기 마련이라고 믿었다. 우연이란 대체 뭔가? 짧은 시간 차를 두고 두 개의 비슷한 사건이 일어났다면? 육십 년이 짧은 시간인가? 두 개의 유성이 수백 년, 아니 수천 년 간격으로 지구의 똑같은 지점에 떨어졌다면 그 시간은 짧다고 할 수 있다. 그렇다면 인간의 삶에서 벌어진 일은 어떤가? 수십 년의 세월은 우연으로 치기에는 너무 긴 시간일까? 프레이르는 확신이 서지 않았다. 아이들이 흔적도 없이 사라지는 일은 드물다. 그러나 적어도 유성 두 개가 지구 대기권을 뚫고 날아와 같은 장소에 떨어지는 것보다는 자주 일어난다. 드물게 일어나는 일일수록 시간 차가 더 커야 우연으로 칠 수 있다. 결국 이 모든 것이 단순한 우연인 걸까?

프레이르는 생각을 입 밖에 내어 그 말이 귀에 어떻게 들리는지 직접 들으면 도움이 된다는 것을 알고 있었다. 하지만 경찰서에 도착해 다그니 옆에 앉고 보니 생각을 말로 정리하는 것이 쉽지 않았다. 대신 백년은 쓰려고 만든 듯 육중한 책상의 모서리를 한 손으로 움켜잡고 다그니가 준 빛바랜 사건보고서를 넘기며 내용에 집중하려고 애썼다. 다그니는 힘든 일과를 마친 후에도 집중력이 전혀 떨어지지 않은 것 같았다. 그의 부탁이 아니었다면 이미 집에 가서 쉬고 있을 시간이었다.

"우리 서에 있는 이 사건의 기록은 이게 전부예요." 다그니가 층층이 쌓인 서류더미 위에 마지막으로 누런 종이를 한 장 얹었다. 새까만 잉크로 찍힌 옛날 글씨체로 보아 타자기로 친 것 같았다. "물론 다른 기록에 그 아이에 대한 언급이 있을 수도 있어요. 하지만 이사피외르뒤르의 모든 사건보고서를 뒤질 순 없잖아요." 다그니가 어쩔 수 없다는 표정으로 살짝 웃었다. "은퇴한 지 얼마 안 된 우리 서 경찰에게 물어봤는데, 그 사건을 기억하고 있었어요. 그 동료도 아직 젊을 때인데, 실종된 아이를 끝내 못 찾은 게 확실하대요. 우리가 못 보고 지나친 부분은 없는 것 같아요."

"내 생각도 그래요." 프레이르는 그 사건에 대한 마지막 보고서를 한 번 더 꼼꼼히 읽었다. 1953년 12월 23일, 소년이 사라진 후 거의 두 달이 지났을 때다. 한 남자가 몹시 추운 날 저녁 항구 근처 해변에 허름한 차림의 남자아이가 서 있는 것을 목격했다. 인상착의는 실종된 소년과 같았다. 소년은 파도가 밀려오는데도 꼼짝 않고 서서 차가운 바닷물에 발이 잠기는 것을 구경만 하고 있었다. 목격한 남자는 뭐라고 외친 후 해변으로 내려가려 했는데 소년은 금세 사라지고 없었다. 그는 소년이 바다에 빠졌을 수도 있다고 생각해 해변으로 내려가 살폈지만 결국 찾지 못하고 경찰에 신고했다. 경찰 수색은 빠르게 끝났다. 소년도, 소년이 해변에 머물렀다는 단서도 발견되지 않았다. 목격자는 경찰의 요구에 따라 소년의 인상착의를 자세히 설명했는데, 관찰력이 뛰어난 순경 한 명이 실종된 소년의 옷차림과 일치한다는 사실에 주목했다.

"수색이 단기간에 진행되다가 갑자기 끝나버렸네요. 벤니 때는 훨씬 넓은 범위를 세세하게 살폈는데. 시대가 달라져서겠죠? 가난한 집 아이여서 그런 건 아니었으면 좋겠어요." 프레이르가 혼잣말처럼 말했다. 1953년 실종된 베르드노뒤스는 알코올의존증에 정신이 불안한 아버지 밑에서 자란 반면, 벤니는 광범위하게 수사가 이루어지도록 양쪽 부모의 든든한 지원을 받았다.

"둘 다 영향을 미쳤을 거예요. 그동안 경찰의 작업방식이 변하기도 했지만요." 다그니는 서류를 복사하기 위해 자리에서 일어났다. "벤니 때도 선생님이랑 아내분이 그렇게 악착같이 매달리지 않았다면 수색은 더 일찍 종료됐을 거예요. 실종 사건 수사는 가족의 태도에 어느 정도 영향을 받게 돼 있어요." 그녀는 서류를 한데 모아 책상 위에 대고 탁탁 쳤다. "벤니 사건 자료를 다시 한번 살펴봤어요. 그때 경찰이 선생님을 꽤 오랫동안 의심한 것 같던데요?" 그러고는 호기심 어린 시선으로 그를 살폈다.

프레이르는 속마음을 털어놓아야 할 이유를 찾지 못했다. "이미 말했잖아요. 견디기 힘든 시간이었다고. 아들 걱정에 정신이 나가 있는데 그런 의심까지 받았으니까요. 그런데 이상한 건, 그게 아무렇지도 않았다는 거예요. 벤니 걱정이 너무 커서 그런 건 안중에도 없었죠."

"네, 충분히 이해해요." 다그니는 여전히 그 자리에 서서 프레이르를 응시했다. "인슐린이 없어진 경위는 나중에 밝혀졌나요?"

프레이르는 책상 모서리를 잡고 있던 손을 들어 관자놀이를 문질렀다. "아니요, 그러지 못했어요. 그런데 그때 난 약봉지에서 눈을 뗀 적이 없거든요. 경찰이 날 의심한 건 이해해요. 하지만 난 사실대로 말했고, 또 입증도 됐어요. 보고서에도 아마 그렇게 나와 있을 거예요. 어쨌든 난 경찰이 내 말을 믿는다고 생각했어요. 난 인슐린을 빼내지 않았어요." 프레이르가 그동안 이 일에 대해 고민할 때마다 100크로네씩 받았다면 지금쯤 엄청난 부자가 되었을 것이다. 그가 상상할 수 있는, 가장 그럴듯한 가능성은 병원 약국에서 실수로 인슐린 펜이 하나만 들어 있는 약을 주었다는 것이다. 봉지에서 하나가 떨어졌는데 몰랐다는 것보다는 훨씬 개연성 있는 얘기였다. 그는 당시 봉지째 약을 건네받고 서둘러 사무실로 돌아갔다. 그리고 사무실에서 두 시간 정도 머무르다가 귀가했다.

그 일을 생각하면 프레이르는 지금도 가슴이 아팠다. 왜 바로 집으로 가지 않았을까? 물론 케이크를 굽고 파티 준비를 하는 아내와 처제를 돕는 것보다 사무실에서 자신을 기다리고 있는 일이 더 매력적이긴 했다. 그럼에도 두고두고 후회되었다. 하지만 그런다고 달라질 것은 없으니 괴로운 기억은 떨쳐버리는 게 최선이었다.

"하여튼 여러모로 끔찍한 날이었어요." 집으로 가는 길에 접촉사고가 나서 예상보다 더 늦었고 사라가 화낼 것을 생각하니 더욱 짜증스러운 상황이었다. 아우르튠스브레카에서 빠져나가려고 자동차 한 대를 추월하다가 트레일러를 보지 못한 것이다. 그의 차는 멀쩡했지만 앞차의 트레일러가 움푹 들어가고 연결부위가 망가졌다. 그는 주유소 주차장에 차를 대고 화난 상대 운전자와 이야기를 나누었다. 그리고 트레일러가 얼마나 망가졌는지 남자가 살피는 동안 보험회사에 제출할 서류를 작성했다. 그러는 내내 약이 담긴 종이봉지는 조수석에 놓여 있었다. 약봉지가 그의 시야에서 멀어진 것은 그때뿐이었다. "내 생각에는 처음부터 인슐린 펜이 덜 들어 있었거나 주유소에서 누군가 훔쳐갔거나 둘 중 하나예요. 그런데 그것도 말이 안 되는 게 내가 계속 차 옆에서 있었거든요. 누가 차에 접근했다면 못 봤을 리 없잖아요. 어쨌든 그 두 가지 가능성 말고 다른 건 현실적으로 불가능해요."

"주요소 감시카메라에는 아무것도 안 찍혔어요?"

"네. 우린 주차장 맨 끝에 있었거든요. 트레일러 앞에 있는 차만 찍혔어요. 방금 말했지만 누가 몰래 내 차에 접근했을 것 같지는 않아요. 또 설령 그랬다 해도 약을 훔치려고 했으면 봉지째 가져갔겠죠."

"맞아요." 다그니의 표정으로는 속마음을 알 수 없었다. "이제는 중요하지도 않죠, 뭐. 그냥 보고서를 읽다보니 궁금해져서요."

프레이르는 복도로 나가는 다그니의 뒷모습을 보면서 베르드노뒤스의 아버지가 어떤 사람이었을지 상상해보았다. 아들이 없어졌는데 어쩜 그렇게 관심이 없었을까. 자신의 경험에 비추어보면 더욱 이해가 되지 않았다. 베르드노뒤스의 아버지는 아들이 없어졌는데 신고조차 하지 않았다. 실종신고를 한 사람은 학교의 양호교사였다. 베르드노뒤스가 검사를 받으러 오지 않자 담임교사를 찾아갔는데 아침에 아예 등교도 하지 않았다는 말을 듣고 아이아버지에게 전화를 건 것이다. 그리고 집에도 아이가 없다고 하자 바로 경찰에 알렸다. 아버지는 경찰의 심문을 받으면서 아들이 전날 집에 들어오지 않은 것을 몰랐다고 했다. 저녁에는 술에 취해 잠들었고, 다음날 아침 일어났을 때는 아들이 등교한 줄 알았다가 학교에서 전화를 받고 나서야 이상하다 싶어 침대를 보니 잠잔 흔적이 없었다는 것이다.

중립성을 지키려 애쓴 흔적이 역력한데도 기록한 사람이 아들에게 무관심한 아버지를 얼마나 못마땅해했는지 잘 드러나 있었다. 기록에 따르면 그는 아들이 있을 만한 곳이 어디인지 모르고 찾을 생각도 별로 없어 보였다. 실종 이 주 후 마지막 심문에서는 아들의 시신을 못 찾아도 괜찮다, 그러면 장례 비용은 아낄 것 아니냐고 말해서 심문하던 경찰을 당황하게 만들었다. 프레이르도 너무 충격적이라 그 부분을 여러 번 반복해서 읽었다. 만약 벤니의 유해를 찾아 장례를 치를 수만 있다면 자신은 무슨 짓이라도 했을 거라고 생각했다.

물론 베르드노뒤스의 아버지는 정신건강에 문제가 있는 사람이었다. 프레이르는 정신과전문의로서 그의 병에 관심이 있었지만 사건자료에는 관련 정보가 전혀 없었다. 베르드노뒤스의 어머니가 어떻게 됐는지, 그녀 역시 아들을 돌보지 않고 방치했는지도 나와 있지 않았다. 프레이르는 이사피외르뒤르에서 오래 산 주민들에게 물어보면 무슨 얘기라도 들을 수 있을 거라고 생각하다가 바로 교사 출신 노인을 떠올렸다. 베르드노뒤스 부자가 이사피외르뒤르에 산 건 잠깐이었고 그전 거주지에 대해서는 어디에도 나와 있지 않았다. 학교에서는 분명 많은 이야기가 나돌았을 테니 어쩌면 노인이 그 부분을 밝혀줄 수 있을 터였다.

복도에서 들려오던 복사기 소리가 멈추었다. "커피 한잔 할래요?" 다그니가 누런 종이뭉치와 새하얀 종이뭉치를 양손에 들고 나타났다. "번거롭지 않아요. 자판기가 있거든요."

프레이르는 고개를 저었다. "아니요, 괜찮아요." 뭔가 먹거나 마시고 싶은 기분이 아니었다. 문득 벤니가 실종된 후 뭘 먹으려고 하지 않아 비쩍 말라버린 사라의 모습이 떠올랐다. 그들의 결혼생활은 점점 힘들어졌다. 아니, 아예 관심의 대상도 되지 못한 채 방치되었다. 생기 넘치던 통통한 사라와 뼈만 앙상하게 남아 죽지 못해 살던 사라를 떠올리니 심장이 쥐어짜듯 아팠다. 사라와 똑같이 될까 두려워할 이유는 없지만 그 위험을 의식하고 있어야 했다. 맨 처음 커피를 거절할 때는 사라도 어떤 결과가 나올지 몰랐을 것 아닌가. 프레이르는 경계심의 고삐를 조였다. "아, 생각을 바꿨어요. 나도 마실게요." 그는 커피를 가지러 문가에서 돌아선 다그니의 뒷모습에 어쩔 수 없이 시선이 갔다. 경찰 제복에도 완전히 가려지지 않은 여성스러운 굴곡에 감탄을 금치 못했다. 진한 커피를 마시고 나니 한결 기분이 나아졌다.

"하들라가 베르드노뒤스와 초등학교 때 같은 반이었던 것 말고 다른 관계가 있었는지 그걸 모르겠어요." 다그니는 다시 그의 옆자리에 앉아 옛날 사건보고서를 서류철에 정리했다. "어쨌든 그런 얘기는 어디에도 안 나오거든요." 다그니는 이렇게 하면 생각이 난다는 듯 머리를 마구 흔들었다. "하지만 하들라가 베르드노뒤스에게 그렇게 집착한 데는 틀림없이 이유가 있었을 거예요." 그러고는 손가락으로 짧은 머리를 쥐어뜯었다. "그 나이대 아이들을 그렇게 긴밀하게 묶는 끈이 뭔지 모르겠어요. 하나가 죽고 수십 년이 지났는데도 영향을 미칠 만큼 강력한 동기 말이에요. 죽고 못 사는 사이였다 해도 이해가 안 되는데, 하들라와 베르드노뒤스가 친했을 것 같진 않거든요. 학교측 진술을 보면 베르드노뒤스는 외톨이였고 다른 아이들과 전혀 어울리지 못했나봐요."

프레이르는 그 말에 동의했다. 베르드노뒤스처럼 부모에게 신체적, 심리적으로 방치되는 아이들은 외톨이인 경우가 많다. '단짝친구'가 생기기는커녕 놀림의 대상이 되지 않으면 고마워해야 할 정도다. “당시 베르드노뒤스의 실종이 충격으로 각인되었다가 나중에 심리적으로 불안한 상태가 되자 튀어나왔을 가능성도 있죠. 그 또래 아이들은 감수성이 무척 예민하니까요. 그 시기에 끔찍한 일을 당하면 상처가 남아요.” 프레이르가 말했다. “아니면 하들라가 뭔가 알고 있었을 수도 있죠. 베르드노뒤스의 죽음에 직접적으로 관계된 장면을 목격했을 수도 있고.”

“그럼 왜 얘기를 안 했을까요?”

“여러 이유가 있겠죠. 자기가 다음 희생자가 될까봐 겁이 났을 수도 있고, 자기가 본 것의 의미를 나중에서야 알았을 수도 있고요. 깨달았을 때는 이미 때가 늦었던 거죠. 아니면 베르드노뒤스를 도와주지 못한 게 창피해서 그랬을 수도 있어요. 범인을 보호하려고 했을지도 모르고요.”

“그게 누군데요?” 다그니는 처음과 달리 프레이르의 가설을 진지하게 받아들이는 것 같았다.

“예를 들면 가까운 친인척요. 하들라 아버지도 알코올의존증이었던 것 같더라고요. 어쩌면 그 사람도 폭력적이었을지 모르죠.”

다그니는 생각에 잠겨 고개를 끄덕였다. 헝클어진 머리칼이 잠시 방향을 잡을 시간이 필요하다는 듯 한 박자 늦게 고갯짓을 따라 앞뒤로 움직였다. “그렇다면 설명이 되네요. 어린 나이에 말 못할 비밀을 간직해야 했다면 몹시 괴로웠겠죠.” 다그니가 자세를 고쳐 앉으며 다리를 꼬았다. “당시 일을 애써 잊고 있다가 나중에 어떤 계기로 다시 튀어나온 걸까요? 그래서 자살했다?”

프레이르가 살며시 미소 지었다. “글쎄요, 그런 일이 그렇게 자주 일어나진 않아요. 학술적으로도 논쟁의 여지가 있고요. 가끔 언론에서 아동성폭력을 다루면서 억압된 기억에 대한 이야기를 하는데 아직까지 검증된 건 없어요. 이번이 그런 경우일 거라는 생각은 안 드네요.”

"벤니와의 연관관계는 생각해봤어요?" 다그니는 긴장한 표정으로 프레이르를 응시했다. 눈을 맞추는 시간이 길어서 순간 그는 면접시험을 보고 있는 듯한 착각이 들었다. "그러니까, 하들라가 벤니에게 그렇게 관심을 가졌던 이유가 뭔지 알아냈느냐고요. 베르드노뒤스만큼이나 벤니에게도 집착했잖아요."

"알아낸 건 아무것도 없어요. 하들라는 벤니, 나, 우리 집안과 전혀 상관없어요." 프레이르는 복사본을 자기 앞으로 끌어당겼다. "무슨 생각을 어떻게 했는지는 모르겠지만 혼자만의 상상이었을 거예요."

"하지만 너무 이상하지 않아요?" 다그니는 여전히 그의 눈을 바라보고 있었다. "벤니가 실종된 후 선생님은 이리로 이사왔어요. 그러고 나서 한 소년이 아주 비슷한 방식으로 사라진 오래전 사건이 지금 수면 위로 떠오른 거잖아요."

모든 것을 부인하고 믿기 힘든 우연이라는 말로 화제를 돌리는 것이 가장 간단한 방법이었을 것이다. 하지만 프레이르는 왠지 다그니에게 하소연하고 싶은 마음이 들었다. "그냥 이상한 정도가 아니죠. 미치고 팔짝 뛸 노릇이지. 내가 이렇게 충격받지만 않았다면 맑은 정신으로 천천히 이유를 찾아보겠는데, 말도 안 되는데다 복잡하기까지 해서 어디서부터 시작해야 할지 모르겠어요." 프레이르는 미지근한 커피를 한 모금 마시고 말을 이었다. "벤니와 베르드노뒤스는 실종 사실을 제외하면 공통점이 전혀 없어요. 두 사건은 수십 년의 시간 차이를 두고 일어났어요. 조사해보니 우리 친척도 아니에요. 베르드노뒤스가 사라진 게 아주 오래전이니 동일범의 소행이라고 하기도 어려워요. 서로 관계가 있다는 증거가 전혀 없어요. 그런데 하들라의 유서와 휴대전화에서 두 이름이 나란히 발견됐죠. 이건 단순한 우연의 일치가 아니에요!"

다그니는 희미한 미소를 지었다. "제 생각도 그래요. 물론 선생님이 뭔가 발견해주길 바라긴 했어요. 솔직히 말하면 경찰에서도 할 수 있는 건 이미 다 해봤거든요. 남편, 자녀들, 옛 직장동료까지 하들라의 주변 사람들과 얘기해봤지만 뭔가 안다는 사람은 하나도 없고, 베르드노뒤스나 벤니 이름이 나오면 다들 혼란스러워하더라고요." 다그니는 이제까지 손대지 않았던 서류를 끌어당겼다. "남편과 딸의 증언에 따르면 최근 몇 년간은 원래 친하게 지내던 친구들과 연락을 끊다시피 하고 대신 초등학교 동창들과 연락했대요. 몇 명은 다른 도시로 나가서 남편이 전화요금이 많이 나온다고 불평했대요. 이사피외르뒤르에 사는 여자 동창도 하나 있었는데 하들라가 연락을 취한 뒤 얼마 안 돼서 죽었어요. 남편과 딸은 그 친구의 죽음 때문에 옛날 친구들을 더 열심히 찾은 거 같다고 해요. 시간이 얼마 남지 않았다는 걸 깨달았다는 거죠. 하들라의 남편은 선생님과 얘기를 나눈 뒤로 아내의 종교 문제에 대해 곰곰이 생각해봤는데, 역시 그 친구의 죽음이 계기가 된 것 같대요. 죽을 때가 가까워지니까 하늘나라에 미리 자리를 예약하려고 했다는 거죠."

다그니는 프레이르에게 종이 두 장을 내밀었다. 하나는 이미 지겨울 정도로 본 학급 사진 복사본이고, 다른 하나는 메모가 적힌 명단이었다. 그는 명단을 죽 훑어보았다. 라뤼스 헬가손, 베디스 아우르든그림스도티르, 실랴 콘라드스도티르, 욘 아이바르손, 스테이든 귄비외른손. "보면 알겠지만, 하들라의 옛친구들은 당시 학급 사진에서 얼굴을 못 알아보게 된 아이들과 일치해요. 그중 대부분은 이미 저세상 사람이 됐어요. 하들라가 연락하기 시작한 후 하나둘씩 죽었거든요."

프레이르는 들고 있던 명단을 다그니에게 돌려주었다. 앞에 남겨진 학급 사진 속에서 베르드노뒤스의 가련한 모습이 그의 눈길을 사로잡았다. "이 라뤼스라는 사람과 얘기해봤어요?" 그가 물었다.

"그렇다고 해야 할지 아니라고 해야 할지 모르겠네요." 다그니는 명단을 접었다. "연결은 됐는데 무슨 일인지 전하자마자 전화를 끊어버렸어요. 레이캬비크에 살아서 그냥 한번 들르기도 쉽지 않고 지금으로선 레이캬비크 경찰을 끌어들이고 싶지도 않아요. 이런 사정을 알아듣게 설명할 재간이 없네요."

프레이르는 사진이 최면을 거는 것 같아 시선을 돌렸다. "다른 사람들은 어떻게 죽었어요? 일흔이면 그리 이상한 일도 아니지만 짧은 시간에 많은 사람이 죽었네요."

다그니는 헛기침을 했다. "병으로 죽은 사람은 아무도 없어요. 베디스는 사고를 당했는데 직접사인은 과다출혈이었고, 욘은 화재로 죽었어요. 실랴는 동사했고, 스테이든은 차에 치였고. 하들라는 자살인 게 분명하고요."

프레이르는 이 우울한 정보들을 정리하려고 해보았지만, 다그니의 말이 어지럽게 머릿속을 돌아다닐 뿐이었다. 메모할 종이와 볼펜이 있었으면 하는 생각이 절실했다. "조사는 해봤어요? 그 죽음들이 서로 연관돼 있을 가능성은요?"

"자세히 조사해보진 않았어요. 그러려면 따로 승인이 필요한데, 관할이 다 달라서 하나하나 받으려면 시간이 얼마나 걸릴지 몰라요. 죽은 사람들이 온 나라에 흩어져 있거든요. 문제는 그게 다가 아니죠. 왜 조사하는지 설명하기가 힘들어요. 범죄라는 증거가 없잖아요. 납득할 만한 근거가 없다고요." 다그니는 잠시 말을 멈추고 숨을 깊이 들이마셨다. "그리고 알아야 할 게 하나 더 있어요."

"뭔데요?"

"친구들 중에 첫번째로 죽은 사람 있잖아요, 베디스라고……" 다그니는 베디스의 요약된 부검보고서를 내밀었다. "여기 이사피외르뒤르에 살았거든요. 그래서 어떻게 죽었는지 자세히 알아볼 수 있었어요.

거기 나와 있는 대로 삼 년 전 자기 집 정원에서 죽었어요." 다그니는 잠시 말을 끊고 혀로 입술을 축였다. "원예용 가위 위로 넘어져서 목동맥과 식도가 끊어진 사고였어요. 어떻게 그런 일이 일어날 수 있는지는 묻지 마요, 나도 모르니까. 부검 결과는 거기 자세히 나와 있어요. 어쨌든 사고였던 건 분명해요."

"그런 일도 일어날 수 있겠죠, 뭐." 프레이르는 이미 차가워진 커피를 한 모금 마셨다. "아는 사람이었어요?"

"얼굴만요. 그런데 기억은 또렷해요. 좀 별난 여자였거든요. 집에서 강령술 모임 같은 걸 하고 그랬어요. 중요한 건 그게 아니에요." 다그니는 얼굴을 찡그렸다. "사고 시점이 좀 이상해요."

프레이르는 보고서에서 날짜를 찾았다. 그리고 이미 수차례 본 숫자였음에도 확실히 하기 위해 해당 부분을 두 번이나 읽었다. 그가 건조한 음성으로 중얼거렸다. "벤니가 없어진 날이에요."

"그 위에 있는 것도 봤어요?" 다그니가 날짜 윗줄을 가리켰다. "베디스가 죽은 곳은 지금 선생님이 사는 집 정원이에요." 다그니는 진지한 눈빛으로 그를 응시했다. "이게 과연 우연일까요?"

15장

퀴티는 밤이 늘상 뒤따르는 소리와 함께 목전까지 다가와 있음을 아는 듯 보였다. 퀴티는 카트린 옆에 엎드려 있고, 그녀는 리프와 가르다르 두 사람과 함께 모포를 깔고 앉아 어둠이 깔리는 풍경을 멍하니 바라보았다. 카트린은 여전히 온몸이 두들겨 맞은 듯 아팠지만 점차 통증에 적응되어갔고, 두통이 가시니 그나마 살 것 같았다. 퀴티는 이따금 짧은 앞다리 사이로 불쑥 고개를 쳐들고 이빨을 드러냈다. 그럴 만한 이유가 없었지만 아무리 진정시키려고 해도 말을 듣지 않았다. 평소 같으면 졸졸 흐르는 물 소리와 천천히 해변으로 밀려드는 파도 소리가 편안한 분위기를 자아냈겠지만 지금은 또다른 위협적인 소리를 가려주는 역할을 하는 게 고작이었다. 이럴 때 누군가 집 뒤로 살금살금 다가와 덮친다면 속수무책으로 당할 수밖에 없었다. 그래도 집안에 앉아 메마른 덤불이 바스락거리는 소리와 마룻바닥이 삐걱거리는 소리를 기다리느니 이편이 나았다.

"한 번만 더 보자." 리프가 카트린 앞을 지나 가르다르 쪽으로 팔을 쑥 내밀었다. "응?"

"잊어버려." 가르다르는 카메라를 뺏기지 않으려고 외투 주머니가 제대로 여며져 있는지 얼른 확인했다. "똑같은 걸 뭐하러 자꾸 보려고 해? 배터리 닳는단 말이야."

"카메라 배터리가 왜 필요해?" 카트린이 차분한 목소리로 말했다. 이제 그녀는 상황을 있는 그대로 받아들이고 있었다. 마음이 편안한 그 상태가 언제까지 갈지는 몰라도 당장은 그 느낌을 즐기고 싶었다. 한 가지 걱정이라면 이렇게 두려움 없는 상태가 자포자기에서 비롯되는 건 아닐까 하는 것이었다. 그러다 그들도 전 집주인과 똑같은 일을 겪게 될지 몰랐다. 그냥 어딘가로 사라져 그들이 어떻게 됐는지 아무도 모르는 것이다. "난 사진 안 찍을 건데."

그녀의 말에 가르다르는 모욕이라도 당한 표정을 지었다. "누가 사진 찍겠대? 메모리카드가 더 나오면 어쩔 거야? 아직 풀지 않은 상자가 두 개나 되는데."

"메모리카드가 나온다 해도 우리에게 도움되는 건 들어 있지 않을 거야. 그 남자가 그걸 알았다면 자기 목숨부터 구했겠지, 안 그래?" 카트린이 대꾸했다. 그녀는 눈을 가늘게 뜨고 어스름 속 어딘가에 걸려 있는 닳아 해진 빨랫줄을 헛되이 분간해보려 애썼다.

"그렇게 부정적으로 생각하지 마." 리프가 카트린에게서 조금 떨어져 앉으며 말했다. 하지만 바로 생각을 고쳐먹고 다시 원래 자리로 돌아왔다. 그러면서 발로 퓌티를 툭 건드렸다. 퓌티는 화가 난 듯 고개를 번쩍 들더니 귀를 나풀거리며 머리를 부르르 떨었다. 그리고 늘어지게 하품한 다음 다시 머리를 앞발 위에 올려놓고 긴 털에 가린 짙은 고동색 눈으로 담요의 무늬를 응시했다. "그렇게 풀죽어 있지 마. 안 그래도 힘든데."

"풀죽은 게 아냐." 카트린은 갑자기 쥐가 나서 아픈 다리를 쭉 폈다. 추워서 더 그런 것 같기도 했다. 두꺼운 스키바지를 입었는데도 다리가 꽁꽁 얼었다. "현실적인 거지. 다 같이 비디오에서 봤잖아. 그 남자도 우리와 똑같은 일을 겪었어. 물론 아무도 없이 혼자이긴 했지만. 계절도 비슷한 것 같았어. 눈 쌓인 장면도 몇 번 나왔잖아."

"그건 말이 안 돼. 여긴 8월에도 눈이 오는 곳이야." 가르다르는 추위 때문에 목이 뻐근한지 고개를 쭉 늘였다. "그리고 우리 상황을 그 사람과 단순히 비교하면 안 되지. 방금 자기 입으로 말했듯이 그 사람은 혼자였지만 우린 셋이잖아."

카트린은 소리내어 웃고 싶은 것을 꾹 참았다. 셋이 한 사람씩 돌아가며 불침번을 설 수는 있겠지만 그것 말고는 이 적막한 곳에서 외롭게 생을 마감한 전 집주인보다 나을 게 하나도 없었다. 동영상을 보니 그의 휴대전화도 갑자기 먹통이 된 것 같았다. 그도 고개를 숙인 자세로 서 있다가 다가가면 금방 멀어져버리는 소년을 보았다. 십자가 두 개가 말 그대로 홀연히 집안에 나타난 것도 똑같았다. 남자의 떨리는 목소리를 배경으로 작은 카메라 화면에 십자가가 나타났을 때 카트린은 숨이 막히는 줄로만 알았다. 남자도 왜 그런 일이 일어나는지 전혀 모르는 것 같았다. 그러다 화면에 조개껍데기가 등장하자 카트린은 숨쉬기조차 힘들었다. 그러나 그녀를 가장 아연케 한 것은 마지막 동영상이었다. 그걸 보는데 두려움은 어디론가 날아가버리고 이상하게도 마음이 편해졌다. 남자는 자포자기 상태가 된 것 같았다. 무척 피곤한 듯 연신 하품을 했고 잘 알아듣지 못할 만큼 작은 소리로 말했다. 처음 듣는 이름의 사람들에게 일일이 작별인사를 하면서 운명을 받아들이기로 한 듯 두 번 다시 문명의 품으로, 적어도 살아서는 돌아가지 못할 거라고 말했다.

그들은 남자가 하는 말을 좀더 잘 들어보려고 동영상을 여러 번 반복해서 보았지만 배터리만 닳았을 뿐 소득은 별로 없었다. 남자는 비디오카메라를 마치 녹음기처럼 사용했기 때문에 항상 시커먼 화면만 나왔다. 남자는 손전등이 없어졌다고, 곧 무슨 일이 일어날 것 같다고 떨리는 목소리로 말했다. 그리고 집안에서 지독한 냄새가 나고, 물로 흥건한 발자국이 자기 것도 아닌데 자꾸만 생긴다고 했다. 뭔가 사악하고 역겨운 것이 따라다니며 자신을 괴롭힌다면서 도대체 무슨 잘못을 했다고 이런 벌을 받는지 모르겠다고도 했다. 그러고는 말이 뚝 끊겼다. 그러자마자 누군가 화면 앞으로 휙 지나갔다. 사실 조금 밝은 배경 위로 지나간 검은 그림자 이상은 아니었다. 그러나 너무 빨라서 형체를 제대로 알아볼 수 없었다. 느린 화면으로 보기도 하고 한 프레임씩 보기도 했지만 제대로 형체가 잡힌 화면은 없었다. 그러나 세 사람 모두 그것이 예의 소년임을 믿어 의심치 않았다. 그로부터 삼 년이 지난 지금과 거의 똑같은 모습인데도. 남자가 놀라 숨을 헉 들이마시는 소리가 났다. 다시 말을 시작했지만 중간에 끊겼다. 배터리가 나갔거나 끔찍한 일을 당했거나 둘 중 하나일 것이다. 거의 속삭이는 소리였지만 한 단어 한 단어가 또렷하게 들렸다. "왔어. 왔어. 오, 맙소사. 맙소사, 저건……" 그것이 메모리카드에 저장된 마지막 동영상이었다.

퀴티가 고개를 들더니 아까보다 더 낮은 소리로 길게 으르렁거렸다. 가르다르는 콧방귀를 뀌었다. "우리가 이렇게 긴장하는 건 저 녀석 때문이기도 해. 저 똥개새끼만 입다물면 이렇게 깜짝깜짝 놀라지는 않을텐데. 온갖 바보짓에 가장 터무니없는 상상을 하게 된다고."

"불쌍한 개한테 그러지 마. 이리 와, 퀴티. 자, 착하지? 엄마한테 와." 리프는 무릎을 치며 불렀지만 개는 별 반응이 없었다. 으르렁거림을 멈춘 퀴티는 주인에게 달려가지 않고 카트린 곁에 바짝 붙어 꼼짝하지 않았다. 카트린이 계단에서 굴러떨어진 후로 곁에서 한시도 떨어지지 않으려 했다.

가르다르는 개를 바라보다가 머리를 절레절레 흔들고는 하품을 했다. 그때 세 사람 모두 화면 속에서 지친 남자의 말이 뚝 끊기던 것을 떠올렸다. 가르다르는 비어져나오는 하품을 애써 눌렀다. "추워지는데 밤새 여기 앉아 있을 수는 없어."

"난 안 들어갈래. 추워도 여기가 좋아." 리프는 퓌티의 귀 뒤를 쓰다듬어주었다. 자기 개가 카트린을 더 잘 따라서 샘난 기색이 역력했다. 개는 시큰둥하니 주인이 하는 대로 가만히 있었다. "그냥 여기로 침낭 가지고 나오면 안 될까?"

"안 돼." 카트린이 딱 잘라 말했다. 반 아이들이 떠올랐던 것이다. 아이들은 하기 싫은 일을 해야 할 때면 온갖 비현실적인 대안을 생각해냈다. 리프도 결국은 집안으로 들어가게 될 거라는 걸 잘 알고 있었다. 지금 당장은 테라스에서 잘 수 있을 것 같지만 눈을 감고 잠을 청하다보면 분명 무서운 생각이 들 것이다. "병원 관사에 가서 잘 수도 있어. 열쇠도 있잖아." 카트린이 제안했다. 입 밖에 내어 말하고 싶지는 않았지만 속셈은 따로 있었다. 혹시 그곳에 무선기가 있어서 바깥세상과 연락을 취할 수 있을지도 모른다는 생각이 들었던 것이다. 비현실적인 기대를 품는다는 점에서는 그녀도 리프와 다를 게 없었다.

리프는 바로 찬성했지만 가르다르는 조금 망설였다. "거기 간다고 더 안전할까?" 그는 자리에서 일어나 병원 관사가 있는 쪽을 바라보았다. 별도 달도 없는 밤하늘에 구름이 잔뜩 끼어 있었다. "그 녀석이 거기라도 못 쫓아오진 않을 것 같은데."

"그럴 수도 있고, 아닐 수도 있고." 뻣뻣한 관절이 격하게 비명을 질렀지만 아랑곳하지 않고 카트린도 몸을 일으켰다. 퓌티는 그 자리에 그대로 앉아 걱정스러운 눈길로 카트린을 올려다보았다. 카트린도 퓌티를 내려다보며 미소 지었다. 개들이 표정의 차이를 읽어낼 수 있을까, 모를 일이었다. "난 그래도 오늘밤 여기 있느니 그리 가는 게 나을 것 같아. 너희는 어때?"

결정하는 데는 긴 말이 필요하지 않았다. 전 집주인이 침실로 썼던 이층 방에 올라가서 자고 싶은 사람은 아무도 없었다. 그들은 말없이 담요를 들여놓고 각자 침낭과 자질구레한 물건을 챙겨 집을 나섰다. 퓌티는 카트린 곁에서 잠시도 떨어지지 않고 그들을 졸졸 따라왔다. 주인인 리프보다 카트린을 따른다는 것이 민망할 정도로 분명해졌다. 카트린은 그리 놀라지 않았다. 개도 리프가 믿고 의지할 만한 사람이 아니라는 것을 바로 깨달았을 테니까. 하지만 어째서 가르다르가 아니라 카트린인지는 이해할 수 없었다. 셋 중 가장 무서운 내색을 하지 않고 아무 일도 없다는 듯 행동하는 사람은 가르다르가 아닌가.

"눈이 오나봐." 리프가 침낭을 추스르며 손으로 얼굴을 더듬거렸다. "많이 오면 좋겠다. 그렇지? 그러면 발자국을 찾아낼 수 있잖아."

"발자국을 찾으면 쫓아가게?" 가르다르가 대꾸했다. 그는 좁은 오솔길을 겨우겨우 나란히 걷고 있는 카트린과 리프 뒤에 처져 있었다. 발의 상처가 낫지 않은 탓에 걷는 속도가 카트린과 별반 차이가 없었다. "바로 앞도 제대로 안 보이는데."

"누가 오늘밤에 찾는대? 내일 아침 날 밝으면 찾자는 거지. 여긴 사람도 없으니까 천지에 발자국이 남을 테고, 그럼 그 못된 녀석을 잡아다가 밧줄로 꽁꽁 묶어버리는 거야. 그러곤 마침내 평화를 찾는 거지. 그애가 전 집주인을 죽였으니까 우리가 그애를 죽여도 되지?" 리프가 말했다. 카트린은 눈썹을 치켜세우다보니 정수리의 아픈 자리가 느껴졌다. 아무래도 리프가 정신이 나간 것 같았다. 어이없는 질문에 대답하는 일은 가르다르에게 넘겼다. 곧 두 사람은 죽여도 되느냐 마느냐를 놓고 말싸움을 시작했다. 카트린은 평소 싸우는 소리라면 진저리를 내지만 지금은 왠지 정겹게 들렸다. 사사건건 뜻이 맞지 않아 티격태격하는 노부부처럼 일상적이고 친숙한 느낌이었다. 강에 놓인 썩은 나무다리를 조심조심 건너면서도 심장이 쿵쾅거리지 않았다. 다른 때는 차가운 물에 빠질 수 있다는 생각만으로도 공포에 사로잡혔는데 이번에는 가르다르의 말에 귀기울이고만 있었다. 가르다르는 발자국이 생겨도 눈이 와서 다시 덮어버리면 그만이라고 열심히 주장했지만, 리프는 들으려 하지 않았다. 어느덧 마을 의사가 지내던 흰색 삼층 건물 앞에 다다랐을 때까지도 둘의 말다툼은 끝나지 않았다.

"어우, 너무 끔찍해! 창문을 이렇게 막아놓으니까 꼭 집의 눈을 파내고 붕대를 감아놓은 것 같아." 리프가 몸을 떨었다.

그들은 말없이 서서 집을 바라보았다. 카트린과 가르다르는 리프의 비유가 아주 적절하다고 생각했다. 가르다르가 먼저 침묵을 깨고 말했다. "여긴 열쇠 없는 사람은 절대 못 들어오겠다. 못을 치지 않은 건 출입문이 유일해. 그 녀석이 아무리 잘 숨는다고 해도 침입의 달인은 아니겠지." 그가 상당히 자신 있게 말했지만 정작 안으로 들어갈 생각은 하지 않았다.

퓌티가 카트린과 리프 사이를 정신없이 뛰어다니기 시작했다. 추위 때문인 것 같기도 했다. 끔찍이도 지쳐 보이는 이 작은 것이 얼어죽을지 모른다는 생각이 카트린을 행동에 나서게 했다. "열쇠 누구한테 있어?" 말을 한 것과 동시에 그녀는 아무도 열쇠를 챙길 생각을 하지 않았음을 깨달았다.

"내가 얼른 다녀올게. 금방이면 돼." 가르다르는 여자들이 작은 소리로 말려도 듣지 않았다. 카트린과 리프는 열쇠를 가지러 돌아가고 싶은 생각은 없었지만 가르다르를 보내기도 싫었다. 그러나 누구 하나는 열쇠를 가지러 가야 했다. 이미 한 사람이 자발적으로 나선 상황에서 왈가왈부하는 것은 큰 의미가 없었다. 두 여자는 가르다르가 어둠 속에서 다친 발을 절룩거리며 멀어져가는 모습을 지켜보았다. 그는 믿기지 않을 만큼 빠른 속도로 둘의 시야에서 사라졌다. 한참 어둠 속을 응시하던 카트린은 문 앞으로 가 침낭을 내려놓았다. 리프도 그대로 따라 했다. 그들은 그렇게 그들의 집보다 훨씬 좋아 보이는 테라스에 앉아 가르다르가 열쇠를 가지고 돌아오기를 기다렸다. 퓌티는 그들 옆에 서서 허공에 대고 코를 킁킁거렸다.

"제발 이상한 소리 좀 내지 마." 리프가 파카 깃을 여미며 말했다. "더는 못 들어주겠다." 퓌티는 킁킁거리기를 그만두고 집 모퉁이로 돌아가더니 갑자기 멈춰 섰다. 병원 관사는 그들의 집보다 바다와 가까워서 해변에 부딪히는 파도 소리가 더욱 크게 들렸다. 거기에 간혹 누군가 물속을 걸어오는 듯 첨벙거리는 소리가 뒤섞였다. "가르다르 간 지 얼마나 됐지? 지금쯤 올 때가 됐는데, 그렇지?" 리프는 미련한 질문이라는 걸 스스로도 깨달았는지 카트린을 보지 않았다. "빨리 안에 들어가서 침낭에 눕고 싶어."

"나도 그래." 카트린이 말했다. 하루 동안 쌓인 피로가 한꺼번에 밀려왔다. 정신적으로 힘들면 육체적으로도 피로해진다는 것을 다시 한번 확인하는 순간이었다. 카트린은 돈 문제에 시달리면서부터 저녁때가 되면 손 하나 까딱할 수 없을 정도로 진이 빠졌고, 그럴 때면 당면한 문제가 감당할 수 없이 크게 느껴져 절망적인 심정이 되었다. "이 집으로 옮겨오길 잘한 것 같아." 그렇게 말하는 순간 카트린의 머릿속에 장작을 가져오지 않았다는 사실이 떠올랐다. 집안은 무척 추울 터였다. 그나마 리프의 말과 달리 눈이 오지 않으니 다행이었다. "땔감이 하나도 없어.”

리프는 끙하는 신음소리를 냈지만 곧 담담히 말했다. “뭐 어때? 난 들어가기만 하면 좋겠어.”

“나도.” 카트린은 하품하다가 퓌티가 으르렁거리는 소리에 정신이 번쩍 들었다. 퓌티는 아까 그 자리에 서서 벽을 노려보고 있었다. 퓌티가 조용해지자 마룻장을 밟는 발소리가 또렷이 났다. 리프는 깜짝 놀라 카트린의 팔에 매달렸다.

“방금 그 소리 뭐야?”

카트린은 리프를 조용히 시키고 귀를 기울였다. 누군가 집 모퉁이를 돌아나오는 소리 같았다. 한동안 마음을 편안하게 해주었던 평정심이 순식간에 사라지고 심장이 미친듯이 뛰었다. 짐승들은 주변 사람에게 나쁜 일이 닥치면 먼저 알아챈다는 말을 어디서 들었다. 적어도 퓌티는 그랬다. 퓌티가 정신없이 몇 번 짖자 발소리가 뚝 그쳤다.

“어떡하지?” 리프의 목소리는 눈을 꼭 감고 있다가 뜨면 저절로 이 상황이 지나가 있기를 바라는 것처럼 들렸다. 카트린도 같은 마음이었다. 하지만 내색하지 않고 다시 리프를 조용히 시킨 다음 해결책을 찾는 데 집중했다. 테라스에서 일어나 집 모퉁이를 살필 엄두는 나지 않았다. 그들이 할 수 있는 일이라고는 걸음아 날 살려라 하고 가르다르가 사라진 방향으로 뛰는 것뿐이었다. 이 집이 나을 거라고 믿다니, 어찌나 순진했던지.

퓌티는 어쩔 줄 모르고 사방팔방으로 펄쩍펄쩍 뛰며 짖어댔다. 그러다 갑자기 짖기를 멈추고 불쌍하게 낑낑거렸다. 차라리 짖는 게 나았다. 짖는다는 것은 적어도 개가 집 모퉁이 뒤에 숨어 있는 존재와 맞설 수 있다는 희망적인 신호였다. 카트린은 조심스레 일어나며 리프도 억지로 끌어 일으켰다. 그리고 리프의 귀에 대고 속삭였다. “천천히 계단을 내려가서 뛰는 거야. 물건은 그냥 두고 가자." 하지만 걷기도 힘든 상태에서 어떻게 뛰어야 할지 도무지 알 수 없었다.

침입자가 그 말을 들었는지 갑자기 발소리가 심상치 않은 속도로 가까워졌다. 카트린은 기가 꺾여 집 모퉁이를 바라보았다. 금방이라도 모습을 드러낼 거란 확신이 들었다. 카트린이 할 수 있는 일은 집 모퉁이 벽에서 시선을 떼지 않는 것이 전부였다. 리프는 마치 최면에 걸린 것 같았다. 모퉁이 벽에 작은 손이 보이자 카트린과 리프는 입을 모아 비명을 질렀다. 창백한 손가락 네 개가 순식간에 나타났다가 순식간에 사라졌다. 그다음에는 집 뒤에서 뭐라고 웅얼거리는 소리가 들렸다. 카트린과 리프는 한마디도 알아듣지 못했다. 그것은 다른 사람에게 들으라고 하는 말이 아니라 혼자 중얼거리는 듯한 소리였다. 여자아이인지 남자아이인지는 불분명했다. 순간 완전히 미쳐버린 어른이 아이 목소리를 흉내내는 게 아닐까 하는 생각이 머릿속을 스치자 카트린은 머리칼이 쭈뼛 서는 것 같았다. 그 말투에는 아이들의 천진하고 명랑한 느낌이 전혀 없었다. 하지만 손의 크기로 보아 어른일 수가 없었다. 아이 목소리가 뚝 그쳤다.

"뭐라는 거야?" 리프는 카트린의 아픈 팔을 현기증이 날 만큼 꽉 잡았다. "뭐라고 했어?"

"쉿!" 발소리가 다시 들리기 시작했고 말로 형용할 수 없는 지독한 냄새도 함께 풍겨왔다. 비릿한 해초와 썩은 생선이 뒤섞인 듯한 냄새였다. 목소리가 다시 들렸다. 이번에는 좀더 크고 좀더 또렷했다. 가지 마. 가지 마. 아직 안 끝났어.

그때 리프가 비명을 지르기 시작해서 더이상은 들리지 않았다. 리프는 단숨에 계단을 뛰어내려가더니 뒤도 돌아보지 않고 도망쳐버렸다. 카트린은 미친듯이 짖어대는 퀴티를 나무랄 생각도 하지 못하고 멍하니 테라스에 혼자 서 있었다. 퀴티가 아무리 짖어도 오싹한 목소리는 멈추지 않았다.

다시 말할게. 아직 안 끝났어.

16장

프레이르는 이제까지 부동산이나 집에 별다른 관심을 두지 않았다. 그가 보기에는 그저 잠을 자는 곳에 불과했고 정을 붙일 생각도 없었다. 가구는 원래부터 있었고, 그가 레이캬비크나 서피오르에 집을 사서 이사가고 나면 그 집에 그대로 남을 물건이었다. 그는 집을 마치 호텔처럼 이용했다. 옷가지들은 옷장 한 칸에 개어놓고 거기에 셔츠와 양복도 걸어두었다. 서랍장도 모두 여는 법 없이 손님처럼 최소한으로만 사용했다. 심지어 냉장고도 한 칸만 사용했다. 그런 그가 밖에 늘어놓은 유일한 개인물품은 아들의 사진들이었다. 하지만 그것도 오 분이면 상자 하나에 챙겨넣을 수 있었다. 물론 집을 마음껏 어질러선 안 될 이유는 없었다. 병원 담당자가 집 열쇠를 건네주면서 제집처럼 편히 지내라고 했을 때는 고맙다는 인사만 하고 별다른 질문을 하지 않았다. 그 집이 어떤 경위로 병원 소유가 됐는지는 물어볼 생각도 하지 못했다.

하지만 전 주인에 대한 정보가 애매하게나마 몇 가지 생긴 지금, 집은 완전히 다른 느낌으로 다가왔다. 그는 방방마다 돌아다니며 책장에

꽂힌 책, 장식품, 가구 등을 자세히 살펴보았다. 지금껏 그것들이 어디서 났는지 전혀 관심을 두지 않은 터였다. 집안을 한바퀴 둘러본 끝에 정원에서 죽었다는 예전 집주인 여자의 물건은 아닐 거라 추측하기에 이르렀다. 그림은 빛바랜 복사본이고 가구는 낡아빠진 싸구려를 여기저기서 모아놓은 것이라 시대나 스타일이 전혀 조화롭지 않았다. 유일하게 전 주인 소유로 생각되는 것은 풍성한 레이스커튼이었다. 그의 취향은 아니지만 정성스럽게 고른 티가 났다.

베디스는 하들라나 다른 동창들처럼 1940년 즈음 태어났을 테고 그렇다면 살림살이는 1970년대에 장만했을 것이다. 그런데 여러 시대의 물건을 대중없이 모아놓은 인상이었고, 부엌에 있는 그릇, 컵, 식탁보, 냄비, 프라이팬은 이케아 카탈로그를 그대로 옮겨놓은 것 같았다. 오랜 세월이 흘렀지만 주인 여자의 살림살이 중 숟가락 하나 남아 있지 않았을 리는 없었다. 병원측은 빈집을 사서 새로 가구를 들여야 했을 테고, 아마 중고가게, 벼룩시장, 이케아 창고세일에서 구입했을 것이다. 가구를 통해 베디스의 정보를 얻을 수 없는 것은 그 때문이었다. 프레이르는 최근 눈에 띄는 행동을 너무 많이 했다는 생각에 병원 담당 부서에 전화해서 집의 과거에 대해 알아보는 일을 다그니에게 미루었다. 다그니가 알아내기로, 병원은 베디스에게 그 집을 기증받았다. 처음에는 병원측도 놀랐다고 한다. 베디스가 병원과는 전혀 관계가 없었기 때문이다. 장기 입원을 한 적도 보통 수준 이상의 의료서비스를 받은 적도 없었다. 그럼에도 뭔가가 그녀를 움직여 죽기 일주일 전쯤 유일한 재산이라고 할 수 있는 집을 병원에 기증한다는 내용의 유언장을 작성했고, 새로 온 직원이 많아서 숙소가 필요했던 병원측은 그런 관대한 결정에 기뻐했다.

그렇게 해서 프레이르는 그 집에 들어가게 됐다. 혼자 사는 늙은 여자가 자신의 유일한 재산을 그가 일하게 될 병원에 기증하고 얼마 안가 원예용 가위 위에 넘어져 죽었다니 생각할수록 믿기지 않았다. 프레이르는 다그니에게 처음 집 이야기를 들었을 때 너무 진부하게도 음모론을 떠올렸었다. 그는 환자들과 똑같이 문제를 있는 그대로 보지 않고 확대해석한 자신이 부끄럽기만 했다. 최근 들어 일상적이 되어버린 태도임은 분명했다. 프레이르는 묵직한 레이스커튼을 내리고 술 달린 분홍색 천이 이리저리 흔들리다가 멈출 때까지 지켜보았다. 얼룩진 흙과 제대로 돌보거나 손질하지 않아 무성해진 풀들을 보고 있어봐야 의미 없는 일이었다. 직감일 뿐이지만, 프레이르는 사고 장소가 어디인지 알 것 같았다.

큰 거실 창문에서 바로 맞은편에 보이는 정원 구석으로, 돌담이 쌓여 있고 그 너머는 바로 길거리다. 그곳에 관목이 한 그루 있는데, 프레이르가 이사왔을 때부터 이파리가 하나도 달려 있지 않았다. 정확히 무슨 나무인지는 몰라도 마구 엉킨 가지들이 가시를 숨기고 있는 걸로 보아 장미 종류인 것 같았다. 지금 그가 서 있는 곳에서는 보이지 않지만, 언젠가 동네 아이들에게 담을 넘어온 공을 주워줄 때 본 적이 있다. 아이들은 무슨 이유에선지 정원으로 들어오려 하지 않고 문을 두드려 그에게 공을 가져다달라고 부탁했다. 생각하다보니 한 아이만 문 앞 계단참에 서 있고 나머지 아이들은 멀찌감치 떨어진 길가에서 그들을 바라보던 모습이 떠올랐다. 당시 그는 메마른 잔디를 밟으면 안 될까봐, 혹은 집주인에게 혼날까봐 그런 거라고 여겼다. 그런데 지금 생각해보니 정원에서 일어난 무시무시한 사고 때문이었다. 아이들은 그 일을 기억할 만한 나이였고, 당시 동네에서는 베디스의 갑작스러운 죽음에 대해 말이 많았을 것이다. 플라스틱 공을 주우려고 허리를 굽히는데 왠지 기분 나쁜 느낌에 사로잡혔다. 뿌리에 침묵과 어둠이 깃든 관목 속에서 알록

달록한 플라스틱 공은 전혀 어울리지 않는 느낌이었다.

기억이 뒤섞였을 수도 있지만 크게 달라질 것은 없었다. 관목 앞에 예의 검은 얼룩이 있었다. 겨우내 죽지 않고 잘 가꿔진 잔디밭에서 그 자리만 암갈색 흙이었다. 왜 거기만 헐벗은 맨땅인지 설명할 수 있는 것도 없었다. 그가 아무리 원예에 특별한 관심이 없다고 해도 전에 돌이나 커다란 무언가가 거기 놓였던 흔적이 있었다면 틀림없이 알아챘을 것이다. 그게 아니었다. 주인 여자가 피를 흘린 자리라고 프레이르는 확신했다. 풀이 자라지 않는 것도 더 자세히 조사해보면 분명 납득할 만한 이유가 나올 터였다. 베디스의 핏속 염분 때문에 잔디가 죽었을 수도 있고, 이웃이나 청소업체가 실수로 그 자리에 유독성 세제를 끼얹었을 수도 있다. 어쨌든 그 자리에 엄청난 양의 피가 흘렀음이 분명했다.

프레이르는 무게중심을 다른 다리로 옮겼다. 식사는 벌써 마쳤고 내일 아침 레이캬비크에 가져갈 짐도 간단히 꾸려둔 터였다. 곧 저녁뉴스가 시작할 시간이지만 텔레비전을 켤 마음도 생기지 않았다. 너무 심란해서 국내정치 사안에 귀기울일 여력이 없었다. 그는 버릇처럼 트레이닝복으로 갈아입었다. 그리고 문을 열고 나가려다가 이사피외르뒤르시의 문장이 박힌 열쇠고리를 내려다보았다. 대문 열쇠 두 개, 차고 열쇠 하나, 지하실 창고 열쇠 하나, 모두 네 개다. 창고는 처음 이사왔을 때 잠깐 들여다봤을 뿐 전혀 드나들지 않았다. 그는 볼 안쪽을 잘근잘근 씹으며 생각에 빠져 있다가 열쇠를 주머니에 집어넣고 겨울 저녁의 서늘한 공기 속으로 나갔다. 여느 때처럼 한 바퀴 돌고 나면 기분이 나아질 것이다. 적어도 몸이 피곤하면 잠은 잘 올 것이다. 그는 오로지 뛰는 데 집중할 생각이었다.

그러나 막상 밖으로 나오니 베디스가 죽은 곳으로 추정되는 자리를 그냥 지나칠 수 없었다. 온화한 겨울 저녁이라 동면중인 자연의 냄새가 짙게 풍기지는 않았지만 숨을 깊이 들이마시면 그 향취가 희미하게 느껴졌다. 거무스름한 얼룩 앞에 서자 더 싸하고 독한 냄새가 콧속으로 밀려들었다. 지독한 냄새를 들이마시니 콧방울이 얼얼해서 자기도 모르게 코를 싸쥐었다. 그는 쭈그리고 앉아 관목 아래서 가느다란 가지 하나를 집어 암갈색 흙을 쿡쿡 쑤셨다. 흙은 다른 곳보다 축축하고 따뜻한 듯했다. 하지만 그는 손으로 만질 엄두가 나지 않았다. 누가 독성 물질을 뿌려서 식물이 자라지 않는 거라면 손대지 않는 편이 나을 듯싶었다. 다시 몸을 일으키던 그는 관목에서 울려나온 금속성의 딸칵 소리에 멈칫했다. 머릿속에 바로 원예용 가위가 떠올랐다.

프레이르는 숨을 깊이 들이마셨다. 흙을 들쑤셔놓아서 냄새는 더욱 짙어졌다. 현기증이 일었지만 다시 한번 허리를 굽혀 무성하고 빽빽하게 자란 관목 아래를 보았다. 당연히 원예용 가위는 물론이고 아무것도 없었다. 사방에 어둠이 깔린 시간이긴 했지만 관목 아래의 어둠은 더 짙어서 2미터 떨어진 담벼락조차 보이지 않을 정도였다. 앙상한 가지들이 촘촘히 나 있어 길가의 희미한 가로등 불빛은 전혀 뚫고 들어오지 못했다. 프레이르는 머리를 설레설레 흔들며 자신의 풍부한 상상력을 탓했다. 등뒤의 가위 소리는 무시하고 단호한 걸음으로 철문을 통과했다. 길을 따라 달리기 시작하니 안도의 한숨이 절로 났다.

그는 힘차게 달렸다. 얼마 가지 않아 뒤에서 빠르게 다가오는 발소리가 들렸다. 누가 리드미컬하고 프레이르보다 훨씬 가볍게 뛰고 있었다. 거의 따라잡히기 직전에 프레이르는 그 사람을 먼저 보내주려고 속도를 늦추었다. 그때 누군가 그의 어깨를 덥석 붙잡았다. 다그니가 숨을 헐떡이며 멈추라고 했다.

"무슨 급한 일 있어요?" 그녀는 허벅지에 손을 얹고 서서 숨을 몰아쉬었다. "조깅 다녀오는 길에 선생님이 보이길래 잠깐 인사나 하려고 했는데 쫓기는 사람처럼 막 뛰어가더라고요."

리듬을 잃지 않으려고 제자리에서 뛰고 있던 프레이르는 미소 지으며 멈춰 섰다. 다그니를 보니 그렇게 좋을 수 없었다. 다그니의 상기된 뺨과 급한 숨소리에서 살아 있다는 느낌이 들었다. 그것이 미래를 상징한다면 허접한 가구들과 돌보지 않은 정원은 더이상 돌이킬 수 없는 과거에 속했다. "미안해요. 봤으면 바로 멈췄을 텐데."

다그니는 허리를 폈다. "천천히 달리겠다고 약속하면 잠깐 같이 달려 줄게요."

프레이르는 다그니가 그 자리에서 다시 돌아가자고 했어도 그렇게 했을 것이다. "같이 달릴 사람이 있어서 너무 좋은데요." 아니, 그대로 길가에 서서 그녀의 청회색 눈동자를 하염없이 들여다볼 수도 있었다. 다그니는 약간 사시였다. 하지만 바로 그 눈 때문에 그녀의 얼굴은 저항할 수 없는 매력을 풍겼다.

"선생님 뒤따라가고 있었어요. 실은 집에 잠깐 들를까 했었거든요. 제가 한 얘기 때문에 생각이 많을 것 같았고, 제가 도움이 되지 않을까 싶었어요. 그 여자 똑똑히 기억하거든요."

"베디스가 죽기 전부터 여기 살았던 거예요?"

"아니요, 이 년 전에 사서 이사왔어요. 그때 베디스는 이미 죽고 없었고요. 하지만 워낙 눈에 띄는 사람이라 꼭 앞집에 살지 않아도 누군지는 알았죠." 다그니는 숨을 고른 뒤 다시 말을 이었다. "집에 있는 물건 중 사건과 관련된 단서 같은 건 없어요? 전 어떻게 된 일인지 통 모르겠어요."

"베디스가 쓰던 가구는 집에 없어요. 집이 병원으로 넘어가기 전에 가족이 와서 가져갔겠죠." 프레이르는 다그니가 이미 많이 달렸다는 것을 고려해 속도를 늦추었다.

다그니는 천천히 달려도 돼서 기쁜 모양이었다. "집을 기증받으면서 전부 병원 소유가 되었는데, 베디스가 부모님에게 물려받은 가보하고 골동품이 좀 있었어요. 다 레이캬비크에서 팔렸고, 베디스의 개인물품은 나중에 가족이 가져가도록 남겨놨을 거예요. 물론 쓰레기통으로 들어간 것도 많고요."

"지하에 창고가 하나 있어요. 개인물품은 거기 뒀을 거예요. 차고나 집안에는 딱히 뭐가 없더라고요. 내가 이사오기 전에 누가 살았는지 알아요? 아마 레이캬비크에서 온 의사일 텐데."

"네, 맞아요. 몇 달 전에 이사갔어요."

프레이르가 그 남자에 대해 아는 것은 병원에서 들은 게 전부였다. 수습기간을 채우지 못했고, 그래서인지 평판이 별로 좋지 않았다. 물론 인품 때문일 수도 있었다. "창고에 베디스의 물건이 있으면 내가 봐도 될까요?"

다그니는 아까보다 달리는 속도가 떨어졌다. "호기심 때문에 경찰에 잡혀가는 일은 없으니 걱정 마요. 이사오면서 열쇠를 받았잖아요. 그 열쇠가 전 주인 물건이 있는 창고에 맞는다면 안에 있는 것들을 봐도 아무 상관 없죠."

그들은 한동안 말없이 달렸다. 그러다 프레이르가 그만 돌아가자고 했다. 다그니가 점점 지쳐가는 것이 느껴졌기 때문이다. 그는 한참 더 달릴 수 있었지만 그녀와 함께 돌아가는 쪽을 택했다. 집 앞까지 왔을 때 그녀를 집에 초대하기로 마음먹었다. 와인, 콜라, 차, 맥주, 커피, 물, 뭐든 좋으니 한잔하고 가라고 할 참이었다. 다그니는 그의 시선을 피한 채 심호흡을 하더니 우선 씻고 삼십 분 후에 오겠다고 했다. 프레이르는 사 분 만에 샤워를 마쳤다. 늘 바쁘고 매분 매초가 귀했던 대학 시절

빨리 씻는 법을 터득한 터였다. 몸을 말리고 옷을 입는 것까지 후딱 해치우고 기다리는 시간도 죽일 겸 창고에 가보기로 했다. 평화롭고 조용한 저녁이라 다그니가 낡은 철문을 밀고 들어오는 소리를 듣지 못하는 일은 없을 것 같았다.

정원은 앞마당보다 훨씬 어두웠다. 그는 벽을 짚으며 조심조심 지하 창고로 내려갔다. 다그니가 처음 집에 오는 날 발을 헛디뎌 넘어지고 싶지는 않았다. 창고 문은 끼익하는 날카로운 쇳소리와 함께 열렸다. 프레이르는 전등 스위치를 찾아 켜고 텅 비다시피 한 창고를 둘러보았다.

지난번과 마찬가지로 특별한 것은 없었다. 불빛 속에서 먼지가 춤을 추었다. 안쪽 깊숙이 들어가보니 전에 보지 못한 낮은 칸막이가 눈에 띄었다. 칸막이 뒤에 매직으로 '베디스 아우르든그림스도티르'라고 쓰인 종이상자가 하나 있었다. 그는 오래 고민하지 않고 상자를 들어올렸다. 다그니가 오는 소리를 듣지 못할까봐 약간 초조했다.

원래는 다그니가 가고 난 뒤 열어볼 생각이었으나 호기심을 참을 수 없었다. 상자에 든 것은 주로 책이었는데, 맨 위에 닳고 닳은 공책 한 권이 놓여 있었다. 손으로 쓴 제목이 시선을 끌었다.

꿈일기 2001.

17장

하늘은 금방이라도 비가 쏟아질 듯 먹구름으로 뒤덮여 있었다. 방금 전까지만 해도 고요하더니 눈보라가 치기 시작했다. 눈이 다른 소리를 모두 집어삼켜, 흐르는 강물 소리도 파도 소리도 더이상 들리지 않았다. 주변의 물소리와 집 여기저기서 나는 삐걱거리는 소리가 들리지 않자 처음에는 안도했지만, 점점 불길한 예감이 들었다. 창문이 막혀 있어 상황은 더 나빴다. 오감 중 두 감각은 밖에 누가 돌아다니는지 알아내는 데 소용이 없어져버렸기 때문이다.

"하나 더 피우고 싶다." 리프가 식탁에 켜놓은 촛불 위로 집게손가락을 왔다갔다하면서 말했다. 리프는 부엌에서 뜯어져 있는 윈스턴 한 갑을 발견하고는, 카트린이 남의 물건에 손대선 안 된다고 극구 반대하는데도 기어이 하나를 피워 물었다. 사실 카트린은 남의 양초를 썼다는 사실만으로도 기분이 찝찝했다. 집안에는 낮은 구리 받침대에 꽂힌 초가 여기저기 세워져 있었다. 얼마 안 가 밑동만 남기고 사라질 초들이었다. 초는 어쩔 수 없는 상황이라 변명의 여지가 있었지만 리프가 남의 담배를 피우는 것은 달랐다. 게다가 담배를 끊은 지도 한참 됐다.
"나랑 다시 문 앞까지 가볼 사람 없어?"

"없어." 카트린은 집 모퉁이 뒤에서 섬뜩한 소리가 났을 때 혼자 도망가버린 리프에게 호의를 베풀 이유가 없었다. 하지만 별일은 없었다. 목소리의 주인은 모호한 협박만 하고 사라졌다. 카트린은 퀴티와 함께 소리 없는 밤 속에 웅크리고 앉아 덜덜 떨며 가르다르와 리프가 돌아오기를 기다렸다. 한편 비명을 지르며 도망간 리프는 가르다르의 품에 달려들어 숨을 헐떡이면서 방금 있었던 일을 이야기했다. 가르다르는 무엇이 기다리고 있을지 모른 채 무작정 병원 관사를 향해 달렸다. 그리고 카트린이 무사한 것을 확인하고는 못된 녀석에게 본때를 보여주겠다며 성큼성큼 집 모퉁이로 돌아갔다. 하지만 그곳에는 아무도 없었다. 놀랄 일도 아니었다. 소년은 몇 분 전에 가버렸고, 그들보다 근처 지리를 훨씬 더 잘 알 테니 쫓아가봐야 소용없었다. 게다가 영웅적 모험을 감행하기에는 너무 어두웠다.

"왜 양초 사올 생각을 못했는지 모르겠네." 가르다르가 아쉬운 목소리로 중얼거렸다. 벌써 몇번째 같은 말을 반복하는지 몰랐다. "솔직히 쇼핑할 때 세상에 양초라는 게 존재한다는 것도 잊고 있었어."

"누가 나랑 같이 가자! 혼자 나가기 싫어." 계속 촛불 장난을 하던 리프는 불 위에 손가락을 너무 오래 대고 있었던지 얼른 손을 흔들어대며 입으로 가져갔다. "밖은 여기보다 따뜻할 거야."

집안은 얼음장같이 차가웠다. 가르다르가 집 모퉁이에 아무도 없다는 것을 확인한 후 다 같이 가서 장작을 가져오자고 했지만 어서 집안으로 들어가 문을 걸어 잠그고 싶은 마음이 너무 커서 그 의견은 바로 묵살되었다. 이제는 눈보라 때문에 가고 싶어도 갈 수 없었다. 셋 다 방향감각이 없어 길에서 얼어죽을 판이었다. 그래서 세 사람은 풀오버와 외투를 껴입고 어깨에 침낭을 걸치고 앉아 팔다리를 두드렸다. 카트린에게는 그마저 쉽지 않았다. 손을 대기만 해도 온몸이 아팠다.

"남의 담배 피우지 말라니까. 만약 다른 사람이 너희 집에 몰래 들어와서 네 담배를 피운다면 좋겠어?"

"이렇게 오래 집을 비우는 경우라면 난 상관없어. 담배도 뜯어서 오래 놔두면 상해. 지금도 맛이 이상한데 봄 되면 못 피워. 오히려 내가 그 사람들한테 좋은 일 하는 거야." 리프는 식탁 한가운데 있던 담뱃갑에서 한 개비를 꺼내 불을 붙이지 않은 채 입에 물었다. "담배가 많았다면 너희한테도 권했을 텐데."

카트린은 속으로 어림없다고 생각했다. 가르다르는 예쁜 장식장에서 책을 몇 권 꺼내와 뒤적이고 있었다. 지역 정보와 서피오르에 관한 것들이었다. 가르다르는 우리도 이런 책을 모아서 안내 코너를 만들어야겠다며 혼자 구상을 했다. 카트린은 여기 다시 와서 집수리할 생각은 하지도 말라며 소리지르고 싶었지만 그저 입술을 앙다물었다. 당장은 여기서 나가는 것이 문제였다. 가르다르는 그림자가 생기지 않도록 책을 촛불 앞에 대고 작은 글씨를 열심히 해독했다. 그가 책장을 넘겼다.

"뭐 도움될 만한 내용이 있어?" 카트린이 물었다.

가르다르가 책에 처박고 있던 얼굴을 들었다. "이 마을에 있는 집, 특히 우리 게스트하우스 얘기가 나오지 않을까 했는데 그런 건 없어. 주로 트레킹코스에 대한 거야."

"어느 트레킹코스를 택해야 사람 사는 동네로 가는지도 나와?" 리프는 다시 촛불 장난을 시작했다. 이번에는 손을 더 빨리 움직였다. "길을 알면 걸어서 갈 텐데."

"미쳤어?" 리프가 담배를 피우게 같이 나가달라고 했을 때, 카트린은 창밖을 내다보지 않아도 눈송이가 휘몰아치던 모습을 떠올릴 수 있었다. "걸어가면 며칠은 걸릴걸. 여기서 보트를 기다리는 게 훨씬 나아. 내일이면 딱 두 밤 남은 거고 그럼 선장이 데리러 올 텐데." 그것도 눈보라가 그쳤는지에 달렸다는 말은 하지 않았다.

리프는 어깨를 으쓱했다. "누가 이사피외르뒤르까지 걸어간대? 집이 어디 있는지 알 수 있는 지도가 있으면 거기까지 가서 하룻밤 자고 다시 출발해서 다음 집까지 가고 그러면 되잖아. 여기 호르든스트란디르에는 빈집 많아. 어디 집이 있는지만 알면 돼." 리프는 바닥에서 공을 주워 개에게 던졌다. 개는 날아오는 공을 빤히 쳐다보다가 빙 돌아서 저만치 가버렸다. 처음 며칠 잘 가지고 놀던 공을 이제는 뜨거운 불인 양 피했다. 리프는 어제 난로 밑에서 공이 저절로 굴러나왔다는 사실을 몰랐다. 카트린과 가르다르는 리프가 개에게 공을 물어오라고 재촉하는 것을 민망한 얼굴로 바라볼 뿐이었다.

"정말 이해가 안 되네. 놓으라고 해도 말을 안 듣더니 이제는 건드리지도 않으려고 해." 리프는 당황스럽고 서운한 듯했다. 개가 자신에게서 완전히 등을 돌렸다고 믿는 모양이었다.

"개한테 신경쓰지 마." 가르다르가 불퉁해서 말했다. 하지만 카트린은 그도 자신만큼이나 개가 공에 대해 보이는 반응을 꺼림칙하게 여긴 것을 알았다. 플라스틱 공에서 이상한 냄새가 나는지도 몰랐다. "그리고 카트린 말이 맞아. 무작정 길을 떠난다는 건 말도 안 돼. 예전 집주인도 분명 똑같은 생각을 했을 거야. 무작정 길을 나섰다가 얼어죽었을 거라고. 한겨울에 GPS 없이 어디 있는지도 모르는 인가를 찾아나서는 건 불가능해. 길을 잃어도 우리를 찾으러 오는 사람은 없어. 게다가 휴대전화가 안 터진다는 거 너도 알잖아."

"물론 알지. 전화가 되면 여기서 이러고 있겠어? 선장한테 연락해서 데리러 오라고 했겠지." 리프는 점점 심통을 부렸다. "난 그냥 해결책을 찾으려는 것뿐이야. 나 말고는 아무도 문제를 해결하려고 하지 않아서."

리프의 고집스러운 눈빛과 마주친 가르다르의 시선은 전혀 굽지 않았다. 카트린은 속으로 한숨을 쉬었다. 이제 두 사람은 이곳에 올 때처럼 다시 다투기 시작할 것이다. 말싸움은 아까와 달리 심각해서 전혀 위로가 되지 않았다.

"가자, 리프." 카트린이 낡은 식탁의 두꺼운 나무상판에서 의자를 뒤로 빼고 일어났다. "같이 가줄게. 담배랑 양초는 이사피외르뒤르에 도착해서 새로 사지 뭐." 리프는 고마움의 미소를 지어 보였다. 그러면서도 카트린 쪽에서 그런 친절을 베푸는 것이 뜻밖이라는 듯 놀란 눈치였다. 카트린은 그저 이런 유치한 싸움을 하고 싶지 않았고, 애초에 그럴 싹을 잘라버리려면 이것이 유일한 방법이었다. 리프는 원하는 담배를 피울 수 있게, 가르다르는 계속 책을 읽게 내버려두면 분위기가 좋아지고, 그러면 리프도 무작정 길을 나서자는 헛된 생각은 버리게 될 것이었다.

"카트린, 너 완전 멋져." 담배를 피워 물 때까지도 리프의 얼굴에서는 미소가 떠나지 않았다. 여자들은 뒷문을 열어놓고 나란히 붙어서 있었다. 테라스로 통하는 그 문은 원래 그들이 있던 집보다 훨씬 좋았다. "나 혼자서는 여기 나올 엄두도 못 냈을 거야." 여전히 눈이 내렸고, 두툼한 흰색 양탄자가 풍경을 뒤덮고 있었다.

"별것도 아닌걸." 카트린은 담배연기가 곧장 얼굴로 오지 않게 하려고 한 발짝 옆으로 비켜섰다. "하지만 무슨 소리가 들리면 바로 닫아버릴 거야. 꾸물거렸다간 문에 낄지도 몰라. 알았지?"

"알았어." 리프는 연기를 내뱉고는 멍하니 담배를 보았다. "이상하지." 그녀는 담배를 이리저리 돌리더니 최면에 걸린 사람처럼 오렌지색 불똥을 응시했다. "그러고 보니 에이나르가 죽은 다음부터 담배를 안

피웠어."

카트린도 에이나르의 갑작스러운 죽음 이후 리프가 담배를 끊었다는 사실이 종종 신기했다. 리프는 죽은 남편을 애도했을 뿐 아니라 자신의 고질적 습관과도 싸운 것이다. "그런 시기에 담배를 끊는 게 힘들지 않았어?"

리프는 담배를 빨아들이더니 천천히 고개를 저었다. "아니, 전혀. 그때는 너무 충격이 커서 담배를 피우기는커녕 며칠 동안 뭘 먹을 수도 없었어. 그러다 정신을 좀 차리고 나서는 피우고 싶지 않더라고. 참 이상한데, 정말 그랬어."

평소 에이나르의 죽음 얘기가 나오면 실수할까봐 피하곤 했던 카트린은 내리는 눈이 만들어낸 조용하고 평온한 분위기 때문인지 말이 술술 나왔다. 부적절하거나 바보 같은 말을 하게 되면 어쩌나 조금도 걱정되지 않았다. "많이 힘들었을 거야. 네 마음이 어떨지 자주 상상해보려고 했는데 잘 안 되더라."

"힘들었지." 눈이 리프에게는 반대작용을 하는지 평소 마음에 있는 말을 거리낌없이 하는 그녀가 지금은 딴생각을 하는 것처럼 멍했다. "많이 힘들었어."

카트린은 그다음에 무슨 말을 해야 할지 알 수 없었다. 한기가 느껴져 양팔로 어깨를 감쌌다. "물론 이제 와서 이런 말 하는 거 너무 늦었지만, 나도 얼마나 안타까웠는지 몰라. 위로해주고 싶었는데, 선뜻 입이 안 떨어지더라. 언제나 내게 기대도 된다는 걸 네가 알았으면 하는 바람이었어. 넌 뭐든 능숙한데 나는 무슨 말을 하든 어떤 행동을 하든 어쩜 그렇게 바보 같은지. 난 너희하고 친해진 지 얼마 되지 않았잖아. 그래서 항상 끼지 말아야 할 데 끼었다는 생각이 있었어. 너희가 나한테 잘 못해줘서 그런 건 절대 아니야. 그냥 내가 걱정을 사서 하는 성격이라." 카트린은 숨을 깊이 들이마셨다. 담배연기가 조금 섞이긴 했어도 신선한 공기가 폐 속에 들어가자 속이 시원했다. 어쩌면 그동안 가슴속에 간직하고 있던 말을 해버려서 편안해졌을지도 몰랐다. "언젠가는 에이나르만큼 좋은 사람을 다시 만날 수 있을 거야."

리프는 입을 동그랗게 오므려 굴뚝처럼 짙은 연기를 뿜어냈다. 카트린의 말에 숨을 삼키다가 도로 연기를 들이마시고 말았다. 그녀는 몇 번 콜록거리고는 슬픈 미소를 지었다. "에이나르보다 더 사랑할 수 있는 사람을 만나야지."

"뭐?" 카트린은 그 말이 농담인지 진담인지 구분이 되지 않았다.

리프는 진지한 미소를 지었다. "너희도 눈치챘겠지만, 우린 사이가 좋지 않았어. 에이나르가 죽지 않았다면 아마 지금쯤 헤어졌겠지. 지난 사 년의 결혼생활은 재앙이나 다름없었어."

카트린은 놀라지 않은 척하려고 최대한 애썼다. "가끔 문제가 있었던 건 우리도 알아. 하지만 에이나르가 세상을 떠났을 때는 이미 다 극복한 줄 알았어. 넌 거의 제정신이 아니었고, 내가 봤을 때 그건 연기가 아니었거든."

"내가 슬퍼한 건 지나간 과거 때문이었어. 만나서 사랑하고 결혼한 에이나르 때문에 슬펐던 거지, 죽기 전 몇 년간 함께 살았던 남자 때문에 슬픈 건 아니었어. 우린 서로 곁에 있는 걸 견디지 못했어. 그래서 에이나르가 심장 때문에 병원에 간 것도 몰랐던 거야. 욕실 수납장에서 약병을 봤지만 뭔지 물어보지도 않았어. 에이나르가 죽은 날 밤에는 잘 자라는 인사도 안 했어. 다시는 못 볼 거라는 걸 몰랐으니까. 적어도 이생에서는. 알았더라면 작별인사 정도는 했겠지. 하지만 이미 지난 일이야. 계획대로는 아니지만 우리가 원하던 대로 됐어. 어쨌든 헤어졌으니까."

카트린은 너무 놀라 대꾸할 말을 찾지 못했다. 리프에게 솔직하게 다가갔더라면 진즉 알았을 일이었다. "젠장." 그 상황에서 머릿속에 떠오른 유일한 말이었다.

"맞아, 젠장맞을 일이지." 리프는 길어진 재를 떨었다. 회색으로 타버린 담뱃재가 하얀 눈송이에 섞여 천천히 떨어졌다. "사실 사랑하는 사람을 보내는 것보다 그게 더 힘들었어. 정말 슬프기는 했지만 왠지 내가 교활하게 느껴졌거든. 난 에이나르가 지옥에 가라고 빌었어." 리프는 필터가 타들어갈 때까지 길게 마지막 한 모금을 빨았다. "장례식에서 엄청 울던 여자 기억나? 검은 머리칼에 예쁘장하게 생겼고 회색 투피스 차림이었는데."

"글쎄, 잘 모르겠어." 카트린은 그날 형제 같은 친구를 잃고 슬퍼하는 가르다르를 챙기느라 다른 데 신경쓸 틈이 없었다.

"기억 안 나도 상관없어." 리프는 어둠 속으로 담배꽁초를 톡 튕겼다. "에이나르의 전 어시스턴트야. 내 생각엔 오랫동안 그 여자랑 바람피웠던 것 같아." 그녀는 고개를 돌려 카트린을 똑바로 쳐다보았다. "아니, 같은 게 아니라 그래."

카트린은 눈을 휘둥그레 떴다. 너무 크게 떠서 눈이 아플 지경이었다. "가르다르도 알아?"

리프는 어깨를 으쓱했다. "음, 모르지 않을까? 나보다 가르다르한테 더 숨겼을 것 같은데. 가르다르는 친구였잖아. 난 더이상 친구도 아니었거든." 리프는 집안으로 들어갔다. 카트린도 그 뒤를 따랐다.

"어떻게든 해결해볼 생각은 안 했어? 우리 결혼생활도 항상 좋지만은 않아. 하지만 화해하려고 노력하거든." 카트린은 리프가 그랬던 것처럼 자신도 솔직하게 다 털어놓기로 했다. "사실 그 책임은 늘 나한테 있어. 가르다르가 삐쳐서 마음을 닫으면 내가 먼저 다가가."

리프는 고개를 끄덕이며 카트린의 눈을 지그시 바라보았다. "말 안

해도 알아. 에이나르도 똑같았어. 물론 나도 처음에는 뭐든 해보려고 했지. 부부상담도 신청했었어. 에이나르가 안 와서 나 혼자 받긴 했지만. 나한테는 상담치료가 도움이 많이 됐어. 그러고 나니까 더이상 우울하지 않고 화가 나더라고. 그게 우울한 것보다는 훨씬, 훨씬 더 나은 감정이야." 리프는 공모자 같은 미소를 짓더니 카트린의 귀에 대고 속삭였다. "복수하려고 바람도 피웠어. 바람에는 맞바람. 그래야 공평하지." 리프는 곧 카트린에게서 떨어지며 평소의 표정을 되찾았다. "하지만 금방 끝났어. 심각한 관계도 아니었고 원하는 효과도 나타나지 않았거든. 에이나르는 자기 연애에 정신이 쏙 빠져서 내가 무슨 짓을 하고 다니는지도 몰랐어. 모르고 간 게 다행이긴 한데, 가끔은 죽기 전에 말할 걸 그랬다는 생각도 들어. 복수하고 싶었거든."

"상대가 누구였는지 물어봐도 돼?" 카트린은 리프, 에이나르, 가르다르의 친구들을 모두 알았다. 리프와 에이나르는 무척 친절하게 대해주었지만 다른 친구들은 그저 가르다르를 배려해서 그녀와 어울릴 뿐이었다. 그녀를 탐탁지 않아하는 마음이 눈빛에서 그대로 읽혔고, 특히 여자들에게 카트린의 존재는 특별히 똑똑하지도 예쁘지도 않은 따분한 학교 선생이었다. 그 패거리의 남자들이라면 주저 없이 친구를 배신할 수도 있으리라 카트린은 확신했다.

"넌 모르는 사람이야. 우리보다 나이가 많아. 그리고 나랑 전혀 어울리지 않는 사람이었어. 무리수를 둔 거지." 리프가 씩 웃으며 말했다. "나한테는 나이가 비슷한 사람이 맞는 것 같아."

"그랬구나." 카트린은 뭐라고 더 할말이 없었다. 너무 호기심을 드러낸 것 같아 창피하기도 했지만 리프는 개의치 않는 모습이었다. 어쨌든 리프가 그 얘기를 더 하지 않아서 다행이었다. 두 사람은 말없이 집안으로 들어갔다. 카트린은 가르다르가 다시 싸움을 걸지 않기를 마음속 깊이 바랐다. 그녀에게는 방금 들은 새로운 얘기를 조용히 되새길 시간이 필요했다. 그런데 괜한 걱정이었다.

"내가 뭘 발견했는지 알아?" 가르다르는 거의 다 읽은 책을 일렁이는 촛불 아래 더 가까이 갖다댔다. "우리가 산 집 얘기가 나왔어!" 가르다르가 손가락으로 책의 중간쯤을 짚었다. "여기 봐, 그 십자가에 있던 이름이 나와." 그는 여자들이 말이 없는 것을 눈치채지 못하고 흥분해서 말을 이었다. "어머니랑 아들이 바다에 빠져 죽었대." 그러고는 몸을 돌려 널빤지로 가로막힌 창문을 가리켰다. 그 방향에 바다가 있다는 건 누구도 모르지 않았다.

"배가 침몰했나보지?" 카트린은 가르다르의 말에 관심을 보이는 척했지만 머릿속은 리프와 에이나르의 불행한 결혼생활 이야기로 꽉 차 있었다.

"아니, 아니, 얼음이 깨져서 빠진 거야." 가르다르는 생각만으로도 추운지 얼굴을 살짝 찡그렸다. "겨울이라 피오르가 얼어붙어 있었대. 책에는 아이가 빙판 위로 걸어갔는데, 뭍에서 한참 떨어진 곳에서 얼음이 깨졌다고 되어 있어. 그애 형이 그걸 보고 어머니를 불러왔어. 어머니는 아들을 구하려고 필사적이었고. 그러다 역시 바다에 빠졌어. 사람들이 임시로 뗏목을 만들어 그 자리까지 밀고 갔을 때는 이미 두 사람 다 죽은 다음이었어. 두 사람은 공동묘지에 묻혔는데, 그게 헤스테이리의 마지막 장례식이었대."

가르다르가 마지막 문장을 말했을 때 쾅하는 요란한 소리가 집안을 뒤흔들었다. 바깥의 눈보라도 그 소리를 덮지는 못했다.

18장

인간은 수백 년간 꿈의 의미와 목적을 연구해왔지만 아직까지 별다른 성과를 거두지 못했다. 꿈의 생물학적 근거를 찾는 학자들, 꿈에서 신탁을 읽는 종교집단, 꿈으로 미래를 점치는 점술가들 또한 마찬가지다. 하지만 몇 가지 발견해낸 것도 있다. 학자들은 꿈을 꾸는 동안 유기체에서 어떤 물질이 활성화되어 꿈에서 하는 행동을 실제로는 못하게 하는지, 그리고 어느 수면단계에서 꿈이 시작되는지 알아냈다. 19세기 중반에는 꿈을 해석하려는 시도가 활발하게 이루어졌다. 그러나 프레이르가 대학에 들어갔을 때는 이미 한물간 이론으로 역사적인 맥락에서만 다루어졌다. 어쨌든 꿈은 허상이다. 그 내용은 일그러져 있고, 꿈에서 깬 후 이야기하려고 하면 기억을 조각조각 이어붙인 모양새가 되고 만다. 물론 그 과정에서 중요한 것이 생략되거나 없던 것이 더해지기도 한다. 꿈은 객관적으로 증명할 수 없기에 정신분석에서도 더이상 방법이 없을 때 마지막 수단으로 동원하는 정도다.

프레이르는 꿈해석에 대한 최신 이론을 공부해두지 않은 것이 처음으로 후회됐다. 전문잡지에 실린 꿈해석 임상실험 관련 논문을 몇 번 훑어본 게 전부다. 오천 가지 넘는 꿈을 해석한 책도 있지만 어딘가 상자 속에 처박혀 있을 것이다. 그래도 그런 대규모 연구의 결과는 기억하고 있었다. 사람들은 세계 곳곳에서 비슷한 꿈을 꾸고, 꿈은 매일매일의 삶에서 영향을 받는데, 예를 들어 소방관은 잠수부보다 화재에 대한 꿈을 더 자주 꾼다는 식이다. 그러나 그것이 베디스의 경우도 해당될지는 의문이었다. 만약 그 꿈들이 베디스의 일상을 반영한다면 그녀의 일상은 상당히 특이하다고 해야 할 것이다.

프레이르는 베디스의 꿈일기를 모두 읽었다. 내용이 짧고 그리 많지 않아서 어떤 것은 두 번씩 읽었고, 세 번 읽은 것도 있다. 그는 베디스의 기괴한 꿈의 기록에서 베디스가 어떤 사람인지, 자신의 꿈을 어떻게 해석하고 기술했는지, 꿈을 기술할 때 무엇을 가장 중요하게 생각했는지 알아내고 싶었다. 심지어 꿈일기를 쓸 때의 정신상태가 어땠는지 알기 위해 글씨체까지 면밀하게 검토했다. 그러나 거의 고르게 써나간 고운 필체에서 감정의 동요 같은 것은 찾아볼 수 없었다. 알아보기 쉽게 또박또박 쓴 글씨는 전체적으로 약간 오른쪽으로 기울어져 있고 문장을 시작할 때와 이름을 쓸 때는 맨 앞에 오는 대문자를 장식적인 필기체로 썼다. 꿈의 내용과 달리 글씨체에서 그녀에 대해 알아낼 수 있는 단서는 많지 않았다. 꿈을 기록한 날씨가 들쑥날쑥한 것으로 보아 프레이르는 그 내용이 진짜이고 베디스가 상상으로 덧붙인 것은 없다고 생각했다. 만약 하루도 빼놓지 않고 상세히 기록되어 있었다면 더 의심스러웠을 것이다. 매일 아침 꿈을 기억하는 것이 일반적이지는 않기 때문이었다.

베디스의 꿈은 2007년부터 흥미로워졌다. 그전에 꾼 꿈은 그저 일상이 그로테스크하게 뒤틀려 모험이나 악몽의 형태로 나타난 것들이었다. 베디스는 꿈속에서 허황되고 과장된 일을 겪거나 매혹적인 상황에 처하기도 했고, 가끔은 팔이 떨어져나가거나 집이 땅속으로 꺼지거나 감옥에 갇히기도 했다. 베디스의 해석은 아주 단순했다. 꿈에서 나쁜 일이 일어나면 현실에서 좋은 일이 일어날 징조였고 반대로 꿈에서 좋은 일이 일어나면 현실에서 나쁜 일이 일어날 징조였다. 그리고 꿈에 가족이나 친구가 나오면 그들에 대한 이야기를 조금 쓰고, 누구누구에게 전화를 걸어 조심하라고 말해주거나 아이가 생겼는지 물어봐야겠다는 다짐으로 일기를 끝냈다. 꿈에 죽은 조상이 나타나 임신중인 자손에게 아기 이름을 지어준 일이 두 번 있었다. 지극히 평범한 여자의 지극히 평범한 꿈이었다.

그러다 2007년 2월부터는 꿈의 양상이 완전히 달라졌다. 베디스는 반복되는 이상한 꿈들을 해석하길 주저하는 인상이었다. 그녀의 꿈은 더이상 친지나 친구, 친밀한 것이 아니라 악과 위험이 도사리는 어둠의 세계를 중심으로 돌아갔고, 베디스는 매번 식은땀을 흘리며 꿈에서 깼다. 처음에는 드디어 복권에 당첨될 모양이라며 애써 좋은 일이 일어날 징조로 여겼다. 그러나 곧 단념하고 점점 더 큰 두려움에 사로잡혔다. 잠을 푹 자지 못했고 피로에 시달렸다. 정신불안, 공포증, 우울증이 생길 완벽한 조건이었다. 이런 꿈이 반년쯤 반복되자 그녀가 꿈에 대해 해석한 부분을 더이상 공감할 수 없었고, 그녀의 삶이 어떻게 돌아갔는지에 대한 힌트도 읽어내기 힘들었다.

하지만 특정한 디테일을 베디스의 삶과, 아니면 죽음과 연관짓기 위해서 꼭 그녀에 대한 모든 걸 알아야 할 필요는 없었다. 사고가 일어나기 전 두 달간은 꿈에 원예용 가위가 부쩍 자주 등장했다. 가위는 피가 잔뜩 묻은, 위협적인 존재로 그려졌다. 문맥으로 보아 가위는 땅에 떨어져 있거나, 이 기괴한 꿈의 주인공이라 할 수 있는 어느 소년의 손에 들려 있었다. 베디스는 소년의 얼굴을 알아보지 못했고 매번 보려고 할 때마다 그 직전에 땀에 흠뻑 젖은 채 잠에서 깼다. 소년은 멀찍이 떨어져 있거나 등을 돌리고 있거나 고개를 푹 숙인 채였다. 정체가 불분명한 소년을 쫓아가 이야기를 하는 것이 꿈속 베디스의 과제였다. 베디스는 한 번도 해내지 못했다. 아무리 빨리 쫓아가도 소년은 잡힐 듯 잡히지 않았고 아무리 조심스럽게 말을 걸어도 대답이 없었다. 프레이르는 베디스가 사실은 그 소년을 알았을 거라는 확신이 들었다. 베디스는 그 소년을 어디서 본 것 같긴 한데 정말로 누군지 알고 싶은지는 모르겠다고 썼을 뿐, 절대 이름을 언급하지 않았다. 그것은 베디스가 죄책감을 느낀다는 것을 의미했다. 제대로 소화하지 못하고 억압된, 가슴 아픈 사건이 있다는 뜻이었다. 의식이 있는 상태에서 문제를 해결하려 하지 않고 억압하면 꿈에 나오는 것이 당연하다.

마지막 기록은 정원에서 사고가 난 날 아침에 쓴 것이었다. 그날은 벤니가 실종된 날이기도 하다. 프레이르는 특별히 주의깊게 읽었지만 그 기묘한 우연을 설명해줄 만한 단서는 찾지 못했다. 어둡고 안개가 자욱한 길을 통과해 울고 있는 아이들을 지나서 낯선 소년을 쫓는 절망적인 추격전이 끝없이 이어진다는 점에서 그날의 꿈도 다른 날과 똑같았다. 베디스가 길을 잃고 헤매는 미로의 벽에 붙어선 아이들은 다가가서 말을 걸어도 얼굴을 보여주려 하지 않았다. 그러다 손을 내릴 때 보면 몸 여기저기 베이고 멍든 자국이 가득했다. 그날 꿈이 이전과 달랐던 한 가지는 미로 안이 초록색 연기로 가득했다는 것이다. 베디스는 그 초록색 공기 속에서 숨을 제대로 쉴 수 없었다. 그녀는 공기가 부족한 잠수함 안에 있는 것 같다고 표현했다. 그날 꿈은 결말도 달랐다. 매번 손에 잡힐 듯 잡히지 않던 소년을 따라잡는 데 성공한 것이다. 하지만 그의 앙상한 어깨를 붙잡는 순간 큰 잘못을 저질렀다는 생각이 들었다. 곧이어 소년의 말소리가 들렸다. "그런 짓을 해선 안 되는 거였어."

아이라기보다 중년 남자의 목소리 같았다. 가장 끔찍한 것은 그 목소리가 뒤에서 들렸다는 것이다. 지금 붙잡은 사람은 내내 쫓아다니던 소년이 아니었다. 소년은 베디스의 뒤에 서 있었고, 그녀는 천천히 고개를 돌렸다. 그리고 기진맥진한 채로 꿈에서 깼다.

"여기서 벤니와 관계되는 건 단 하나예요. 그런데 너무 허황된 거라." 다그니에게 베디스의 꿈에 대해 이야기한 프레이르는 머리칼을 쓸어올렸다. "벤니랑 같이 숨바꼭질을 한 아이 중 하나가 벤니가 잠수함에 숨었다고 말했거든요. 그러다 금방 말을 바꿨죠." 프레이르는 글자를 너무 많이 봐서인지 눈이 아파 몇 번 깜빡거렸다. "그래서 경찰은 벤니가 바다에 빠져 죽었을 거라고 생각했어요. 하지만 아이들 눈에 잠수함으로 보일 만한 물건을 찾아내지는 못했죠."

"하지만 그애가 뭐하러 그런 거짓말을 지어냈겠어요?" 다그니는 와인을 앞에 놓고 앉아 있었다. 시간은 자정을 향해 가는 중이었다. "더구나 금방 말을 바꿔요?"

"아이들은 증인으로는 적합하지 않아요. 그애도 경찰이 자기한테 뭘 물어보고 하니까 으쓱해져서 뭔가 그럴듯한 말을 하고 싶었나봐요. 물론 도움이 되고 싶은 마음도 있었을 테고요. 어쩌면 벤니가 잠수함에 납치당하는 상상을 했을 수도 있죠. 그애 부모 말로는 최근에 잠수함이 나오는 영화를 봤대요. 그리고 벤니가 사라졌을 때는 이미 사촌 생일파티에 간 다음이었고요. 그러니까 그애가 뭔가 중요한 걸 봤거나 들었을 가능성은 거의 없어요. 그건 그애 부모가 확인해줬죠."

다그니는 고개를 끄덕이더니 화제를 바꾸었다. "만약 그때 경찰이 이 일기장을 발견했다면 베디스의 죽음을 더 깊이 파헤쳤을까요?" 다그니는 살짝 얼굴을 붉혔다. "꿈에 그 가위가 나오잖아요."

프레이르는 남은 와인을 다그니의 잔에 따라주었다. 그는 더 마시고 싶지 않았다. 이런 상황에서 취한다면 민망할 것 같았다. "글쎄요. 꿈과 사고 사이에 연관이 있을 수도 있겠지만 범죄와 관련된 건 아닐 거예요. 베디스가 꿈 때문에 신경쓰여서 가위를 다룰 때 실수했을 수도 있어요. 왜 가위 꿈을 꾸었는지는 모르겠지만 수천 가지 이유가 있을 수 있죠. 하지만 누군가 일부러 가위 꿈을 꾸게 해서 사고를 일으키는 건 불가능해요. 지금 그 얘기를 하려는 거면요."

"아뇨, 내 말은 그게 아니에요." 다그니는 다리를 의자 위로 끌어당겨 껴안았다. "그건 분명히 사고였어요. 관여한 사람은 아무도 없어요. 난 자살 가능성을 생각하는 거예요."

프레이르는 어깨를 으쓱하고는 빈병을 식탁 옆 테이블 위에 놓았다. "그런 자살은 가능하지 않을 것 같은데요. 물론 여러 형태의 자살이 있긴 하지만."

"하들라가 시퍼런 얼굴에 혀를 빼물고 교회에 앉아 있는 꿈을 꿨다고 했죠? 교회도 수다비크 교회와 비슷하고. 이상하지 않아요?"

"믿기 힘든 일이죠. 그리고 베디스가 악몽 속에 등장하는 사람 중 이름을 언급한 건 그 학급 사진에 있던 초등학교 동창들뿐이에요."

"그게 무슨 뜻일까요?" 다그니의 이가 와인의 타닌 성분 때문에 퍼렇게 물들었다. 하지만 프레이르에게는 그 모습이 더욱 매력적으로 보였다. "예언이나 점술가들이 하는 말을 믿진 않지만, 논리적으로 설명하지도 못하겠어요. 다른 친구들이 죽은 건 이미 베디스가 죽은 다음의 일이었어요. 베디스가 다른 사람들의 죽음에 어떤 식으로든 관여하는 건 불가능했다고요. 베디스는 꿈에서 친구들이 어떻게 죽을지 미리 본 거예요." 다그니는 급히 베디스의 일기장을 뒤적거렸다. "여기 보세요! 욘의 검게 탄 얼굴에는 눈꺼풀이 없었다. 손가락도 시커멓게 타서 반밖에 남아 있지 않았다." 그녀는 다음 장을 넘겼다. "파랗게 변한 실라의 얼굴은 서리로 뒤덮여 있었다. 실라는 눈을 깜박이지도 못하고 나와 얘기를 나눴다. 실라의 눈 속으로 자꾸만 눈송이가 떨어졌다. 실라는 얼어죽었어요. 기억나요?" 다그니는 다시 일기장을 열심히 뒤적거렸다. "여기 있네요. 이번엔 스테이든이에요. 뼈가 부러진 채 발치에 쓰러져 있었다고 돼 있어요. 곧 죽을 것 같다는 표현을 썼어요. 스테이든은 고층아파트에서 떨어진 인형처럼 바닥에 널브러져서 나를 쳐다보았다. 말도 못하고 흐려진 눈만 껌벅였다." 다그니가 일기장에서 고개를 들어 프레이르를 바라보았다. "스테이든의 자동차사고 보고서를 읽어봤는데 거의 맞아떨어져요. 다른 사람들도 마찬가지고요. 베디스는 초등학교 동창들이 어떻게 죽을지 꿈에서 본 거예요."

프레이르는 대화가 그런 방향으로 흐르는 것이 못마땅했다. "베디스는 직접 일기에 썼듯이 그 친구들 모두에게 연락을 취했어요. 반가워하지는 않았지만 그냥 전화를 끊어버린 사람은 없었죠. 다들 베디스에게 그 얘기를 들었을 테니 이후 행동에 영향을 미쳤을 가능성도 있어요. 나도 원래는 그런 걸 믿지 않지만, 옛친구가 다 죽어가는 소리로 전화해와서 내가 물에 빠져 죽는 꿈을 자꾸 꾼다고 하면 영향을 받을 수도 있을 것 같아요. 강이나 바다에 가서 평소와 다른 행동을 하다가 물에 빠질 수도 있죠. 이 사고들도 그렇게 해서 일어난 거라고 생각해요. 베디스가 사고를 당한 것도 마찬가지고. 비밀스럽고 신비한 게 아니에요."

다그니는 손가락으로 공책을 쓸어내렸다. "노력하는 건 알겠는데, 미안하지만 동의할 수가 없네요." 다그니는 그 속에 숨겨진 의미가 있다는 듯 공책에 쓰인 파란색 글씨를 응시했다. "이 일기장이 가짜일 수도 있을까요? 베디스가 쓴 게 아니라면요? 베디스가 죽고 나서 다른 누군가가 썼을 가능성도 있지 않을까요? 다른 친구들도 모두 죽고 나서요."

프레이르도 이미 생각해본 적 있는 가설이었다. "그래요, 그 생각은 나도 해봤어요." 그는 팔을 뻗어 일기장의 첫 장을 넘겼다. "그럴 가능성은 거의 없어 보이지만 확실히 하려면 필적 대조를 해봐야겠죠. 그런데 이 안에 있는 내용은 하들라 남편의 말과 거의 일치해요. 하들라가 옛친구들과 다시 전화 연락을 시작한 게 삼 년 전 베디스가 하들라에게 연락한 다음이라고 했거든요. 일기장에도 그렇게 나와 있어요. 베디스는 하들라가 꿈에 처음 나온 시점에 그녀에게 연락을 취했어요. 그뒤로 계속 연락을 이어갔고요. 곧 베디스가 죽었지만 말이에요."

"둘이 무슨 얘기를 했을까요? 꿈의 의미에 대해서? 아니면 그 예언을 이용해서 위험을 피할 방법을 의논했을까요?" 다그니가 물었다.

"일상적인 얘기를 했을 수도 있죠. 꿈이 계기가 되어 다시 연락이 됐는데 서로 마음이 잘 맞았다거나."

"하지만 그걸로는 베디스가 사고로 죽은 뒤 하들라가 다른 친구들에게 연락한 이유가 설명되지 않잖아요." 다그니는 와인을 한 모금 마셨다. 잔에 남은 양이 변하지 않을 만큼 조금이었다. "베디스는 하들라에게 꿈 얘기를 한 게 분명해요. 그런데 베디스가 그런 사고를 당하자 다른 친구들에게 위험을 알리려고 했을 거예요. 그 친구들은 왜 하들라의 전화에 응했고, 또 그렇게 오래 통화했을까요? 하들라 남편 말로는 몇 시간씩 전화통을 붙잡고 있었거든요. 그런 식으로 연락한 기간도 꽤 길고요."

프레이르는 곧장 대꾸하지 않고 생각에 골몰했다. 학급 사진 속 아이들 중 아직 살아 있는 남자의 이름이 떠오르지 않았다. "그건 유일하게 살아 있는 동창생에게 물어보면 알 수 있지 않을까요? 그 사람이 우리랑 얘기하려고 한다면요." 프레이르는 일기장을 뒤져 생각하던 이름을 찾아냈다. "그래요, 라뤼스! 내장이 뒤집힌 모습으로 꿈에 나타났네요."

"어떤 죽음을 암시하는 걸까요?" 다그니는 와인잔의 목을 잡고 전문가가 시음하고 도로 뱉기 전에 하듯이 그럴싸하게 흔들었다.

"모르겠네요. 위암일까요?" 프레이르는 내장이 뒤집힐 수 있는 사고나 병을 떠올리지 않으려고 애썼다. "그 사람도 레이캬비크에 사니까 내일 한번 찾아가볼게요."

다그니는 부엌 시계를 보더니 잔을 내려놓고 일어섰다. "내일 아침 비행기 타는 거 잊고 있었어요. 이만 가볼게요. 라뤼스를 찾아가는 건 좋은 생각이에요. 레이캬비크 경찰의 도움을 받아야 하는데, 당장은 수사에 끌어들일 수 없거든요. 우리 반장님이랑 레이캬비크 담당자한테 이걸 어떻게 설명해야 할지 모르겠어요."

프레이르는 다그니와 함께 대문 앞에 섰을 때 가지 말라고 붙잡고 싶었지만 거절당할까봐 선뜻 입이 떨어지지 않았다. 다그니도 어떻게 인사하고 헤어져야 할지 모르겠다는 표정이었다. 그러다가 질문할 것을 생각해내고 안도하는 듯했다. "베디스가 지하창고에서 나는 소리를 듣고 꿈에서 깼다고 일기에 썼던데, 집에서 무슨 소리 들은 적 없어요? 윙윙거리는 소리라든가, 뭘 두드리는 소리라든가."

"아니요, 없어요."

"그래요? 아쉽네요." 다그니가 씩 웃었다. "이 집에 유령이 나오길 바라는 건 아니에요. 만약 아직도 그 소리가 난다면 고장난 수도관 같은 게 문제일 수도 있잖아요. 그걸 밝혀내면 적어도 수수께끼 하나는 풀리는 건데."

침대에 누운 프레이르는 평소처럼 아이팟 이어폰을 꽂지 않고 집안에서 나는 소리에 귀기울였다. 그리고 잠시 후 뼈저리게 후회했다.

19장

그날 밤은 소동 없이 지나갔다. 너무 피곤해서 아무것도 알아채지 못했거나 병원 관사로 옮긴 것이 효과가 있었거나 둘 중 하나일 것이다. 천둥 같은 그 요란한 소리는 다시 들리지 않았다. 여자들은 무슨 일인지 알아보겠다며 밖으로 뛰쳐나가려는 가르다르를 붙잡았다. 창문과 문이 잘 닫혀 있는지 확인하고 문손잡이 아래에 의자를 가져다가 막아놓고 나니 어느 정도 안심이 되었다. 그들은 이층으로 올라가 잘 준비를 했다. 가장 큰 침대에 셋이 꼭 붙어서 잤지만 아침에 일어난 카트린은 테라스에서 혼자 자는 것보다 낫다는 생각이 들지 않았다. 온몸이 뻣뻣하고 안 아픈 곳이 없었다. 옷에 가려지지 않은 부분의 멍은 어제부터 훨씬 커지고 짙어졌다. 너무 추워서 옷을 걷어올려 확인해볼 엄두는 나지 않았다. 숨을 쉬고 말을 할 때마다 입에서 하얀 입김이 피어올랐다. 창문 틈으로 들어온 희미한 빛 속에 가르다르와 리프의 창백한 얼굴이 보였다. 눈은 퉁퉁 붓고, 코는 빨갛고, 머리칼은 지저분하기 짝이 없었다. 지난 며칠간 위생관리에 전혀 신경을 못 쓴 탓이었다.

리프는 카트린이 무슨 생각을 하는지 알겠다는 표정으로 정수리를 벅벅 긁었다. 그러자 헝클어진 머리 때문에 더 초췌한 모습이 되었다.

"아, 어서 집에 가서 목욕하고 싶어." 리프도 이제 스파까지는 바라지 않았다. "우리 물 데워서 대충이라도 씻으면 안 될까? 내 머리 냄새 맡으면 토할 것 같아." 리프가 꽁꽁 언 팔다리를 두드리며 말했다. "여기서 죽더라도 머리도 못 감은 모습으로 발견되고 싶지는 않아."

가르다르는 코웃음을 쳤지만 달리 핀잔을 주지는 않았다. "집에 가서 내가 물 데워줄게. 그게 무슨 대수라고." 가르다르는 이번 여행을 위해 새로 산 양모 내복 위에 잘 때 벗어놓은 두꺼운 바지를 껴입었다. "어차피 음식은 집에 있으니까 굶어죽지 않으려면 그리 가야 해. 뭐 좀 먹고 집수리를 하자. 여기 가만히 앉아서 걱정만 하는 것보다는 일하는 게 나아. 내가 장담하는데, 그러면 시간도 훨씬 빨리 갈 거야. 이 집이라고 그 녀석이 못 들어오지 않는다는 것도 이제 알잖아."

카트린은 모직 풀오버를 집으려고 허리를 굽혔다. 어제 침낭 속으로 들어가기 전 벗어놓은 풀오버가 지금은 너무 아쉬웠다. 그러나 풀오버는 얼음처럼 차가웠다. "또 페인트칠하는 거야? 그만해도 되지 않을까?" 발치에서 퓌티가 그 말에 동의하는 듯한 눈빛으로 카트린을 올려다보았다. 퓌티도 아마 방한매트 위에 계속 엎드려 있고 싶지, 눈밭으로 나가기는 싫을 것이다.

리프는 여전히 방 한가운데 서서 덜덜 떨고 있었다. "나 피오르로 산책 가고 싶어." 그러더니 주섬주섬 옷을 챙겨 입기 시작했다. "거기 가면 배가 있을지도 몰라. 그럼 그걸 타고 이사피외르뒤르로 갈 수 있잖아. 피오르가 내려다보이는 곳까지만 가면 돼. 배 타고 들어올 때 큰 굴뚝 봤지? 폐허가 된 고래잡이 단지랑 공장이 있었잖아. 거기 가보지 않을래?"

"네가 배를 다룰 줄은 알아?" 가르다르가 비꼬듯이 물었다. 여자들이 자기 의견에 동조하지 않자 기분이 상한 모양이었다. 카트린은 가르다르가 너무 큰 것을 바란다고 생각했다. 상황이 이런데 그들이 좋아라 나설 거라 기대했단 말인가. "난 그런 무모한 짓 못해." 가르다르의 목소리는 뒤집힐 듯 위태롭게 들렸다.

"배가 있으면 틀림없이 그 안에 전화기나 무선기가 있을 거라고." 리프가 고집스럽게 받아쳤다.

카트린은 처음으로 중재의 욕구를 느꼈다. "좋아. 이러면 어때? 먼저 집으로 가서 아침 먹고 머리를 감은 다음 일을 조금 해. 그러고 나서 날이 환해지면 산책을 가는 거야." 카트린은 바깥이 환한지 어두운지 몰랐다. 통증이 처음보다는 좀 가시긴 했지만 그렇게 멀리까지 걸어갈 수 있을지도 의문이었다. "물론 산책 가는 건 날씨에 달렸어. 잠잠한 것 같긴 하지만." 정말 밖에서 바람소리가 전혀 들리지 않았다. 안이나 밖이나 똑같이 고요했다. "어때? 괜찮은 생각이지?" 카트린은 두 사람을 차례로 바라보았다. 리프는 어깨만 으쓱했고, 가르다르는 걱정스러운 얼굴로 카트린의 눈을 지그시 바라보았다. 카트린은 그 이유를 알 수 없었다. 어쩌면 가르다르는 그 순간 나쁜 결말이 기다리고 있다는 것을 깨달았는지도 모른다. 여기서 무사히 돌아간다고 해도 스트레스와 돈 문제는 악화될 뿐이다. 다 쓰러져가는 오두막이든 수리를 한 오두막이든 외딴곳의 작은 게스트하우스가 당장 도움이 될 리도 없었다. 카트린은 애정 어린 미소를 지었지만 가르다르는 그녀의 시선을 피했다. 반면 리프는 피오르로 산책 갈 수 있다는 말에 만족하는 표정이었다. 물론 있지도 않은 배를 어디서 찾을지는 알 수 없었다.

물은 너무 뜨거웠다. 추운 테라스에 나와 있어서 그렇게 느껴진 것뿐일까? 가르다르가 알루미늄 양동이의 물을 머리 위로 붓자 두피가 오그라드는 느낌이었다. 부서진 테라스와 뻥 뚫린 구멍 속의 검은 흙이 카트린의 시야에 들어왔다. 온 세상이 눈으로 덮였는데 이상하게도 구멍 속에는 눈이 전혀 쌓이지 않았다. 흙의 온도가 다른 곳보다 높아서 금방 녹아버렸는지도 모른다. 햇볕 좋은 날에는 흙이 검은 곳이 다른 곳보다 따뜻하지 않은가. 다행히 여우 뼈는 가르다르가 곧장 도로 묻어버려서 보이지 않았다. 그 동물의 잔해는 보고 싶지 않았다. 다시 뜨거운 물이 머리 위로 쏟아졌다. 그 통에 샴푸가 눈에 들어갔고 덕분에 머리가 익는 고통은 까맣게 잊어버렸다.

"아, 따가워." 눈을 비비자 아픔은 더 심해지기만 했다. "수건 좀 줘." 카트린은 고개를 숙인 채 가르다르에게 손을 내밀었다. 그리고 감았던 눈을 살짝 뜬 순간 소스라치게 놀랐다. 바로 앞에 아이가 서 있는 것처럼 얼굴 아래에 작고 지저분한 발이 보였다. 카트린은 눈을 감았다가 다시 떠보았다. 이번에는 물이 흥건한 나무 바닥만 보였다. 카트린은 현기증이 날 정도로 빨리 머리를 쳐들었다. 머리칼의 물이 사방으로 튀었다.

"뭐하는 거야?" 가르다르는 짜증스레 물기를 닦은 다음 카트린에게 수건을 건넸다. "둘 다 아주 잘하는 짓이다!"

먼저 머리를 감은 리프도 눈에 샴푸가 들어가서 갑자기 머리를 쳐들었다. 그때 물벼락을 맞은 퓌티는 테라스 아래로 내려가더니 다시는 올라오려 하지 않았다. 카트린은 리프도 똑같은 것을 본 게 아닐까 하는 의심이 들었지만 물어볼 생각은 없었다. 그 소년 얘기는 이제 하고 싶지 않았다. 세 시간 동안 같이 일하면서 그 얘기는 한마디도 하지 않았다. 하지만 셋 다 틀림없이 소년에 대해 생각했을 것이다. 그들은 전 집주인이 일층에 쌓아놓은 바닥 마감재를 가져다 가장자리에 못을 박았다. 전 집주인은 바닥을 새로 다 깔아놓고 미처 마무리를 못하고 죽었다. 어쨌든 그들은 다 같이 한 공간에서 서로가 곁에 있음을 느끼며 일했다. 집이 크지도 않은데 누구 하나 문 닫힌 방에 혼자 있고 싶어하지 않았다.

"자기 차례 되면 보자." 카트린은 그렇게 말하고 수건으로 젖은 머리를 감쌌다. "물 얼마나 남았어?"

"별로 없어." 가르다르가 양동이에 남은 물을 보여주었다. "내가 가서 떠올게. 아직 불이 꺼지지 않았으니까 얼른 난로에 올려놓으면 미지근해지긴 할 거야. 난 뜨거운 물이 아니어도 돼. 너희처럼 엄살쟁이가 아니거든."

"그럼. 완전 용감하지." 리프는 밖에 내다놓고 앉았던 부엌 의자에서 몸을 일으켰다. 수건을 감은 머리가 흰색 터번처럼 보였다. 머리를 감고 나자 한층 여유로워진 것 같았다. 그녀는 막 비벼 끈 담배꽁초를 집어서 걱정스러운 눈빛으로 담뱃갑에 도로 집어넣었다. 그녀에게는 가르다르와 티격태격하는 것보다 몇 개비 남지 않은 담배가 더 중요한 듯 보였다. "병원 관사에 담배 더 있었어?"

"아니." 카트린은 리프가 담배를 가져온 것이 마음에 들지 않았지만 어쨌든 그녀의 수중에 담배가 있으면 분위기가 괜찮았다. 다 떨어지면 다시 나빠질지도 몰랐다. "오늘 저녁에 다시 찾아보자. 어쩌면 찬장에 더 남아 있을 거야." 그들은 오늘밤도 병원 관사에서 자기로 했다. 리프의 얼굴에 미소가 스쳤다. 카트린은 리프가 그 말만 믿고 지금 있는 담배를 다 피워버릴까봐 걱정스러웠다. "그래도 너무 기대하지는 마."

가르다르는 물을 길러 강으로 내려갔다. 카트린은 테라스에서 기다릴 생각이었으나 너무 춥고 수건 밖으로 삐져나온 머리칼이 딱딱하게 얼어붙는 느낌이었다. "들어갈까?"

"응, 좋아. 난 벌써 눈사람이 다 됐어." 리프가 몸을 부르르 떨며 말했다. "그 엄마랑 아들 얼음이 깨져 물에 빠졌을 때 정말 추웠겠지? 더 이상 추워질 순 없을 거라고 생각했는데, 아직 피오르가 얼지 않았잖아. 얼마나 추우면 바다가 다 얼까?"

"그러게." 카트린은 그런 얘기를 하는 것이 탐탁지 않았다. 춥다는 얘기를 하면 더 추워질 것 같았다. 그러면 선착장에 배가 들어오지 못할 것이고, 해변에 고무보트도 대지 못할 것이다.

리프는 테라스에 서서 무게중심을 다른 다리로 옮겼다. 안으로 들어갈 생각은 없어 보였다. "아들을 구하려고 달려간 엄마가 그럴 수 없다는 걸 깨달았을 때 얼마나 절망했을지 상상이 되니?" 카트린은 등줄기에 소름이 쫙 끼쳤고, 리프가 그 얘기를 그만했으면 싶었다. "아이를 끌어내려고 물속에서 손을 뻗었을 때 어떤 심정이었을까? 나중에는 아들을 구할 수만 있다면 자기는 죽어도 좋다고 생각했을까?"

"그만해!" 카트린이 날카롭게 외쳤다. "그렇게 자세하게 말하지 않아도 끔찍한 죽음이란 걸 알잖아."

"혹시 우리가 본 애가 얼음에 빠져 죽은 그 아들일까?" 리프는 거의 들리지 않을 만큼 작은 목소리로 속삭였다. "가르다르가 책에서 본 얘기를 하니까 쾅 소리가 났잖아. 자기 얘기가 나와서 그런 거 아냐? 만약 유령이라면 설명되는 부분이 많아."

"아니야." 카트린이 단호하게 말했다. "우리가 본 애는 죽은 애보다 훨씬 나이가 많아. 죽은 애는 다섯 살이었어. 그리고 우리가 본 애는 살아 있어." 자신 없는 목소리였다. 카트린도 이제 확신이 들지 않았다. "들어가자."

난로의 온기가 훅 밀려들었다. 퓌티는 카트린 바로 옆에 납작 엎드려 더없이 기분좋게 작은 몸을 녹였다. 추운 곳에서 온기 속으로 들어온 카트린은 헤스테이리에 온 후 가장 행복한 순간을 맛보았다. 동시에 레이캬비크가 못 견디게 그리웠다. 그러나 다음 순간 이런 행복이 곧 뭔가 끔찍한 일을 몰고 오는 것은 아닐까 하는 의심이 슬그머니 고개를 들었다. 눈물이 날 것 같았지만 꾹 참았다.

"아, 이 안에 기어들어갔으면 좋겠어." 리프가 난로 앞에 팔을 벌리고 서서 말했다. "따뜻한 게 뭔지 그동안 까맣게 잊고 있었어."

카트린도 따라 해보았다. 손가락 끝부터 스며든 온기가 손을 발갛게 물들이더니 외투 소매 안으로 사라졌다. 통증도 거의 느껴지지 않을 만큼 줄었다.

"나도 마찬가지야. 다시 추워질 걸 생각하니 벌써부터 걱정인걸." 카트린은 갑자기 뒤에서 울린 총소리 같은 굉음에 놀라 더이상 말을 잇지 못했다. 두번째 굉음은 리프가 지르는 비명에 묻혀 들리지 않았다. 리프는 꽥꽥 비명을 지르며 카트린에게 매달렸고, 퓌티는 벌떡 일어나 주위를 두리번거렸다. "뭐지?" 카트린이 떼어내려고 했지만 겁에 질린 리프는 카트린의 수건을 잡고 매달렸다. 카트린은 간신히 리프에게서 놓여나 바닥에 흘러내리려는 수건을 붙잡았다. 지저분한 아이 발이 아직도 눈앞에 어른거려 도저히 뒤돌아볼 용기가 나지 않았다. 테라스에서 가르다르의 다급한 발소리가 들렸다. 카트린은 그렇게 용감하다는 가르다르가 무슨 일인지 밝혀낼 때까지 그냥 기다리기로 했다.

"무슨 일이야?" 가르다르가 헐레벌떡 와서 물었다. "너희가 소리지르는 통에 물을 다 쏟을 뻔했잖아. 도대체 왜 그렇게 소리지른 거야?"

가르다르의 태연한 표정으로 보아 방안에 뭔가 있는 것 같지는 않았다. 카트린은 뒤돌아서며 눈을 질끈 감고 싶은 것을 억지로 참았다. 소리지른 건 리프라고 가르다르에게 말할 생각도, 그렇다는 확신도 없었다. 어쩌면 카트린 자신이 자기도 모르게 소리지른 건 아닐까 하는 생각까지 들었다. "자기가 들어오기 전에 쾅하고 엄청 큰 소리가 났어. 뭣 때문인지는 나도 모르겠어."

가르다르와 카트린은 주변을 둘러보았다. 리프는 손으로 얼굴을 가린 채 여전히 등을 돌리고 난로 앞에 서 있었다. "뭔데? 뭐가 보이면 나한테도 말해줘." 그녀가 얼른 덧붙였다. "아냐, 무서운 거면 그냥 거짓말을 해. 나 더이상은 안 되겠어."

"거짓말할 것도 없어." 가르다르는 마룻장이 들떠 밟을 때마다 삐걱거리는 곳으로 갔다. "뭣 때문인지 알았어." 그는 허리를 굽히고 뭔가를 주워올렸다. 바닥 마감재가 부러진 조각이었다. "테두리 장식이 떨어져나왔네." 그가 의아해하며 말했다. "우리가 너무 틈 없이 딱 맞춰 박았나봐. 난로 열기 때문에 나무가 뒤틀리면서 튀어나온 것 같아." 그는 마찬가지로 벽 쪽에 아무렇게나 놓인 두번째 조각을 집어들었다. "아니면 여기 얼룩 있는 부분 때문인가?" 그는 그 안에 답이 있다는 듯 나뭇조각을 찬찬히 들여다보았다. "이 부분의 나무를 들어내고 새것으로 다시 깔아야겠어. 전 집주인이 쓰고 남은 게 어디 있을 거야."

"그럼 너무 일이 많아지지 않아?" 카트린은 바닥 마감재고 널빤지고 모조리 불속에 던져버리고 싶은 심정이었다. "시작한 것도 아직 다 못 끝냈는데."

가르다르는 최면에 걸린 듯 마룻바닥을 응시하느라 바로 대답하지 않았다. "왠지는 모르겠지만 이 빌어먹을 바닥을 들어내야 한다는 생각이 들어. 안 그러면 온 집안으로 이게 퍼질 것 같아."

"얼룩이 커진 것도 아니잖아. 어째서 계속 퍼질 거라고 생각해?" 카트린은 그렇게 말해놓고 정말인지 확인하느라 얼룩이 있는 바닥을 유심히 살폈다. 모양을 정확히 기억하진 못했지만 어쨌든 얼룩은 전과 같아 보였다. "얼룩이 특이하게 사각형이네." 얼룩진 곳과 얼룩지지 않은 곳의 경계가 너무 반듯해 부자연스러워 보였다. "밑에 뭐가 있는 건가?"

"있긴 뭐가 있어?" 가르다르도 카트린과 마찬가지로 곰팡이나 누수 문제에 대해서는 전혀 아는 바가 없었다. "뭐 널빤지를 몇 개 뜯어내보면 알겠지."

리프는 어느새 두 사람 사이에 서서 바닥을 내려다보고 있었지만 그 일에는 별 관심이 없는 듯했다. "산책 가려면 서둘러야 해. 가르다르, 어서 물 데워서 머리 감고 나가자. 안 그러면 돌아올 때 어두워서 애먹을 거야." 가르다르는 리프를 보며 뭐라고 말하려 했지만 리프가 먼저 가로막고 나섰다. "가르다르, 약속했잖아. 고래잡이 단지에 가야지."

가르다르는 리프의 말에 동의하지도 반대하지도 않고 카트린을 흘끗 보더니 급한 마음에 그냥 두고 온 양동이를 가지러 나갔다. 카트린은 난로의 열기에도 불구하고 등줄기가 오싹했다. 가르다르 역시 불길한 예감을 느끼고 있었다. 문제는 그게 뭔지 모른다는 것이었다.

20장

프레이르는 비행기가 이륙하기 전에 잠들었고, 눈을 떴을 때는 텅 빈 기내에서 스튜어디스가 당황한 표정으로 어깨를 흔들어 깨우고 있었다. 어젯밤 그는 잠을 설쳤다. 기진맥진한 상태와 상상력에 깜빡 속아 넘어가, 집안에서 나는 온갖 소리를 들었고 창고에서 누군가 돌아다니는 느낌을 받았다. 하지만 일어나서 옷을 입고 내려가볼 엄두는 나지 않았다. 추워서가 아니라 병원 복도에서 본 벤니의 모습이 떠올라서였다. 창고에 내려가면 다시 그와 비슷한 허상을 보게 될 것만 같은 불길한 예감이 들었다. 아침에 일어나 거울을 보니 눈밑에 짙은 그늘이 져 있었다. 찬물로 샤워하고 나니 정신은 좀 맑아졌지만 몰골은 더 형편없어 보였다. 사실 오후에 레이캬비크 시립병원에 가서 옛 동료들을 만난 다음 사라를 방문할 계획이었다. 아침에 법의학자를 보고 나면, 하들라와 베디스의 동창 중 유일한 생존자인 라뤼스 헬가손을 만난다고 해도 오후 비행기를 탈 때까지 시간은 충분할 것이다. 그러나 이제는 하루를 어떻게 버텨야 할지 암담하기만 했다. 옛 동료들은 꺼칠한 모습을 보고 그가 삶을 포기한 거라고 생각할지도 모른다. 분노와 피해망상, 불쾌한 험담, 그런 것들은 감당할 수 있었지만 동정은 피하고 싶었다. 사람들의 동정에는 반응할 방법이 없었다. 그가 어떤 행동을 하고 무슨 말을 하건 상황은 더 나빠질 뿐이었다. 그래, 그러자. 그는 결국 동료들은 놔두고 사라만 보기로 마음을 정했다.

"참 이상하죠? 제가 딴사람에게서 이것과 똑같은 상처를 본 적이 있거든요. 그래서 좀 알아봤는데, 등에 이런 상처가 있는 시체가 한둘이 아닙니다." 흰색 마스크를 쓴 법의학자가 말했다. 마스크뿐 아니라 두꺼운 보안경을 쓰고 있어서 길거리에서 마주치면 못 알아볼 것 같았고 머리색마저 확인할 수 없었다. 인사를 나눌 때도 수술용 두건을 쓴 채로 마스크를 턱밑으로 내리고 안경을 코끝으로 살짝 내렸을 뿐이었다. "오래된 상처 같은데 병원기록에 이런 언급이 전혀 없다니 도저히 이해가 안 되는군요. 서로 다른 시기에 생긴 작은 상처들이 모여서 십자가가 완성됐어요. 최근에 생겨서 아직 다 아물지 않은 상처도 있습니다."

프레이르는 핏기 없이 푸르스름한 하들라의 등을 내려다보았다. 법의학자와 똑같은 보호복 차림이었는데 갑갑해서 안경을 벗어버리고 싶은 마음이 간절했다. "본인이 직접 상처를 내서 십자가를 만든 걸까요?" 척추를 따라 흰색이나 엷은 붉은색을 띤 상처들이 나 있었다. 모두 길쭉한 모양에 크기는 제각각이었다. 몇 군데는 서로서로 겹쳐지기도 했지만 멀리서 보면 전체적으로 곧았다. 어깨 밑으로도 똑같은 상처가 가로로 길게 이어져 전체적으로 십자가 모양을 이루었다. 어느 것이 최근 상처인지는 바로 알 수 있었다. 가로줄 왼쪽 맨 끝에 있는 상처가 다른 상처보다 붉은 기를 띠었다.

"이런 상처를 스스로 내기는 힘들죠." 부검의는 장갑 낀 손으로 십자가의 두 선이 교차하는 등 한가운데를 짚었다. "물론 도구를 사용했을 수도 있습니다. 십자가 근처에 다른 상처가 없는 걸로 봐서는 거울이 두 개 필요했을 겁니다. 그래도 스스로 이런 상처를 내는 건 상당히 힘들다고 말씀드리죠." 그는 하들라의 등을 짚었던 손을 가운 주머니에 넣었다. "추측건대, 누가 도와준 겁니다. 그걸 도움이라고 표현할 수는 없겠지만요. 아니면 자의에 반해서 일어난 일일 수도 있죠. 알 수 없는 이유로 저항하지 않았고요."

"아까 말씀하신 다른 시신들의 경우는 어땠습니까? 당사자가 직접 상처를 냈습니까?"

"그건 끝내 밝혀지지 않았습니다." 부검의는 흰색 천으로 하들라의 시신을 덮었다. "남자 하나, 여자 하나였는데 둘 다 제가 부검하지 않아서 자세한 건 모르겠습니다."

"어떤 사람들이었는데요?" 프레이르는 흰색 무덤처럼 봉긋 솟은 하들라의 시신을 응시했다. 하들라의 시신은 오후 비행기로 서피오르로 옮겨져 이틀 후 매장될 예정이었다. 프레이르는 한 인간에게서 결국 무엇이 남는지 볼 때마다 번번이 놀랍기만 했다. 심장이 뛰고 쉴새없이 생각이 돌아가던 자리에 이제는 허연 뼈 무더기와 생명 없는 고깃덩이만 남았고 시간이 더 지나면 뼈만 남을 터였다.

"남자는 교통사고로 사망해 실려왔습니다. 여자는 장의사에서 발견했고요. 전 그때 휴가중이어서 그 얘기는 이번에 처음 들었습니다. 사진과 기록이 남아 있습니다." 부검의는 장갑을 벗어 번뜩이는 크롬 재질의 쓰레기통에 던졌다. "이번까지 합치면 이 년 사이 이런 일이 세 건이나 있었습니다. 그러니 종교집단의 한 번도 들어본 적 없는 의식이라 생각할 만도 하죠."

프레이르는 서툰 동작으로 장갑을 벗고 말했다. "하들라는 신앙이 있기는 했지만, 종교집단 얘기는 없었습니다. 고향 마을의 교회에 다녔어요. 다른 두 사람은 플라테이리 주민이 아니지 않습니까?"

부검의는 머리를 흔들었다. "아닙니다. 제가 제대로 기억하고 있다면, 여자는 남아이슬란드 해안에 살았고 남자는 이사피외르뒤르 사람이었습니다." 부검의는 부검대 옆에서 차트를 뽑아 적어넣느라 잠시 말이 없었다. "그런데 말입니다. 사는 곳은 달랐지만 공통점이 하나 있었습니다. 셋 다 1940년생이에요. 무슨 의미가 있는지는 모르겠지만 그 점이 눈에 띄더군요."

프레이르는 마스크 밑에서 혀로 마른 입술을 핥았다. "그 두 사람 이름이 뭡니까? 교통사고로 죽었다는 남자가 혹시 스테이든 아닙니까?"

놀란 부검의가 양 눈썹을 치키자 보안경이 함께 위로 올라갔다. "그걸 어떻게 아시죠?"

프레이르는 자신이 태어난 곳, 인생의 대부분을 보낸 도시에서 잠시 쉬어갈 곳도 없이 남의 차로 이동한다는 사실에 기분이 묘했다. 가족을 만나고 싶은 생각은 없었다. 서피오르로 이사하면서 걱정은 이미 충분히 끼쳤다. 부모님과 형님은 그런 그의 결정을 이해하지 못하고 병이 난 것이라고 했다. 어쩌면 그 말이 맞는지도 모른다. 그들과 함께 차를 마시는 대신 그는 택시 뒷좌석에 몸을 싣고 사라에게 가는 길이었다. 연신 하품하면서도 비행기에서와 같은 일이 또다시 벌어지지 않도록 기를 쓰고 피로를 이겨내려 했다. 물론 서부지구는 걸어서도 갈 수 있는 거리다. 하지만 그랬다면 더욱 피곤한 채로 사라의 집에 도착했을 것이다. 사라를 만나는 것만으로도 충분히 힘겨운 일이었다. 다행히 전화를 받는 사라의 목소리는 평소와 달리 차분했고 울먹임도 섞이지 않았다. 드디어 지난 일을 떨쳐낸 걸까 하는 생각이 들었지만 잠깐의 통화로 섣부른 희망은 품지 않기로 했다. 사실 사라를 만나러 갈 생각이면 어제저녁에 미리 전화를 했어야 했지만 일이 그렇게 되지를 않았다. 다그니와 있는 동안에는 그런 생각을 하지 못했고, 그녀가 돌아간 뒤에는 너무 늦은 시간이라 전화를 할 수 없었다. 라뤼스는 전화를 계속 받지 않아서 만날 수 있을지, 만난다면 언제가 될지 여전히 미정이었다. 사라에게 전화를 건 것도 실은 다른 일정이 정해지지 않아서였다. 무례하게 느껴질 수 있는 행동이었고, 어쩌면 그래서 사라가 그렇게 건성으로 대답했는지도 몰랐다.

프레이르의 머릿속은 여전히 법의학자와 나눈 대화로 가득했다. 그는 부검의에게 죽은 다섯 명 중 두 사람, 즉 베디스와 욘의 시신에서도 그런 상처가 나왔는지 알아봐달라고 부탁했다. 부검의는 전혀 어려운 일이 아니라고 하면서도 그 사람들이 무슨 관계가 있느냐고 물었다. 프레이르는 사실대로 말 못할 것도 없다는 생각에 유령에 대한 믿음이 동창생들의 죽음에 영향을 미친 것 같다고 설명해주었다. 부검의는 귀기울여 듣더니 프레이르의 전문분야에서는 산 사람보다 죽은 사람을 진단하는 것이 더 쉽지 않겠다고 말했다. 자신은 산 사람에게서 관찰이 불가능한 오장육부를 샅샅이 뒤질 수 있지만 정신질환에 대해서는 잘 모른다며, 결과로 나타난 증상을 볼 뿐이지 원인을 보지는 못한다고 덧붙였다. 그리고 헤어질 때 그 사건의 진행 상황을 함께 따라가고 싶다면서 상처가 생긴 경위에 대해 소논문을 쓸 생각도 있음을 내비쳤다. 프레이르는 공신력 있는 전문잡지가 그런 특이한 주제를 실어줄지 의문이었지만 진행 상황은 알려주겠다고 약속했다.

택시가 아담한 목조건물 앞에 도착했다. 사라의 집은 이층이라고 했다. 거실 창문으로 사라가 아래를 내려다보고 있었다. 그러나 택시비를 내고 내려서 보니 이미 들어가고 없었다. 프레이르는 집으로 걸어가면서 심호흡을 여러 번 했다. 사라를 만나는 것이 두려웠다. 그런데도 왜 이러는지 스스로 이해할 수 없었다. 사실 상처를 들쑤실 필요 없이 관계를 끊는 것이 두 사람 모두에게 최선이었다. 그러나 말처럼 쉬운 일이 아니었다. 프레이르는 사라가 자신을 가장 필요로 할 때 떠났다는 사실에 여전히 죄책감을 느끼고 있었다. 초인종을 누르려는데 불현듯 그때의 결정이 자기보호본능, 인간의 가장 강한 본능에서 비롯된 것이었음을 기억해냈다.

초인종이 울리기 전에 문이 열리고 사라가 나타났다. 지난번 보았을 때보다 더 야위어서, PEZ 피규어처럼 머리가 몸에 비해 부자연스럽게 큰 인상이었다. 그러나 얼굴은 전보다 더 건강해 보이고 눈빛도 반짝거렸다. 하지만 그가 기대한 것과는 다른 이유에서였다. 사라는 몹시 화가 나 있었다.

"잘 있었어?"

프레이르는 언제나처럼 사라의 뺨에 입을 맞추려 했다. 사라는 슬쩍 피하며 들어오라고 했다. 그는 기분이 좋지 않았지만 티 내지 않고 신발을 벗은 후 안으로 들어갔다. 함께 살 때 사용하던 낯익은 가구들이 여기저기 눈에 띄었다. 그가 보기에는 그것들이 잘못된 자리에 놓여서 원래 있던 자리로 옮겨지기를 기다리는 것만 같았다.

"인사해, 이쪽은 내 친구 엘리사." 사라는 소파에 앉아 있는 여자 옆에 가서 섰다. 당시 사라가 무척 고심해서 고른 소파였다. 프레이르는 엘리사와 인사를 나누었다. 그러다 문득 사라가 자신의 동성애 성향을 밝히는 게 아닌가 싶어 긴장했다.

"엘리사는 영매야. 그동안 나한테 큰 힘이 되어줬어. 비웃을 생각은 하지 마. 나한테는 당신의 그 잘난 정신과 지식보다 훨씬 도움이 됐으니까." 사라는 소파에 털썩 앉더니 손바닥으로 옆자리를 탁탁 치며 앉으라는 시늉을 했다. "당신이 온다고 해서 잠깐 좀 와달라고 했어. 고맙게도 시간을 내서 와줬네. 이렇게 촉박하게 약속을 잡는 법이 어디 있어?"

"미안해, 사라." 프레이르가 사라 맞은편에 앉으며 말했다. "당신 혼자 있을 줄 알았어. 요즘 할일도 많고 컨디션도 좋지 않아서." 그의 시선은 얼굴을 붉힌 채 앉아 있는 엘리사를 향했다. 당장이라도 그 자리를 벗어나고 싶어하는 표정이었다. "전 심령술을 믿지 않지만 누구나 의견이 다를 수 있다는 건 인정합니다. 우리 모두 똑같은 사람이 아니니까요. 사라에게 도움이 된다면 좋은 거죠. 전 기본적으로 효과만 있다면 열린 입장입니다."

엘리사는 안심한 듯 미소를 지었다. 그녀는 청바지, 블라우스, 조끼를 입은 평범한 차림새였다. 깨끗하고 단정하지만 낡아 보였다. 블라우스는 소맷자락이 해지고 청바지는 무릎이 많이 닳았다. 영매라고 반드시 화려한 무늬의 긴 치마를 입거나 곱슬머리를 펴야 하는 것은 아닌 것 같았다.

"그렇게 말해주니 고마워요. 전 사라와 마음이 잘 통해요. 사라 마음에 맺힌 게 어서 풀렸으면 좋겠어요." 엘리사는 사라를 보며 살짝 미소 지었다. "사라한테 잠깐 얘기 들었는데, 벤니 아빠도 연관되어 있어요. 좀 이상하게 들릴지 모르지만, 망자와의 교신은 살아 있는 사람 사이의 대화와 달라요. 낱낱의 단어와 파동으로 이루어져 있어서 느낄 수는 있지만 분명하게 이해할 수는 없어요."

"당신이 하는 일하고도 일맥상통하는 면이 있지 않아?" 사라가 예전의 그녀를 떠올리게 하는 말투로 물었다. "의사들은 근육이나 내장기관이 어떤 기능을 하는지 잘 알지만 사람을 슬프게 하거나 기쁘게 하는 것이 뭔지는 모르잖아, 안 그래? 당신도 감정이 뭔지 설명은 못하지만 그게 존재한다는 건 알잖아."

프레이르는 감정에 대한 심리학적 설명을 자제하고 고개만 끄덕였다. 그의 분야에서 연구하고 분석해온 현상과 심령술의 단순한 설명 사이에는 넘기 힘든 벽이 존재했다.

"제가 어떻게 해야겠습니까?" 프레이르는 이렇게 말함으로써 지푸라기라도 잡으려는 사라의 필사적인 노력에 이미 가담한 셈이었다. 그렇게 생각하니 갑자기 납처럼 묵직한 피로감이 몰려왔다. 이 노력이 어떻게 끝날지는 불 보듯 뻔했다. 실망, 또 실망뿐이었다.

"벤니 아빠가 사라의 꿈에 자주 등장해요. 내 비전에도 여러 번 나왔고요. 이건 우연이 아니에요. 계속 반복되고 있고 요즘은 더욱 빈번해졌어요." 엘리사가 말했다.

"그래서 제가 뭘 해야 합니까?" 마음 같아서는 삼십 분만 혼자 있게 해달라고 해서 푹신한 소파에 몸을 묻고 그대로 잠들고 싶었다.

"그건 나도 몰라요." 엘리사는 적어도 사기꾼은 아니었다. 그는 소리 내어 웃어버리고 싶은 것을 꾹 참았다. 엘리사는 그가 진지하게 받아들이지 않는 것을 알아채고 덧붙였다. "사람이 억울하게 죽으면 중간세계에서 오도 가도 못하는 신세가 돼요. 이 세상에서 맺은 인연에 얽매여 있어서 다음 단계로 넘어가지 못하는 거죠. 혼령은 정의로운 마무리를 원해요. 그게 저절로 이루어지지 않으면 길을 잃은 이 혼령은 산 사람에게 영향력을 행사하려 들어요. 산 사람과 교신이 이루어지는 건 경우에 따라 다른데, 아직 가족이나 친구가 남아 있을 때가 가능성이 크죠. 문제를 해결해줄 사람이 더이상 남아 있지 않으면 대부분 포기하지만 자기 문제에 집착해 끝까지 매달리는 혼령도 있어요. 오래된 집이나 공동묘지에 유령이 나온다고 하는 게 그런 경우예요."

프레이르는 고개를 제대로 들고 있기 힘들 정도로 피곤했다. "사라, 커피 있어? 어제 잠을 못 자서 도저히 집중이 안 되네."

사라는 속마음을 알 수 없는 표정으로 그를 응시하더니 일어나 부엌으로 갔다. 엘리사의 설명이 계속되었다. "그렇게 중간세계에 머무르는 시간이 길수록 영혼은 악해져요. 밝고 착한 영혼도 어둡고 악해져서 아주 위험해질 수 있어요. 벤니의 영혼이 그렇게 되지 않도록 막아야 해요. 벤니의 유령이 나타나기를 바라는 건 아니겠죠?" 마지막 말은 사라에게 들리지 않도록 속삭이다시피 했다.

"어떻게 해야 막을 수 있는데요?" 프레이르는 엘리사를 혼자 말하게 두고 부엌으로 달려가고 싶을 만큼 커피 생각이 간절했다.

"벤니를 찾아내세요. 아이에게 무슨 일이 있었는지 밝혀내고 가족이 모두 모여서 장례를 치르세요. 아들이 어떻게 죽었는지 몰라 괴로워하는 엄마, 아빠를 보는 건 벤니에게도 고통이에요. 벤니를 그 고통에서 해방시켜야 해요."

프레이르는 더이상 장단을 맞출 수 없었다. "이봐요, 그동안 우리가 안 해본 게 있는 줄 압니까? 돌멩이 하나까지 다 뒤집어봤다고요."

"그래도 계속 찾아야 해요." 가늘게 손질한 반달 모양 눈썹 아래서 엘리사의 짙은 푸른색 눈이 한 번도 깜박이지 않고 그를 응시했다. "너무 늦지 않았다면요."

"너무 늦다니요?" 프레이르는 건성으로 듣고 있었다. 이제 한 가지 확실해진 것은 엘리사가 사라에게 도움이 될 리 없다는 것이었다. 오히려 반대로 그녀의 혼란스럽고 비현실적인 생각은 사라의 회복을 가로막고 있었다. 벤니에게 무슨 일이 일어났는지는 영영 알 수 없으리라는 끔찍한 사실을 받아들이지 못하게 방해하고 있었다. 사라의 상태가 지금은 좀 나아진 것처럼 보이지만 오래가지 않을 것이 뻔했다.

"난 벤니가 느껴져요. 아주 강하게요. 그런데 엄청난 분노도 함께 느껴져요. 벤니가 죽은 지 얼마 되지 않았다는 걸 생각하면 이상한 일이죠. 나도 그 이유를 설명할 순 없어요. 하지만 우리에게 시간이 많지 않다는 건 분명해요." 그녀는 부엌문 쪽을 흘깃 보았다. "아이를 찾아내야 해요. 벤니 아빠의 상황은 지금도 좋지 않지만 나중에 돌이켜보면 지금이 그리워질 정도로 점점 더 나빠질 거예요."

사라가 커피를 가지고 돌아오자 프레이르는 깊이 안도했다. 간절히 원하던 커피를 마실 수 있을 뿐만 아니라, 드디어 이 영매의 파멸에 찬 예언에서도 해방이었다. 동의하기는 고사하고 일일이 반박하거나 토를 달 엄두도 나지 않았다. 사라가 내려놓은 커피를 향해 손을 뻗는 순간 엘리사의 차가운 손이 손등에 와닿았다. 그는 화들짝 놀라 손을 거두고 그녀를 바라보았다.

"악령이 돌아다니고 있어요. 명심하세요."

프레이르는 난처한 미소를 지으며 커피잔을 들었다. 그가 한 모금 마시기도 전에 다음 말이 뒤따랐다. "유감이지만 당신에게 나쁜 일이 생길 거예요."

21장

출발하기까지 한참 지체되었다. 헤스테이리피외르뒤르의 오래된 고래잡이 단지로 가는 오솔길을 한 걸음 내디딜 때마다 어스름이 짙어졌다. 하지만 하늘은 맑아서 다시 눈이 내릴 것 같지는 않았다. 군데군데 눈이 덮여 길을 알아보기 힘들었지만 다행히 아래로 살짝 파여 있어서 어렵지 않게 따라갈 수 있었다. 카트린은 도랑이 몇 개인지 세다가 포기했다. 대부분은 물이 무서워서 낑낑거리는 퓌티를 품에 안고 건넜다. 다리가 짧아 작은 도랑조차 건너뛰지 못하는 퓌티는 혼자 남겨질까봐 안절부절못했다. 폭이 넓은 곳에는 나무 기둥이나 널빤지로 다리가 놓여 있기도 했다. 오솔길은 해변을 따라 한참 뻗어가다 점점 비탈 위로 이어졌다. 발아래는 가파른 절벽이었고, 목가적인 실개천들이 쿨럭쿨럭 소리를 내며 계곡으로 떨어지고 있었다. 일부는 가장자리가 얼어 은빛을 띠었다.

“도대체 얼마나 남은 거야?” 카트린이 물었다. 그녀는 셋 중 가장 걸음이 느린데다 퓌티가 잘 따라오는지 자꾸 뒤돌아보느라 맨 마지막이었다. 퓌티는 약간 뒤처져 있었다. 그러나 사람으로 치면 배꼽까지 닿는 눈 속에서 끝까지 따라오는 끈기는 대단했다. "배는 안 보이잖아. 그만 돌아가야 하지 않을까?" 카트린은 통증 때문에 더 멀리 갈수록 돌아가는 길이 힘들어질까봐 걱정이었다.

가르다르는 내내 아무 말이 없었다. 절룩거리지 않는 걸 보니 발은 괜찮아진 듯했다. 어쩌면 그냥 불안한 건지도 몰랐다. 그는 잠시 뒤돌아보았을 뿐 다시 묵묵히 걸음을 재촉했다. 맨 앞에 선 리프는 지치지도 않고 계속 속도를 냈다.

"이제 다 왔어. 저번에 가르다르랑 집 보러 왔을 때 가봤거든. 한 삼십 분만 더 가면 돼."

그때는 눈이 없었겠지, 카트린은 그렇게 받아치고 싶었지만 속으로 삼켰다. 그래봐야 리프는 콧방귀도 뀌지 않을 것이다. 카트린은 리프가 부자연스러울 만큼 쾌활한 것이 말도 안 되는 계획이 있어서는 아니길 빌었다. 조금만 더, 조금만 더 하다가 갑자기 내친김에 이사피외르뒤르로 가자고 조를지도 모른다는 생각이 든 것이다. 하지만 비상식량을 챙기지 않았으니 그럴 가능성은 거의 없었다. 리프가 현실감각을 잃어버렸다 해도 나무열매를 따먹으면 된다는 생각을 하지는 않을 거라 믿었다. 미끄러운 나무다리며 그마저도 없는 개울을 건너 리프를 마을까지 끌고 갈 생각을 하니 한숨이 절로 났다.

"그때는 왜 이렇게 멀리까지 왔어?" 카트린은 그렇게 말하는 순간 눈에 덮여 보이지 않는 바위에 걸려 하마터면 길 한복판에서 넘어질 뻔했다.

"아, 내가 좀 엉뚱한 생각을 했거든." 리프도 다른 돌에 걸렸지만 발걸음이 흐트러지지 않았다. "어디서 고래잡이 단지에 대한 기사를 읽고 공장이랑 부지를 몽땅 사서 호텔로 개조할까 했어. 가서 건물상태 보고 비웃으면 안 돼." 리프는 갑자기 걸음을 멈추고 앞을 가리켰다. "아, 다 왔다. 저 앞에 굴뚝 보이지? 이제 여기만 내려가면 돼."

카트린은 내리막길에 서서 고래잡이 단지가 세워진 평지를 응시했다. 폐허나 다름없는 건물들이 눈에 완전히 덮이지 않은 채 새하얀 풍경 위에서 시커먼 모습을 뚜렷이 드러내고 있었다. 하늘을 찌를 듯 높이 솟은 굴뚝이 시선을 사로잡았다. 금방이라도 무너질 듯 위태로워 보였다.

"위에 올라가서 굴뚝 안도 들여다봤어?" 카트린이 물었다. 언덕을 내려가던 리프와 가르다르가 멈춰 섰다. "저기 내려가서 돌아다니면 위험하진 않을까?"

"해안경비대가 훈련장으로 사용하던 곳이야. 전쟁 때는 저 굴뚝으로 대포 쏘는 훈련을 했대." 리프는 짧게 설명하고 다시 걸음을 재촉했다. 가르다르도 뒤따랐다.

카트린은 망설이다가 언덕을 내려가기 시작했다. 날이 점점 어두워지고 있었고, 발을 헛디뎌 넘어지는 사고를 당하고 싶지는 않았다. 앞으로 내디디는 한 걸음 한 걸음은 돌아갈 길이 그만큼 길어지고 있음을 의미했다. 언덕 위에 남은 퓌티는 낑낑거리다가 짖어봐도 카트린이 돌아보지 않자 결국 포기하고 뒤따라 내려왔다. 좀더 내려가니 피오르가 한눈에 들어왔다. 해질녘의 유난히 고요한 바다는 무척 아름다웠다.

"배는 안 보여!" 카트린이 점점 더 멀어지는 두 사람에게 외쳤다. "그만 돌아가는 게 좋지 않을까? 벌써 많이 어두워졌어." 두 사람은 아무 대답이 없었고 걸음을 늦추지도 않았다. "배가 있는지만 보고 돌아간다고 했잖아!" 역시 반응이 없었다. 카트린은 화가 나서 퓌티를 안고 그대로 혼자 돌아가버릴까 생각했다. 가르다르와 리프가 어둠 속에서 길을 잃고 얼어죽는다고 해도 자업자득이라는 유치한 생각을 하고 있을 때 퓌티가 흥분해서 컹컹 짖기 시작했다. 카트린은 정신이 번쩍 들었다.

"퀴티, 왜 그러니?" 퀴티는 바다를 향해 짖고 있었다. 몸을 낮춰 퀴티의 시선을 따라가니 해변 가까이에 까맣고 둥근 것 두 개가 반쯤 물 위로 솟아 있었다. 처음에는 오랜 세월 파도에 씻겨 반짝거리는 바위라고 생각했으나 금세 그것들이 자신을 지켜보고 있다는 걸 알아챘다.

"물개야!" 카트린이 외쳤다. 이번에는 앞서가던 두 사람도 걸음을 멈추고 뒤돌아보았다. 카트린은 웃으며 물개를 가리켰다. 물개들은 물속에서 그들이 가는 방향으로 헤엄치고 있었다. 가르다르는 카트린에게 웃어 보였지만 리프는 머리를 절레절레 흔들더니 발걸음을 재촉했다.

카트린은 한결 기분이 좋아져서 어서 가자며 퀴티를 발로 살짝 건드렸다. 퀴티는 여전히 불안해하며 물개에게서 눈을 떼지 못했다. "바보야, 빨리 와. 물개가 뭍으로 나오지는 않아. 겁낼 필요 없어." 퀴티는 조용해져서 카트린을 올려다보았다. 그 눈빛이 너무 슬퍼 보였다. 마치 할말이 있는데 어떻게 전달해야 할지 모르겠다는 듯한 표정이었다. 대신 퀴티는 카트린의 손을 핥았다. 카트린은 개의 기운을 북돋워주려고 귀 뒤를 부드럽게 쓰다듬었다. "자, 어서 가자. 얼른 해치우고 집에 가야지. 나도 너만큼 여기 있기 싫어." 카트린은 몸을 일으켜 걷기 시작했고, 퀴티도 바짝 붙어 따라왔다. 그러다 퀴티의 걸음걸이가 무거운 것을 보고는 자신이 걷는 데 방해가 되더라도 퀴티를 가슴에 안았다. 사실 그렇게 서두를 필요도 없었다. 어차피 돌아가는 길에는 어두워질 테니 몇 분 늦어져도 상관없었다. 카트린은 가끔씩 물개가 아직도 따라오는지 확인하려고 바다 쪽을 바라보았다. 물개들은 멀리 헤엄쳐가긴 했으나 여전히 이쪽을 보고 있었다. 먼 거리라 자세히 보이지는 않았지만 '물개 눈은 사람 눈'이라는 옛말이 떠올랐다. 반면 퀴티는 바다를 애써 외면했다. 분명 쳐다보지 않으면 그곳에 없다는 단순한 개의 논리를 따르는 것이리라. 카트린은 언덕을 다 내려와 퀴티를 내려놓았다. 물개가 보이지 않자 퀴티는 다시 명랑하게 꼬리를 흔들었다.

"드디어 다 왔네." 낮은 돌담에 걸터앉은 리프는 여기까지 힘들게 온 보상으로 한 개비 피울까 말까 고민하듯이 담뱃갑을 만지작거렸다. "어때?" 그녀가 담뱃갑을 든 손으로 주변을 가리켰다.

"호텔 계획 비웃으면 안 된다며?" 카트린은 그렇게 대꾸하곤 오래된 고래잡이 단지를 둘러보았다. 어디를 봐도 불그스름한 갈색뿐이었다. 녹슨 드럼통과 철제 구조물이 반쯤 허물어진 시멘트 건물 사이에 흩어져 있었다. 눈밭 여기저기에 돌덩어리가 솟아 있고 육중해 보이는 무쇠 장비들도 눈에 띄었다. "으스스한데." 이제는 완전히 폐허가 되었지만 한때 국내에서 가장 큰 고래잡이 단지 중 하나였을 것 같았다. 그러나 건물들은 수리가 불가능해 보였다. 굴뚝 앞의 큰 건물은 지붕이 무너져서 쇠기둥이 겨우 떠받치고 있는 꼴이었다. 완전히 허물어지지 않고 남은 벽들도 세월의 힘을 견뎌내지는 못한 모습이었다. "왜 이런 높은 굴뚝이 필요했을까?"

"나도 모르겠는데." 리프는 고개를 살짝 옆으로 기울여 굴뚝을 올려다보았다. 희한하게도 이 단지에서 가장 멀쩡한 것이 바로 그 굴뚝이었다.

"뭘 녹였겠지. 간유 같은 거 말이야." 가르다르가 말했다. 한동안 말을 하지 않아서 목소리가 잠겨 있었다. 그는 헛기침을 몇 번 했다. "저 쇳덩어리들로 뭘 했는지는 물어보지 마. 나도 전혀 모르니까." 여기저기 흩어져 있는 녹슨 크레인, 윈치, 볼트, 파이프, 드럼통 들은 아무것도 말해주지 않고 쥐죽은듯 침묵을 지키고 있었다.

"저건 뭘까?" 리프가 뒤돌아보며 말했다. 돌담에서 약간 떨어진 곳에 도랑 같은 구덩이가 패어 있고 그 위로 가로대들을 용접해 매단 길고 거대한 쇠막대가 있었다. "저런 설비도 다 무슨 용도가 있을 텐데."

가르다르는 전문가 같은 표정으로 구덩이를 내려다보았다. 그러나 그가 대답했을 때는 이 오래된 공장의 작업방식에 대해 여자들만큼이나 아는 것이 없다는 사실만 분명해졌다. "내 생각엔 생선 부산물과 관련된 게 아닐까 싶은데."

"으!" 리프는 구덩이에서 고개를 돌렸지만 움직이기 귀찮은지 그대로 앉아 있었다. "신기한 구경 하고 싶으면 저 안을 한번 들여다봐." 그녀가 카트린에게 어두컴컴한 공장으로 통하는 커다란 구멍을 가리켜 보였다. "안에 들어가지는 말고, 그냥 들여다보기만 해."

카트린은 알 수 없는 불쾌감이 엄습해 아무 대꾸도 하지 않았다. 해변에서 무슨 소리가 난 것 같았다. 카트린은 퀴티가 잘 있는지, 혹시라도 물개가 뭍으로 올라와 그리로 달려가진 않았는지 확인해보았지만 측은한 표정으로 그녀 옆에 있었다. 카트린은 피오르 맞은편의 산으로 시선을 돌렸다. 곧 어둠에 묻혀 보이지 않게 될 터였다. 이 광활한 곳에 지나다니는 사람이 하나도 없다고 생각하니 외로움이 밀려들었다. 문득 고개를 돌렸을 때 가르다르와 리프가 그 자리에 없으면 어쩌지 하는 생각이 들었다. 신발 밑에서 눈 밟히는 소리도 숨소리도 들리지 않았다. 물론 파카에 달린 모자를 이마까지 푹 뒤집어썼기 때문일 것이다. 카트린은 최면에 걸린 사람처럼 군데군데 하얗게 눈이 쌓인 검푸른 산과 바다에서 눈을 떼지 못했다. 아까 퀴티가 물개들에게 그랬던 것과 똑같았다. 그녀는 고개를 돌리지 않는 한 가르다르와 리프가 그 자리에 있다고 믿었다. 바다에서 눈을 떼고 돌아본 순간 그들은 사라져버릴지도 모른다.

"카트린, 무슨 생각 해?" 리프가 카트린의 엉덩이를 가볍게 쳤다. "내 말 못 들었어? 저기 한번 들여다보라니까."

카트린은 느닷없는 리프의 행동에 기분이 나빴지만 사람과의 접촉이 반갑기도 했다. 가르다르와 리프는 당연히 사라지지 않았다. 몸도 마음도 지친 카트린의 머릿속에서 제멋대로 자라난 상상일 뿐이었다. 카트린은 돌아서서 의아한 듯 그녀를 보고 있는 익숙한 얼굴들을 향해 미소 지었다. 가르다르는 신경이 잔뜩 곤두선 표정이었다. 말은 안 하지만 이상한 소리를 들었는지도 모른다. 가장 정상으로 보이는 사람은 리프였다. 물론 리프의 정상이 대부분의 다른 사람들에게는 비정상을 의미할 수도 있다. 리프는 담뱃갑을 가방에 넣고 조바심을 내며 눈알을 굴렸다. 카트린은 얼른 집으로 돌아가야겠다는 생각에 리프가 원하는 대로 하기로 했다.

"그럼 저기 들여다본 다음에 바로 집에 가는 거다, 알았지? 너무 지치고 배도 고파. 게다가 금방 깜깜해질 거야." 카트린은 아까보다 더 으스스해 보이는 공장 건물 앞으로 갔다. 시커먼 구멍은 별로 신기할 것도 없어 보였고 끄트머리의 붉은 벽돌들은 마치 괴물의 주둥이에 드러난 이빨 같았다.

"가르다르, 너도 같이 가." 리프는 살판난 것 같았다. 시키면 아무도 싫다는 소리를 하지 않으니 신이 난 듯했다. 등뒤에서 뽀드득 눈 밟는 소리가 났다. 카트린은 만면에 미소 띤 리프의 얼굴이 눈앞에 선했다. 가르다르는 리프의 말대로 카트린을 따라왔다. 카트린은 오래 머물 것 없이 잠깐 구멍만 들여다보고 '우아' 한마디한 다음 집에 가자고 할 참이었지만 혼자가 아니라는 생각에 기뻤다. 퓌티도 언제나처럼 뒤따랐다. 개의 충실함에 마음이 훈훈해졌지만 역시 가르다르만큼 든든하지는 않았다.

구멍 앞에 이르렀지만 카트린은 그 안에 무엇이 있는지는 조금도 궁금하지 않았다. 특별한 것이 있을 리도 없었다. 그때 갑자기 아드레날린이 솟구쳤다. 뭔가 다른 감각이 알아채지 못한 위험을 무의식이 감지한 것만 같았다. 구멍 안으로 벼락이라도 친 걸까? 그 소년이 숨어 있는 곳일까? 오는 길에 다른 발자국은 보지 못했다. 그러나 소년이 이곳에 숨어 있지 말란 법은 없었다. 카트린은 구멍 앞으로 더 다가가지 않은 채 공장 쪽으로 고개를 돌렸다.

"왜 그래? 뭐 이상한 거 보여?" 가르다르가 곁에 와 있었다. 그는 벽 쪽으로 한 발짝 다가가 손바닥으로 쓸어보았다. "이렇게 오랫동안 무너지지 않고 남아 있다니 정말 대단해."

"그애가 저 안에 있을까?" 카트린은 리프에게 들리지 않도록 작은 목소리로 말했다. "나 뭔가 본 것 같아."

가르다르는 멀찍이 서서 구멍 안을 들여다보았다. "아니, 아무도 없어. 몸을 숨길 장소로 이런 폐허를 택하는 사람이 어디 있겠어." 그는 담벼락에 삐죽 튀어나온 쇠갈고리를 잡고 흔들어보다가 장갑에 녹만 잔뜩 묻혔다. "젠장." 그러고는 녹을 지우려고 담벼락에 걸쳐진 밧줄 끝에 장갑을 문질렀다. "어서 들여다보고 가자. 왠지 기분 나쁜 곳이야."

카트린은 가르다르가 솔직하게 감정을 표현하는 것이 반가웠다. 그녀는 단호하게 구멍 앞으로 걸음을 내디뎠다. 곧 병원 관사에 도착해 촛불이 켜진 식탁에 둘러앉아 간단한 식사를 할 것이다. 그런 상상을 하며 막 고개를 들이밀려고 하는데 멀리 공장 안쪽에 서 있는 소년의 실루엣이 눈에 들어왔다. 기억하는 것보다 체구가 작아 보였지만 고개를 푹 숙여 자신의 발을 바라보고 서 있는 자세는 지난번과 똑같았다. 별안간 소년이 고개를 쳐들었다. 짙은 어스름 속에서 소년의 피부는 인간의 것이 아닌 듯 회색으로 보였고 커다란 눈은 움푹 들어가 있었다. 소년은 카트린을 응시하며 소리 없는 비명을 질렀다. 카트린은 겁에 질려 비트적거리다가 뒤로 넘어졌다. 그 순간 구멍 위쪽의 벽 일부가 요란한 소리를 내며 무너져내렸다. 방금까지 그녀가 서 있던 곳이 순식간에 돌무덤으로 변했다. 카트린은 돌 몇 개를 정통으로 맞았지만 그 아픔은 공포와 미친듯이 뛰는 심장에 비하면 아무것도 아니었다. 퀴티가 낑낑거리다 짖으며 얼른 다리 사이로 달려왔다. 벽이 무너지면서 피어오른 먼지가 시야를 거의 다 가리다시피 했다.

"가르다르! 가르다르!" 카트린은 소년이 그에게 무슨 짓을 할지 모른다는 생각에 소리쳤다. 먼지가 서서히 가라앉았다. 카트린은 가르다르가 무사한 것을 보고 안도의 한숨을 쉬었다. 가르다르는 제때 뒤로 피한 것 같았지만 뺨과 이마에 피가 흐르고 있었다. 그는 절룩거리며 서둘러 다가왔다.

"맙소사, 맙소사!" 가르다르가 경악해서 외쳤다. 뒤에서 들리는 비명으로 미루어 리프도 이미 평정을 잃은 것 같았다. "괜찮아? 안 다쳤어?"

카트린의 뺨을 타고 눈물이 흘러내렸다. 첫 느낌은 따뜻했지만 이내 차가워지며 입술에 짭짤한 맛을 남겼다. 더이상은 몸이 견뎌낼 수 없었다. 이제는 아니었다.

"발이 너무 아파." 카트린은 가르다르의 부축을 받아 몸을 반쯤 일으켰다. 너무 놀라고 아파서 신음이 절로 나왔다. 가르다르는 상처를 확인할 테니 그대로 앉아 있으라고 했다. 카트린은 여전히 눈물을 흘리면서도 엄청난 분노를 참을 수 없었다. "여기 잠시도 더 안 있을 거야. 기어가는 한이 있어도!" 짧은 순간 카트린은 가르다르에게 소년 이야기를 하지 않기로 마음먹었다. 소년을 봤다고 하면 가르다르는 목숨을 위협하는, 저주받은 이 건물 안으로 뛰어들어갈 것이 뻔했다. 겨우 두 발로 선 카트린은 엄청난 통증을 느꼈다. 그러나 그곳에서 빠져나가는 일이 더 급했다. "리프! 이리 와서 퀴티 좀 안아. 얘도 좀 다친 것 같아." 카트린은 가르다르에게 몸을 의지한 채 움직였다. 그는 아픈 티를 내지 않으려고 애썼지만 나지막하게 신음을 흘렸다. 아무래도 어깨에 돌이 떨어진 것 같았다.

카트린과 가르다르가 서로 부축하며 언덕을 오르는 내내 퀴티는 리프의 품에 안겨 낑낑거렸다. 언덕을 반쯤 올라왔을 때 카트린은 너무 힘들어서 포기하고 싶었다. 그때 물개들에게 시선이 가닿았다. 그들은 같은 자리에서 여전히 그들을 지켜보고 있었다. 시야가 흐려서인지, 통증 때문에 감각이 둔해져서인지는 몰라도 순간 그것이 물개가 아니라 사람 머리처럼 보였다. 육십 년 전 얼음 아래로 가라앉은 어머니와 아들처럼.

22장

이사피외르뒤르로 돌아가는 비행기 안에서는 시간이 더 더디게 갔다. 하루종일 눈도 제대로 뜨지 못할 정도였지만 좌석에 앉아 안전벨트를 매자마자 정신이 말똥말똥해졌다. 프레이르는 한 시간만이라도 눈을 감고 모든 걸 잊어버리고 싶었지만 생각할 게 너무 많았다. 기분도 언짢고 불안해서 결국은 친절한 스튜어디스가 커피를 권하자 받아들고 말았다. 그때부터는 돌이킬 수 없었고, 머릿속은 통제 불능이 되어버렸다.

밤에 잠들지 못하고 뒤척일 때와 같았다. 아주 작은 문제도 너무 크게 느껴지고 절대 풀리지 않을 것처럼 생각되었다. 레이캬비크에 가서도 하들라의 죽음은 명확히 밝혀지지 않았다. 사실 부검을 한다고 결정적인 답이 나올 거라는 기대는 하지 않았다. 게다가 학급 사진 속 동창 중 아직 생존해 있는 라뤼스를 만나지 못한 것도 실망스러웠다. 그는 전화를 받지 않았고 택시를 타고 집으로 찾아갔지만 문을 열어주지 않았다. 집에 있으면서 없는 척하는 것 같기도 했다. 물론 아파트 초인종이 고장났을 가능성도 있었다. 프레이르는 여러 번 초인종을 눌렀고,

5.03호의 창문을 찾으려고 건물을 한 바퀴 돌기까지 했지만 헛수고였다. 그러면서 자신의 공간감각이 형편없다는 걸 새삼 확인하고 처음에 계획했던 건축학과에 가지 않기를 잘했다고 생각했다. 하지만 5.03호의 창문에 불이 켜져 있었거나 사람 그림자가 어른거리는 것을 봤다고 해도 어떻게 할지 모르긴 매한가지였을 것이다. 그가 힘으로 문을 부수고 들어가는 일은 없었을 테니까.

최악은 사라를 방문한 일이었다. 그녀가 드디어 좋아지고 있다는 비현실적인 희망을 품었기에 특히 실망이 컸다. 당연히 그는 더 잘 알았어야 했고, 낙관주의에 이끌리는 대신 전문가 입장에서 상황을 제대로 판단했어야 했다. 그러나 정신과전문의로서 가까운 사람의 증상을 잘못 해석하는 사람이 그뿐만은 아닐 것이다. 그는 사라를 예전만큼 사랑하지는 않았지만 여전히 애정이 있었다. 그것은 부모님을 향한 마음과 비슷한 것이어서 쉽게 사라지지 않을 감정이었다. 두 사람의 결혼생활이 처음에 계획한 대로 전개되지는 않았지만, 그들은 여전히 부부로 묶여 있었고 그런 상태에서 옛일을 잊고 새로운 사람을 만나 행복을 찾기는 불가능했다. 벤니의 운명이 밝혀지지 않는 한 평생 그렇게 살아야 할지도 모른다. 벤니의 실종은 가늘지만 질긴 끈으로 그들을 묶어놓았고, 그들은 그물과도 같은 공동의 비극 속에 사로잡혀 있었다.

비행기에서 내린 후 프레이르는 맨 먼저 사라에게 전화를 걸었다. 이사피외르뒤르는 레이캬비크보다 훨씬 추웠다. 코트 자락이 바람에 펄럭거렸고 얇은 셔츠 안으로 냉기가 파고들었다. 그는 휴대전화를 들지 않은 손으로 코트를 여미며 발걸음을 빨리했다. 막 끊으려는데 사라가 전화를 받았다. 그녀는 인사치레에 시간을 낭비하지 않고 퉁명스럽게 물었다. "왜?"

"제대로 인사를 못하고 온 것 같아서 전화했어. 이상하게 나와버린 것 같아서. 그리고 당신 친구가 내내 같이 있어서 얘기도 별로 못 나눴잖아."

"엘리사를 비난하려거든 관둬. 당신이 어떻게 생각하는지 말 안 해도 알겠어. 그래도 편견을 버리고 잘 들어봐. 절대 허튼소리가 아니야."

"그럴지도 모르지." 프레이르는 성큼성큼 공항 건물을 가로질렀다. 수하물을 찾으려고 몰려든 사람들 사이를 지나면서는 목소리를 조금 낮췄다. "그럼 나도 마음을 좀더 열려고 노력할 테니까 당신도 조금은 따져보고 판단해주지 않겠어? 그래서 중간에서 만나는 거야. 어때?" 그는 사라가 조금이라도 현실에 발을 디딜 수만 있다면 신기해하는 표정으로 앉아 위저보드든 뭐든 들여다볼 준비가 되어 있었다.

"프레이르, 이미 노력해봤는데 안 돼. 매일 똑같은 꿈을 꾸고 매일 똑같이 끔찍한 게 보여." 사라는 크게 숨을 들이마신 다음 말을 이었다. "가끔은 벤니의 냄새도 맡아. 벤니는 가게에도, 집 앞에도 나타나. 내가 가는 곳마다 따라다닌다고." 사라는 다시 크게 심호흡을 했다. "뭔가 무서운 일이 일어나려 하고 있어. 점점 그 기운이 강해져. 외면하고 싶다면 그렇게 해. 당신이 이 일을 진지하게 받아들이도록 무슨 말이든 하고 싶지만 헛된 기대라는 거 알아. 그냥 엘리사가 당신을 설득해서 진실을 깨우쳐주진 않을까 시험해보고 싶었어. 하지만 그래 철저히 실패했지. 그건 당신도 알고 나도 알아."

"사라, 난 당신이 그 친구랑 친하게 지내는 게 과연 좋은 건지 잘 모르겠어." 그는 사라가 전화를 끊어버릴지도 모른다는 생각에 아주 조심스럽게 말했다. "당신이 벤니 꿈을 꾼다는 건 꿈에서 벤니가 보인다든가 뭐 그런 거잖아. 그건 지극히 정상이고 절대 신비주의적으로 받아들일 일이 아니야. 그런 일이 얼마나 흔한지 알면 놀랄걸. 당신이 계속 벤니 생각을 하고 마음이 벤니에게 가 있으니까 그런 식으로 나타나는 거라고. 그건 점점 줄어들 거야. 뭐 나는 안 그럴 것 같아?" 병원에서의 그 일은 의식적으로 얘기하지 않았다. 벤니가 나타났을 때 마치 손으로 만질 수 있을 것처럼 생생한 현실로 느껴졌다는 것을.

"그 얘긴 그만해, 프레이르." 사라가 지친 목소리로 말했다. "그리고 당신 나한테 속인 게 있잖아. 그게 뭔지는 나도 몰라. 하지만 그때 아주 중요한 얘기를 안 했다는 건 알아."

"뭐?" 순간 프레이르는 심장이 멎는 것만 같았다. "그게 무슨 소리야?"

"당신한테 얘기 안 하려고 했는데 그 생각이 악몽처럼 나를 짓누르고 있어. 나한테 진실을 말할지 계속 거짓말을 할지는 당신이 결정할 일이야. 그건 당신 결정에 달렸다고."

프레이르는 잠시 말문이 막혔다. "벤니가 사라진 일에 대해 내가 뭔가 알고 있다고 생각한다면 큰 오산이야." 그는 화가 치밀었다. 사라에게, 그리고 자기 자신에게. 그는 공항 앞 주차장에 세워둔 차에 다다랐다. 찬바람을 쐬니 놀란 가슴이 어느 정도 진정됐다. "도대체 무슨 생각을 하는 거야?"

"요즘 매일 꿈에 시달려. 그 꿈에서 깨고 나면 그런 확신이 들어. 당신이 무슨 말을 하고 무슨 행동을 하든 변하는 건 없어. 그러니까 괜히 헛수고하지 마."

"무슨 꿈인데?"

"벤니 꿈이지 무슨 꿈이겠어? 매번 벤니를 좇아가는데 도저히 손에 잡히질 않아. 하지만 매번 더 가까워지기는 해. 그리고 모든 게, 주변이 다 초록색이야. 설명하기는 힘들지만, 땀에 흠뻑 젖은 채 깨면 모든 게 당신 잘못이라는 생각이 들어. 당신이 한 거짓말 때문이라고."

프레이르는 할말을 잃었다. 사라의 꿈은 베디스의 꿈일기에 나온 내용과 숨이 턱 막힐 정도로 흡사했다. 그는 그녀의 말에, 특히 거짓말이라고 한 부분에서 충격받았다는 사실을 들킬까봐 겁이 났다. 그 죄를 고백해야 할 때가 온 것일까?

"하도 여러 번 얘기하기에, 비번이시지만 알려드리는 게 나을 것 같았어요. 실례가 안 됐어야 할 텐데." 앳된 얼굴에 깊은 눈가 주름이 잡힌 간병인이 걱정스러운 얼굴로 말했다. 그녀는 양팔로 몸을 감싸듯이 하고 서 있었다.

프레이르는 간병인에게 미소 지어 보였다. 그가 긴장한 것을 보고 쉬는 날 요양원으로 불러내서 화가 났다고 생각하는 것 같았다. 실은 정반대였다. 오히려 자기 자신의 문제를 잊게 해주는 호출이 반갑기만 했다.

"괜찮아요. 나한테 전화한 건 아주 잘한 일이에요." 그는 애써 아무렇지도 않은 표정을 지었다. "그러니까 우르술라가 나를 꼭 봐야겠다고 했는데, 무슨 일 때문인지는 말을 안 했다는 거죠?"

간병인은 고개를 저었다. "네. 어떤지 선생님도 아시잖아요. 말씀이 많은 편은 아니죠. 아침에도 얘기했다는데 전 늦게 왔거든요. 그때 분명히 의사표현을 했는지는 잘 모르겠어요. 아마 그러진 않았을 거예요. 만약 병원으로 옮겨서 지켜봐야 하면 야간당직으로 바뀌기 전에 호출해야 할 것 같아서요. 발작이 일어나면 수면제가 안 들을 수도 있거든요."

"무슨 일인지 직접 한번 보죠." 프레이르는 이렇게 말하며 문손잡이를 잡았다. "우르술라 오늘 산책 나갔어요?"

"아니요. 말도 못 꺼내게 해요. 복도에 잠깐 나가자고 해도 몸을 사리는걸요. 뭔가에 엄청나게 겁을 먹었어요. 뭣 때문에 그러느냐고 물어봐도 대답을 안 해요. 말씀을 안 하면 저희도 어쩔 도리가 없거든요." 간병인은 팔을 내리고 어깨를 폈다. "상태가 안 좋아지는 것 같아요. 처음에는 조금씩 호전되는 것 같았는데 이제는 아니에요."

프레이르는 전혀 놀라지 않았다. 실은 그도 우려하던 일이었다. 오래 전부터 이미 퇴행의 징조가 나타나고 있었다. "이따 가기 전에 한번 더 들를게요." 그는 그 말과 함께 문을 열고 들어갔다. 방안의 탁한 공기에 숨이 막혔다. "어휴, 창문 좀 열지 그래요?"

"죽어도 못 열게 해요. 창문 열면 엄청 화내고 불안해하세요." 간병인이 더 자세히 말하지는 않았지만, 프레이르는 우르술라가 얼마나 까다로운지 익히 알았다. 그래도 환기는 시켜야지 이게 뭐냐고 요양원 간병인을 탓할 수는 없었다. 사실 현상태에서는 프레이르 자신도 우르술라를 설득시켜 창문을 열게 할 자신이 없었다.

프레이르는 어두컴컴한 방에 익숙해지려고 잠시 그대로 서 있었다. 우르술라가 불안해할까봐 걱정돼서 불을 켜고 싶지는 않았다. 신선한 공기와 빛이 있으면 한결 나을 거라고 먼저 환자를 설득할 생각이었다.

"안녕하세요, 우르술라. 저한테 할 얘기가 있다면서요?" 프레이르는 바닥의 물건에 발이 걸리지 않도록 조심조심 다가갔다. 우르술라는 지난번처럼 창가에 앉아 있었다. 두꺼운 커튼을 통해 들어온 희미한 가로등 불빛 덕분에 겨우 윤곽을 알아볼 수 있었다. "어떻게 지내시는지 보려고 잠깐 들렀어요. 아침에 오려고 했는데 일이 있어서요. 레이캬비크에 다녀왔거든요." 아무 대답이 없었다. 프레이르는 그녀가 의자에 앉은 채 잠들었거나 산소부족으로 기절한 것이 아닐까 미심쩍었다. 그러나 바짝 다가가서 보니 눈을 뜨고 있었다. "커튼 좀 걷을까요? 밖에 눈이 올지도 모르는데. 저는 눈 오는 걸 보면 기분이 참 좋더라고요."

우르술라는 천천히 고개를 저었다. "아니, 절대 안 돼." 우르술라의 목소리는 꽉 잠겨 있었다. "아무것도 보고 싶지 않아."

"왜요?" 프레이르는 의자를 당겨 앉았다. 그녀는 그를 보지 않고 멍하니 허공을 응시했다. “밖에 누가 있을까봐서요? 자동차 몇 대뿐인걸요. 제 차도 저기 있고요.”

우르술라가 프레이르 쪽으로 고개를 홱 돌렸다. “다른 게 더 있어.” 그녀는 마치 그가 말도 안 되는 소리를 한다는 듯 비난의 눈초리를 보냈다. “자동차 말고 다른 게 더 있다고.”

“뭐가 있죠?” 프레이르가 침착하게 물었다.

우르술라는 다시 커튼 쪽으로 재빨리 고개를 돌렸다. “그 아이.”

“그 아이라니요?” 프레이르는 미간을 찌푸렸다. “이렇게 늦은 시간에 아이가 밖에 있겠어요? 낮에는 주차장에 아이가 있었을지 모르지만 지금은 전부 저녁 먹으러 집에 갔을걸요. 그리고 아이들이 무슨 짓을 한다고 무서워해요?” 우르술라는 입을 꾹 다물고 침묵했다. 프레이르는 그녀를 유심히 살피며 어떻게 하면 대화를 이어갈 수 있을까 궁리했다. 우르술라가 이렇게 말을 많이 하는 것은 드문 일이라 이 기회를 망치고 싶지 않았다. “아이들 이야기를 하고 싶으세요? 저랑 한번 해볼까요? 저도 잘 아는 남자아이가 하나 있었어요. 가끔은 말 안 듣는 장난꾸러기였지만 그래도 사랑스러웠죠. 제일 중요한 건 그거잖아요, 안 그래요?”

“벤니 말인가?” 얼굴 표정 하나 변하지 않고 말하는 그녀를 보며 프레이르는 입이 딱 벌어졌다. 대체 그의 아들 얘기를 그녀가 어디서 들었을까?

“아니요. 벤니 얘기는 아니에요.” 그는 놀란 기색을 보이지 않으려고 애썼다. “벤니에 대해 뭘 알고 계시죠? 저한테 말씀해보시겠어요?”

그녀는 다시 천천히 그리고 힘없이 고개를 저었다. “아니. 난 벤니에 대해 아무것도 몰라.” 그녀가 마른침을 꼴깍 삼켰다. “난 벤니를 몰라.” 그러고는 눈을 질끈 감았다. “의사 선생, 맹인은 꿈을 꿀 때도 앞이 안 보일까?"

프레이르는 어떻게 대답해야 할지 몰랐다. "태어날 때부터 맹인인 사람은 꿈에서도 못 보겠지만 나중에 눈이 먼 사람은 다 보이지 않을까요? 제 생각에는 그래요. 그런데 그런 건 왜 물으세요?"

"아무것도 보고 싶지 않아. 어둠 속에 있는 편이 훨씬 나아."

"그럴 리가 있나요." 프레이르는 그녀가 눈을 뜨기를 기다렸다. 그러나 우르술라는 눈을 꼭 감은 채 조각상처럼 미동도 하지 않았다. "볼 수 있는 게 훨씬 좋죠. 다행히 이 세상에는 추한 것보다 아름다운 것이 훨씬 더 많으니까요. 더 자주 산책하면 제 말이 옳다는 걸 아실 거예요. 한번 해보지 않으실래요? 만약 제 말이 틀렸으면 다시는 밖에 나가라고 귀찮게 하지 않을게요."

"아무데도 안 나갈 거야. 여기선 절대 안 나가. 밖에 나가면 뭐가 보일지 아니까."

"뭐가 보이는데요?"

"그 아이." 우르술라는 짧은 속눈썹이 파묻혀 보이지 않을 정도로 힘주어 눈을 감았다. "눈이 없었으면 좋겠어." 프레이르는 주름진 손이 허예지도록 의자 팔걸이를 세게 잡는 그녀의 모습을 보았다.

"그 아이가 누구죠? 저도 아는 아이인가요?"

우르술라가 고개를 저었고, 그는 다시 질문했다. "이 동네 아이예요?" 그녀는 고개를 끄덕이지도 가로젓지도 않고 그저 침묵을 지킬 뿐이었다. "이름이 뭐죠? 아니면 이름이 없나요?"

그녀는 눈을 떠 프레이르를 바라보았다. 그 얼굴에 비친 공포는 소름끼칠 정도였다. 마치 진짜 현실은 충분히 끔찍하지 않다는 듯이 병든 뇌가 새로 만들어낸 무서운 현실에 갇혀버리고 만 것이었다.

"베르드노뒤스." 그녀가 말했다. 한줄기 눈물이 뺨을 타고 흘러내렸다. “밖에서 날 기다리고 있어.” 그녀는 뼈가 불거진 손으로 눈물을 닦았다. “나한테 화가 나 있어. 아주 많이.” 그러더니 갑자기 손을 눈으로 가져가 손톱으로 찔렀다. 프레이르가 말릴 틈도 없이 피가 솟구쳤다. 그는 얼른 우르술라의 손을 잡아챈 다음 최대한 큰 소리로 도움을 청했다. 복도에서 간병인의 다급한 발소리가 들리자 어느 정도 안심이 됐다. 간병인에게 진정제를 가져오라고 말하는 그의 목소리는 차분했다. 그는 우르술라의 손을 꽉 잡은 채 능숙한 동작으로 그녀의 무릎 위에 올려놓았다. “진정해요, 우르술라. 진정해요.”

그녀는 짧고 공허한 소리로 웃었다. 그리고 피와 눈물로 얼룩진 얼굴로 그를 응시했다. “그 아이가 사람들을 해치려고 해. 알고 있었지? 의사 선생한테 크게 해를 끼칠 거야.” 그녀는 고개를 기울여 프레이르의 눈을 빤히 보았다. “선생한테도 해를 끼칠 거라고. 하지만 무엇보다 선생이 벤니를 찾길 바라고 있어.” 뺨을 타고 흘러내린 붉은 눈물 두 방울이 그녀의 턱을 지나 환자복 위에 입고 있던 낡은 가운 위로 떨어졌다. “그가 내 머릿속에서 그렇게 말했어.”

23장

발등의 통증이 너무 심해서 뼈가 부러졌다는 확신이 들었다. 퉁퉁 부어 가르다르와 리프가 신발을 잘라내고서야 발을 빼낼 수 있었다. 옷을 있는 대로 껴입고 담요를 둘렀는데도 뼛속까지 스미는 한기에 사시나무 떨듯 몸을 떨었다. 카트린은 내내 지금의 자기 처지가 다리를 다쳐 마비되면 절단하거나 패혈증으로 사망했던 옛날 사람들과 다를 게 없다는 생각을 하지 않으려고 애써야 했다. 너무 아프고 지쳐서 어느 쪽이 더 나쁠지 판단할 수도 없었다. 지금에 비하면 계단에서 굴러떨어진 후의 통증은 아무것도 아니었다.

"자, 커피 다 됐어." 가르다르가 김이 모락모락 나는 잔을 내밀었다. "마시고 나면 좀 따뜻해질 거야." 손전등에 비친 그는 얼굴의 다친 부분이 부어올라서 낯선 사람처럼 보였다.

"왜 진통제가 없지? 항상 가지고 다녔는데 막상 필요할 때는 없네." 리프가 반질반질 윤이 나는, 커다란 검은색 가죽가방을 뒤지며 말했다. 자신이 먹으려고 찾는지 카트린에게 주려는 건지 알 수 없었다. "아, 짜증나."

"내가 병원 관사에 갔다 올게. 구급상자가 있을지도 몰라." 가르다르는 뺨이 부어올라 분명치 않은 발음으로 우물거렸다.

"아무데도 가지 마. 내일 아침까지 참아볼게." 카트린은 반대했다. 그 말은 진심이었다. 이런 극심한 통증은 처음이었지만 괴로워하며 뜬눈으로 밤을 새우는 게 낫지 칠흑 같은 어둠 속으로 가르다르 혼자 내보내고 싶지는 않았다. 병원 관사까지는 엎어지면 코 닿을 거리지만 카트린은 집까지 와서 주저앉아 일어나지 못했다. 마지막 몇 미터는 가르다르와 리프가 떠메다시피 해야 했다. 퀴티까지 포함해 모두 녹초가 되었다. 처음에는 집에서 좀 쉰 다음 장작을 잔뜩 들고 병원 관사로 갈 생각이었다. 침낭, 초, 안전. 그들이 가장 필요로 하는 이 세 가지는 모두 병원 관사에 있었다. 그러나 신발을 잘라내고 카트린의 발 상태를 보았을 때 당분간 그녀가 움직이지 못하리라는 것은 의심의 여지가 없었다. 그러나 아무도 입 밖에 내지 않았다. "대체 왜 그런 소리를 하는 거야? 그렇게 해달라는 사람 아무도 없어. 자기가 영웅 노릇을 안 해도 오늘 밤 우리 셋 다 괜찮을 거라고." 가르다르가 저 미심쩍은 어둠 속으로 달려나갈지 모른다는 카트린의 걱정은 어느새 짜증으로 바뀌었다.

"아무 일 없을 거야. 왔다갔다하는 데 삼십 분이면 충분해. 침낭이 없으면 너무 추울 거야. 손전등도 얼마 못 갈 거고. 밤새 어두운 데서 덜덜 떨고 싶어?" 가르다르는 입에 사탕을 문 듯 불분명한 발음이지만 화내거나 비꼬는 기색 없이 기계처럼 담담하게 말했다. "영웅 노릇을 하려는 게 아니야. 누군가는 해야 할 일이잖아."

"리프, 네가 가지 그러니?" 이런 상황에서 가장 나서지 않을 사람이 리프라는 걸 감안하면 한심하기 짝이 없는 제안이었다. "침낭은 무겁지 않으니까 너도 들 수 있잖아."

손전등의 노란 불빛이 리프를 비추었다. 리프는 가방을 뒤지다가 황당하다는 표정으로 고개를 들었다. "너 지금 농담해? 아니면 뇌진탕이야? 난 아무데도 안 가." 리프가 화난 아이처럼 입술을 비쭉거렸다.

"그만둬!" 가르다르가 소리치더니 벌떡 일어났다. "내가 다녀올 테니 너희는 여기서 기다려. 금방이면 돼." 손전등 빛이 약해지며 깜박거렸다. "이 방법밖에 없어. 배터리 닳기 전에 빨리 가야 해."

리프가 카트린을 쳐다보았다. 카트린은 리프의 얼굴이 홍조를 띤 것이 밖에 나갔다 와서인지 흐릿한 불빛 때문인지 알 수 없었다. 카트린과 시선이 마주치자 리프는 평소답지 않게 절충안을 내놓았다. "그럼 내가 같이 갈게, 너 혼자 남아. 그러면 되겠어?" 그리고 카트린의 의자 옆에서 잠든 퀴티에게 시선을 주었다. "물론 퀴티도 함께 남는 거지."

카트린은 그러자고 하려다가 바로 입을 다물었다. 가르다르가 혼자 가지 않는 것은 좋았고 둘이서라면 금방 다녀올 테지만, 그럼에도 가르다르의 제안보다 나을 게 없었다. 두 경우 다 혼자 있지 않아도 되는 사람은 리프였기 때문이다. "그러다 무슨 일이 생기면?" 카트린이 물었다.

"오늘 무슨 일이 더 생길 것 같진 않은데. 거기서 살아남은 건 정말 하늘이 도운 거야." 가르다르가 끼어들려고 했지만 리프는 무시하고 말을 이었다. "네가 그때 뒤로 피하지 않았으면 발에 돌멩이 하나 맞는 정도가 아니라 그 돌무더기 전체가 머리 위로 무너졌을걸."

"돌 떨어지기 전에 무슨 소리 들었어?" 가르다르는 집으로 오는 내내 궁금해했지만 카트린은 그가 소년을 찾겠다고 되돌아갈까봐 굳게 입을 다물었다. 이제 그녀는 확신했다. 그 소년이 살과 피로 이루어진 존재가 아니라는 것을. 가르다르가 그 정체 모를 존재에게 유인당해 공장의 폐허 속으로 들어가 죽는 상상은 하고 싶지도 않았다. "무슨 움직임 같은 게 있었어? 리프 말이 맞아. 재빨리 움직여서 목숨을 구한 거야. 그 자리에 그냥 서 있었으면 어떻게 됐을지 몰라."

"그애를 봤어." 카트린이 굳은 얼굴로 말했다. 가르다르가 공장까지 그 먼길을 되짚어갈 리는 없으니 이제 말해도 된다 싶었다. "소리는 못 들었어. 그냥 놀라서 뒤로 물러선 거야. 그애가 그 안에 있었어."

가르다르가 그 말을 소화하기까지는 시간이 필요했다. "그 녀석이 그 폐허 속에 있었다니?" 그렇게 묻고 그는 숨을 깊이 들이마셨다. "그 녀석이 거기서 지낸다, 거기서 산다고? 그런 뜻이야?"

"아무 뜻도 아니야. 그냥 그애를 봤다고. 지난번이랑 똑같이 고개를 숙이고 어둠 속에 서 있었어." 카트린은 무릎을 문질렀다. 최대한 발이 덜 아프게 부자연스러운 자세를 취하다보니 의자에 앉아 있는데도 뻣뻣해진 터였다. "가까이 있지는 않았지만 돌이 쏟아지게 무슨 짓을 한 것 같아."

"여기서 나가야 해." 리프가 단어 하나하나에 힘주어 말했다. "내 말대로 그냥 여길 떠나자고. 오늘밤은 여기 안 있을래!" 리프가 벌떡 일어났다. 의자 다리가 끼익 소리를 내며 바닥에 끌렸고 그 소리에 퓌티가 몸을 움찔했다. 퓌티는 고개를 들고 리프를 쳐다보더니 흔히 있는 일이라 아무렇지도 않다는 듯 다시 잠을 청했다.

"난 못 걸어, 리프." 카트린은 조심스럽게 발을 움직여보았다. 엄청난 통증이 다리로 전해져 절로 비명이 나왔다. 엄살로 보일지 모르지만 그런 것을 신경쓸 여유가 없었다.

"설마 사람을 불러올 테니 나 혼자 여기 남아 있으라는 소리야?" 카트린이 앙다문 잇새로 내뱉었다.

"싸우지 마." 가르다르가 문 쪽으로 갔다. "듣기 싫으니까 나 가고 나서 계속하든지 해. 그리고 이젠 정말 나가야 해." 그는 나가다 말고 문가에서 한번 더 돌아보았다. "내가 갔다 올 테니까 둘이 여기 있어. 여기 혼자 남는 건 너무 위험해, 카트린." 그러고는 뒤도 돌아보지 않고 단호하게 방을 나갔다.

그가 나간 후 카트린은 재빨리 결단을 내렸다. 분명 후회할 테지만 그렇게 하는 것이 옳은 것 같았다. "리프, 어서 쫓아가. 난 괜찮아. 대신 빨리 와야 돼!"

손전등이 다시 깜박거렸다. 리프는 두말없이 일어나 나가다 문가에서 돌아오더니 카트린의 뺨에 쪽 소리나게 입을 맞추었다. "미안, 아까는 네가 못 걷는다는 걸 깜박했어. 너 혼자 남겨두고 간다는 게 아니었어. 상황이 이렇다보니 내가 제정신이 아니었나봐. 담배를 못 피워서 그래." 카트린은 리프의 미소에 답하려고 했지만 통증 때문에 쉽지 않았다. "퀴티가 잘 지켜줄 거야." 그 말을 끝으로 리프는 가르다르를 쫓아 어두운 다용도실로 급히 걸음을 옮겼다. 가르다르는 그곳에서 부스럭거리며 파카를 입고 있었다. 카트린은 퀴티와 단둘이 남았다. 그새 눈을 떠 리프가 방을 나갈 때까지 빤히 쳐다보던 퀴티도 밖에서 문 닫히는 소리가 나자 다시 눈을 감았다. 그와 동시에 손전등이 꺼졌다.

퀴티의 낮고 조용한 숨소리가 카트린에게 어느 정도 안정을 가져다주었다. 손전등은 잠깐이지만 마지막으로 한번 더 미미한 빛을 낸 후 꺼지더니 몇 번을 시도해도 끝내 켜지지 않았다. 시간은 천천히 흘렀다. 그런 상황에서는 일 분이 십 분, 아니 백 분, 아니 천 분처럼 길게 느껴진다는 것을 카트린은 알고 있었다. 친한 친구와 식사할 때라면 순식간에 지나갔을 텐데 지금은 손가락을 꼽아가며 60까지 세고 또 세며 시간을 죽이고 있었다. 세는 속도가 점점 빨라져서 시간을 재는 의미도 없었다.

"가르다르랑 리프는 곧 올 거야, 퀴티." 카트린은 텅 빈 정적 속에 울리는 자신의 목소리가 바보같이 들렸다. 하지만 아무 소리도 없는 것보다는 나았다. "너도 그렇게 생각하지, 퓌티?" 퓌티는 반응이 없었다. 숨소리를 들어보면 귀도 쫑긋하지 않는 듯했다. 카트린은 다치지 않은 성한 발로 퓌티를 건드려볼까 하다가 자세가 흐트러지며 다친 발까지 무리가 갈까봐 그만두었다. 하지만 퓌티 혼자만 꿈나라에 가 있다니 불공평한 것 같았다. 그건 그녀 혼자 있는 것이나 다를 게 없었다. 개는 감각이 예민해서 사람보다 상황을 잘 파악한다. 만약 퓌티가 깨어 있다면, 그리고 아무 소리도 내지 않는다면 위험이 없는 것으로 알고 긴장을 풀어도 될 것이다. 그러나 지금 퓌티를 깨우려면 소년합창단이 떼로 몰려와 노래라도 불러야 할 것 같았다. 깊은 눈 속을 헤매고 다니는 일은 퓌티에게 익숙하지 않았던 것이다. 카트린이 여전히 그 생각에 매달려 있을 때 갑자기 퓌티의 숨소리가 달라졌다. 곧이어 짧게 짖는 소리가 났다. 무슨 생각으로 퓌티가 깨어 있기를 바랐을까? 퓌티가 작은 소리만 내도 무서운 상상을 하게 되는 쪽이 훨씬 나빴다. 퓌티는 곧 짖기를 멈추었지만 메아리는 여전히 허공을 맴돌았다. 카트린은 귀를 틀어막고 싶은 충동을 느꼈지만 만약 위험이 닥치면 무슨 일인지 모른 채로 기다리느니 똑똑히 듣고 그 정체를 알아야겠다는 생각이 들었다. 몸을 움직여 적을 물리칠 수는 없다 해도 경우에 따라 방어할 수는 있을지 모른다.

어디선가 벽을 긁는 듯 나지막한 소리가 나더니 희미하게 삐걱거리는 소리가 이어졌다. 카트린은 몸을 움찔했다. 집 밖에서 들리는 소리였다. 퓌티가 낮게 으르렁거리더니 컹컹 짖기 시작했다. "쉿!" 퓌티가 계속 짖으면 다른 소리를 들을 수 없으니 다시 소리가 나도 어디서 들리는지 알 수 없을 것이다. 퓌티는 작아진 소리로 한번 더 짖더니 조용해졌다. 카트린은 귀를 쫑긋 세웠고 냄새도 맡아보았다. 생선 썩는 냄새 비슷한 고약한 냄새가 코를 찔렀다. 그리고 다음 순간 누군가 바로 등뒤에 서 있는 느낌이 들었다. 다시 마룻장 밟는 소리가 나더니 뒤이어 바로 또 한번 났다. 마치 누군가 한 발에서 다른 발로 무게중심을 옮기는 것 같았다. 카트린은 소리가 나는 쪽으로 아주 천천히 고개를 돌렸다. 곁눈질하면 의자 뒤에 서 있는 사람이 보일 것 같았다. 그러나 보이는 것은 어둠뿐이었다. 그녀는 다음 움직임이 나타날 것으로 예상되는 곳을 미동도 없이 응시했다. 다시 발소리가 났지만 움직임은 전혀 느껴지지 않았다. 착각이었다. 발소리는 집 밖이 아니라 테라스에서 들려오고 있었다. 그녀는 창밖을 내다보려고 오른쪽으로 살짝 고개를 돌렸다.

순간 심장이 멎는 것 같았다. 다시 뛰기 시작했을 때는 가슴이 들썩일 만큼 세차게 요동쳤다. 검고 짙은 어둠 속이었지만 그동안 눈에 익어서 창문에 나타난 작고 창백한 손을 바로 알아본 것이다. 도화지에 대고 연필로 따라 그린 것처럼 손가락이 쫙 펴진 가느다란 손은 분명 아이의 손이었다. 무슨 색인지 알아보긴 힘들었지만 손끝이 훨씬 짙었다. 으스스한 느낌이 드는 색깔이었다. 뭐가 묻어서 지저분해진 것이 아니라 뭔가 다른 것, 훨씬 끔찍한 것을 연상시켰다. 퓌티도 창문 뒤에 나타난 손을 보았는지 애처롭게 낑낑거렸다. 카트린은 정상적으로 호흡하려고 안간힘을 다했지만 매번 들숨이 너무 깊어 폐에서 제대로 뱉어내지 못했다. 구역질나는 생선 냄새도 더욱 강해졌다. 그리고 창문 뒤에 나타난 손의 주인이 뭐라고 중얼거리기 시작하자 점점 속이 메스꺼워졌다. 카트린은 귀를 틀어막고 눈을 질끈 감고서 숫자를 세고 싶었다. 가르다르와 리프가 돌아올 때까지, 아니면 작고 차가운 손의 감촉에 놀라서 정신이 들 때까지. 그 순간 중얼거리는 소리가 무엇을 뜻하는지 머릿속에 분명하게 떠올랐다.

"도망쳐, 카트린, 도망쳐." 카트린은 더이상 참지 못하고 눈을 감고 손으로 귀를 막았다. 자신에게 무슨 일이 일어날지 알고 싶지 않았다.

24장

밤하늘을 뒤덮은 짙은 회색 구름 사이로 달이 잠깐 모습을 드러냈다. 그러자 병원 앞마당의 메마른 식물들이 삼차원으로 되살아났지만 오래 가지는 않았다. 프레이르는 사무실 창가에 의자를 갖다놓고 거의 한 시간째 눈 덮인 풍경을 응시하고 있었다. 무릎 위에는 휴대전화가 놓여 있지만 누구에게 연락해 복잡한 심사를 털어놓아야 할지 몰랐다. 우르술라를 만난 후 더욱 심란해졌다. 그녀는 그를 마음의 갈등에서 해방시켜 줄 것 같은 말을 내비쳤지만 결국 다시 단단한 껍질 속으로 들어가버렸고, 그에게 이야기를 들려주는 대신 병원으로 옮겨져 진정제를 맞고 잠들었다. 현재 그녀의 상태로는 내일이라고 말해주리라는 보장이 없었다. 병력을 보면 앞으로 몇 년간 말 한마디 하지 않을 가능성도 다분했다. 죽은 지 반백 년도 넘은 베르드노뒤스가 벤니를 찾으라고 했다니, 프레이르가 벤니를 찾아야 한다고 했다니 그게 무슨 뜻이란 말인가?

프레이르는 바로 하들라의 남편에게 전화를 걸어 등의 상처에 대해 물어봤지만 기대했던 답을 얻지 못했다. 상처의 형태에 대해서는 자세히 설명하지도 않았는데 그는 충격을 받았다. 그리고 왜 이렇게 늦은 시간에 전화하느냐며 불평을 늘어놓았다. 프레이르는 정중히 사과하면서 그가 진정하고 대답할 수 있도록 유도했지만 그의 얘기 중 딱히 단서가 될 만한 것은 없었다. 하들라는 남편에게 등의 상처를 비밀로 했고 잠옷이나 침대시트에 피가 묻은 것을 보고 물으면 피부병이라고 둘러댔다. 시작된 건 최근 몇 년 전인데 정확한 시점은 모른다고 했다. 프레이르는 그 시점을 삼 년 전으로 추정했다. 그러면 다른 사건들과 시기적으로 맞아떨어진다. 프레이르는 하들라의 남편이 경계하지 않도록 조심스럽게 질문을 이어갔다. 그래도 몇 가지는 알아냈다. 하들라는 알레르기가 없었고, 그 피부병이 가장 심한 것은 아침에 일어났을 때였다. 얼마나 심했냐는 질문에는 하들라가 한사코 감추려 들어서 모르겠다며, 아내의 그런 행동이 이상해 보였다고 답했다. 하나둘씩 죽어간 친구들이나 십자가 모양의 상처에 대해서는 전혀 얘기하지 않고 프레이르는 전화를 끊었다. 홀로 남은 남편이 아내를 고이 보내주길 바라는 마음에서였다.

전화를 끊고 나니 한층 더 혼란스러워졌다. 하들라는 밤중에 상처를 냈을 것이다. 그렇다면 타인의 도움을 받았을 가능성은 거의 없다. 남편이 눈치챘을 테니까. 하들라의 남편은 그 일과 아무 상관 없다는 확신이 들었다. 그 정도로 그의 얘기는 설득력 있게 들렸다. 낮고 광기 어린 목소리가 그의 머릿속으로 슬며시 파고들어 하들라에게 상처를 입힌 것은 살아 있는 존재가 아니라고 속삭였다. 다른, 더 사악한 힘이 배후에 숨어 있다고. 한숨을 쉬며 그 생각을 밀어내자 다른 가능성이 떠올랐다. 하들라가 무의식중에 자신에게 상처를 입혔을 수도 있다. 밤에 자해를 했거나 무의식중에 그랬거나 둘 중 하나다. 아무 짓도 하지 않았는데 손발에 십자가에 못박힌 흔적, 이른바 성흔이 생기는 사람의 얘기도 들은 적이 있다. 그런 상처가 생각만으로 저절로 만들어진다는 이론도 있지만 증명되지는 않았다. 이런 것도 말이 안 되는데 심지어 저세상의 죽은 자가 그런 짓을 했다니, 미치고 팔짝 뛸 노릇이었다.

휴대전화가 울렸다. 초등학교 교사였던 노인의 담당 간호사였다. 프레이르는 혹시 노인이 깨어 있나 하고 잠깐 들렀다가 잠든 것을 확인하고 그냥 사무실로 왔다. 간호사가 밤중에 깨는 때도 있으니 혹시 그러면 알려주기로 했다. 간호사는 노인이 깼다며 밤시간이 빨리 지나가게 누가 말동무를 해줬으면 좋겠다고, 프레이르가 와줬으면 한다고 전했다. 프레이르는 의자에서 벌떡 일어나며 속으로 생각했다. 만약 그 전화가 오지 않았다면 어떻게 됐을까? 아마 아침 근무자가 출근할 때까지 그대로 창밖을 내다보며 밤을 새웠을 것이다. 그리고 다시 시뻘게진 눈에 눈밑에는 짙은 그늘을 드리운 채 일을 시작했을 것이다. 피로감이 매순간 더해져서 견딜 수 없을 정도였지만 여전히 잠은 올 것 같지 않았다. 노인과 이야기하고 나면 집에 가서 쓰러져 자고 싶은 생각이 들기를 바랄 뿐이었다.

프레이르는 복도로 나가는 문을 열다 말고 멈칫했다. 전구를 갈았는데도 깜박거리며 지직거리는 형광등이 그를 맞이했다. 아무래도 전등 자체가 고장난 모양이었다. 관리인이 이상한 사람 취급을 하겠지만 다시 전화를 걸어야겠다는 생각이 들었다. 그는 최근에 겪은 환시를 떠올리고 길게 한숨을 쉬었다. 지금처럼 피로에 찌든 상태에서 또 무슨 헛것이 보일지 알 수 없었다. 그는 마음을 다잡고 복도로 나갔다. 흰 벽과 리놀륨 바닥 외에는 아무것도 보이지 않자 마음이 놓였다. 그런데 발을 떼어놓자 소름이 돋았다. 누가 지켜보고 있는 이상한 느낌이 들었다. 몇 번이나 뒤돌아봐도 복도는 텅 비어 있었지만 걸음을 옮길 때마다 낮게 키득거리는 소리가 뒤쫓아왔다. 물론 착각이었다. 그는 소리를 녹음

해야겠다는 생각에 멈춰 서서 휴대전화의 녹음 기능을 켰다. 그리고 천천히 복도를 지나갔다. 계단 앞에 이르러 녹음 기능을 끄고 두 계단씩 건너뛰며 재빨리 뛰어올라갔다. 드디어 병동에 도착해 간호사의 얼굴을 보니 그제야 오싹한 기분이 사라졌다. 그는 간호사의 당황한 얼굴에서 자신이 얼마나 십년감수한 표정을 지었는지 읽어내고 애써 아무렇지 않은 척했다.

"방에 계세요. 옆 침대 환자가 오늘 퇴원해서 비었어요." 간호사는 잠시 머뭇거렸다. 호감 가는 간호사였지만 아쉽게도 프레이르와 함께 당직을 선 적은 별로 없었다. 눈치가 빠르고 에둘러 말하는 법 없이 직설적이었다. "그분은 왜 만나려는 거예요?"

"수다비크에서 일어난 자살 사건을 수사중인데, 그분이 죽은 여자의 선생님이었어요." 프레이르는 자기가 말해놓고도 너무 억지 같아 겸연쩍게 웃었다. "정말이에요, 너무 기이한 사건이라 제대로 설명하려면 밤을 새워도 모자랄걸요. 나중에 커피 한잔 하면서 얘기해줄게요."

간호사는 하얗고 고른 치아를 드러내며 웃었다. "듣고 보니 그런 얘기라면 와인이 어울릴 것 같은데요. 좀더 센 거요."

프레이르는 그녀가 추파를 던지고 있음을 바로 알아채고 씩 웃었다. 그녀는 한때 그가 관계를 가졌던 여자와 닮았다. 물론 지금은 그 일을 후회하고 있다. 그때는 불륜이었지만 지금은 상황이 완전히 다르다. 게다가 간호사는 그때 그 여자보다 훨씬 상냥하고 성격도 좋아 보였다. 어쩌면 다른 여자를 만나야 할 때가 되었는지도 모른다. 다그니는 친구로서 우정이 더욱 돈독해지기는 했지만 여자로서는 점점 멀어지는 느낌이었다. 간호사는 매력적이고 지적인데다 무엇보다 그를 좋아하는 것 같았다. 어쩌면 지금 그에게 필요한 것은 평범한 연애일지도 몰랐다. 그러면 머리도 다시 맑아질 것이다.

"그것도 나쁘지 않죠. 그래요!" 그는 훨씬 가벼워진 마음으로 유일하게 문틈으로 불빛이 새어나오는 방으로 향했다. 그러나 병실 문을 열자 좋았던 기분이 조금 가라앉았다. 침대가 올려져 있기는 하지만 노인은 이어폰을 꽂고 베개에 머리를 기댄 채 다시 잠들어 있었다. 프레이르는 노인이 잠든 것이 아니라 라디오를 듣고 있을지도 모른다는 생각에 인기척을 내보았다. 노인이 눈을 뜨자 얼굴이 밝아졌다. "다시 잠드신 줄 알았습니다. 깨운 건 아니죠?"

노인은 침대 가장자리를 탁탁 치며 큰 소리로 말했다. "아니, 깨운 거 아니야. 어서 들어와. 요즘은 약을 안 먹으면 잠이 잘 안 와." 그는 이어폰을 빼고 목소리를 낮췄다. "무슨 일 때문에 나를 보자고 했나? 틀림없이 지난번 그 일 때문이겠지? 내가 생각을 좀 해봤어. 그렇게 오래된 일인데 새록새록 다 떠오르는 걸 보면 참 신기하단 말이야. 오늘 저녁에 뭘 먹었는지는 하나도 기억 안 나는데."

"중요한 일이 아니니까 기억이 안 나는 거겠죠." 프레이르는 침대에 걸터앉았다. "제가 온 이유는 잘 알아맞히셨어요. 저도 지난번에 얘기해주신 베르드노뒤스라는 아이에 대해 생각을 좀 해봤습니다. 그 베르드노뒤스라는 이름이 한 사건에 자꾸만 등장합니다. 좋게 말해 특이하고 과거와 깊이 연관된 사건이에요."

노인은 상념에 잠겨 고개를 끄덕였다. 얼굴은 거의 뼈만 남아서 앙상했고 살갗은 허연 밀랍처럼 금방이라도 녹아내릴 것 같았다. "글쎄, 무척 슬픈 일이긴 하지만 그 아이 일이 지금 일어나는 사건과 무슨 상관이 있다는 건지 잘 모르겠군." 노인이 프레이르를 건너다보았다. 살날이 얼마 남지 않았는데도 눈에 아직 총기가 있었다. "그 아이 시신이라도 발견됐다면 모를까."

프레이르는 고개를 저었다. "아니요. 그렇게 단순한 일은 아닙니다."

"안타깝군. 난 사람이 죽으면 성수를 뿌린 흙속에 묻혀야 죽음이 완성된다고 믿거든." 노인이 말했다. 그의 나이든 손에 들린 작고 하얀 이어폰은 전혀 어울리지 않아 생뚱맞은 느낌이었다. "아마 아버지가 바다에서 돌아가셔서 그럴 거야. 아직 어렸지만 아버지 유해가 어디 있을까 항상 생각했어. 바다 밑 모래 속에 가라앉았을까, 언젠가 발견되긴 했을까 궁금했어. 그땐 아직 어렸거든. 어른이 되면서는 많이 괜찮아졌지. 하지만 아버지의 유해가 어떻게 됐는지 안다면 더 편안하게 눈감을 수 있을 것 같아. 물론 그런 일이 일어날 가능성은 없지. 이 나라에 물귀신이 된 사람은 수천 명도 넘으니까."

"그 아이가 바다에 빠져 죽었다고 생각하시는 겁니까?" 프레이르는 노인에게 동정심을 느꼈지만, 옛날이야기가 줄줄이 나올까봐 원래 이야기로 화제를 돌렸다.

"내가 뭘 알겠어? 하지만 바다를 다스리는 아에기르 신은 얼음처럼 차가운 자기 품에 들어온 사람을 다시 돌려보내는 법이 없어. 그러니 가능성이 전혀 없지도 않지. 그 아이가 실종된 지 벌써 오십 년이 넘었어. 그런데 이 근방에서 낯선 아이의 시신이 발견된 적은 없거든. 그런 일이 있으면 바로 알려지게 돼 있어. 용암에 덮이고 절벽에 막혀서 오도 가도 못하는 곳이 아니잖아."

"누군가 납치해서 죽인 다음 다른 곳에 매장했을 수도 있지 않을까요?" 벤니와 관련해 수도 없이 머릿속에 그려본 일이라 입 밖으로 내뱉기가 쉽지 않았다.

노인은 슬픈 표정으로 머리를 내둘렀다. "그때는 세상이 그렇게 험하지 않았어. 그런 일은 그냥 상상이 안 돼. 그런 극악무도한 사람이 있을 거라고는 생각하지 않고, 앞으로도 있어서는 안 된다고 생각해. 당시에는 아이아버지가 고의로, 혹은 실수로 아이를 죽여놓고 시체를 없앴을 거라는 뒷말이 무성했지. 화가 나면 손 먼저 올라가는 사람이었거든. 하지만 난 그 말을 믿지도 다른 사람에게 퍼뜨리지도 않았어. 내 생각에 그렇게 꾀가 있는 사람이 아니었어. 만약 아들을 죽도록 팼다면 그대로 발견되게 집안에 방치해뒀을 인간이지. 술밖에 몰랐으니까."

"당시 사건보고서를 봤는데요. 소년을 찾기 위해 대대적인 수색작업이 벌어졌지만 실패로 돌아갔죠. 보고서 자체는 크게 도움이 안 됐지만 이상한 점이 있었습니다. 어머니 얘기가 전혀 없더라고요. 어머니는 죽었나요? 아니면 아버지처럼 알코올의존증이었는데 집을 나갔나요? 그 또래 아이들은 엄마를 찾겠다며 집을 나가기도 하잖아요. 실제보다 기억 속에서는 더 좋은 엄마니까요. 그러다 얼어죽거나 사고를 당한 거 아닐까요? 그때가 겨울이었죠?"

"응, 아주 혹독한 겨울이었지. 하지만 엄마를 찾으러 나간 건 아니야. 그때는 이미 죽고 없었어." 노인은 눈꺼풀이 반쯤 내려와 있었다. "이삼 년 전인가 죽었다더군. 베르드노뒤스의 동생을 구하려다가 바다에 빠져 죽었대. 동생이 얼어붙은 피오르에 나갔다가 얼음에 빠졌는데, 어머니가 구하러 쫓아갔다가 둘 다 빠진 거지. 사람들 말이 그다음부터 베르드노뒤스 아버지가 그렇게 정신을 놓고 술을 마셨다는 거야. 끝까지 그 상처를 극복 못하고 사고를 목격한 아들까지 미워했어. 누가 얘기해주기로는 어머니와 동생이 죽는데 보고만 있었다며 아들 탓을 했다는 거야. 물론 말도 안 되는 소리지. 어린아이가 물에 빠진 사람을 어떻게 구하겠어? 끼어들었다면 꼼짝없이 어머니와 동생 뒤를 따라 물귀신이 됐겠지. 술이 원수인지, 어쩌다 그런 해괴망측한 생각을 했는지 모르겠지만 그 아버지라는 사람은 아들을 전혀 돌보지 않았어." 노인의 눈이 완전히 감겼다. "그 죄를 어떻게 다 갚으려고."

잠시 침묵이 흘렀다. 이런 심각한 이야기를 할 때는 대화 상대가 나이든 사람인 게 좋다. 중간에 쉴 틈이 생기기 때문이다. "그러니까 알코올의존증인 아버지가 아들에게 둘의 죽음에 대한 책임을 전가했다는 거죠?" 그가 생각에 잠겨 말했다. "어린 나이에 정말 끔찍했겠네요." 프레이르는 베르드노뒤스가 자살한 게 아닐까 하는 의심까지 들었다. "조부모나 다른 친척은 없었습니까?"

"여기 출신이 아닌 사람들이라 잘 몰라. 다른 친척이 있다는 말도 들은 적이 없고. 여기로 이사오기 전에 일어난 사고라 베르드노뒤스 어머니는 얼굴도 몰랐고. 그전에는 외퀼피오르의 헤스테이리에서 살았다지, 아마. 어머니와 동생이 죽은 곳도 거기고." 노인은 베개에 기댔던 머리를 들고 프레이르를 쳐다보았다. 희멀건 얼굴에 푸르스름한 핏줄이 내비쳤다. "난 그 아이를 가르친 적도 없고, 방금 한 얘기도 다 들은 거야. 하지만 마을에서 그 가족의 끔찍한 이야기를 모르는 사람이 없었어. 베르드노뒤스의 딱한 처지도 다들 알았고. 선생들한테는 쉬운 일이 아니었지. 그런데 얼마 안 가 학교에 도둑까지 들었으니, 정말 사건사고가 많은 한 해였어."

"그게 정확히 언제였죠?"

"베르드노뒤스가 실종되고 열흘 내지 이 주 정도 뒤였을 거야. 더 정확하게는 모르겠군."

"두 사건 사이에 연관관계가 있다는 생각은 안 했습니까?"

"그때 그런 얘기가 있었는지는 기억 안 나. 무슨 상관이 있는지 나도 몰랐을 테고." 노인은 고개를 돌리고 머리를 뉘었다. 푹신한 베개는 아주 살짝 눌렸을 뿐이었다. "무슨 상관이 있겠어? 아무 상관 없어." 노인의 목소리는 점점 더 희미해졌다. 오래 얘기하지도 않았는데 벌써 피곤해진 것 같았다.

슬슬 일어나봐야 할 것 같았다. 많은 것을 알아내지는 못했지만 베르드노뒤스가 어머니와 동생이 간 길을 뒤따랐을 거라는 확신이 들었다. 그것이 가장 신빙성 있는 답이었고 보통은 가장 단순한 것이 정답이었다. 프레이르는 자리에서 일어나기 전에 혹시 노인이 기운을 차려 좀더 대화를 나눌 수 있지 않을까 반쯤 기대하며 마지막 질문을 던져보았다. "베르드노뒤스의 담임선생님은 아직 살아 있습니까? 담임이었으니까 더 잘 알지 않을까요?"

노인은 힘없이 고개를 저었다. "아니, 그 여자선생은 죽은 지 한참 됐어. 젊은 나이에 너무 갑작스럽게 죽었지. 벌써 수십 년 전 일이야."

"혹시 그때 죽었나요?"

"아니, 아니야. 훨씬 나중에, 그 일 있고 십 년은 지나서였을 거야. 이미 학교를 그만둔 뒤였어. 눈이 멀었거든."

"병이 있었나요?" 학급 사진에서 본 담임교사는 상당히 앳된 얼굴이었으니 십 년 뒤라면 한창 나이였을 것이다. 그 나이에 녹내장이었을 리 없고 노화에 따른 실명이었을 리도 만무하다. 물론 나이와 상관없는 질병도 있지만 젊은 나이에 실명하는 일은 드물다.

"사고였어. 그 끔찍한 일들이 일어난 다음해 초봄에 빙판에서 미끄러졌어. 하필이면 돌밭에 얼굴을 부딪혀서 양쪽 눈을 다 잃었지. 그런데 사고 이후 사람이 좀 이상해졌어. 본인은 누가 밀어서 넘어졌다는데, 당시 주변에 사람이 많았거든. 누가 미는 걸 본 사람은 아무도 없었어. 그래서 내가 가을에 그 반을 맡게 됐지. 그 여자선생은 더이상 일을 할 수 있는 상태가 아니었거든." 노인은 아무 이유 없이 손을 덜덜 떨었다. "사실 나중에 죽은 것도 그때 실명해서이기는 하지. 자동차에 치였는데, 지팡이도 들고 있었지만 부주의했는지 딴생각을 했는지 사고를 당했더라고. 별로 궁금하진 않겠지만 이런 소문도 있었어. 나중에 시체를 조사해보니 그 여자가 미쳤더라는 거야. 물론 내가 선생 같아도 못

믿을 얘기이기는 한데, 의사 선생이 그쪽 전문이니까 그냥 생각나서 하는 소리야."

"왜 그런 말이 돌았던 거죠?"

"제 몸에 상처를 냈다는 거야. 제정신이 아니었던 거지." 노인은 아까보다 더 피곤한 얼굴로 하품을 했다. "하지만 사람들이 그 선생을 별로 좋아하지 않아서 그런 소문이 돌았는지도 몰라. 수업도 대충대충 하고, 학생들한테도 편파적이고, 야멸친 데가 있었거든."

프레이르는 마지막 질문을 하지 않을 수 없었다. "어떤 상처였는데요?"

"십자가. 등에 십자가를 새겼다더군. 게다가 앞 못 보는 사람치고는 아주 반듯하게 잘 새겼다는 거야."

프레이르는 엄청난 피로가 밀려드는 것을 느꼈다. 어서 집에 가서 이불 속으로 기어들고 싶은 마음이 간절했다. 거기까지가 한계였다.

25장

카트린은 이제까지 살면서 밖에서 들려오는 소리가 그렇게 반가웠던 적이 없었다. 가르다르가 뭐라고 했는지 리프가 까르르 웃었다. 그것은 분명 손의 주인이 테라스에 없다는 뜻이었다. 카트린은 억지로 눈을 떴다. 심장박동과 호흡이 차츰 진정되었고 고약한 생선 냄새도 사라져 마음놓고 숨을 들이마셨다. 다른 냄새와 달리 도무지 익숙해지지 않았다. 마치 코 바로 밑에 썩은 생선토막을 들이댄 것처럼 강해졌기 때문이다. 공포에 질려 느끼지 못했던 통증은 그 순간이 지나가자 다시 심해지기 시작했다. 다친 발뿐 아니라 온몸이 아팠다. 짐을 한아름 안은 가르다르와 리프의 어렴풋한 윤곽이 어두운 부엌문 앞에 나타나자 안도감에 눈물이 나올 뻔했다.

"우리 엄청 빨리 왔지?" 리프는 둘둘 말린 침낭 두 개와 물건이 잔뜩 든 비닐봉지를 내려놓고 등산화 끈을 풀었다. 어둠 속에 은은한 담배 냄새가 퍼졌다. 카트린은 담배 냄새를 크게 들이마셨다. 막 사라진 생선 썩은 냄새보다는 훨씬 나았다. 카트린은 그들이 너무 늦게 돌아왔다고 생각했지만 그런 말은 한마디도 내비치지 않았다. "어서 와. 초도 가져왔어?" 카트린은 리프에게 담배가 절실한 것만큼이나 빛이 필요했다. 그녀의 목소리가 수상하게 떨렸다. 실내용 털신으로 갈아 신고 비닐봉지에서 초를 꺼내 켠 리프가 하얗게 질린 카트린의 얼굴을 보고 주춤하며 뒤로 한 발짝 물러섰다. "발이 너무 아파서 그래." 카트린이 중얼거렸다. "그리고 방금 너희 오기 직전까지 창밖에 누가 서 있었어."

"뭐?" 가르다르가 다리를 절룩거리며 들어왔다. 한참 돌아다닌 후에 병원 관사까지 다녀오느라 발의 물집이 다시 터진 모양이었다. "우리 들어올 때는 아무도 없었는데." 그는 카트린 앞에 앉더니 흰색 약병을 내밀었다. "네 알 먹어. 그럼 금방 괜찮아질 거야."

"뭐 마실 건 없나?" 리프가 물이나 음료를 찾아 주위를 두리번거렸다. 하지만 촛불의 불빛이 미치는 곳은 한계가 있어서 벽에 그림자만 질 뿐 아무것도 보이지 않았다.

"괜찮아. 그냥 먹을게." 카트린은 흰색 알약 네 개를 꺼내 하나씩 입안에 집어넣었다. 알약은 보통 것보다 훨씬 커서 물 없이 삼키기 쉽지 않았다. "약기운이 돌려면 얼마나 있어야 돼?" 그녀는 무슨 약인지 묻지 않았고 약병에 쓰인 설명을 읽을 생각도 없었다. 참기 힘든 통증만 가신다면 무엇이든 상관없었다.

가르다르는 그녀가 약을 삼키는 모습을 지켜보았다. "한 삼십 분? 계속 끼니를 걸러서 더 걸릴지도 몰라." 테라스에서의 명랑함은 사라지고 침울해져 얼굴에 걱정스러운 표정이 가득했다. "뭘 봤는데? 그 빌어먹을 녀석이 또 왔다면 잠자리에 들기 전에 뭐든 대비를 해야 해."

리프 역시 언제 웃었냐는 듯 표정이 심각해졌고 목소리도 살짝 떨렸다. "무슨 대비? 우리가 뭘 할 수 있는데?" 그녀는 의자를 식탁 가까이 당겨 앉으며 중얼거렸다. "아까 카트린을 부축하고 다 같이 병원 관사로 갔어야 하는 건데."

"난 못해. 내일 아침이라면 몰라도 지금은 안 돼. 가려면 한 발로 뛰어야 하는데 자신 없어. 나를 부축하면서 이 물건들까지 둘이서 못 날라. 도랑에서는 또 어떡하고?" 카트린은 생각나는 대로 빠르게 말하다가 따발총처럼 들릴 것 같다는 생각에 말을 뚝 그쳤다.

"우린 아무데도 안 가. 나도 발꿈치가 아파 죽겠어." 가르다르가 표정을 일그러뜨리며 말했다. "돌아가면서 불침번을 서는 수밖에 없어. 우리 셋이 그 녀석 하나를 못 당하겠어? 단, 불시에 공격당할 수 있으니, 잘 때는 그 방법이 제일 좋아." 그는 촛불을 식탁 한가운데로 옮겨 놓았다. "이제 초도 충분하니까 밤에 깨어 있는 것도 덜 힘들 거야. 내가 먼저 불침번을 설 테니까 너희는 지금 바로 자. 셋 다 깨어 있는 건 멍청한 짓이야."

"그애가 우리한테 원하는 게 뭘까?" 카트린은 너무 지쳐서 새로운 제안을 하기는커녕 가르다르의 말에 좋다, 나쁘다 말하기도 벅찼다. 스스로 결정을 내리지 않아도 된다는 사실이 한없이 고마울 뿐이었다. 걷지 않아도 된다면 리프가 말이 안 되는 제안을 했어도 동의했을 것이다. "왜 우리 주변에서 계속 얼쩡거리느냐고. 뭘 훔칠 생각도 아니잖아. 그런 거라면 기회는 얼마든지 있었어. 그렇다고 도움을 바라거나 친구를 찾는 것도 아니고." 카트린은 숨을 깊이 들이마셨다. "도저히 이해가 안 돼."

리프는 마치 소년이 인사라도 하길 기대하듯이 창밖으로 시선을 돌렸다. 창유리 너머로는 모든 것이 어둠 속에 잠겨 있었다. "그애는 살아 있는 사람이 아니야. 다들 왜 인정을 안 해? 인정한다고 상황이 더 나빠지는 것도 아니잖아."

"쓸데없는 소리 그만둬, 리프." 가르다르는 애써 두 사람의 눈길을 피했다. "무슨 소리 하는지 알고나 그래? 괜히 불길한 생각까지 끌어들일 필요 없어. 안 그래도 우리 상황은 충분히 나빠."

사실은 카트린도 리프와 같은 의견이었다. 어떤 이상한 녀석이 집 근처를 돌아다니고 있다는 말로는 설명이 되지 않는, 상식적으로 이해하기 힘든 일이 벌어지고 있었다. 카트린이 막 리프 말에 동의한다고 말하려는 순간 어디선가 삐걱거리는 소리가 났다. 세 사람은 숨을 죽였다. "너희가 그런 거야?" 카트린이 속삭이듯 물었다. 스스로 생각해도 말이 안 되는 질문이었다. "아까도 이렇게 시작됐어." 아마 소리의 진원지는 그들이 앉아 있는 작은 부엌일 것이다.

아무도 자기가 그랬다고 나서는 사람이 없었다. "퓌티?" 리프는 허리를 굽혀 개를 안아올렸다. "퓌티가 그런 걸까?" 그녀는 개를 품에 꽉 안으며 겁에 질린 얼굴로 주위를 두리번거렸다. "퓌티 무게 정도면 충분하지 않아?"

"그게 말이 돼? 코르크마개보다 가벼울걸. 마루에서 힘껏 뛰어도 소리가 안 난다고." 그때 다시 삐걱 소리가 났다. 방금 전보다 소리가 훨씬 작았다. 리프는 징징거리며 둘에게 더 가까이 붙어앉으려다가 잘못해서 식탁을 건드렸다. 그 통에 넘어지려는 초를 가르다르가 얼른 잡았다. 그는 초를 들고 방안을 비추더니 의자에서 일어나 소리나는 쪽을 응시했다. "아무 소리도 내지 말아봐." 그는 침묵 속에 귀를 기울였다. 다시 소리가 났다. 그는 촛대를 들고 부엌 벽 쪽으로 갔다. 마룻장이 들뜨고 바닥 마감재가 부러진 곳이다. 가르다르는 얼룩이 있는 자리 바로 앞까지 갔다. 그때 다시 발소리가 났다. 이번에는 그렇게 숨죽이고 조용히 있지 않았다면 못 들었을 정도로 작은 소리였다. "아무것도 없는데." 가르다르가 이상하다는 듯 중얼거렸다. 그리고 몸을 굽혀 주변 바닥과 벽을 촛불에 비춰보았다. 다시 몸을 일으켰을 때는 긴장이 많이 가신 표정이었다. "이 부분 바닥 설계가 좀 잘못된 것 같아. 마감재 튀어나온 거 기억하지? 곰팡이가 생겨 나무를 상하게 하나봐. 그래서 집안에서 자꾸 소리가 나는 거고." 가르다르는 답을 찾아서 만족스럽다는 얼굴로 돌아섰다. 하지만 곧 불만스러운 표정이 되었다. 그는 아직 이 집을 포기하지 않은 유일한 사람이었던 것이다. "이런 젠장!" 그는 다시 두 사람이 있는 쪽으로 왔다. "바닥을 뜯고 아래가 어떻게 생겼는지 한번 봐야 할 것 같아. 내 생각엔 그 방법밖에 없어."

"지금은 좀 참아주셔!" 리프가 비꼬듯 말했다. 리프의 품에 안겨 있던 퓌티는 그녀의 팔이 느슨해지자 빠져나오려고 버둥거렸다. "그 밑에 뭐가 있으면 어떻게 할 건데?"

"뭐가 있는데? 유령이라도 나올까봐?" 가르다르는 신경질적으로 머리를 절레절레 흔들었다.

리프는 결국 개를 바닥에 내려주고 옷매무새를 바로잡았다. "하긴 그 밑에 곰팡이의 온상이 있다는 것만으로도 끔찍해. 인터넷에서 봤는데, 곰팡이 포자를 흡입하면 중병에 걸릴 수도 있대. 특히 이렇게 오래된 집은 위험하대. 눈에 보이지 않을 만큼 작은 포자가 공기 중에 떠다닌다는 거야."

"그 말이 맞는다면 우린 전염되고도 남았어." 가르다르는 초를 식탁 위에 놓고 다시 의자에 앉았다.

"거기에 환각을 일으킬 수 있다고도 돼 있었어?" 카트린이 물었다. 만약 그렇다면 그동안 집안에서 일어난 일들이 다 설명된다. 곰팡이가 목숨을 위협하는 중병을 유발한다면 전 집주인이 죽은 것도 그 때문일 수 있다. "혹시 우리는 느끼지 못하지만 환각상태에 빠져 있는 거 아닐까?" 카트린이 그렇게 말하고 자세를 고쳐 앉자 찌르는 듯한 통증이 다리 전체로 퍼져나갔다. 환각상태라기에는 너무 아팠다.

"아니, 그런 말은 없었어. 하지만 의학 전문기사도 아니었는걸." 리프는 미미하나마 이 모든 게 정상일 수 있다는 희망에 들떠 있었다. 그러나 정말 곰팡이로 인한 환각 때문이라면 중병에 걸린 거라는 생각은 못하는 것 같았다. "와, 죽이는데! 원래는 다 정상인데 우리가 지금 환각상태라서 그렇게 보이는 거란 말이야?" 리프의 시선이 의자 위에 쭉 뻗은 카트린의 다리에 가 머물렀다. "흠, 저것만 빼고. 넌 진짜 아픈 거 잖아, 그치?"

"그런 것 같아." 카트린은 약효가 나타날 때까지 조금이라도 편한 자세를 찾으려고 몸을 한껏 뒤로 젖혔다. "약 먹은 지 얼마나 됐지?"

"한 십 분, 십오 분 됐나?" 가르다르는 기를 쓰고 참으려다가 결국 늘어지게 하품을 했다. "곧 약기운이 돌 거야." 한동안 침묵이 이어졌다. 계속 숨죽인 채 달갑지 않은 그 소리를 기다려야 할지 알 수 없었다. 들리는 것은 그들 자신의 숨소리뿐이었다. "자, 아까 내가 말한 대로 하자. 너희는 얼른 자. 내가 불침번을 서다가 더이상 안 되면 너를 깨울게, 리프."

"나?" 리프의 목소리에 실린 놀라움과 경악은 그 우위를 가늠하기 힘들었다. "나 혼자 깨어 있으라고?"

"우린 세 명이야. 그런데 카트린은 다쳤잖아. 진통제가 듣는 동안 자고 나중에 일어나서 불침번을 서는 게 좋아. 카트린, 일어나서 약을 한 알만 먹고 버틸 수 있는 데까지 버텨. 그다음엔 내가 다시 일어날 테니까. 그러면 아침이 오겠지."

카트린이 보기에 가르다르는 너무 낙관적으로 생각하고 있었다. 리프는 아주 잠깐 깨어 있다가 다음 사람에게 넘길 것이 뻔했다. 결국 새벽까지 가르다르와 카트린 두 사람이 두 번씩 불침번을 서야 할 것이다. "그런데 나 계단은 못 올라가. 그냥 여기서 자야 할 것 같아." 아무도 대꾸가 없었다. 다들 너무 피곤해서 그게 무슨 의미인지 생각할 여력이 없었다. 결국 카트린이 침묵을 깨뜨렸다. "누가 내 매트 좀 가져다줘. 그러면 옆방에서 잘게. 거기나 이층 침실이나 별로 다르지도 않잖아." 카트린은 이층과 달리 아래층 방에 창문이 많다는 사실이 떠올랐지만 애써 머릿속에서 밀어냈다. 창문이 많다는 것은 침입할 수 있는 통로가 많다는 뜻이다.

"그럼 다 같이 여기서 자자." 가르다르가 일어서며 말했다. "리프, 일어나. 가서 매트 가져오자."

"그런데……" 리프도 단념하고 일어났다. "난 자고 싶지 않아."

가르다르는 짧은 한숨을 내뱉었다. 인내심이 바닥난 것 같았다. "그래서 뭐? 너 혼자 불침번 서겠다고?"

"아니, 그런 말이 아니라 차라리 잠을 자지 않겠다는 거야. 뭐 이런 이상한 계획이 다 있어? 다 잊어버리고 잠들었는데 한밤중에 일어나서 혼자 불침번 서라고? 그럴 거면 첫번째로 서고 자는 게 낫잖아."

순간 카트린은 말할 수 없이 피곤해졌다. 지금껏 아픔과 공포가 너무 커서 느끼지 못했던 피로감이 한꺼번에 몰아닥친 것 같았다. "그럼 그렇게 하면 될 거 아냐?"

"어떻게 할지 생각해보자." 가르다르는 리프가 뭐라고 대꾸하기 전에 끼어들며 그녀를 자기 쪽으로 잡아끌었다. 가르다르가 비닐봉지에서 초를 꺼내 불을 붙이는 동안 뒤돌아보던 리프의 표정으로 미루어 말이 곱게 나오지는 않았을 것 같았다. 두 사람이 이층으로 올라간 후 카트린은 다시 퀴티와 혼자 남았다. 손을 뻗어 퀴티를 쓰다듬어주고 싶었지만 다리를 움직이게 될까봐 그만두고 조용히 앉아 약기운이 돌기를 기다렸다. 곧 층계를 내려오는 발소리와 짧지만 다행히 다정하게 이야기를 나누는 소리가 들렸다. 가르다르와 리프는 유난히 사이가 좋아 보이는 모습이었다. 카트린도 마음을 다독이며 리프와 싸우지 말아야겠다고 생각했다. 평소보다 더 못되게 굴긴 해도 참아야 했다. 게다가 이 악몽은 곧 끝날 테니 괴로움도 오래가지 않을 것이었다. 남은 시간 동안은 절대 말다툼을 하거나 싸워선 안 되었다. 카트린은 앞으로 리프를 자극하는 말이나 행동은 하지 않기로 다짐했다.

"다 됐어." 리프가 신경이 곤두선 얼굴로 문가에 서 있었다. "가르다르가 방에 매트를 깔고 있어."

카트린은 흠칫 놀랐다. "어? 깜박 잠들었나봐." 그녀는 기지개를 켜며 길게 하품을 했다. "리프, 나한테 좋은 생각이 있어! 우리 같이 깨어 있는 게 어때? 그게 제일 좋은 방법 아닐까? 가르다르가 자는 동안 우리 둘이 함께 지키는 거야. 둘이 같이 지키면 덜 졸리고 시간도 금방 갈 거야." 카트린은 리프에게 빙긋 웃어 보이며 화해의 제스처가 받아들여지기를 바랐다.

미간을 찌푸린 리프는 혹시 카트린이 자신을 놀리는 건 아닌지 생각하는 듯한 모습이었다. 그러나 곧 표정이 환해지며 활짝 웃었다. "좋아! 내가 연예인 사생활 얘기해줄까? 나 진짜 많이 아는데. 밤새우는 건 문제도 아냐."

"좋지! 난 하나도 모르니까 아무거나 얘기해도 돼." 카트린은 한번 더 늘어지게 기지개를 켠 후 몸을 일으켰다. "큰일이다, 오늘밤 화장실 가고 싶으면 어떡하지?"

"걱정 마, 내가 같이 가줄게." 리프는 카트린의 제안을 듣고 너무 들떠서 무서운 것도 잊은 것 같았다. 그녀는 부엌으로 들어와 퓌티 앞에 쭈그리고 앉았다. "만약 우리 모두 환각상태라면 퓌티도 그렇겠지?"

"글쎄, 정상인 게 나은 건지 제정신이 아닌 게 나은 건지 나도 잘 모르겠다. 끔찍하긴 둘 다 마찬가지야." 카트린은 리프가 개를 데리고 노는 모습을 지켜보았다. 리프가 배를 간질이자 퓌티는 벌렁 드러누워 눈을 감고 뒷다리를 반사적으로 흔들었다. 카트린은 오랜만에 쌩쌩한 퓌티를 보며 오늘밤이 순탄하게 지나갈 작은 징조이기를 바랐다.

한밤중에 카트린은 누군가 어깨를 살살 흔드는 통에 잠에서 깼다. 가르다르가 오줌 누러 갔다 오겠다며 일어나라고 했다. 진통제가 극적인 효과를 내지는 않았다. 그래도 반복적으로 쑤시는 느낌만 있을 뿐 더이상 발이 으스러지는 것처럼 아프지는 않았다. 카트린은 피곤한 얼굴로 웃으며 하품을 하고 그가 다녀오면 일어나기로 했다. 그러고 나서 다시 잠이 들어 눈을 떴을 때는 이미 밤이 지났고 가르다르도 땅속으로 꺼진 듯 사라지고 난 뒤였다.

26장

으스스한 분위기를 자아내며 도시를 뒤덮었던 안개는 서서히 걷히고 있었다. 프레이르는 스퀴틸스피외르뒤르에서 바다 쪽으로 나가 이사피아르다르디우프를 가로질러 달렸다. 병원에 도착하자 뒷좌석에서 옛날 진료기록이 든 무거운 상자를 꺼내고 발로 차문을 닫았다. 병원 문서자료실의 담당자가 순전히 호의로 내준 것이었다. 규모가 크고 관료주의가 심한 레이캬비크였다면 그런 친절을 기대할 수 있었을지 프레이르는 회의적이었다. 도시를 떠나 시골로 오는 사람은 많은 것을 포기하지만 사람 사이의 믿음이라는 큰 혜택을 누린다. 프레이르는 그렇게 비교할 때 시골이 더 낫다는 생각이었다. 병원 기계실 담당자가 문을 잡아주었다. 그는 상자 속으로 힐끗 시선을 던지더니 새로운 기구가 아니라서 살짝 실망하는 표정이었다. 프레이르는 로비의 시계를 보고 동료들에게 약속한 것보다 훨씬 오래 자리를 비웠음을 깨달았다. 시간 배분을 잘못한 자신에게 화가 났지만 얼른 상자를 사무실에 갖다놓고 병동으로 뛰어가는 수밖에 없었다. 물론 상자 속 서류를 읽어보기 전에는 환자들에게 집중하기가 힘들 것이다.

병동은 조용했고 그 없이도 평상시와 다름없이 잘 돌아가고 있었다. 그는 바로 일을 시작했다. 아침부터 쌓인 진단서를 대충 훑어보고, 환자 한 명의 추가 검사를 지시하고, 투약량을 조정하고, 병원기록을 업데이트한 다음 할일이 더 있는지 검토했다. 남은 업무 없이 모두 마치자 간호사에게 사무실에 있을 테니 무슨 일 있으면 전화를 하도록 했다. 병동을 나가기 전 늙은 퇴직교사에게 들렀는데 노인이 코를 골며 자고 있는 걸 확인하고 조용히 나왔다. 어차피 그에게 더 들을 이야기는 없을 것 같았다.

상자는 사무실의 휑한 책상 위에 덩그러니 놓여 있었다. 프레이르는 예전부터 물건이 어질러져 있는 것을 참지 못했지만 사라는 절대 이해를 못했다. 문득 지금은 아무렇지도 않은데 사소한 일로 화를 냈던 예전 기억이 떠올랐고, 사라에게 전화를 걸어 그때의 행동을 사과하고 싶은 마음이 들었다. 벤니의 실종 전 그들 사이에 있었던 문제는 마치 아무것도 아닌 것처럼 돼버렸고, 너무 쉽게 그런 척하고 있다는 걸 그는 오래전부터 알고 있었다. 불행한 사건과 슬픔이 다른 모든 걸 덮어버렸다. 하지만 아마도 그들의 결혼생활은 서서히 황폐해져가고 있었고, 벤니가 사라지지 않았다고 해도 언젠가는 헤어졌을 것이다. 유일한 차이가 있다면 양육권을 나누어 가지는 대신 아들에 대한 온전한 기억을 공유하게 되었다는 점이었다. 프레이르는 전화를 걸지 않기로 했다. 과거는 과거로 남아야 한다. 이미 지나가버린 과거가 현재에 무슨 영향을 미칠 수 있겠는가? 그는 적어도 그렇게 믿고 싶었다.

밀폐된 책장에 오랫동안 들어 있던 서류에서는 곰팡내가 심하게 났다. 사실 그렇게 오래된 기록이 아직까지 남아 있다는 것 자체가 신기했다. 진료기록이라는 것이 환자가 살아 있을 때나 중요하지 죽은 다음에는 아무 의미도 없지 않은가. 프레이르는 종이뭉치를 꺼내 책상 위에 죽 늘어놓았다. 그리고 첫번째 기록을 읽기 시작했다.

"하도 비밀스럽게 굴기에 직접 와보는 게 좋겠다 싶었어요." 다그니가 말했다. 프레이르가 외투를 받아 걸어주려 해도 괜찮다며 벗지 않았다. 그도 충분히 이해가 갔다. 오래된 종이 냄새와 먼지 때문에 창문을 살짝 열어둔 채 서류를 보는 데 정신이 팔려서, 그새 실내 공기가 바깥이나 다름없이 차가워진 줄도 몰랐던 것이다.

"모든 수수께끼가 풀렸을 거라는 기대는 하지 않았으면 좋겠네요. 답 근처에도 못 갔으니까." 프레이르는 다시 앉았다. "하지만 몇 가지 흥미로운 사실을 알아냈어요. 이 사건과 연관된 뜻밖의 사건도 찾아냈고요."

"얘기해봐요!" 다그니는 외투 지퍼를 열고 책상에 손을 짚은 채 옛날 서류를 들여다보았다. 그리고 바로 코를 찡그렸다. "이 냄새 종이에서 나는 거예요?"

"네, 고약하죠? 냄새가 싫으면 다시 상자에 넣을게요. 내용은 대충 머릿속에 들어 있어요."

다그니는 그러지 말라고 했다. "선생님을 못 믿는 건 아닌데, 내 예감이 맞는다면 증거가 눈앞에 있는 게 좋겠어요. 믿거나 말거나 해야 할 내용이라면 앞에 놓고 바로바로 확인하는 게 낫죠."

프레이르는 서류뭉치를 책상에 내려놓았다. "믿거나 말거나! 정확한 표현이에요." 그러고는 다그니에게 보여주어야겠다고 생각한 첫번째 문서를 종이뭉치에서 집어 건넸다. "1952년 학교 양호교사가 지역병원 원장에게 보낸 편지예요. 베르드노뒤스 피에튀르손이라는 학생을 걱정하는 내용이고요."

다그니는 양호교사의 편지부터 읽기 시작했다. "으!" 그리고 보고서는 읽지도 않고 둘 다 도로 책상 위에 놓았다. 하지만 프레이르는 언짢아하지 않았다. 편지에서 소년의 상처를 묘사하는 부분은 비위가 약한 사람이 읽기 힘들었다. 양호교사는 소년의 등에 주머니칼과 담뱃불로 새겨진 십자가 두 개를 발견하고 병원장에게 도움을 청했다.

프레이르는 종이를 집어들었다. "끔찍하죠? 베르드노뒤스의 아버지는 정신적으로 문제가 많은 사람이었던 것 같아요. 아마 술독에 빠져 통제가 불가능해지면서 더 심해졌겠죠. 퇴직교사 말로는 아내와 둘째아들이 죽은 책임을 베르드노뒤스에게 돌린다는 소문이 돌았답니다. 폭행을 가한 것이 그 증거일 테고요. 죽은 가족 두 명에 십자가 두 개. 비극적인 이야기죠. 사연을 알고 나면 정말 그 아버지가 아들을 죽이고 시체를 없애버린 게 아닐까 의문이 생길 정도예요."

"난 학교에서 그런 검사를 받은 기억이 없는데." 다그니는 팔짱을 끼고 끔찍한 서류에서 조금이라도 멀리 떨어지려는 듯 책상에서 한 걸음 물러섰다. "예방접종 몇 번 말고 신체검사 같은 건 안 한 것 같아요."

"보고서 내용으로 봐서는 양호교사가 베르드노뒤스를 불러 얘기를 들어보고 검사를 했어요. 아이가 항상 체육수업을 거부해서 한번은 강제로 듣게 시켰더니 체육복이 없다며 옷을 갈아입지 않으려 하다가 바지만 빌려 입었대요. 수업을 마친 뒤에는 샤워를 하지 않겠다고 고집을 부렸고요. 체육교사와 베르드노뒤스 사이에 신경전이 벌어지자 학생들은 선생님을 응원하면서 한바탕 난리가 났고, 결국 그 일이 양호교사에게까지 알려진 거죠. 반 아이들이 환호성을 올리는 가운데 체육교사는 억지로 옷을 벗게 하고 샤워실로 들여보냈어요. 베르드노뒤스는 등에 난 상처를 모두에게 보이는 게 죽도록 창피했을 거예요. 고작 열두 살밖에 안 된 아이한테 얼마나 충격이었을지 상상이 되고도 남죠."

"그런데 왜 아무 조치도 취하지 않은 거죠? 그 편지는 베르드노뒤스가 사라지기 한 달 전에 보낸 거잖아요. 누군가가 나서서 아이를 구할 수도 있었을 텐데."

"나도 모르겠어요." 프레이르도 처음에는 다그니처럼 화가 났었다. 그러나 지금은 소년의 가혹한 운명이 애석할 따름이었다. 책상 위에는 학급 사진 복사본도 있었다. 요즘 들어 그 사진을 꺼내 보는 일이 잦았다. 소년의 슬픈 사연을 알고 나니 무리에서 떨어져 서 있는 모습이 더욱 눈에 밟혔다. 가장 사랑받아야 할 부모에게 거부당하면 아이들은 상상할 수 없는 절망과 두려움을 느끼며 제삼자가 개입하지 않는 한 속수무책일 수밖에 없다. 베르드노뒤스도 그런 경우였다. "그때는 시대가 달랐잖아요. 잘 조직된 아동보호기관도 없었고요. 조치를 안 한 건 아니겠지만 시간이 걸리지 않았을까 싶어요. 아마 이곳 관청에서 레이캬비크에 있는 관청에 연락을 취하고 기다렸겠지만 지금처럼 빠른 통신 수단이 없었으니까요."

"그건 변명이 안 돼요." 다그니는 입술을 꾹 다물었다. "양호교사의 편지에도 분명히 나와 있잖아요. 학생이 사고로 다쳤다고 주장하지만 자신이 보기에는 그럴 리 없다고. 선생님도 같은 의견 아니에요?"

"맞아요, 사고일 가능성은 전혀 없어요." 프레이르는 그렇게 말하고 보고서를 자기 앞으로 가져왔다. "칼에 베이고 담뱃불로 지진 상처였어요. 아이 혼자 낼 수 있는 상처가 아니에요." 그는 보고서를 다그니에게 건네며 해당 부분을 보여주었다. "그 양호교사는 아이를 다루는 게 상당히 능숙했네요. 아이가 어느 정도 마음을 열고 말을 하게 만들었고 그게 아버지 짓이라는 걸 밝히는 단계까지 거의 다가갔던 것 같아요. 가정폭력에 시달린 아이들과는 그 정도 관계를 형성한 것도 대단한 거예요. 그 노력이 결실을 맺지 못해서 안타까울 뿐이죠."

"이게 다 베르드노뒤스에 대한 보고서예요?" 다그니가 차곡차곡 쌓인 서류더미들을 가리켰다. 프레이르가 중요도 순으로 정리해놓은 것이었다.

"아니요. 사건에 개입된 다른 사람들의 것도 있어요. 그런데 몇 가지 재미있는 사실을 발견했어요. 왜 아무도 그 연관관계를 찾아내지 못했는지 모르겠어요. 시간이 많이 흐르긴 했지만." 프레이르는 가장 낮은 서류뭉치를 집어들었다. "아까 하들라의 부검의에게 이메일이 왔어요. 내가 나머지 친구 두 명, 욘과 베디스의 등에도 십자가 모양 상처가 있는지 알아봐달라고 부탁했거든요. 법의학자니까 그런 자료에 더 쉽게 접근할 수 있죠."

"그래서요?" 다그니는 그렇게 물었지만 이미 답을 아는 눈치였다.

프레이르는 그녀에게 이메일을 인쇄한 종이를 내밀었다. "그 두 시신의 등에도 십자가가 있었어요. 그 말인즉슨 죽은 다섯 명 모두에게 하들라와 똑같은 상처가 있었다는 거죠. 등에 커다랗게 새겨진 십자가. 욘은 불에 타 죽어서 확실하진 않은데 부검에서 십자가의 흔적이 발견됐어요."

"그럴 줄 알았어요. 하지만 이게 뭘 의미하는 거죠?" 다그니는 내용을 빠르게 훑어보았다. "베르드노뒤스의 아버지는 이미 죽은 지 오래됐으니 그 사람 짓은 아니잖아요, 그렇죠? 다섯 명에게 어릴 때부터 그 상처가 있었나요? 그 남자가 자기 아들뿐 아니라 다른 아이들까지 손댄 걸까요?"

"아니요, 그건 아닐 거예요. 모두 성인이 된 다음에, 아니면 나이가 많이 든 다음에 생긴 상처예요. 생긴 시점을 확실히 알 수 있는 건 모두 오 년 이내일 거라는군요. 내 생각엔 삼 년 전부터 생긴 거예요. 베르드노뒤스의 아버지는 이미 오래전에 죽었으니 상관없죠." 프레이르는 잠시 쉬었다가 다시 말을 이었다. "둘 중 하나예요. 베르드노뒤스의 아버지가 아니라 다른 사람, 훨씬 오래 살았던 사람이 한 짓이거나, 아니면 누군가가 모방했거나. 하지만 무슨 목적으로 그랬는지는 모르겠어요. 사실 다섯 명 모두 상처가 몇 년에 걸쳐서 생겼는데, 어떻게 그럴 수 있는지 도저히 상상이 안 돼요."

다그니는 미심쩍은 표정이었다. "그 사람들이 한데 모여 산 것도 아니잖아요. 누가 전국을 돌아다니면서 남의 등에 상처를 냈겠어요? 게다가 몇 년씩 그런 일이 있었는데 신고가 없었다니 말이 안 돼요. 모두 성인이 된 다음에 생긴 상처라면서요. 적어도 남자들은 저항할 수 있었겠죠. 모든 게 너무 이상해요."

프레이르는 그 말에 반박할 수도, 논리적 이유를 댈 수도 없었다. "똑같은 상처가 여자 담임교사의 등에도 있었어요." 프레이르가 학급 사진을 다그니 앞에 놓았다. "베르드노뒤스가 실종되고 십 년쯤 지나서 죽었다죠."

다그니는 잠시 그대로 있다가 사진을 집어들고 자세히 들여다보았다. "베르드노뒤스가 살아남아서 그런 짓을 한 게 아닐까요? 어쩌면 지금도 살아 있을지 모르고요." 다그니는 넋이 나간 듯 사진 속 소년을 응시했다. 프레이르는 그녀의 반응을 충분히 이해했다. 특히나 소년의 사연을 아는 사람에게는 사진이 충격적일 수밖에 없었다. "그렇다면 유치원에 침입한 것도 베르드노뒤스겠죠."

"그건 아닌 것 같아요." 프레이르는 창밖으로 보이는 겨울 풍경에 시선을 돌렸다. "어린아이가 내내 어디서 지냈겠어요? 먹을 것과 입을 것은 어디서 구하고요? 또 살아 있었다면 한 번쯤은 다른 사람 눈에 띄었겠죠. 이름을 바꿔 다른 사람 행세를 하면서 살았다면 모르겠지만 실종 당시의 나이를 생각하면 비현실적인 얘기고요." 프레이르는 사진을 받아 자기 앞에 놓았다. 또다시 막다른 골목이었다. 그는 다그니에게 우르술라와 만난 일을 얘기했다. 우르술라가 남자아이에 대해 말한 것, 아무것도 보고 싶지 않다고 한 것, 벤니를 찾아야 한다고 말한 것까지 모두 털어놓았다. 그리고 입을 굳게 다물었다. 다그니는 책상 위 서류만 뚫어져라 보았다. 침묵이 너무 길어서 어색해질 무렵 프레이르가 다시 입을 열었다. "지금으로서는 우르술라가 회복되기를 기다리는 수밖에 없어요. 그다음에 다시 얘기해봐야죠. 그리고 라뤼스에게 계속 연락을 취해봐야 할 것 같아요. 전화해도 안 받네요. 아마 국내에 없는 것 같아요."

이윽고 다그니가 서류에서 고개를 들었다. "그건 내가 맡을게요. 이제 레이캬비크 경찰에 도움을 청할 때가 된 것 같아요. 라뤼스가 뭔가 알고 있다면 좋을 텐데."

잠시 후 다그니는 인사하고 일어섰다. 프레이르는 복도를 지나는 다그니의 뒷모습을 보다가 어제저녁 휴대전화로 녹음한 것을 떠올렸다. 그는 휴대전화를 꺼내 버튼을 몇 번 누른 다음 긴장된 표정으로 귀를 기울였다.

처음에는 지직거리는 소리와 자신의 발소리만 띄엄띄엄 들렸다. 그러다 다른 소리가 이어졌는데 음량을 키워 다시 듣고서야 무슨 소리인지 알아들을 수 있었다. 단어가 아주 선명하게 들리지는 않았지만 문장의 뜻은 분명히 이해할 수 있었다. "사실을 말해요, 아빠. 그러면 날 찾을 수 있어요." 그것은 분명 아들의 목소리였다. 벤니의 목소리였다.

27장

카트린은 발이나 다른 곳이 아파서가 아니라 충분한 수면을 취한 후 깨어났다. 처음에는 어딘지 모르고 어리둥절해 눈을 깜박깜박했다. 방금 전까지만 해도 생생하던 꿈이 서서히 기억 속에서 지워지고 있었다. 꿈이 남긴 뒷맛은 매우 불쾌했다. 가혹한 처우를 당한 학생을 외면함으로써 교사로서 실패하고 죗값을 치르는 꿈이었는데, 학생이 누군지는 기억나지 않았고 왜 그런 벌을 받아야 했는지도 알 수 없었다. 어쨌든 꿈에서 깨서 다행이었다. 잠을 푹 잤으니 몸이 가뿐해야 할 텐데 꿈이 나쁘게 끝나서인지 심장이 두근거렸다. 옆으로 고개를 돌리니 침낭 밖으로 머리칼과 눈썹만 내놓고 깊이 잠든 리프가 보였다. 이번에는 가르다르 쪽으로 고개를 돌렸다. 침낭 속에서 힘들게 돌아눕던 카트린은 뭔가 잘못됐다는 것을 깨달았다. 그녀는 가르다르의 침낭이 빈 것을 보고 벌떡 일어나 앉았다. 발등에서 정강이까지 힘줄이 당기면서 극심한 통증이 느껴졌지만, 텅 빈 가르다르의 침낭이 자아낸 공포에 비하면 아무것도 아니었다.

주위가 환한 것을 보니 아침인 것은 분명했다. "가르다르!" 카트린은 잠긴 목소리로 불렀다. 대답이 없었다. 집안은 무덤 속처럼 고요했다. 발치에 엎드려 있다가 펄쩍 뛰어오른 퓌티도 그녀만큼이나 당황스러운 눈치였다. 카트린은 의식적으로 심호흡을 했다. 가르다르는 분명 이층으로 자러 올라갔다. 그녀는 잠이 덜 깨 몽롱한 정신으로 어젯밤 가르다르가 자신을 깨웠는지 헛되이 기억을 더듬었다. 일어나지 않아서 리프 혼자 불침번을 섰을 수도 있는 일이다. 카트린은 쌓아놓은 이불처럼 보이는 리프를 흔들어 깨웠다. "리프! 리프! 일어나!" 침낭에서 불분명하게 웅얼거리는 소리가 흘러나왔다. 카트린은 리프의 어깨를 더 세게 흔들었다. "일어나라니까! 가르다르가 없어졌어!"

리프는 카트린과 퓌티만큼 놀라서 벌떡 일어나지는 않았다. 그녀는 어리둥절해서 눈을 깜박거리며 헝클어진 머리칼을 어설픈 몸짓으로 쓸어올렸다. "몇시야?"

"몰라. 날이 밝았어."

"어어, 우리 늦잠 잤나봐." 리프는 입을 가리지 않고 하품했다. 하얀 치아가 드러나 보였다. "가르다르는 어디 있어?" 퓌티가 그 말을 알아들었는지 방안을 뛰어다니고 바닥에 코를 대고 냄새를 맡으며 가르다르를 찾는 척했다. 그러다가 먼지를 들이마시고 재채기하더니 겸연쩍은 듯 방 한가운데 앉았다.

"모르겠어. 일어나보니까 없었어." 카트린은 여전히 잠긴 목소리로 흥분해서 외치듯이 크게 말했다. "어젯밤에 우리를 안 깨웠잖아. 어쨌든 날 깨우진 않았어." 순간 가르다르가 어깨를 흔든 기억이 희미하게 떠올랐지만 구체적인 형태를 띠기 전에 다시 사라져버렸다. 지금은 기억도 나지 않는 꿈속에서 있었던 일일지도 몰랐다.

"나도 안 깨웠어." 리프는 어리둥절한 얼굴로 주위를 두리번거렸다.

"어쨌든 그런 것 같아."

카트린은 손을 뻗어 가르다르의 침낭 안을 만져보았다. "침낭이 차가워. 나간 지 한참 된 거야." 퀴티는 카트린의 손짓을 오해했는지 반갑게 꼬리를 흔들며 가르다르의 침낭으로 파고들어 부드러운 안감에 몸을 비볐다.

"밖에 나가 테라스에서 일하고 있는지도 몰라. 아침식사 준비하거나." 역시 리프다웠다. 누군가 자신을 위해 봉사한다는 생각에 금세 기분이 좋아진 것이었다.

"불러도 대답이 없잖아. 부엌에 있으면 대답을 했겠지. 밖에서도 일하는 소리가 안 나고." 카트린은 화가 치밀었지만 꾹 눌러 참았다. 누군가 사라져야 한다면 왜 그게 리프가 아니었단 말인가? "병원 관사에 뭐 가지러 갔는지도 모르겠다."

그제야 방안이 얼마나 추운지 느껴졌다. 리프가 침낭을 어깨에 두르는 것을 보고 카트린도 따라 했다. 두 여자는 그렇게 말없이 앉아 테라스에서 발소리가 나기를 기다렸다. 그러나 정적을 뚫고 들리는 건 시냇물 소리뿐이었다.

"나가서 찾아볼까?" 한참 있다가 리프가 먼저 입을 열었다. 잔뜩 겁먹은 얼굴이 곧 천진한 표정으로 바뀌었다. "보트를 발견하고 해변에 나갔는지도 모르잖아!"

카트린은 그럴 리 없다는 것을 알면서도 희망을 주는 말이 내심 반가웠다. 그녀는 이를 악다물고 아픈 발을 건드리지 않도록 조심하면서 엉거주춤 일어섰다. 부어오른 발등은 갈수록 심하게 욱신거렸다. 몸에서 유일하게 뜨거운 열기가 느껴지는 곳이 발이었다. 이제는 뼈가 부러졌는지가 아니라 얼마나 심하게 부러졌는지 걱정해야 할 판이었다. 간신히 침낭을 빠져나온 그녀는 한 발로 뛰어서 어젯밤 벗어놓은 파카를 가지러 갔다. 바지를 벗지 않은 것은 잘한 일이었다. 밤새 발이 더 부어올라서 지금 바지를 입어야 했다면 꽤나 애먹었을 것이다. 카트린은 파카를 입은 후 벽을 짚고 절룩거리며 문가로 갔다. 다친 발을 디딜 때마다 소리지르고 싶을 정도로 아팠다. 퀴티가 그녀의 일그러진 얼굴을 보고 눈치챘는지 가르다르의 침낭에서 튀어나와 쪼르르 달려왔다.

카트린이 나가는 것을 본 리프는 방에 혼자 남을까봐 부산하게 옷을 챙기기 시작했다. 하도 정신없이 왔다갔다해서 보고 있는 카트린은 현기증이 날 지경이었다. 카트린은 리프에게 부딪혀 쓰러지지 않으려고 문틀을 꽉 잡았고 퀴티도 덩달아 살짝 옆으로 움직였다. 드디어 리프가 준비를 마쳤다. 카트린은 한 발로 뛰면서 가르다르가 돌아오면 제일 먼저 목발부터 만들어달라고 해야겠다고 생각했다.

부엌은 텅 비어 있었다. 짐작은 했지만 내심 가르다르가 식사 준비를 하고 있기를 바랐던 카트린은 크게 실망했다. 부엌은 방보다 훨씬 춥고 답답했다. 식탁 위에는 촛대, 성냥, 약병이 어제저녁 본 그대로 놓여 있고 개수대 안에는 설거짓거리가 차곡차곡 쌓인 채 누군가 냇가에 가져가 씻어주기를 기다리고 있었다. 그러나 당분간 그런 일은 일어날 것 같지 않았다. 카트린이 망연자실해 있는데 문가에 나타난 리프가 망가진 바닥의 널빤지를 가리켰다.

"저기 봐!" 그녀가 카트린의 어깨를 툭 쳤다. "가르다르가 바닥을 수리하고 있었나봐. 연장이나 나무를 가지러 간 것 같은데."

카트린은 고개를 돌려 지난밤 아니면 새벽에 수리한 흔적이 남은 곳을 보았다. 잠결에 가르다르가 일하는 소리가 나서 깬 기억은 없었다. 그래도 혹시 그의 행방을 알려줄 뭔가를 찾을 수 있을까 해서 그쪽으로 갔다. 말이 안 되기는 했지만 더 좋은 생각이 떠오르지 않았다. 카트린은 벽을 짚고 앉아 바닥을 자세히 살펴보았다. 퀴티는 웬일인지 카트린을 따라오지 않고 멀찌감치 리프 옆에 있었다.

"곰팡이 보여? 가르다르가 그 곰팡이에 중독돼서 토하러 간 거 아닐까?" 리프가 불안해하며 말했다. "그러니까 내가 손대지 말라고 얘기했잖아. 내 말을 들었어야지."

널빤지를 빼낸 커다란 구멍 속에 보이는 것은 곰팡이가 아니라 낡은 마룻바닥이었다. "곰팡이는 없는 것 같아." 카트린이 조심조심 몸을 일으켰다. "촛불이 있어야겠어. 잘 안 보여." 그녀는 얼굴을 찡그렸다. "그런데 역한 냄새가 나. 오랫동안 공기가 안 통해서 그런가봐." 그녀는 숨을 깊이 들이마시지 않도록 주의했다. 어쩌면 현대인에게는 면역력이 없는 세균이 득실거릴지도 모를 일이다. 가르다르도 예외는 아닐 것이다.

"하지만 카트린, 이 바닥은 그렇게 오래된 게 아니야. 전 집주인이 새로 깔았다고 했잖아. 벌써 잊어버렸어? 고작 삼 년 전이야." 리프가 최대한 멀찌감치 떨어지며 말했다. "냄새가 난다면 곰팡이 때문이야. 눈에 보이지 않을 뿐이라니까."

카트린은 그 문제를 놓고 리프와 티격태격하는 대신 벽을 짚으며 반쯤 수리하다 만 그 자리를 벗어났다. 바닥 밑에 가르다르가 있을 리 만무했다. 리프가 있는 곳으로 돌아오자 퀴티가 하루종일 주인을 못 봤다는 듯 반겼다. 평소 같으면 재미있어했을 모습이지만 지금은 그럴 정신이 없었다.

"가르다르!" 카트린이 목청껏 외쳤지만 아무 대답도 들리지 않았다. "위에서 자고 있는지도 몰라. 리프, 잠깐 올라가볼래?"

"나더러 저기 올라가라고? 매트랑 침낭이 다 밑에 있잖아. 게다가 위에 있으면 대답을 했겠지." 리프는 혼자 이층에 올라가는 건 어림도 없다는 듯 단호했다. "그렇게 꽥꽥 소리를 질렀으니 분명히 깼을 거야."

카트린은 심호흡을 하고 속으로 10까지 숫자를 셌다. "꼭 그런 건 아니야. 너도 아까 내가 불렀을 때 안 일어났잖아. 그리고 가르다르는 밤을 새웠을 수도 있어. 우리랑 교대하기로 해놓고 안 깨웠잖아. 거기다 바닥까지 고쳤다면 피곤해서 곯아떨어졌을 거야."

"그래도 위에 없으면? 나 혼자 가긴 싫어. 네가 가면 안 돼? 아니면 나랑 같이 가거나?"

"난 이 방에서 저 방으로 가는 것도 힘든데 계단을 어떻게 올라가니? 내가 갈 수 있었으면 이런 말도 안 해." 카트린은 대답했지만, 그런 말로 리프를 설득할 수 없다는 것을 알고 있었다. "좋아, 그럼 내가 같이 가서 네가 보이는 곳에 서 있을게. 계단 아래에 있을 테니까 넌 방문 열고 안에 가르다르가 있는지 보기만 하면 돼. 퓌티를 데려가도 돼."

"우리 둘이 계단 아래 서서 같이 큰 소리로 부르면 안 될까? 그래도 대답이 없으면 위에 없는 거겠지."

"만약 대답을 못하는 상태면? 기절했거나 하면? 그럼 어떡할 거야?"

결국 리프는 이층에 올라가기로 했다. 카트린이 계단에서 리프를 지켜보면서 계속 말을 건다는 조건이었다. 퓌티도 안고 갔지만, 한 계단 한 계단 올라갈 때마다 카트린을 돌아보면서 자꾸만 품에서 빠져나오려고 버둥거리는 바람에 꽉 잡아야 했다.

"문 열어봐, 리프. 아무 일도 없을 거야." 카트린은 밑에서 격려했지만 솔직히 리프의 처지가 되고 싶은 생각은 없었다. 창문이 없는 이층 복도는 컴컴하고 으스스했다. 카트린이라면 촛불을 들고 갔을 것이다.

"가르다르?" 리프는 갈라진 목소리로 불렀다. 하지만 소리가 작아서 잠든 사람을 깨우기는 고사하고 바로 옆에 있어도 들리지 않을 것 같았다. "거기 있니?" 리프는 첫번째 방의 손잡이를 잡고 문을 안으로 밀었다. 퓌티는 카트린 옆으로 가고 싶다는 듯 고개를 잔뜩 빼고 아래를 바라보았다. 리프가 안심하는 표정으로 고개를 돌렸다. "아무것도 없어." 두 번째 방에도 가르다르는 없었다. 마지막 세번째 방은 복도 안쪽 깊숙이 있어서 카트린이 서 있는 곳에서 보이지 않았다. 그것을 눈치챈 리프가 발걸음을 돌려 계단 앞으로 돌아왔다. "네가 안 보이면 문 안 열 거야." 그녀는 그렇게 말하고 내려오려고 했다. "농담 아니야. 정말 안 해."

카트린은 끙 소리를 내며 난간을 붙잡고 다리를 끌다시피 힘겹게 계단을 몇 개 올라갔다. 세번째 방은 처음에 그들이 자던 곳이었다. "자, 이제 가봐. 여기서는 잘 보여."

리프는 다시 어두운 복도로 걸어들어갔다. 하지만 두 번이나 뒤돌아 카트린이 잘 보이는지 확인했다. 방 앞에 이르자 망설이고 서서 불안한 눈빛으로 뒤돌아보았고, 카트린은 어서 열어보라는 뜻으로 손을 내둘렀다. 이윽고 용기를 낸 리프가 단호한 표정으로 문을 열었다. 그러나 그 단호함은 바로 이어진 비명 때문에 우스꽝스럽게 느껴졌다. 놀란 리프가 갑자기 퀴티를 놓아버렸다. 앞발이 우악스레 바닥에 닿자마자 퀴티는 곧장 카트린에게 달려왔다.

"무슨 일이야?" 카트린은 다급하게 물으며 계단을 하나 더 올라가려 했다. "가르다르야?" 으스스한 냉방에 쓰러져 있을 남편의 모습이 떠오르면서 눈가에 뜨거운 눈물이 번졌다.

"아니, 아니야. 가르다르가 아니야." 리프는 방을 뒤로하고 급히 복도를 지나서 두 계단씩 건너뛰어 아래로 내려왔다. 그리고 다짜고짜 팔에 매달리는 통에 카트린은 중심을 잡느라 몸을 벽에 바싹 붙여야 했다. 그렇게 높지는 않지만 다시 계단에서 구르고 싶은 생각은 없었다. "방엔 아무도 없어. 진짜야." 리프가 숨가쁘게 속삭였다. 카트린은 그런 그녀를 멍하니 바라볼 수밖에 없었다. "그 빌어먹을 조개껍데기가 온 방안에 널렸어. 그리고 누군가 숨쉬는 소리가 들렸어." 리프는 카트린이 놀라지 않자 의아하다는 표정을 지었다. "어제 침낭을 가지러 갔을 때는 조개껍데기 같은 거 전혀 없었거든. 숨소리도 내가 착각한 게 아니야. 지금도 그 역한 냄새가 나는 것 같아." 리프는 이층 복도를 올려다보았다. 그리고 다시 고개를 돌린 순간 카트린도 썩은 냄새를 맡았다. "가르다르가 장난치는 걸까? 숨어서 우리가 어떻게 하는지 지켜보고 있을까?"

"아니." 카트린이 대답했다. 그녀는 그럴 리 없다는 것을 알았다. 가르다르가 그들을 놀래주려고 조개껍데기를 주우러 가다니. 더구나 피곤한 몸을 이끌고 밤중에 바다로 가다니, 말이 되지 않았다. 그리고 그 생각을 확인시켜주는 다른 목소리가 있었다. 낮고 슬픈 목소리가 그녀의 마음속에서 속삭이고 있었다. 가르다르는 영영 떠났어, 다시는 가르다르를 볼 수 없어.

가르다르를 찾으러 밖으로 나오자 그 목소리는 조금 줄어들었다. 리프가 카트린을 부축했지만 앞으로 나아가는 속도는 매우 느렸다. 그런 식으로 근처를 다 돌아볼 수는 없었다. 그들은 눈 위에 찍힌 발자국을 발견했다. 테라스에서도 그들이 가본 적 없는 지점에서 시작되어 바다 쪽으로 나 있었다. 생긴 지 얼마 되지 않은 듯한 발자국은 가르다르의 것이 분명했다. 집 주위를 아무리 찾아봐도 소용이 없자 그들은 그 발자국을 조금이라도 따라가보기로 했다. 그동안 리프는 카트린이 그만하라고 할 때까지 큰 소리로 쉴새없이 가르다르의 이름을 불렀다. 카트린은 날카로운 외침 뒤에 이어지는 무시무시한 정적을 견디기가 점점 더 힘겨워졌다. 카트린이 더 걸을 수 없을 만큼 지쳤을 때 가르다르의 발자국 옆에 다른 발자국이 나타났다. 발자국의 주인이 하늘에서 뚝 떨어지기라도 한 것처럼 느닷없이 시작됐다. 퓌티는 그 발자국에 코를 대고 킁킁거리더니 낑낑거리며 뒷걸음쳤다.

"리프, 이제 돌아가자. 집에 가서 문 잠그자." 마음속의 목소리가 점점 커지며 끊임없이 똑같은 말을 중얼거려서 카트린은 현기증이 날 지경이었다. 가르다르는 돌아오지 않아. 먼바다에서 갈매기 세 마리가 맴돌더니 먹이를 향해 수직 강하했다. 카트린은 수면 바로 밑에 가르다르의 시체가 떠 있고 새들이 그 살을 파먹는 끔찍한 상상을 쉽사리 떨쳐낼 수 없었다.

카트린은 넋을 놓고 새로 생긴 새하얀 발자국을 내려다보았다. 눈물 한 방울이 뺨에서 흘러내렸다. 그리고 아이의 맨발 발자국 두 개 사이 한가운데 소리 없이 떨어졌다.

28장

검은 하늘에서 오로라가 춤을 추었다. 널따란 띠는 프레이르가 설명할 수 없는 힘을 동력 삼아 점점 커졌다가 좁아지며 생동감 있게 움직였다. 지구 한쪽 끝에서 반대쪽 끝까지 뒤덮어버릴 기세였다. 이따금 옅은 붉은색의 물결이 넓은 띠를 감싸고 넘실거렸지만 주로 녹색이 강세를 보이며 프레이르의 시선을 사로잡았다.

프레이르는 오래된 항구 근처에 와 있었다. 18세기 중엽 덴마크인 독점 상인들이 들어오면서 형성된 구시가지로, 몇몇 현대적 요소를 빼면 당시 건물이 그대로 남아 있어서 자신이 꼭 상인에게 물건을 대주러 온 가난한 농부라도 된 기분이었다. 그는 티외뤼후스 앞에 있는 큰 바위에 앉아 있었다. 그곳은 낡은 창고를 리모델링해 아이슬란드보다는 덴마크 느낌이 나는 아늑한 분위기의 레스토랑인데, 동절기 휴무에 들어가기 전 딱 한 번 와본 적이 있다. 그때 먹은 생선요리가 맛있어서 봄이 되면 아마 첫번째로 다시 찾는 손님이 될 것이다. 이사피외르뒤르에 온 지 며칠 되지 않았을 때였다. 동료 의사 두 명이 잘 지내보자며 함께 저녁을 먹자고 했다. 그날 그는 요리를 칭찬한 것 외에는 거의 대화에 끼지 않고 신선하고 맛있는 생선을 열심히 먹기만 했다. 그후로 그들은 다시는 식사하러 가자는 말을 하지 않았다. 프레이르로서는 잘된 일이었다. 일이 끝난 후 돌아갈 가정이 있는 이들과 그 사이에는 아무런 공통점이 없었다.

그가 이곳으로 발걸음을 옮긴 것은 신선한 생선요리가 생각나서는 아니었다. 무작정 걷다보니 유서 깊은 이 장소에 이르게 된 것이었다. 어쩌면 무의식적으로 조용히 생각에 잠길 수 있는 인적 드문 곳을 찾아 헤맸을지도 몰랐다. 손이 떨려서 펜 하나 쥐기도 힘들고 대화에 집중할 수도 없는 상태에서 아무 실수 없이 일을 마친 것은 기적에 가까웠다. 휴대전화에 녹음된 벤니의 음성은 그의 마음을 송두리째 흔들어놓았다. 이제 잘못 들었다거나, 스트레스 때문이라거나, 착각이라는 변명은 통하지 않았다. 하지만 휴대전화 녹음만으로는 영 확신이 서지 않았다. 그는 복도에서 전구를 갈아 끼우는 관리인을 보자마자 달려가 녹음을 틀어주고 무슨 소리가 들리느냐고 물었다.

"사실을 말해요, 아빠. 그러면 날 찾을 수 있어요." 관리인이 말했다. 프레이르는 충격이 너무 커서 관리인의 호기심 어린 시선 따위는 안중에 없었다. 오해의 여지가 없는 사실 확인의 순간이었다. 레이캬비크에서 온 괴짜 정신과의사에 대한 소문이 다시 구내식당에 돌지 모르지만 그런 건 아무래도 좋았다.

프레이르는 휴대전화를 손에 든 채. 그사이 더 넓게 퍼져서 하늘을 뒤덮다시피 한 오로라를 응시했다. 왠지 녹색이 마음에 들었다. 이제까지 색깔에 대해 생각해본 일이 없고 좋아하는 색깔조차 없는데 갑자기 한 가지 색깔에 사로잡히다니 이상한 일이었다. 하늘에서 너울거리는 녹색이 마음속 깊이 가라앉아 있던 오래된 슬픔을 다시 불러냈다. 이미 지나가버린 것, 달라질 수도 있었던 일에 대한 슬픔이었다. 프레이르는 답을 알 수 없는 희망적인 관측을 떨쳐내려고 애썼다. 그런데 그런 희망에서 헤어나지 못하는 환자들에게 수도 없이 해왔던 조언이 어째서 정작 자신에게는 통하지 않는지 모를 일이었다. 그때 만약 다르게 행동했더라면 어떻게 되었을까……? 이제껏 문제없이 통제할 수 있는 생각이었다. 당시 사라에게 사실대로 말했더라도 상황이 나아지지 않았을 것을 알 만큼 그는 충분히 현실적이었다. 아들을 잃고 슬퍼하던 사라에게 분노까지 안겨줬더라면 모든 것은 더 나빠지기만 했을 것이다. 진실이 벤니의 운명을 바꾸지는 못했을 것이었다. 사라에게 더 큰 상처를 줘서 그와의 관계를 영영 끊을지 모르는 위험을 감수하는 것은 용납이 되지 않았다. 더욱이 정직을 당하거나 해고될 수도 있었다.

프레이르는 이런 논리로 삼 년간이나 자신의 거짓말을 정당화해왔다. 그런데 벤니의 음성을 듣고 나니 그 논리들이 한없이 허술하게 느껴지고 양심의 가책이 밀려왔다. 제대로 된 녹음기도 아닌 휴대전화에 들릴 듯 말 듯 잡힌 소리에 너무 큰 의미를 두는지도 몰랐다. 하지만 아들이 과거를 청산하길 바라고 있다는 것만은 확실했다. 벤니의 기이한 메시지는 사라가 아픔을 견디며 계속 살아가도록 돕기 위한 것이며, 그러기 위해서는 프레이르가 진실을 말해야 하는 것이다.

그때 휴대전화가 울렸다. 녹색에 어떤 의미가 있는지, 어떤 기억을 일깨우는지 전혀 의식하지 못한 채 하늘에서 벌어지는 빛의 향연에 완전히 넋이 나가 있던 프레이르는 발신인을 확인하지 않고 전화를 받았다. "여보세요?"

다그니의 목소리가 귓속으로 파고들었다. "라퀴스가 죽었어요." 다그니는 그가 대꾸하기를 기다리다가 아무 말이 없자 다시 말을 이었다. "집에서 시신이 발견됐대요. 레이캬비크 경찰서에서 연락을 받았어요."

"어떻게 된 거죠?" 프레이르는 하늘의 장관을 뿌리치고 통화 내용에 집중하기 위해 눈을 꼭 감았다.

"아직은 모르는데, 독약을 마신 것 같대요. 실수인지, 일부러 마신 건지는 알 수 없지만 일부러 마신 것 같지는 않아요."

"독약의 종류는요?" 사실 중요하지 않은 질문이었다. 하지만 새로운 사실을 소화하고 정신을 가다듬을 시간이 필요했다.

"그건 안 물어봤는데. 내일이면 자세히 알 수 있을 거예요. 레이캬비크에 전화할 때 상세한 내막은 밝히지 않았어요. 그냥 옛날 사건과 관련된 사람인데 전화를 안 받는다, 집에 좀 찾아가봐달라, 이렇게만 얘기했거든요. 그쪽에서도 더 깊이 물어보지 않았고요."

"등에 십자가가 있대요?"

"모르겠어요. 곧 알게 되겠죠." 다그니는 나지막이 한숨을 쉬었다. "무슨 사건 때문이었는지 꼬치꼬치 캐물을 텐데 큰일이네."

프레이르는 아무 대꾸도 할 수 없었다. 라뤼스의 죽음이 무엇을 의미하는지 생각할 마음의 여유가 없었다. 차례로 죽어간 하들라의 친구들과 벤니의 실종 사이에 무슨 연관이 있는지 고민할 필요가 없어진 걸까. 과거의 일을 증언할 수 있는 사람이 없는 지금, 수사를 계속하는 게 무의미해진 느낌이었다. 차라리 여기서 그만두는 편이 더 나을지도 모른다. 사실 이 사건에 개입하기 전까지는 이렇다 할 문제 없이 그럭저럭 살아가고 있었다. 그런데 지금은 벤니가 실종된 직후 감정의 롤러코스터를 탈 때와 똑같았다.

프레이르는 딴생각에 골몰한 사람처럼 건성으로 인사하고 전화를 끊으려 했다. 심상치 않은 느낌이 들었는지 괜찮냐고 묻는 다그니에게 그는 그냥 피곤해서 그렇다고 대답했다. 벤니의 목소리가 녹음되었다고 솔직히 털어놓는 게 옳았겠지만 최근 일어난 일들을 있는 그대로 얘기해봐야 그가 미쳤다고 생각할 것이 뻔했다. 휴대전화를 앞에 놓고 직접 들려줄 수 있을 때까지 기다려야 했다. 휴대전화에 녹음된 벤니의 음성은 성대, 혀, 중추신경도 없이 만들어졌다. 그러나 하늘에서 오로라가 춤추게 한 것도 눈에 보이는 무언가는 아니었다. 무엇이 가능하고 무엇이 가능하지 않은지 어떻게 판단할 수 있단 말인가?

프레이르는 이어지는 저녁시간 내내 조용히 혼자 있고 싶다는 생각에 휴대전화를 무음모드로 바꾼 다음 재킷 주머니에 집어넣었다. 몹시 우울했는데도 피식 웃음이 나왔다. 퇴근 후에 사라 말고 전화하는 사람은 거의 없었으니까. 그는 자리에서 일어나 집으로 가기 전에 마지막으로 오로라를 올려다보았다. 그리고 녹색이 중요하다는, 아주 중요하다는 확신이 점점 더 강해졌다.

주위는 황량하기 그지없었다. 조용히 있고 싶어 일부러 찾아온 곳이지만 사람의 그림자가 보이지 않자 갑자기 으스스했다. 숨을 쉴 때마다 하얀 입김이 뿜어져나왔다가 금세 흩어졌다. 그런데 입김이 공기 중에 머무르는 아주 짧은 순간 아무것도 없는 곳에서 뭔가 움직인 것 같았다. 그는 발걸음을 빨리했지만 뛰지는 않았다. 뛰어서 도망친다는 것은 상황을 장악하지 못했음을 의미한다. 무엇이 두려웠던가? 설령 믿기지 않는 일이 현실로 일어나 벤니의 유령이 나타난다 한들 나쁠 게 없었다. 죽었든 살았든 벤니는 그의 자식이었다. 죽은 자의 혼령이 시간이 지나면 사악해진다는 영매의 말도 크게 신경쓰이지 않았다. 나쁜 일이 일어난다고 해봐야 얼마나 나쁘겠는가? 기껏해야 죽는 것인데, 그는 죽고 싶어 안달하지 않았지만 죽음을 심각하게 두려워하지도 않았다. 그의 삶은 전혀 특별하지 않았고 딱히 희망적인 미래가 기다리지도 않았다. 그렇게 생각하자 걸음이 절로 멈추어졌다. 눈앞에 골목길이 나타났다. 희미한 가로등과 하늘에서 일렁이는 신비로운 빛만으로는 어둠을 밝힐 수 없는 길에 가로등 불빛이 기다란 그림자를 드리우고 있었다. 집으로 가는, 가장 빠르고 가장 위험한 길이었다.

등이 검은 커다란 갈매기 한 마리의 날카로운 울음소리에 프레이르는 움찔했다. 심장이 둔탁하게 뛰고 있었다. 그는 의식적으로 천천히 숨을 쉬었다. 그때 어두컴컴한 골목에서 키득거리는 소리가 났다. 그는 그 자리에 못박힌 듯 서서 그쪽을 응시했다. 사람의 그림자가 나타나기를 기다렸지만 검은 눈으로 서로를 마주보며 침묵하는 집들뿐이었다. 프레이르는 시내 쪽으로 나가지 않고 조용한 곳을 찾아온 자신이 원망스러웠다. 다시 키득거리는 소리가 났다. 이번에는 좀더 선명했다. 웃음을 참는 듯한 그 소리는 기쁨과는 거리가 멀었고 사악하며 심술궂었다. 그것은 벤니가 내는 소리가 아니었다. 벤니의 웃음소리를 묘사하라고 하면 못하겠지만, 방금 들린 것이 아들의 웃음소리가 아니라는 것은 분명했다. 짧은 생을 살면서 그런 식으로 웃거나 기분 나쁜 소리를 낸 적이 없었다. 프레이르는 좌우를 둘러보며 바닷가 쪽으로 돌아갈지 훨씬 넓고 밝아 보이는 다음 골목을 택할지 고민했다. 강도가 나타날까봐 걱정하는 것은 아니었지만 기분 나쁜 웃음소리의 진원지에 가까이 가고 싶지도 않았다. 그는 오래 고민하지 않고 바닷가 길을 택했다. 그리고 오른쪽으로 꺾어 천천히 걷기 시작했다.

방파제에 가까워지자 철썩이는 파도 소리가 들려왔다. 컴컴한 골목에서 멀어져 마음이 편안해지는 그 소리를 향해 걸을수록 기분이 좋아졌다. 프레이르는 딴생각을 하기 위해 방파제까지 몇 걸음이나 되는지 속으로 숫자를 세며 걸었다. 자꾸 헷갈렸지만 적어도 정신을 딴 데로 돌릴 수는 있었다. 그때 다시 웃음소리가 들렸다. 이번에는 수리를 위해 받침대에 올려진 채 봄이 오길 기다리는 작은 모터보트에서 나는 것 같았다. 웃음소리는 아까보다 더 선명했다. 높고 맑은 아이 목소리였지만 절대 평범한 아이는 아니었다. 그는 숫자 세기를 포기하고 멈춰 서서 모터보트 주변을 둘러보았지만 사람의 그림자는 없었다. 허리를 굽혀 보트 밑에 사람 발이 있는지 살폈지만 아무것도 보이지 않았다. 그렇다면 소리를 낸 사람은 틀림없이 보트 안에 숨어 있을 것이다. 불현듯 동네 아이들의 장난이 아닐까 하는 생각이 뇌리를 스쳤다. 레이캬비크에서 온 이상한 남자, 아들을 잃었다는 옆집 아저씨를 놀리려는 개구쟁이들의 짓인지도 모른다. 어쩌면 병원 복도에서 뛰어 달아났던 아이도 그들 중 하나일 것이다. 그는 자기도 모르게 보트를 향해 성큼성큼 걸었다. 이상한 웃음소리가 또 들렸지만 개의치 않았다.

보트 앞에 이르러서 보니 선체가 생각보다 훨씬 높아 쉽게 숨어들 수 없을 것 같았다. 그는 두 손으로 배 끄트머리를 짚고 매달려 갑판 위를 휘 둘러보았다. 녹슨 철판, 썩어가는 밧줄, 뒤엉켜서 물고기들에게 위협이나 될까 싶은 그물이 보였다. 그는 한 명인지 여러 명인지 모를 아이에게 겁을 주려고 보트를 따라 돌며 선체를 두드렸다. 속이 빈 철판에서 깊은 울림이 퍼져나왔다. 그러나 아이 머리가 쏙 올라와 누군지 밝히며 나오는 일은 없었다. 선체에 말라붙은 노란 페인트 가루만 떨어졌다. '기갸 올라프스도티르 ÍS 127'이라는 보트 이름과 번호판은 아직 알아볼 수 있었다. 드디어 반응이 나타났다. 또다시 웃음소리가 들렸다. 이번에는 보트 안에서 나는 소리가 분명했다. 프레이르는 난간이 가장 낮은 곳으로 가서 훌쩍 뛰어 갑판 위로 올라갔다.

그가 제일 처음 맞닥뜨린 것은 강렬한 짠내였다. 그곳의 모든 것이 바닷물과 거품에 젖어 있어 몇 년을 뭍에서 말려도 사라지지 않을 냄새였다. 갑판 여기저기 고여 달빛에 반짝거리는 물웅덩이에서 나는 것인지도 몰랐다. 프레이르는 물웅덩이들에서 눈을 떼지 못했다. 무척 추운 날씨여서 바닷물도 얼 지경인데 얕게 물이 고여 있었다. 보트 안에 숨은 사람이 낸 물자국인지도 모른다. 걸음을 옮길 때마다 발밑에서 삐거덕거리는 소리가 났다. 그는 코흘리개 녀석들이 들킬까봐 가슴을 졸이기를 바랐다. 하지만 막상 범인을 잡으면 어떻게 해야 할까? 아마도 목덜미를 잡고 끄집어내 도대체 뭐하는 짓이냐고 야단을 치고 어깨를 몇 번 흔든 다음 놀라서 사색이 된 아이를 집으로 돌려보낼 것이다. 조심해야 할 것은 단 하나, 자제력을 잃고 지난 몇 년간 얼마나 나쁜 짓을 했는지 아느냐며 앙갚음하듯 아이를 벌하지 않는 것이었다. 그러고 싶은 마음이 그만큼 컸다.

그는 웃음소리의 진원지가 갑판 밑이라는 것을 알았지만 먼저 조타실을 살폈다. 아이들을 나무랄 때 목격자가 없었으면 했다. 다행히 아무도 없었다. 그는 바닥에 난 나무문으로 향하며 아이들에게 겁을 주려고 일부러 발소리를 크게 냈다. 그리고 승강구 문을 들어올리기 전 긴장감을 극대화할 속셈으로 잠시 기다렸다.

프레이르는 무릎을 굽히고 문손잡이를 잡았다. 그 순간 바로 밑에서 다시 웃음소리가 들렸다. 마치 터져나오려는 웃음을 참는 듯한 소리였고, 무서워하기는커녕 재미있어하는 것 같았다. 그는 아이다운 천진함이라곤 없는 기분 나쁜 소리에 도로 손잡이를 놓아버렸다. 방금 전까지의 호기로운 모습은 온데간데없었다. 하지만 맹목적인 분노가 금세 사그라지고 이성이 제자리를 찾자 프레이르는 승강구의 빗장을 가만히 응시했다. 그는 밖에 있고 갑판 밑으로 들어가는 길은 이 승강구 하나뿐이다. 주위를 둘러보았으나 역시 다른 승강구는 없었다.

"열어줘."

프레이르는 온몸이 굳었다. 아이 목소리였지만 벤니는 아니었다.

"나랑 숨바꼭질할래?"

호흡이 가빠져 숨을 제대로 들이마시고 내쉬는지조차 모를 지경이었다. 프레이르는 벌떡 일어나 그 자리에 못박힌 듯 서서 승강구를 내려다보았다. 이윽고 뒷걸음치기 시작했을 때 나무갑판이 요란하게 진동하며 다시 목소리가 들렸다. "문 열어. 나랑 숨바꼭질하자." 그러더니 다시 그 웃음소리가 나기 시작했다. 소리는 그가 난간을 넘어 눈밭으로 뛰어내릴 때까지 바짝 쫓아왔다, 시내를 향해 달리는 내내 쫓아왔다. 시내에 들어서고 나서야 그는 속도를 늦추고 숨을 몰아쉬었다. 머릿속에서 메아리처럼 울리던 웃음소리도 사라졌다.

사라의 심령술사 친구가 뭐라고 했던가? 그가 위험에 처해 있다고 하지 않았나? 더는 그 말을 의심하지 않았다. 그는 이판사판의 심정으로 병원을 향해 걷기 시작했다. 사무실로 돌아가 서류를 모조리 꺼내놓고 보고서 한 줄, 세부사항 하나까지 샅샅이 파헤쳐 사건의 수수께끼를 풀고 아들을 찾을 작정이었다. 그는 사라에게 전화를 걸었다. 그리고 늦은 시간에 전화해서 미안하다는 말도 없이 숨가쁜 소리로 말했다. "벤니 없어졌을 때 경찰이 보내준 자료 말이야, 그거 아직 컴퓨터에 있지? 이메일로 좀 보내줘. 주유소 녹화영상도 같이. 나눠서 보내. 파일 용량이 커서 한 번으로는 안 될 거야."

"프레이르, 나 바보 아냐. 이메일 보낼 줄 알아."

프레이르는 크게 숨을 들이마신 다음 말했다. "사라, 할 얘기가 더 있어. 벤니가 없어진 날 병원에서 일한 게 아니야. 다른 여자랑 있었어. 그래서 늦게 온 거야. 미안하다는 말은 듣고 싶지 않겠지만……"

전화가 뚝 끊겼다. 프레이르는 사라가 이메일만이라도 보내주기를 간절히 바랐다.

29장

리프가 불안한 성격의 소유자인 것은 카트린에게 도움이 되었다. 리프가 미쳐버리지 않도록 신경쓰는 동안만이라도 숨막힐 듯 침울한 기분에서 벗어날 수 있었기 때문이다. 마음 같아서는 침낭을 머리끝까지 뒤집어쓰고 누워 최악의 상황을 마냥 기다리고 싶었다. 그녀는 곧 무서운 일이 생길 거라는 걸 한순간도 의심하지 않았다. 그러자니 힘이 빠져 쓰러질 지경이었지만 헛된 기대는 품지 않게 한다는 이점도 있었다. 코앞에 닥친 재앙에 의연히 맞설 거라고 생각하면 이상하게도 마음이 편해졌다. 많이 지쳤지만 아직은 끝난 게 아니었다. 물론 선택의 여지도 없었다. 누군가 한 명은 정신을 차려야 하는데 리프가 그럴 리 없었다. 퀴티도 모든 의지를 잃었는지 가르다르의 침낭 속에서 몸을 동그랗게 만 채 거의 하루종일 잠만 잤다.

"뭘 좀 먹어야지." 카트린이 방한매트 위에서 허리를 곧추세우며 말했다. 이제 아픈 발은 그다지 성가시지 않았다. 통증은 그대로였지만 그동안 익숙해졌고 진통제도 조금은 도움이 되었다. 카트린은 그게 나쁜 징조는 아닐까 미심쩍었다. 예전 같았으면 초자연적인 존재의 제물이 되는 것보다 퉁퉁 부은 발을 의사에게 보이지 못하는 것을 더 심각하게 걱정했을 것이다. "배 안 고파?" 아침에 일어난 뒤로 아무것도 먹지 못했다. 낮 동안은 배고픔을 느끼지 못한 채 지나가고 이제 다시 저녁이었다. 카트린은 입맛이 없었지만 빈속으로 잠자리에 드는 것이 현명한 일이 아님을 잘 알고 있었다. 한밤중에 배가 고파 잠을 못 이루거나 먹을 것을 찾아 혼자 어두운 부엌에 가야 한다는 건 생각만 해도 끔찍했다.

리프는 마치 그 뒤에 있는 누군가에게 말하고 싶은 듯 열린 문을 뚫어져라 보았다. "사람이 나쁜 짓을 하면 벌을 받겠지?" 그녀의 떨리는 손이 구겨진 담뱃갑을 만지작거렸다. 딱 한 개비 남아 있었다.

"갑자기 그게 무슨 소리야?" 카트린은 힘겹게 자리에서 일어났다. 그녀가 아는 리프라면 분명히 따라 나올 것이다. "마땅한 죗값을 치르는 사람도 있고 안 그런 사람도 있어. 우리가 과거에 지은 죄 때문에 이런 일을 겪는 건 아니라고 생각해. 네가 하려는 얘기가 그런 뜻이라면 말이야. 우리가 이런 일을 당해도 쌀 만큼 나쁜 짓을 했다니 상상도 안 돼." 반복되는 공격에 해지고 닳아버린 말초신경이 진정하라는 메시지를 필사적으로 두뇌로 보냈다. 퓌티는 그런 카트린의 마음을 읽은 것처럼 고개를 들어 안됐다는 듯이 쳐다보았다. 그 검은 눈동자는 마치 지금도 끔찍하지만 앞으로 더 끔찍해질 거라고, 슬프지만 어쩔 수 없는 일이라고 말하는 것 같았다. 아직은 발등의 통증이 여전히 살아 있다고 말해주었지만 그것도 곧 사라질지 모르는 일이었다.

"내 생각에 이건 복수야. 죽은 사람들이 힘을 합쳐서 우리에게 복수하고 있는 거야. 그런 것 같지 않아?" 리프의 목소리는 그녀의 머릿속에 출몰해 복수를 부르짖고 있을 죽은 자들처럼 생기가 없었다.

"아니야, 말도 안 돼. 가령 가르다르가 무슨 죄를 지었다고 그런……" 카트린은 말을 끝맺지 못했다. 가르다르에게 무슨 일이 일어난 걸까? 리프가 그녀를 보며 입을 열었다가 곧 다시 다물었다. 그리고 일렁이는 촛불의 빛으로는 충분히 밝아지지 않는 문 앞의 어둠을 향해 고개를 돌렸다. "자, 부엌에 가서 뭘 좀 먹자. 먹고 나면 훨씬 기분이 좋아질 거야. 너도 혈당수치가 올라서 나쁠 것 없잖아. 이렇게 넋 놓고 있으면 안 돼." 카트린이 감정을 추스르고 말했다. 퓌티도 일어나 아픈 다리를 이끌고 천천히 카트린에게 다가왔다. 슬슬 이런 조건에 맞지 않는 견종이라는 것이 드러났다.

"어떤 사람은 혈당이 높아서 죽지." 리프가 미동도 없이 앉아서 대꾸하더니 메마른 웃음을 지었다. 담요를 두른 어깨가 파르르 떨렸다. "또 어떤 사람은 혈당이 낮아서 죽고." 그녀는 다시 웃다가 뚝 그치고는 무심하게 눈앞의 허공을 응시했다.

"그게 걱정이라면 전혀 위험할 거 없어. 내가 보장해." 카트린이 말했다. 그녀는 극심한 통증이 가실 때까지 벽에 기대고 서 있었다. 리프는 아무 말도 하지 않았고 일어날 생각도 하지 않았다. "같이 안 가면 어두운 데 너 혼자 있어야 해. 내가 퓌티도 데려가고 촛불도 가져갈 거야." 사실 부엌에 초가 아직 남아 있어서 촛불을 가져갈 필요는 없었지만 리프를 움직이게 하려는, 일으켜세워 같이 가려는 필사적인 시도였다. 인정하고 싶지 않았지만 카트린도 혼자 부엌에 갈 엄두가 나지 않았다. 퓌티를 데려간다고 해도 마찬가지였다. "너 좋을 대로 해."

리프는 살짝 고개를 돌려 카트린의 눈을 쳐다보았다. 일렁이는 촛불이 눈동자에 비쳐 마치 뭔가가 눈 속에서 끊임없이 돌아다니는 것처럼 보였다. "카트린, 난 죽고 싶지 않아. 혼자 죽기 싫어." 그녀는 자리에서 일어나 부엌으로 걸음을 옮겼다. 사형장으로 끌려가는 죄수처럼 다 틀렸다는 듯 맥없이 걷는 모습이 퓌티와 똑같았다.

"죽긴 왜 죽어." 카트린의 그 말은 허황된 옛날이야기, 아니면 재미없는 농담처럼 들렸다. "뭘 좀 먹으면 기분도 나아질 거야." 사실 그녀는 아무 말도 하고 싶지 않았지만, 밤이 찾아오기 전에 한번 더 나갔다 와야 한다는 걸 리프에게 설명해야 했다. 그러려면 음식을 먹고 기운을 차려야 한다. 카트린은 음식이 악을 물리쳐줄 것 같다는 순진한 생각에 피식 웃음이 새어나왔다. 밖에 나가서 할 일은 오줌을 누고 땔감을 모으는 것이다. 그리고 어둠 속에 대고 가르다르의 이름을 외쳐야 한다. 소리를 듣고 그가 돌아올지도 모른다는 희망을 완전히 저버릴 수는 없었다. "리프, 초 챙겨. 어두워서 필요해."

오렌지색 불빛이 리프의 얼굴에 무시무시한 그림자를 드리웠다. 눈이 움푹 꺼지고 광대뼈는 툭 튀어나와 꼭 얼굴이 쭈그러든 것처럼 보였다. 말을 하면 입이 움직여서 더 유령 같았다. "가르다르는 어떻게 된 걸까?" 그녀가 속삭였다.

"나도 몰라, 리프. 무슨 사정이 생겨서 마을 어느 집에서 머물렀길 바랄 뿐이야. 다쳤거나 정신을 잃어서 못 오는 건지도 모르고." 카트린은 자기 말이 맞길 바라며 입술을 꽉 깨물었다. 가르다르가 실내가 아닌 어딘가 바깥, 눈밭에 차가운 바람을 이불 삼아 누워 있는 모습이 떠올라서였다. "분명히 병원 관사에 있을 거야." 정말이지 카트린은 자신이 말하는 대로 현실이 달라질 수도 있을 것 같은 느낌이었다. 마치 그녀가 가르다르의 운명을 결정하길 온 세상이 기다리는 것처럼. "거기 있는 게 분명해."

"그럼 우리도 그리로 가면 되잖아." 리프의 눈에 떠오른 희망의 빛에 촛불 그림자가 약해지며 그녀의 얼굴은 다시 인간다워졌다. "내가 부축해줄게. 오래 걸리지 않을 거야, 응?"

"난 못 가, 리프. 발 상태가 더 심해졌어. 다리 하나로 개울을 건널 수는 없잖아. 네가 날 들쳐업을 수도 없고. 그러다 미끄러져서 우리 둘 다 차가운 물에 빠지면? 바로 얼어죽는 거야. 물론 너 혼자 가는 방법도 있어. 네가 그럴 수 있을진 모르겠지만 말이야. 너 혼자라도 갈래?" 카트린은 문득 예상을 저버리고 리프가 혼자 가겠다고 할까봐 숨을 참았다. 여기서 헤어지면 두 사람도 끝장난 것이나 다름없었다.

"가르다르는 거기 없을 거야." 리프는 낙담해서 말했다. 희망의 불씨는 생겼을 때와 똑같이 빠르게 목소리에서 사그라졌다. 그녀가 카트린을 똑바로 보았다. "하지만 이건 알아둬, 카트린. 남편이 다른 여자랑 바람나서 떠나는 것보다는 죽고 없는 게 백배 나아."

"그만해!" 카트린은 갑자기 견딜 수 없을 만큼 화가 치밀어 리프의 뺨을 한 대 갈기고 싶어졌다. 자신에게 닥친 운명을, 그것도 이런 식으로 확인하긴 싫었다. 그녀와 가르다르의 관계를 리프와 에이나르의 결혼생활과 비교하다니 당치 않았다. 두 사람은 서로를 망쳐놓지 않았는가. 하지만 카트린의 화는 바로 두려움에 밀려났다. 그녀는 울기 시작하면 다시는 그치지 못할 것을 알았기에 목구멍까지 차오른 울음을 꿀꺽 삼키고 헛기침을 했다. "그 얘기는 그만하자. 가르다르는 돌아올 거야. 너도 그렇게 확신하잖아."

리프는 동의하지도, 그렇다고 반박하지도 않았다. 식탁에 앉아 초를 하나 더 켜고 나서야 두 사람은 다시 얘기를 주고받았다. 남은 초는 그리 많지 않았다. 하지만 초를 아껴야 한다는 생각보다는 빛을 그리워하는 마음이 훨씬 강했다. 촛불 덕분에 눈앞의 것이 보인다는 사실만으로도 한결 기운이 나서 음식을 먹고 싶은 마음도 생겼다. 그들은 상자 맨 위에 있는 것만 가져다가 식탁을 차렸다. 퀴티는 간소시지를 보고도 시큰둥하다가 천천히 먹기 시작했다.

"이 비스킷 정말 맛없다." 리프는 그렇게 말하면서도 두번째 비스킷을 베어 물었다. "이런 걸 뭐하러 먹는지 몰라. 아무 맛도 안 나는데. 퍼석거리고 딱딱해서 꼭 시멘트를 씹는 것 같잖아." 그녀는 팩에 든 우유를 한 모금 마시고 얼굴을 찡그렸다. 상하지는 않았지만 입맛이 없어서 우유조차 삼키기 힘들었다.

카트린은 살며시 미소 지으며 리프가 자신들의 암울한 상황이 아니라 다른 것에 대해 이야기하는 것이 좋은 징조이기를 바랐다. 어쩌면 곧 밖에 나가자고 말을 건넬 수도 있을 것이다. 그들은 땔감이 필요했고, 퀴티도 오줌이 마려운 것 같지는 않았지만 잠깐 밖에 데리고 나가야 했다. 무슨 일이 있어도 퀴티를 혼자 밖에 내보내지는 않을 생각이었다. 가르다르처럼 나가면 돌아오지 않을 것만 같았다. 카트린은 퍼석한 플랫브레드 한 조각을 씹다가 힘겹게 삼켰다. "이 플랫브레드 정말 맛없다." 두 사람 다 웃지 않았다.

바로 그때 마룻바닥에서 크게 삐거덕거리는 소리가 났다. 두 사람은 어두침침한 빛 속에서 눈이 휘둥그레져 서로를 마주보았다. "방금 그 소리 뭐였어?" 리프가 입에 비스킷을 가득 문 채 말했다. "바로 내 뒤에서 났어. 내 등뒤에 누가 있어? 그 미친 애가 서 있는 거 아냐?" 위협적일 정도로 날카로운 목소리였다. 그녀는 부릅뜬 눈을 깜박거리지도 않고 카트린을 바라보았다.

카트린도 리프의 눈을 쳐다보았다. 그러고 있는 동안에는 소리가 들려온 곳은 물론 다른 곳을 보지 않아도 됐다. 카트린은 거기서 일종의 안도감을 느꼈다. 그런데도 그녀는 눈동자를 옆으로 천천히 돌렸다. 고개는 돌리지 않은 채였다. 무서운 것이 보이면 바로 시선을 돌려버릴 생각이었다. 하지만 아무것도 없었다. 반대쪽으로 곁눈질해도 마찬가지였다. "아무것도 없어." 카트린의 말은 두 사람이 진정하는 데 그리 큰 도움이 되지 않았다. 그들은 겁에 질린 채 다음 발소리가 나기를 기다렸다. 다시 삐거덕 소리가 났을 때 두 사람은 이미 예상하고 있었음에도 소스라치게 놀랐다. 바로 등뒤에서 난 소리라 리프는 더욱 깜짝 놀랐다.

퀴티가 나지막하게 으르렁거렸지만 달라지는 것은 없었다. 바닥이 삐거덕거리는 소리가 또다시, 이번에는 좀더 작게 들렸다. 그리고 곧이어 낮게 중얼거리는 소리가 들렸다. 카트린이 혼자 있을 때 들은 바로 그 소리였다. 그때는 자기더러 미쳤다고 할까봐 말을 못하고 다른 두 사람도 그 불쾌한 소리를 들었으면 좋겠다고 생각했었다. 그런데 막상 리프가 소리의 증인이 되니 조금도 기쁘지 않았다. 리프의 경악하는 표정을 보자 더 참담해질 뿐이었다. 이제는 잘못 들었거나 잠깐 정신이 나갔을 거라는 생각으로 위안을 얻을 수 없었다.

"방금 누가 말했어?" 리프는 겁에 질려 금방이라도 울음을 터뜨릴 것 같은 표정이었다. 카트린의 사정도 크게 낫지 않았다. 리프는 입술을 파르르 떨며 질문을 반복했다. "방금 말한 거 누구야?"

"나도 모르겠어." 카트린은 자신에게도 들리지 않을 만큼 작은 소리로 웅얼거렸다. "모르겠어." 두번째는 조금 들어줄 만했다. 카트린은 애써 용기를 냈다. "너한테는 무슨 말로 들렸어?" 그녀는 리프 쪽으로 몸을 기울였다. 부엌 깊숙한 곳의 어둠 속에서 소년의 실루엣이 보일까봐 그쪽으로는 시선을 주지 않았다.

"무, 무, 문 열어." 리프의 뺨을 타고 눈물이 흘러내렸다. 촛불에 비쳐 황금빛으로 보였다.

카트린이 들은 것도 똑같았다. "문 열어야 할까?" 카트린은 대답을 기대하지 않고 작게 물었다. 그때 리프 뒤에서 다시 그 말소리가 났다. 리프는 식탁 위에 넙죽 엎드렸고, 소름 돋는 느낌에 카트린도 눈을 질끈 감았다. 리프 뒤에 뭐가 있는지 보고 싶지 않았다. 그때 카트린의 다리 사이로 파고든 퓌티가 아픈 발등을 밟는 바람에 다시 눈을 떴다. 현실도피는 순간일 뿐이었고, 카트린은 너무 아파 비명을 질렀다. 의심할 수 없는 진짜 통증에 정신이 번쩍 들었다. 리프 뒤에는 아무것도 없었다. 가르다르가 벽에 기대놓은 지렛대뿐이었다. 카트린은 의자에서 일어났다. "소리난 곳에 구멍이 있는지 봐야겠어." 리프가 식탁에 엎드린 채 윗몸을 웅송그렸다. 리프가 뭐라고 중얼거렸지만 카트린은 이미 결심을 굳힌 뒤였다.

그녀는 손에 촛불을 들고 한 발로 뛰어서 속삭임이 들려온 벽으로 갔다. 그리고 촛불이 꺼지지 않도록 조심하며 비춰보았다. 이상한 것이 없는데도 카트린은 꼭 누가 옆에 있는 것 같은 기분이 들었다. 순간 목덜미에 따뜻한 입김이 느껴졌지만 아무 일도 일어나지 않았다. 유일하게 이상하다고 느낀 것은 리프가 이층에서 내려왔을 때 났던 것과 같이 코를 찌르는 고약한 냄새였다. 카트린은 바닥을 좀더 자세히 살펴보려고 엉덩이를 깔고 앉았다. 그러자니 아픔이 느껴졌고, 또다시 현실의 통증에서 용기를 얻었다. 어쨌든 일어나지 않을 일이 일어날 수는 없었다. 문제는 굴복하지 않고 당당함을 잃지 않는 것이었다. 가르다르가 바로 그 대담함 때문에 사라졌고 리프와 자신은 조신했기 때문에 무사히 남아 있다는 생각은 애써 하지 않으려고 했다.

"세상에!" 카트린은 초를 들지 않은 쪽 팔을 들어 팔꿈치 안쪽에 코를 묻었다. 새로 깐 바닥 밑에 초록색 곰팡이가 잔뜩 퍼져서 나무가 보이지 않을 정도였다.

"왜 그래?" 리프가 다시 몸을 일으키고 의자에서 몸을 돌렸다. "거기 뭐 있어?"

"징그러운 곰팡이에다 냄새도 지독해. 원래 마룻장에 피었던 거 기억나?" 팔에 대고 말하느라 웅얼거리는 소리로 들렸지만 리프는 하나도 빼놓지 않고 다 알아들었다. "그거랑 비슷한데 많아, 엄청 많아." 그런데 촛불을 더 가까이 가져가서 보니 벽과 맞닿은 부분에 곰팡이가 없는 곳이 있었다. 카트린은 양손으로 초를 잡고 최대한 바닥 가까이 가져가 비춰보았다.

"숨쉬지 마!" 리프가 손으로 입을 가리고 벌떡 일어났다. 퀴티는 리프 옆으로 가더니 처량한 몰골로 풀이 죽어 카트린을 바라보았다. 그러고는 한차례 낮게 낑낑거리더니 금방 조용해졌다.

"이게 치명적이었다면 난 벌써 죽었어. 너도 마찬가지고." 카트린이 실눈을 떴다. "여기 경첩이 있어. 오래된 바닥문이 틀림없어." 카트린은 리프에게 고개를 돌렸다. "리프, 바닥 밑에 뭔가가 있어. 이제 드디어 이 집에서 왜 그런 소리가 나고 이상한 일이 벌어졌는지 알아낼 수 있을지도 몰라."

리프는 그 이유를 전혀 알고 싶지 않은 표정이었다. "미쳤어? 설마 그애가 그 밑에 있으면 꺼내주려는 건 아니지?" 카트린이 아무 대답 없이 지렛대로 손을 뻗자 리프가 얼른 덧붙였다. "전 집주인이 왜 바닥문 위에 새로 나무를 깔았겠어? 그 밑에 위험한 게 있다는 걸 알았던 거야. 열지 마, 카트린." 리프의 말 속에는 명령과 부탁, 그리고 공포가 동시에 존재했다.

"그 사람은 경첩을 못 본 거야. 나도 이제야 봤는걸. 다른 부분은 다 곰팡이에 뒤덮여 있는데 여기만 멀쩡하니까. 아마 그전에는 바닥 마감재 뒤에 숨겨져 있었나봐. 그리고 너도 알다시피 여긴 상당히 어둡잖아." 카트린은 지렛대를 들고 바닥문의 윤곽을 찾아보았으나 수월치 않았다. 그래서 여기쯤에서 문이 끝나겠다 싶은 곳의 널빤지 사이에 지렛대를 끼우고 들어올렸지만 잘되지 않았다. 그렇게 다음, 그다음까지 시도해보고도 실패하자 다른 경첩과 바닥문 끝이 반대쪽에 있을지도 모른다는 생각이 들었다. 카트린은 엉덩이로 바닥을 밀면서 힘들게 자리를 옮겼다.

"카트린, 그만둬. 문이 열리면 어떻게 할 건데? 구멍으로 머리라도 들이밀게? 너 정신이 어떻게 된 거 아니니?" 리프가 어깃장을 놓았다. 카트린은 리프가 걱정하는 게 자기 머리인지 그녀의 안전인지 알 수 없었다. "제발 하지 마. 꼭 그래야겠다면 내일 아침까지만이라도 기다려."

이미 때는 늦었다. 카트린이 드디어 제대로 된 자리를 찾아 지렛대를 끼우자 바닥이 요란하게 삐걱거렸다. 카트린은 깜짝 놀라 멈칫했다. 리프의 말이 의식 속으로 파고들었다. 경첩도 헐겁고 문을 받치고 있는 테두리도 심하게 삐걱거렸다. 지금 지렛대를 놓으면 경첩이 뜯어지면서 문이 통째로 바닥으로 떨어질 것이다. 그다음엔 어떡하지? 구멍으로 머리를 들이민다? 그건 아닌 것 같았다. "리프, 네 카메라 좀 줘봐. 아직 배터리 있지?"

"뭐?" 리프는 무슨 소리냐는 듯 카트린을 보다가 곧 알아채고 카메라를 가져왔다. 리프는 반짝이는 크롬 재질의 카메라를 줘야 할지 말아야 할지 고민하는 듯 품에 꼭 안고 있다가 내밀었다. "얼른 찍고 그 문 다시 닫아버려."

카트린은 카메라를 건네받은 다음 지렛대를 놓았다. 문이 길게 끼이익 소리내며 밑으로 떨어졌다. 리프에게 다시 문을 닫을 수 없다는 말은 하지 않았다. 먼지구름이 풀썩 이는 바람에 촛불이 꺼질 뻔했다. 카트린은 먼지를 피하려고 최대한 몸을 뒤로 젖혔지만 이미 입안에 텁텁한 맛이 느껴졌다. 카트린은 리프를 바라보며 깜짝 놀란 그녀의 표정에서 모든 걸 읽어냈다. 이게 실수라면 돌이키기에는 너무 늦었다. 퓌티는 짖지도 낑낑거리지도 않았지만 리프만큼이나 충격을 받은 것 같았다. 카트린은 둘에게서 시선을 돌려 시커먼 구멍 안을 들여다보았다. 다시 정신을 차리고 떨리는 손으로 카메라를 켰다. 최대한 몸을 앞으로 기울였다. 주체할 수 없을 만큼 몸이 자꾸 떨렸지만 검지를 셔터에 올린 채 구멍 속으로 카메라를 집어넣었다. 충분히 아래로 내렸다 싶은 순간 셔터를 누르자, 눈부신 빛이 구멍 속에서 올라왔다. 마치 건물 지하에서 폭탄이 터진 것 같았다. 그녀는 위치를 조금 옮겨 다시 셔터를 누르고 다른 방향에서 한번 더 눌렀다. 제대로 다 찍혔는지 알 도리가 없었지만 더 계속할 배짱은 없었다. 카트린은 얼른 구멍 속에서 팔을 뺐다.

"뭐가 찍혔어?" 리프는 마치 카트린의 폭탄선언에 심장마비를 일으킬지도 모른다는 듯 양손을 가슴 위에 모으고 있었다.

카트린은 대답하지 않았다. 앉은 채 미끄러지듯 구멍에서 뒤로 물러나며 사진을 불러냈고, 등이 찬장에 닿자 기대고서 화면을 보았다. 사진 한구석에 찍힌 것을 확인한 그녀는 마른침을 꼴깍 삼키며 리프를 보았다. "뼈야. 사람 뼈. 우리 발밑의 지하창고에 시체가 있었던 거야."

리프는 손으로 입을 막았다. "가르다르?" 가르다르가 사라진 지는 고작 24시간 정도밖에 되지 않았다. 하지만 이 유령의 집에 논리라는 것이 통할 리 없다.

카트린은 아무 대답 없이 화살표를 눌러 다음 사진으로 넘겼다. 그런데 방향을 잘못 선택하는 바람에 지하의 구멍 안을 다른 각도에서 찍은 사진이 아니라 카메라에 저장된, 가장 오래된 사진이 나왔다. 카트린은 넋을 잃고 그 사진을 보았다. 자기도 모르게 입이 딱 벌어졌다. 다시 화살표를 눌러 그다음으로 오래된 사진을 보았다. 오해가 아니라는 것이 확실해질 때까지 계속 화살표를 눌렀다. 그리고 리프에게 시선을 돌렸다.

"왜? 가르다르야?" 리프는 놀라기도 했지만 카트린의 무표정한 얼굴에 불안한 기색이었다. “가르다르 죽은 거야?”

카트린은 대답하지 않고 몸을 일으켰다. 발의 통증도 개의치 않았다. 그리고 똑바로 서자마자 리프에게 카메라를 휙 던졌다. 리프는 깜짝 놀라며 카메라를 받아들었다. 카트린은 리프에게 침을 뱉고 싶은 것을 꾹 참고 이렇게만 중얼거렸다. “난 있잖아……” 카트린의 심장을 에워싼 얼음덩어리처럼 차갑기 짝이 없는 목소리였다. “진짜 그런 거였으면 좋겠어.”

30장

방금 눈을 감은 것 같은데 자명종이 울렸다. 어쨌든 네 시간이라도 잤으니 다행이었다. 걱정했던 것과 달리 금세 잠들었고 악몽에 시달리지도 않았다. 프레이르는 어제 계획보다 훨씬 늦게 잠자리에 들었다. 막 컴퓨터를 끄려는데 사라에게 이메일이 왔고, 그 자료를 살펴보느라 잠을 못 잔 것이다. 일부러 잠을 못 자게 할 작정이었는지도 몰랐다. 하지만 그는 고까워하지 않았다. 사라는 그에게 엄청 화가 나 있었다. 아마 한동안은 그럴 것이다. 아니, 영원히 그럴지도 모른다. 자업자득이니 어쩔 수 없었다. 어쩌면 솔직히 말하고 헤어지는 것이 거짓말로 이어가는 우정보다 나을지 모른다. 보내온 메일마다 똑같은 작별인사가 쓰여 있었다. 나쁜 자식, 지옥에나 떨어져라. 상황에 딱 어울리는 말이었다.

그는 여느 때와 같이 머리가 뒤숭숭한 채 잠에서 깼다. 사라가 보내준 자료 중 중요한 것들은 밤에 대충 다 훑어보았지만 정보들이 뒤엉켜 머릿속은 더 뒤죽박죽이었다. 수많은 보고서 중에서 납득할 만한 단서를 찾아낼 수도 결론을 끌어낼 수도 없었다. 주유소 녹화영상도 모두

보았지만 무엇이 중요한지 도무지 가려낼 수 없었다. 사실 당시 경찰들이 놓친 것을 몇 년이 지난 지금 그가 찾아내려 한다는 것 자체가 무리였다. 그럼에도 그는 빠른 속도로 돌려가며 동영상을 하나도 빼놓지 않고 모두 보았다. 사람이 걷는 게 아니라 거위가 뒤뚱거리고 자동차들이 무작위로 나타났다 사라지는 만화영화 같았지만 달리 방법이 없었다. 네 시간 내내 주유소 화면만 들여다보고 있을 수는 없는 노릇이었다.

대신 보고서는 꼼꼼하게 읽었다. 새로운 것은 없었다. 왠지 미심쩍은 느낌이 들어 따로 챙겨놓은 것은 딱 하나, 벤니와 숨바꼭질한 아이의 목격자진술이었다. 벤니가 실종된 후 길에서 몇 번 마주치기도 했는데 그때마다 눈을 똑바로 쳐다보지 못하고 피했었다. 잠수함 얘기를 했던 바로 그 아이였다. 당시는 벤니를 잃은 슬픔에 정신을 차리지 못하던 때라 중요하게 생각하지 않았지만, 시간이 흐르고 거리가 생기자 좀더 예리한 시선으로 볼 수 있었다. 보고서에서 읽은 내용을 꿈결에 이해하게 됐는지는 몰라도 잠에서 깼을 때 분명해졌다. 그 아이의 진술 중 몇 가지 디테일이 맞지 않았다. 관련자가 아니면 알아챌 수 없을 만큼 작은 거짓말이어서 당시 경찰이 발견하지 못한 것도 당연했다. 그때 경찰이 프레이르와 사라에게 보고서를 전부 주지 않았고 그뒤 해당 문제에 대해 아이와 다시 얘기했을 수도 있다. 어쨌든 프레이르는 오늘이 가기 전에 그 문제를 파헤쳐볼 생각이었다. 어떻게 해야 할지는 모르지만 시간은 충분했다.

그것 말고도 밤새 생각난 것이 더 있었다. 벤니가 없어진 날 아우르툰스브레카에서 일어난 접촉사고에 대한 것이었다. 주유소 영상에는 사고 차량만 잡혔고 그 차에 매달려 있던 트레일러와 프레이르의 차는 보이지 않았다. 상대 차의 주인은 트레일러를 분리해 세번째 주차 칸에 밀어넣었다. 그곳은 주차장 맨 끝이었고, 칸이 여러 개 나란히 그려진 곳은 거기밖에 없었다. 운전자는 차에서 내려 화면 밖으로 사라졌다. 프레이르와 얘기하기 위해서였다. 그는 잠시 후 돌아와 글러브박스에서 보험 관련 서류를 꺼내들고 다시 사라졌다. 그리고 대략 십오 분 후 다시 와서 서류를 제자리에 넣고 휴게소로 들어갔다. 삼십 분 정도 머물다 나온 것을 보면 아마 식사를 했을 것이다. 여기까지는 프레이르도 아는 사실이었다. 문제는 교통사고 정보를 기입한 그 서류가 어떻게 됐느냐 하는 것이다. 그 일은 그냥 거기서 끝나버렸다. 보험료가 오르지도 않았고 보험회사에서 프레이르 쪽에 과실이 없으니 할증을 하지 않겠다는 연락이 오지도 않았다. 차를 수리하지도 않았다. 벤니가 사라진 마당에 찌그러진 범퍼쯤은 아무 문제가 되지 않았다. 모든 게 벤니를 찾는 일을 중심으로 돌아가면서 그 사고는 그렇게 다른 수많은 일과 함께 잊혀버렸다. 그런데 왜 갑자기 그 일이 신경쓰이는 걸까? 아마 확실하게 마무리되지 않아서 찝찝한 마음이 드는 것일 테다.

밖은 아직 어두웠다. 프레이르는 맛없는 인스턴트커피를 한 잔 더 마시기로 했다. 이번에는 잠이 확실히 깨도록 두 봉을 한꺼번에 탔다. 오늘은 휴무였지만 출근할 때와 같은 시간에 자명종을 맞춰두고 일어났다. 이럴 줄 알았으면 더 잘 걸 그랬다 싶었다. 너무 이른 새벽이라 전화를 걸 수도 없고, 할 수 있는 일은 집안을 서성이며 커피나 마시는 게 고작이었다. 생각해보면 사라는 잠을 푹 자는 법이 없으니 전화를 걸어볼 수도 있었다. 그는 용서를 구할 책임이 있었고, 그녀도 소리지르며 욕을 퍼붓고 나면 좀 나아질지 몰랐다.

"끊지 마." 프레이르는 사라가 그에게 꺼지라며 수화기를 내려놓을까봐 다급하게 말했다. "할 얘기가 있어. 먼저 내 얘기 듣고 나서 소리지르고 싶은 만큼 소리질러."

"당신은 그럴 가치도 없는 인간이야." 사라의 목소리는 너무 냉랭해서 그 말이 진심이라는 데 추호의 의심도 품을 수 없었다. "할말 있으면 빨리 해. 그리고 나한테 연락하지 마." 사라는 멈칫하더니 한마디를 덧붙였다. "이게 마지막이야."

"사라, 내가 어리석었어. 내가 저지른 짓을 용서해달라고는 안 할게. 그래, 이러는 것도 구차하지. 유혹이 너무 커서 뿌리칠 수가 없었어. 내가 한 행동은 당신뿐 아니라 내 직업, 어떤 의미에서는 벤니에게도 배신이라는 거 알아. 물론 가장 큰 잘못은 그런 식으로 당신을 속였다는 거고."

"그러니까 병원엔 가지도 않은 거잖아. 그래서 인슐린이 그렇게 조금 들어 있었던 거 아냐? 어디 남아 있던 예전 약 대충 들고 온 거지? 영수증은 약국에서 가짜로 만들고? 당신이 인간이야?" 사라가 숨넘어갈 듯 쏘아대서 프레이르는 지난밤 빠르게 돌려 봤던 녹화영상을 떠올리지 않을 수 없었다.

"병원에는 갔어, 사라. 인슐린도 받아왔고. 그건 사실이야. 하지만 일거리가 남아서 사무실에 간다는 건 거짓말이었어. 일한 게 아니라 그 여자를 만났어. 그래서 늦었던 거고. 만나자는 전화가 왔어. 어차피 병원에 인슐린을 가지러 가야 했으니 핑계 삼아 그러자고 했어."

"어디서 만났어?" 사라가 물었다. 깊이 상처받은 사람의 목소리였다. 차라리 욕을 퍼부었더라면 면죄부를 받은 것으로 알고 위안을 삼았을 텐데 그렇게 나오니 더 견디기 힘들었다.

프레이르는 사라가 어디서 섹스를 했느냐고 묻는 게 아니기를 바라며 헛기침을 했다. 만약 그걸 묻는 거라면 마지막으로 한번 더 거짓말을 할 수밖에 없었다. 사무실 책상 위라는 식상한 대답은 도저히 할 수 없을 것 같았다. "사무실. 그 여자가 사무실에서 만나자고 했어."

"머리 잘 썼네." 사라는 잠시 말이 없었다. "어떻게 만났는데? 당신이 유부남이란 걸 몰랐어?"

"알았어. 그 여자도 남편이 있었고." 이번에는 프레이르가 침묵을 지켰다. 이 얘기를 계속하면 그의 직업적 미래는 사라의 손으로 넘어간다. 그는 잠시 머뭇거리다 사실을 털어놓았다. "내 환자였어. 결혼생활에 문제가 있어서 상담을 받으러 왔는데, 남편이 바람을 피워서 세상이 무너지는 것 같다고 하더군."

"그래서 맞바람을 피운 거야?"

"그 여자는 정신질환자였어, 사라. 그래서 상담기간도 그렇게 길었던 거고. 문란한 성생활도 그 질환의 흔한 합병증이야. 당신한테는 변명이 안 되겠지만, 그 여자가 작정하고 날 유혹했어. 물론 나한테 성적으로 관심 있다는 걸 알았을 때 바로 다른 동료에게 넘겼어야 했어. 하지만 그러지 못했고 결국 이렇게 됐어. 그날 사무실에서 만난 뒤로는 다시 본 적도 없고 전화한 적도 없어. 그후 진료 예약을 잡지 않아서 정식으로 끝내지는 못했지만 끝낼 생각이었어. 정말이야, 믿어줘." 그는 상대가 엄청나게 예쁘고 섹시했으며, 멀쩡한 남자라면 누구든 넘어가지 않고는 못 배길 거라는 말은 하지 않았다. 그 말이 사라에게 위안이 될 것 같지는 않았다.

"그렇게 한심한 변명은 처음 들어봐!" 사라가 다시 화를 내자 프레이르는 마음이 놓였다. 업무상의 과실을 병원에 알리겠다느니 하는 말은 꺼내지 않았다. 하지만 사실을 알았으니 그럴 가능성은 충분했다. "정말 한심하다. 나쁜 자식, 다시는 전화하지 마." 사라는 숨을 깊이 들이마셨다. "마지막으로 하나만 더 물을게. 당신하고 바람피운 그 정신병자, 혹시라도 말을 섞게 될까봐 그러는데." 그녀는 질문을 하기 위해 용기가 필요한 듯 다시 한번 크게 심호흡을 했다. "그 여자 이름이 뭐야?"

"리프." 프레이르는 헛기침을 섞어 대답했다. "리프라는 이름이었어."

보험회사는 아우르툰스브레카에서 있었던 그 사고에 대해 전혀 모르고 있었다. 상대 운전자가 왜 서류를 제출하지 않았는지는 그쪽에서도 알 도리가 없었다. 담당자는 상대 운전자의 보험회사에 문의해보는 것이 좋겠다고 했다. 그러나 프레이르는 그 남자 이름도 잊어버렸고 그에게 받은 복사본이 어디로 갔는지도 몰랐다. 그날 주유소에서 집으로 가는 길에 글러브박스에 넣어두었으니 이사하는 와중에 잃어버렸을 것이다. 이혼할 때 사라에게 차를 주었으니 그녀에게 물어봐야 하지만 더이상 전화를 받지 않았다. 그렇다면 이 단서를 따라가기는 힘들었다.

사라와 통화하고 나니 운명적인 그날 오후 리프와 만났던 일이 새록새록 떠올랐다. 오랫동안 잊으려 애썼던 기억이었다. 당시에는 벤니 때문에 생각할 겨를이 없었고 나중에는 프레이르 자신이 의식적으로 그 일을 기억에서 밀어내려 했다. 리프는 그날 이후 전화하거나 찾아온 일이 없었기 때문에 비교적 쉬운 일이었다. 그날 리프는 작은 종이봉지에 든 인슐린에 큰 관심을 보였다. 그는 약봉지를 가져다 내용물을 보여주며 어디에 쓰는 약인지 설명해주었다. 물론 벤니의 이름은 언급하지 않았다. 리프는 최음제로 쓰려는 건지 환각효과도 있느냐고 물었다. 그가 아니라고, 당뇨병이 아닌 사람에게는 위험할 수 있다고 하자 그녀는 계속 꼬치꼬치 캐물었다. 그는 그냥 무슨 얘기를 해야 할지 몰라 초조한 모양이라고 생각해버렸다. 당뇨가 없는 사람이 이 주사를 맞으면 어떻게 되는데요? 심장발작을 일으키나요? 심장이 약한 사람은 기능이 마비되나요? 그러면 죽을 수도 있나요? 재미로 해보지 않길 잘했네! 인슐린에 관련된 다른 기억은 경찰이 약국에서 약을 받아왔다는 증거를 대라고 한 것이다. 그러다 인슐린 펜이 하나밖에 들어 있지 않다는 것이 드러났다.

자신의 잘못을 인정하고 나니 프레이르는 리프가 인슐린의 소재에 대해 알고 있을지도 모른다는 생각이 들었다. 봉지를 만지작거리다가 약을 바닥에 떨어뜨렸을 수도 있고, 그가 등을 돌린 사이 약을 꺼내 다른 곳에 두었는데, 청소부가 쓰레기통에 버렸을 수도 있다. 물론 가능성이 희박하긴 하지만 그렇지 않으리란 법도 없다. 결말이 분명치 않은, 또하나의 찝찝한 문제였다. 그는 썩 내키진 않지만 리프에게 전화를 걸어 물어보기로 했다. 전화번호부에는 리프의 이름으로만 번호가 등록되어 있었다. 남편과 사이가 좋지 않았으니 놀랄 일도 아니었다. 리프는 전화를 받지 않았다. 휴대전화 역시 수신 지역이 아니거나 꺼져 있는지 연결이 되지 않았다. 또다시 막다른 골목이었다.

거짓말을 한 것으로 의심되는 아이는 아직 학교에 있어서 지금 전화해봐야 소용없었다. 하지만 곧 돌아올 터였다. 문제의 소지가 있는 계획이지만 아이가 부모 뒤에 숨어버리기 전에 반드시 얘기를 해야 했다. 아이가 그냥 전화를 끊어버릴 수도 있지만 시도는 해봐야 했다. 기다리는 동안 아이의 목격자진술을 다른 아이들 것과 비교해가며 다시 읽었다. 그리고 통화가 되면 문제되는 부분을 바로 찾을 수 있게 인쇄물 페이지에 표시를 해두었다.

프레이르는 소파에 앉아 한 손에 전화기를 들고 옆구리에 보고서를 낀 채 기다리는 동안 뭘 할지 생각했다. 하지만 딱히 떠오르는 것은 없고, 그렇게 커피를 많이 마셨는데도 졸음이 쏟아졌다. 꾸벅꾸벅 졸다가 고개가 떨어지면 퍼뜩 잠을 깼다가 다시 졸기를 반복했다. 그러다 벨소리에 놀라 눈을 떴다. 그는 시간을 그렇게 허비해버린 자신을 탓하며 전화를 받았다. 다그니였다. "놀랄 만한 소식이 있어요."

"아, 그래요?" 프레이르는 자다 일어난 목소리로 말했다.

다그니는 자기가 잠을 깨운 건 아닌지 묻지 않고 말을 이어갔다. "우르술라라는 환자와 벤니에 대해 얘기했다고 했죠? 그 우르술라도 베르드노뒤스, 하들라, 다른 친구들과 같은 반이었어요. 학급 사진에 없는 건 그날 학교에 안 나와서예요. 아팠거나 뭐 그랬던가봐요."

프레이르는 몸을 일으켰다. 잠이 싹 달아나는 기분이었다. "그걸 어떻게 알아냈어요?" 그렇다. 우르술라도 다른 사람들처럼 1940년생이었고 이사피외르뒤르에 살았으니 그들과 같이 학교에 다녔을 것이다.

"유치원 사건과 초등학교 사건 사이에 연관관계가 있는 것 같아 학생 명단을 요청했는데, 그게 이제야 도착했어요. 알아낸 게 더 있어요. 베르드노뒤스와 우르술라는 친한 사이였던 것 같아요. 담임교사 일지에서 우르술라에게 드디어 친구가 생겨 다행이라는 내용을 찾았어요. 우르술라도 외톨이였나봐요. 아마 왕따였던 것 같은데 직접적으로 그렇게 표현된 곳은 없어요. 그때는 그런 걸 큰 문제로 생각하지 않았잖아요. 담임교사의 표현은 상당히 혐오스럽고 가혹하기까지 해요. 늘 다른 아이들을 편들고 어느 모로 보나 약자의 입장인 이 둘을 희생시키죠. 읽고 있으면 그 선생이 그렇게 죽어서 안됐다는 생각은 하나도 안 들 정도라니까요. 어쨌든 베르드노뒤스와 우르술라 사이에 관계가 있었던 건 분명해요."

"나도 좀 볼 수 있을까요?" 프레이르는 뻐근한 뒷목을 주무르며 머릿속으로는 반 아이들에게 미움받는 소녀 우르술라가 역시 외톨이인 전학생 베르드노뒤스와 친해지는 상상을 했다. "그런데 그거 알아요? 반에서 왕따인 두 사람이 친해지면 어떻게 되는지?"

"모르겠는데요."

"집단은 완전히 고립시키지 않는 한 어느 정도 힘이 있는 거라 여기고 왕따 둘의 결속을 깨뜨리려고 해요. 왕따의 가장 심한 형태라고 할 수 있죠. 왕따 피해자들이 연대하지 못하는 이유이기도 하고요."

"그럼 반 아이들이 우르술라를 계속 괴롭히려고 베르드노뒤스를 죽였다는 거예요?"

"아니, 그런 얘기는 아니에요. 하지만 흥미로운 관점이긴 하네요. 드디어 연결점이 생긴 거잖아요. 우르술라의 상태가 좋아지면 그 얘기로 말문을 열게 해봐야겠어요."

"이따 집에 들러도 돼요?" 다그니는 그가 혹시 오해할까봐 얼른 덧붙였다. "오늘은 이만 퇴근해도 되거든요. 어제 2교대 근무조여서 사무실에 더 남아 있고 싶지도 않고요. 괜히 경찰서까지 나오게 하느니 그 편이 더 간단할 것 같은데."

"좋아요." 프레이르는 바로 전화를 끊었다. 다그니가 오기 전에 아이와 통화를 끝내려면 서둘러야 했다. 다그니는 분명 그의 방식을 마음에 들어하지 않을 것이다. 그는 번호를 누르고 초조하게 한 발을 까딱이며 신호를 기다렸다. 내일 다시 걸어야겠다고 생각하며 전화를 끊으려는 순간 수화기 속에서 해맑은 아이 목소리가 들렸다. "안녕? 혹시 헤이미르 집에 있니?" 프레이르는 마치 장난전화라도 하는 기분이었다.

"어, 네." 아이가 의아한 듯 말했다. "제가 헤이미르인데요."

"아, 그러니? 난 프레이르라고 해. 기억할지 모르겠구나. 음…… 벤니의 아빠야. 벤니 기억나니?"

"어, 네." 아이는 조심스러워졌다. "무슨 일로 그러시는데요?"

"경찰이 옛날 사건보고서를 보내줬는데, 좀 이상한 게 있어서 너한테 물어보려고. 어려운 건 아니야. 그냥 사소한 거니까 아는 대로만 대답해주면 돼. 이것 때문에 너희 집에 찾아가거나 할 건 아니거든." 프레이르는 숨쉴 틈도 없이 말했다. "어때, 괜찮지?"

"어, 네. 잘 모르겠는데요."

프레이르는 얼른 말을 잘랐다. "보고서를 보면 넌 숨바꼭질할 때 우리 옆집 정원에 있는 헛간 뒤에 숨어 있어서 벤니랑 다른 아이들이 어디로 숨으러 가는지 못 봤고, 사촌 생일파티에 갈 시간이 돼서 다른 아이들이 찾기 전에 혼자 집에 갔다고 했어. 방금 내가 말한 게 맞니?"

"네, 맞는 것 같아요. 정확하게는 모르겠어요. 너무 오래돼서요."

"그래, 맞아. 그래도 경찰 아저씨가 네가 말한 대로 적어놓았을 거라고 생각하자꾸나. 그런데 다른 아이 두 명도 너처럼 그 정원에 숨었다고 했거든. 한 아이는 정원 뒤채에 숨었고, 다른 아이는 나무 뒤에 숨었고. 그 두 아이는 서로 봤다고 했어. 그런데 둘 다 너를 본 기억은 없다고 했거든. 문제는 그 정원에 헛간은 없고 뒤채만 있다는 거야. 그럼 너희 둘이 같은 곳에 숨었거나 둘 중 한 사람이 거짓말을 한 거겠지? 아니면 기억이 잘 안 났을 수도 있고. 어떻게 생각하니?"

"어……"

"이게 어떻게 된 일일까, 헤이미르?"

"어…… 제가 다른 데 숨었던 것 같기도 해요. 확실히 모르겠어요."

"헤이미르." 프레이르는 화를 내지 않으려고 애썼다. "아저씨는 네가 어디 숨었든 다 괜찮아. 너한테 바라는 건 그냥 벤니에게 무슨 일이 생긴 건지 알고 있다면 말해달라는 거야. 왜 그때 말을 안 했는지, 그런 것도 관심 없어. 넌 어렸고 누구나 실수는 하는 법이거든. 다른 사람에게는 절대 말 안 한다고 약속할게. 너도 아저씨한테 사실대로 말하고 나면 훨씬 마음이 편해질 거야." 프레이르는 말을 마치고 깊은 숨을 들이마셨다. 더는 할말이, 적어도 이 아이에게 할 얘기는 없었다. "헤이미르, 아저씨는 벤니를 꼭 찾아야 해. 벤니가 찾아내주길 바라고 있거든. 너도 계속 양심의 가책을 느끼고 싶지는 않잖아. 처음에 경찰 아저씨가 물어봤을 때는 벤니가 잠수함에 숨었다고 했지, 맞니?"

"어…… 어……" 헤이미르는 울음을 터뜨리기 직전이었다. "정말 아무한테도 말 안 하실 거죠…… 우리 아빠한테도요?"

다그니가 왔을 때 프레이르는 마치 넋이 나간 사람처럼 말없이 문을 열어준 다음 다그니가 따라오는지 마는지 신경도 쓰지 않고 부엌으로 갔다. 그리고 컴퓨터 앞에 앉아 뚫어져라 화면을 응시했다. "무슨 일 있어요?" 다그니가 따라 들어와 당황스러운 얼굴로 그 앞에 섰다.

컴퓨터 화면에서 시선을 돌린 프레이르는 어떻게 말해야 할지 모르겠다는 듯 다그니를 쳐다보기만 했다. 다그니가 한번 더 묻자 그제야 입을 열었다. "벤니. 벤니를 찾은 것 같아요." 그러고는 다시 화면을 보았다. "그래요, 찾았다고 할 수 있어요."

"그게 무슨 말이에요?" 다그니는 프레이르가 제정신이 아니라고 생각하는 것 같았다.

"여기 있어요. 화면 바로 옆에. 잘려서 안 보이지만." 프레이르가 손가락으로 모니터의 검은색 플라스틱 테두리를 가리켰다. 다그니는 프레이르의 옆으로 가서 그가 가리키는 대로 정지된 화면을 보다가 주유소 앞 주차장임을 알고 양 눈썹을 치켰다. 화면 오른쪽 아래 구석에 프레이르가 들이받은 차가 서 있었다. "그런데 문제는 내가 이 남자랑 차가 어떻게 됐는지 모른다는 거예요."

"그러니까 벤니가 이 차 안에 있고, 그 운전자가 벤니를 유괴했다고요? 왜 그렇게 생각하는데요?" 다그니는 술 취한 사람을 달래듯 아주 차분하게 말했다.

"그 차에 타진 않았어요. 남자도 내가 알기론 아무 잘못이 없고요." 프레이르는 말하는 것조차 쉽지 않았다. "하지만 그 남자를 찾으면 벤니를 찾을 수 있어요."

다그니는 몸을 굽히고 화면에 시선을 고정했다. "잠깐 비켜봐요." 다그니는 프레이르를 밀어내고 의자에 앉더니 자판을 이리저리 두드려댔다. 프레이르는 다그니가 자동차 부분을 확대하는 것을 보고 번호판을 확인하려는 모양이라고 생각했다. 이미 여러 번 시도해봤지만 안 됐다고 말하려는데 다그니가 고개를 돌리고 말했다. "이 차에 대해서는 내가 잘 알아요. 운전자에 대한 것도 거의 다요." 그녀는 프레이르의 눈을 똑바로 보았다. "안됐지만 이 사람 죽었어요."

31장

우박이 갑자기 뚝 그쳤다. 방금 전까지만 해도 요란하게 유리창을 때리더니 금세 사방이 고요해졌다. 누군가 창밖에 서서 손가락으로 박자를 맞추듯 두드리던 소음이 사라지자 또다시 견딜 수 없는 정적이 찾아들었다. 마치 어떤 소음도 뚫고 들어올 수 없는 깊은 바닷속에 가라앉은 느낌이었다. 부당한 대우에 항의하기라도 하듯 삐걱거리던 집도 이제 조용했고, 그 일이 있고 난 뒤 카트린과 리프의 침묵 또한 깊어지기만 했다. 그들의 그림자가 까만 창문에 비쳤다. 만약 누군가 지나가다 보았다면 아무리 추워도 분노에 치를 떠는 두 여자보다는 바람 부는 바깥을 택했을 것이다. 보통은 카트린의 곁을 떠나지 않는 퓌티마저 여자들과 바닥의 구멍에서 되도록 멀찍이 떨어져 구석으로 물러났다. 퓌티는 두 여자가 아직도 분노에 떨고 있는지 확인하려는 듯 이따금 머리를 비스듬히 쳐들고 둘을 번갈아 보다가 다시 둥글게 만 몸통에 고개를 묻었다.

카트린은 부엌 의자에 다리를 올리고 앉아 무릎에 머리를 얹은 채였다. 방안이 얼어붙을 듯 추워 그렇게 해서라도 체온을 유지해야 했다. 인간의 한계가 어디까지인지는 모르지만 불을 때거나 침낭에 들어가지 않고 이대로 앉아 있으면 오늘밤 얼어죽을지도 모른다는 생각이 들었다. 추워서 다리를 펼 수 없었기 때문에 발의 통증이 여느 때보다 심했다. 하지만 리프에게 땔감을 가지러 나가자는 말을 하느니 차라리 그대로 얼어죽을 작정이었다. 그녀의 분노는 생존의지보다 강했고 두려움까지 집어삼켜 어떤 면에서는 마음이 편했다. 여태껏 감정의 종류를 헤아려볼 이유가 있었던 적은 한 번도 없었지만 이제는 알았다. 분노는 두려움과 근심보다 훨씬 강한 감정이고 그것들을 단번에 밀어내는 힘이 있다는 것을. 이 분노도 언젠가는 누그러져 더 약한 감정들에 자리를 내주겠지만 카트린은 그동안만이라도 두려움 없는 매순간을 온전히 즐기고 싶었다. 그리고 리프가 얼마나 괴로워하는지 두 눈으로 확인하고 싶었다. 하지만 그 점에서는 약간 실망하지 않을 수 없었다.

리프는 카트린이 자신의 입장을 이해하지 못한다는 사실에 상처받기는 했지만 상황에 비해 크게 괴로운 인상은 아니었다. 리프는 어딘지 모르게 정상이 아닌 것 같았다. 카트린은 이미 오래전부터 리프가 이상하다는 것을 느껴왔지만 매번 착각이거나 사소한 문제에 신경쓰지 않고 사는 리프에 대한 질투일 거라고 속단해버렸다. 리프가 지금 느낄 수 있는 유일한 감정은 두려움인 것 같았다. 여기서 이렇게 죽게 될지도 모른다는 두려움.

"리프, 네가 너무 미워." 카트린이 아무렇지도 않아 보이는 리프에게 말했다. 그녀는 어떻게든 리프의 현실도피를 방해하고 싶었다. "오늘밤 네가 죽어버렸으면 좋겠어. 아니면 어디로 사라지든가. 그래, 그게 제일 좋겠다. 그러면 네 시체를 보지 않아도 되잖아."

리프는 입꼬리를 더 아래로 축 늘어뜨렸지만 곧 카트린이 농담을 했다는 듯 미소 지었다. “우리 싸우지 말고 친하게 지내자. 이미 다 지난 일이잖아.”

카트린은 빽 소리를 지르고 싶었지만 참았다. 지금 그녀 앞에는 무슨 짓을 저지를지 알 수 없는 사람이 앉아 있고, 도움의 손길은 머나먼 곳에 있다. 지하에는 시체가 있고, 초자연적인 존재가 목숨을 위협하고 있었다. 이보다 나쁠 수 없는 상황이지만 소리지르고 발버둥친다고 해결되는 것은 아무것도 없었다. 카트린은 입술을 꽉 깨물고 머리를 무릎 사이에 파묻었다. 통증이 분노의 방패를 뚫고 올라오려 하는 것이 느껴졌다. 그녀는 통증을 억누르며 가르다르가 알몸인 채로 리프의 품에 안겨 잠든 모습을 머릿속에서 몰아내려 애썼지만, 쉽지 않았다. 도저히 사진들을 자세히 들여다볼 수 없었는데도 뇌리에 각인되어버려 아주 사소한 디테일까지 어렵지 않게 떠올랐다. 두 사람은 널찍한 침대에 나란히 누워 있었다. 개성이 배제된 깔끔한 분위기로 보아 아마 이사피외르뒤르의 어느 호텔방이었을 것이다. 가르다르는 눈을 감고 있었다. 잠들었거나 섹스에 지친 것 같았다. 반면 리프는 전혀 피곤해 보이지 않았다. 그녀는 가슴을 드러낸 채 자신이 들고 있는 카메라를 향해 웃어 보였다. 가르다르는 모든 사진에서 똑같은 모습이었지만 리프는 사냥에 성공한 사냥꾼이 포획물을 과시하듯 다양한 포즈를 취했다. 카트린은 어떻게 그런 사진을 찍을 생각을 했는지 이해할 수 없었고 리프에게 물어볼 생각도 없었다. 의심의 여지 없이 그녀가 가진 병증의 하나였다.

짧아진 초의 심지가 일렁였다. 리프의 눈에 떠오른 두려움을 보자 카트린은 온몸을 관통하는 짜릿함을 느꼈다. 만약 리프와 단둘이 어둠 속에 앉아 있을 자신이 있었다면 리프가 더 무서워하도록 촛불을 불어 꺼버렸을 것이다. 하지만 미친 사람과 어둠 속에 앉아 있는 상상은 그리 유혹적이지 않았다. 그리고 초가 거의 닳아서 가만있어도 곧 꺼질 것이었다.

“촛불은 곧 꺼질 거야, 리프. 불이 없으면 어떻게 할 거니? 죽은 사람은 꼬드기지도 못할 텐데. 어쩌면 가르다르도 지금쯤 유령이 돼서 돌아다닐지 모르지.” 리프의 눈이 휘둥그레졌지만 곧 다시 작아졌다. “너 정말 재수없는 거 알아?” 카트린은 침을 뱉듯 말했다. “재수없어.”

“내가 사과했잖아. 나더러 뭘 더 어쩌라는 거야?” 상처받은 것처럼 말하는 리프는 자신을 이 상황의 피해자로 보는 것 같았다. “가르다르와 난 오래전부터 좋아하는 사이였어. 그냥 어쩌다보니까 그렇게 됐어. 우리도 어쩔 수 없었다고.”

“입다물어!” 카트린은 소리지르지 않으려 했지만 어쩔 수 없었다. 가르다르와의 관계를 리프의 입으로 다시 한번 들으려니 견딜 수가 없었다. 리프는 카트린에게 모든 것을 털어놓았지만 그 관점이 지극히 제한적이고 주관에 치우쳐서 행간을 읽어야만 진실을 짐작할 수 있었다. 그녀의 직감이 옳다면 가르다르와 가까운 사이가 된 후 자신의 삶은 한낱 쇼였고, 주변은 자신만 모를 뿐 쇼의 배경에 지나지 않았다. 어쩌면 알면서도 외면하고 싶었을지 모른다. 그러나 리프의 예쁜 입에서 쏟아져 나온 독설을 듣고 나니 모든 것이 분명해졌다. 아마 사랑에 푹 빠져 있어서 그때는 인정하기 싫었던 것을 이제야 깨닫게 된 것이리라. 가르다르는 그녀를 사랑한 적이 단 한 번도 없었다. 그저 우연히 리프가 가르다르가 아닌 에이나르를 선택한 그날 그 자리에 있었을 뿐이다. 가르다르는 아마 자기가 다른 여자를 만나면 리프가 마음을 바꾸지 않을까 생각했을 것이다. 그러나 그것은 완전히 빗나갔다. 리프는 그 상황을 즐겼고, 자신이 원하면 언제든 가르다르를 차지할 수 있다는 걸 알고 있었다. 어쩌면 가르다르가 카트린을 사랑하지 않았듯, 리프도 가르다르를 사랑한 적이 없을 것이다. 리프에게 가르다르는 만약의 경우를 위한 안전장치, 매일 쓰지는 않지만 언젠가 필요할지 몰라 구비해두는 구명 튜브 같은 존재에 지나지 않았다.

카트린은 너무 어이가 없고 현실이 낯설게 느껴져 머리가 핑 돌 지경이었다. 리프가 에이나르를 택한 것은 순전히 경제적인 이유 때문이었다. 직접적으로 표현하지는 않았지만, 그녀의 말을 종합해보면 달리 해석할 길이 없었다. 에이나르는 가르다르보다 훨씬 많은 돈을 벌 수 있는 조건이었으므로 리프를 차지했고 리프는 그와 그의 돈을 손에 넣었다. 에이나르는 곧 리프에게서 등을 돌렸다. 리프의 사랑과 사람됨이 진실되지 못하다는 걸 간파했을 테니 당연한 일이었다. 그런데도 깨끗이 헤어지지 않은 것은 아마 리프가 외부에 알려져서는 안 되는 그의 회사 내부사정 같은 것을 알고 있었기 때문일지 모른다. 뻔뻔하고 무자비한 리프가 해코지할까봐 두려웠던 것이다. 결국 리프는 에이나르에게 제대로 복수를 했다. 카트린에게 유일한 위안이 된 것은 당시에는 리프와 가르다르의 관계가 아직 시작되지 않았다는 것이었다. 리프가 가르다르를 유혹했을 것이다. 남편의 오랜 친구와 바람피우다가 적절한 때 뒤통수를 친다면 완벽에 가까운 복수가 되지 않겠는가. 그러나 가르다르는 친구에 대한 의리를 지켰다. 어린 시절부터 알아온 가장 친한 친구를 배신한다는 것은 상상하기 힘들었을 것이다. 그러나 그 의리가 카트린에게도 통한 것은 아니었다. 에이나르가 죽고 나서 기회가 생기자마자 리프와 잠자리를 했으니까. 리프는 처음에는 다른 곳에서 희생양을 찾았다. 위기의 결혼생활을 수습하는 데 도움을 줘야 할 정신과 의사였다. 이 무슨 농담 같은 일인지.

리프가 에이나르의 죽음에 책임이 있다고 말하지는 않았지만 굳이 그럴 필요도 없었다. 에이나르는 리프에게 재산이 돌아가지 않도록 조치한 다음 바로 떠나려고 했을 것이었다. 리프로서는 빈털터리 신세에

다 이혼당하는 수모까지 겪어야 하는 셈이었다. 그동안 리프의 사고방식을 충분히 알게 된 카트린은 리프가 절대 그렇게 되도록 놔두지 않았을 거라는 확신이 들었다. 즉 에이나르는 리프를 위해 사라져줘야 했다. 그리고 어떻게 했는지는 모르지만 리프는 에이나르를 없애는 데 성공했다. 가파른 절벽에 다가가면 위험하다는 것을 알듯이 리프를 가까이하면 위험하다는 것을 카트린은 잘 알았다. 자신의 잘못을 뉘우칠 줄 모르는 사람은 절벽보다 훨씬 더 위험하다. 절벽은 멀리 떨어져 있으면 안전하지만 지금 리프에게서 떨어지는 건 불가능했다. 카트린은 이곳에서 무사히 나가 레이캬비크에 돌아가면 다시는, 다시는 리프와 한 지붕 아래 있지 않겠다고 다짐했다.

한동안 두 사람은 아무 말 없이 우두커니 앉아 있었다. 기온은 점점 더 떨어져서 숨만 쉬어도 입김이 하얗게 올라왔다. 카트린은 손가락이 곱았다는 걸 깨닫고 옷소매를 손등까지 끌어내렸지만 큰 도움이 되지는 않았다.

"지하에 있는 시체는 누굴까?" 리프가 불쑥 말하고 카트린을 뚫어져라 바라보았다. 카트린은 외면하고 싶었지만 자신도 모르게 리프와 눈이 마주치고 말았다. 리프는 카트린이 대꾸하지 않는데도 멈추지 않고 아무렇지도 않은 듯 말을 이었다. "가방을 메고 있잖아. 유행 지난 책가방." 리프는 친한 친구에게 비밀을 들려주듯 몸을 앞으로 쑥 내밀고 은밀하게 속삭였다. "게다가 주변엔 조개껍데기 천지야."

카트린은 말없이 시선을 돌렸다. 그리고 머리를 무릎 사이에 묻었다. 그 유해가 누구 것인지 카트린이 알 리 없었다. 아마도 근처를 돌아다니는 소년의 유해일 것이다. 유골 위에는 소년이 입고 있는 외투와 비슷한 천쪼가리가 남아 있었다.

"그 유령이 맞아, 카트린. 유령의 시체인 거야. 한 손은 손가락도 몇 개 없는 것 같았어. 여우가 테라스 아래서 시체를 찾아내 먹어치운 걸까? 그래서 유령이 복수로 여우를 죽였을까?" 리프는 둘이 싸운 일을 잊어버린 것 같았다. 카트린은 리프의 얼굴을 볼 수 없었지만 마치 아무 일 없었다는 듯한 목소리였다. "우리가 바닥문을 열어줬으니까 이제 어딘가로 사라졌을지 몰라. 그동안 내내 누군가 자기를 찾아내주기를 바란 게 틀림없어. 전 집주인도 그래서 죽였을 거야. 바닥문 위에다 새로 마룻장을 깔아버리면 유해가 발견될 길이 없잖아. 이제 우리가 그 문을 열어줬으니까 괜찮을 거야." 실제로는 손 하나 보태지 않은 리프였지만 모든 일을 자기가 한 것처럼 으스댔다. 그러고는 속삭이듯 덧붙였다. "그랬으면 좋겠다는 말이야."

카트린은 마치 악몽을 꾸는 기분이었다. 그녀는 고개를 무릎 사이에 묻은 채로 말했다. "너희는 왜 집수리 같은 걸 하자고 한 거야? 가르다르는 왜 그냥 나를 떠나지 않고 이런 어처구니없는 일에 끌어들인 거야? 너한테는 에이나르가 남긴 재산도 있잖아. 너희 둘 다 이해가 안 돼. 가르다르도 너처럼 미쳤던 거야?" 리프가 불분명한 소리로 웅얼거렸지만 카트린은 무슨 뜻인지 금방 알아들었다. "가르다르의 빚을 떠안기 싫었다고? 방금 그렇게 말한 거야? 평생 손가락 하나 까딱 안 하고 살 만큼 돈이 많은데도?"

"남의 빚을 내가 왜 갚아? 불공평하잖아. 그리고 여기 오는 건 가르다르의 생각이었어. 난 그러지 말라고 했고. 내가 여기 온 것도 가르다르가 그러지 못하게 하려는 거였고."

카트린은 눈을 감은 채 얼굴을 무릎에 대고 짓눌렀다. 너무 꽉 눌러서 눈이 아파왔다. "뭘 못하게 해?"

"널 다치게 하는 거. 널 죽이는 거. 우리가 여기 처음 왔을 때 가르다르가 거기다 돌을 매달았어. 밧줄을 잡아당기기만 하면…… 쾅!" 리프가 숨가쁜 목소리로 말했다. "내가 그러지 못하게 하려고 같이 왔다니까. 어쩌면 가르다르가 없어져서 잘된 건지도 몰라."

카트린은 침묵했다. 눈물이 하염없이 흘러내려 바짓가랑이를 적셨다. 분노의 눈물인지, 아니면 실망의 눈물인지 알 수 없었다. 그녀는 리프에게 우는 것을 들키지 않으려고 헛기침을 했다. "너 미쳤어?" 자기가 죽어서 가르다르에게 좋을 게 뭐란 말인가? 이혼하면 빚의 절반을 해결하면 되지만 카트린이 죽으면 그 혼자 빚을 떠안아야 하는데. 그러다 문득 생명보험이 떠올랐다. 배우자 중 한 사람이 죽으면 남은 사람에게 보험료가 나오게 되어 있다. "네가 문 뒤에 서 있다가 세게 닫았구나, 그렇지?" 리프의 당황한 표정만으로도 대답은 충분했다. 리프가 가르다르에게 죄를 뒤집어씌우려고 고장난 두뇌를 필사적으로 움직이는 모습이 보이는 것 같았다. 하지만 카트린은 더 듣고 싶지 않았다. "리프, 너 에이나르를 죽였니? 가르다르도 네가 죽인 거야?"

"아니. 어떻게 그런 생각을 할 수 있어? 말했잖아. 난 가르다르를 말리러 온 거라니까. 널 구하려고 했어. 우린 친구잖아!"

카트린은 위장이 뒤집힐 것 같았다. 리프는 정말 시치미떼려는 것일까? 자신이 계단에서 굴렀을 때도 리프 혼자 이층에 있었고, 고래잡이 단지에 갔을 때도 구멍 속을 들여다보라고 부추겼다. 가르다르가 돌무더기를 무너뜨렸다면 그것도 다 리프가 사주했기 때문일 것이다. "거짓말쟁이!" 더이상은 말할 수 없었다. 그녀를 꽉 붙들고 있었던 분노의 감정이 점점 약해지고, 대신 자신의 상황, 기만과 불신에 대한 절망이 고개를 들었다. 발의 통증과 추위까지 더해져 불운과 절망의 완벽한 칵테일이 만들어졌다. 카트린은 살면서 이렇게까지 무기력함을 느낀 적이 없었다.

"그 말은 그냥 못 들은 걸로 할게." 리프가 이를 딱딱 부딪치며 말했다. "자고 일어나면 기분이 훨씬 나아질 거야. 정말이야, 그런 예감이 들어. 바닥을 쳤으니 이제는 좋아질 수밖에 없어. 내일 배가 오면 모든 게 예전으로 돌아갈 거야. 그래도 몇 가지는 변하지 않겠지만." 리프는 식탁 위에 놓인 구겨진 담뱃갑에 시선을 집중했다. "이제 마지막 남은 담배를 피워야겠다. 네가 같이 문가로 가주진 않겠지만, 날도 갰으니 위험하진 않을 거야. 악몽은 끝났어."

그 말이 끝나기가 무섭게 이층 문의 경첩이 삐거덕하는 소리를 냈다. 두 여자는 움찔하며 휘둥그레진 눈으로 천장을 올려다보았다. 다시 삐거덕 소리가 났다. 아주 천천히 문이 열리는 것 같은 소리였다. 그러다 갑자기 쾅하고 큰 소리가 났다. 카트린은 문이 밑으로 떨어지리라 예상했지만 그 대신 오싹한 웃음소리와 함께 이층 복도를 지나는 발소리가 났다. 그 소리에 천장이 떨렸고 벽에 매달려 있던 말라붙은 페인트 가루가 식탁 위로, 정확히 리프의 담뱃갑 위로 떨어졌다.

리프는 양손을 가슴팍 앞에 모았다. "위에 있어." 그 순간 지하에서 문 두드리는 소리가 쿵쿵 울렸다. 카트린은 화들짝 놀라 목을 삐끗할 정도로 고개를 번쩍 쳐들었다. 아드레날린이 혈관을 타고 치솟았다. 추위에 곱았던 손가락이 이제 아프지 않았고 쿡쿡 쑤시던 발등의 통증도 충격 때문에 약하게 느껴졌다. 리프는 눈알이 튀어나올 듯 크게 뜨고 카트린을 응시했다. 그때 또다시 문 두드리는 소리가 났다. 이번에는 아까보다 작았다. 곧이어 지하에서 뭔가가 바닥의 구멍 쪽으로 질질 끌리는 듯한 소리가 났다. 카트린과 리프는 숨도 제대로 쉬지 못했다. 퓌티도 아무 소리 없이 조용했다. 뭔가가 질질 끌리는 소리는 가까워질수록 점점 더 또렷해졌고, 뜻을 알아들을 수 없는 중얼거림도 함께 들렸다. 카트린은 크게 숨을 들이마시고 창문으로 시선을 돌렸다. 머릿속에는 이 집에서 나가야 한다는 생각뿐이었고, 창문이 가장 빠른 길이었다. 하지만 곧 카트린은 전율했다. 희망은 사라지고 말았다. 창밖에 소년이 서 있었다. 하지만 이제까지 보아온 모습과는 많이 달랐다. 더 작아진 몸집에 초점 없는 시선으로 집안을 들여다보고 있는 소년의 회색에 가까운 얼굴은 더없이 슬퍼 보였다. 집안이든 바깥이든 이제 상관없었다. 그들은 죽음을 비껴갈 방법이 없었다.

카트린이 왜 그렇게 사색이 되었는지 눈치챈 리프는 날카로운 비명을 질렀다. 그 소리가 어찌나 격렬했던지 촛불이 꺼지고 말았다. 리프는 비명을 그치더니 흐느끼기 시작했다. 칠흑 같은 어둠 속에서, 그리고 어떤 희망도 없는 상황에서 그들이 할 수 있는 일이라고는 뭔가가 구멍 밖으로 기어올라오려고 부스럭대는 소리를 듣는 것뿐이었다. 곧이어 마룻바닥이 삐걱거렸다. 정체를 알 수 없는 존재가 그들을 향해 다가오고 있었다. 그것의 발소리는 구멍에서 더 가까운 쪽에 앉은 카트린의 등뒤에서 멈추었다. 카트린은 목덜미에 서늘한 입김이 와닿는 것을 느꼈다. 뒤이어 지독한 냄새가 훅 끼쳤다. 그녀는 정체 모를 존재가 그냥 지나쳐가도록, 혹은 리프에게 가도록 숨을 참으려 했지만 자기도 모르게 신음소리를 내고 말았다. 자포자기하면서도 머릿속으로는 유령이 자신을 해치지 않을지 모른다고 막연히 생각했다.

그때 얼음처럼 차갑고 작은 손 두 개가 그녀의 목을 감쌌다.

32장

프레이르는 넋을 놓고 앉아 있다가 문득 정신을 차리고 주위를 둘러보았다. 이사피외르뒤르로 이사온 뒤 좀더 사람 사는 곳답게 꾸미지 않은 집안 모습이 새삼 놀라웠다. 전체적인 윤곽이 더 분명하게 느껴지면서, 대충 구색만 맞춰놓은 가구들이 처음으로 눈에 거슬렸다. 그는 마치 지금 아빠가 어떻게 사는지 보여주지 않으려는 듯 아들의 사진 하나를 가슴에 꼭 안았다. 비록 잉크와 종이로 이루어진 사진 액자일 뿐이지만 이렇게라도 아들을 안아볼 수 있다는 게 얼마나 위안이 되는지 몰랐다. 짧디짧았던 벤니의 생애는 이차원의 스냅사진으로 남았다. 프레이르는 다시 눈을 감고 벤니를 찾으러 갈 때까지 남은 날들이 별일 없이 빨리 지나가기만을 바랐다. 막상 벤니의 행방을 알게 되자 그동안 극구 부인하던 희망을 인정하지 않을 수 없었다. 마음 깊은 곳에서는 벤니가 살아 있기를 간절히 바랐던 것이다. 이제 그 희망은 무너지고 벤니의 죽음은 부인할 수 없는 사실이 되었다. 어차피 전화를 받지도 않을 테지만, 사라에게 이 소식을 어떻게 전해야 할지 겁이 났다. 공식적으로 밝혀지기 전에는 섣불리 말하고 싶지 않았다. 그리고 그때까지 그리 오랜 시간이 걸리지는 않을 것이었다.

"이거 마셔요." 다그니가 황금빛 액체가 든 컵을 들고 거실로 돌아왔다. "부엌에서 위스키병 찾았어요. 내가 땄는데, 괜찮죠?"

프레이르는 안고 있던 사진 액자를 놓고 손을 내밀어 잔을 받았다. 레이캬비크에서 떠나올 때 동료들이 그가 위스키를 싫어하는 줄 모르고 작별선물로 준 것이다. 독주가 타는 듯한 느낌을 남기며 목을 타고 흘렀다. "고마워요." 그는 다시 크게 한 모금 마셨다. 두번째는 훨씬 부드럽게 넘어갔다. "새로 알아낸 거 있어요?"

다그니는 맞은편 의자에 앉아 그의 눈을 들여다보았다. "자동차에 관한 거요. 옛날 수사자료를 좀 봐달라고 했어요. 그 남자는 주유소 옆 휴게소에서 식사를 했어요. 당시 차를 수색하다가 글러브박스 안에서 영수증을 발견했거든요. 그게 이사피외르뒤르로 가기 전 마지막으로 신용카드를 사용한 기록이고, 감시카메라에 잡힌 시간과도 일치해요."

프레이르는 멍하니 고개를 끄덕였다. 그리고 위스키를 한 모금 더 마시며 어서 술기운이 돌기를 바랐다. "그 사람한테 무슨 일이 생겼는지는 모르고요?"

"네. 삼 년 전 벤니가 실종됐을 때 함께 사라졌어요." 다그니는 의자 등받이에 몸을 기댔지만 여전히 긴장된 표정이었다. "이 주째 웬 자동차가 이사피외르뒤르 부두에 세워져 있다는 신고를 받고 가서 차 주인을 찾았거든요. 헤스테이리에 집이 한 채 있었는데, 그 집을 수리하려고 트레일러에 싣고 간 물건을 배로 옮겼대요. 태워다준 선장 말로는, 거기서 나올 때 전화하기로 했는데 그때까지 연락이 없었다는 거예요. 그 사람은 별생각 안 하고 있었다는데, 얘기를 들어보니 준비해간 식량이 그리 많지는 않았던 것 같더라고요. 그리고 그해 가을은 무척 추웠기 때문에 더 걱정이 됐어요. 그래서 헤스테이리로 찾아가보기로 했어요. 결국 걱정이 현실이 됐죠. 차 주인은 어디서도 발견되지 않았어요."

"무슨 일이 있었을까요? 그리 크지도 않은 곳인데." 프레이르는 질문을 하고 싶어 입이 근질거렸지만 꾹 참았다. 그런 말을 하기엔 술이 덜 들어갔다.

"네, 헤스테이리가 작은 마을이긴 한데, 사람 발길이 닿지 않은 자연이 끝없이 펼쳐져 있어요. 아마 길을 잃었겠죠. 탐사를 갔거나 아니면 인가가 나오겠지 하며 무작정 걸었을 수도 있어요. 그 집에서 먹통이 된 휴대전화를 발견했거든요. 나중에 배터리가 나갔는지, 배를 부르려고 전화할 때부터 나가 있었는지는 모르겠어요. 어쩌면 후자라서 어쩔 수 없이 길을 나섰는지도 모르죠."

"그럴듯하네요." 프레이르는 위스키를 한 모금 마신 후 남은 것을 단번에 목안으로 털어넣었다.

"이상한 건 집안에 적어도 이틀 치 식량은 남아 있었다는 거예요. 그러니까 굶어죽을까봐 무서워서 집을 떠난 건 아니에요." 다그니는 립밤을 바르듯 양 입술을 지그시 눌렀다. "그만하면 술은 충분히 마셨죠? 이제 벤니에게 일어난 일을 어떻게 알아냈는지 말해줘요."

프레이르는 미소 지어 보이려 했지만 쉽지 않았다. "아뇨. 다른 사람에게는 말하지 않기로 했어요. 약속을 깰 순 없어요." 사건이 해결되고 나서 다그니는 보고서를 써야 할 것이다. 그때 정보의 출처를 밝히지 말아달라고 할 수는 없다. 프레이르는 약속을 지킬 참이었다. 그 아이는 아직 어려서 상황을 잘못 판단한 죄밖에 없고, 사실대로 말하지 않아서 그동안 충분히 괴로웠을 것이다. 텔레비전에서 벤니의 유해가 발견됐다는 뉴스가 나오면 아마 부모님에게 사실을 말할 테지만 그것도 그 아이 스스로 결정할 일이다. 프레이르는 사라에게 사실대로 말해야 할지도 고민이었다. 부모로서 사실을 알 권리가 있는 건 분명하지만 사라가 상황을 다르게 보고 그 아이에게 죄를 뒤집어씌울 소지도 있었다. 사실 프레이르도 그 아이 탓으로 돌려버리고 싶은 유혹을 느꼈지만 그것은 절대 공정한 처사가 아니었다. 이 충격적인 이야기에 사라가 어떻게 반응할지 알 길이 없었다.

프레이르는 잔을 내려놓고 소파에 머리를 기댔다. 벤니는 그렇게 얼마나 있다가 죽었을까? 한 시간? 두 시간? 세 시간? 알고 싶지 않았지만, 그럼에도 질문이 입가를 맴돌았다. 무의미한 질문이었고 답도 없었다. 그때 만약 상황이 달랐다면 어떻게 됐을까 하는 질문과 다를 바 없이 골머리만 썩을 터였다. 만약 그 아이가 사촌의 생일파티에 늦겠다는 생각을 하지 않았다면, 그래서 그냥 집으로 가지 않았더라면. 만약 그 아이가 곧장 집으로 가지 않고 다른 아이들에게 벤니가 어디 숨었는지 말했더라면, 주유소 앞 주차장 맨 끝에 트레일러가 있는데 그 위의 잠수함처럼 생긴 녹색 정화조에 숨으려 했다고 말을 했더라면. 만약 그 아이가 정화조가 뭔지 알았더라면, 그래서 잠수함이 아니라 정화조라는 단어를 사용했더라면. 만약 그 남자가 연결 부분의 손상을 확인하려고 트레일러를 떼어내지 않았다면 벤니는 다른 곳에 숨었을까? 트레일러가 언젠가 차와 함께 떠날 것을 알았을까? 그러나 그 모든 일은 일어나지 않았다. 만약 아이들이 동네에서 노는 데 만족했더라면? 숨바꼭질을 하면서 주유소 근처까지 숨어도 된다고 정하지 않았더라면? 만약 아이들이 용기를 내어 경찰이나 부모에게 사실을 털어놓았다면? 그러면 어떻게 됐을까? 그랬다면 벤니는 다른 방식으로 죽음을 맞이했을까? 그것은 어떤 죽음일까?

프레이르는 그렇게 뭔가 다른 식으로 생각해보려 했다. 수없이 많은 만약이 있었다. 그러나 어쩐지 잘되지 않았다. 대신 생각은 벤니가 겪었을 생의 마지막 순간들로 달려갔다. 거기에는 더이상 만약이 들어설 자리가 없었다. 차가 출발한 다음에는 이미 돌이킬 수 없었을 것이다. 결과가 달라질 수도 있었던 유일한 가능성은 그 아이가 말을 해서 벤니가 정화조에 숨었다는 사실을 사라와 그가 일찍 알았을 때인데, 그랬다고 해도 벤니를 구하기에는 늦었을 것이다. 그 아이는 다음날에야 벤니가 사라졌다는 소식을 들었기 때문이다. 경찰이 집에 찾아왔을 때 그 아이는 사실대로 말하려 했다. 그러나 어머니의 표정이 심상치 않은 것을 보고 찔려서 말을 바꿨다. 벤니와 함께 주유소로 숨으러 갔다고 하면 어머니에게 혼날 것 같았던 것이다. 아이들은 절대 동네와 주유소 사이의 도로를 건너서는 안 되었다. 경찰이 심각하게 반응하자 아이는 어린 마음에 벤니가 그 잠수함에서 나온 다음 실종됐을 거라 믿으며 스스로를 안심시켰다.

프레이르는 끝도 없이 이런 생각을 해봐야 소용없음을 상기하며 자신을 질책했다. 그 아이가 실종 소식을 들었을 때 벤니는 이미 죽었을 것이다. 만약 의식이 있는 상태였다면 이사피외르뒤르에서 배로 옮겨질 때 소리를 내서 안에 사람이 있다는 것을 알렸을 것이다. 차가 출발하고 사태 파악이 되자 인슐린쇼크가 온 것이 분명하다. 절박한 상태에서 더욱 인슐린이 필요했을 테지만 정상적으로 기능하지 못하는 신체는 제대로 공급하지 못했을 것이다. 그러나 트레일러가 다시 차에 연결될 때 왜 소리내서 자신의 존재를 알리지 않았을까? 그 답은 아마 영원히 찾지 못할 것이다. 자동차 주인이 화낼까봐 머뭇거리다가 기회를 놓쳤는지도 모른다. 누군가 책임이 있다면 그건 프레이르였다. 만약 그날 리프를 만나지 않았더라면 앞차를 들이받지도 않았을 것이고, 벤니가 친구와 함께 주유소에 왔을 때 그 트레일러가 주차장에 서 있지도 않았을 것이다. 그러면 벤니는 뭔가 움직이지 않는 것 뒤에 숨었을 테고 곧

술래에게 잡혔을 것이다. 그리고 그들은 계속해서 평범한 삶을 살았을 것이다.

"내가 멍청했어요." 프레이르가 앞뒤 설명 없이 불쑥 말했다.

"어서 서둘러야 해요." 다그니는 정보의 출처를 대라고 조르지 않았다. "만약 헤스테이리에 함께 갈 생각이라면요." 혹시 프레이르가 개인적인 제안으로 오해할까봐 걱정스러운지 겸연쩍은 듯 말했다. "배를 띄우겠다는 사람을 찾았어요. 우릴 태워주겠대요. 베이가르 선배가 같이 갈 거예요. 전 오늘 근무가 아니라 선배가 동행하는 편이 나아요. 폭풍이 부니까 뱃멀미를 하면 그냥 집에 있는 게 좋겠지만요."

프레이르는 그녀를 빤히 바라보았다. 그는 배를 타는 일이 거의 없어서 뱃멀미를 하는지 잘 몰랐다. 하지만 상관없었다. 뱃멀미를 하다 죽는 일이 있더라도 헤스테이리에 갈 생각이었다.

"나도 갈게요." 그는 확신이 부족한 마음을 다잡으려는 듯 단호한 목소리로 말했다.

시커먼 어둠 속에서 손전등은 무용지물이었다. 갑판 위에 선 프레이르에게는 해변과 산 사이에 자리잡은 집들의 윤곽만 보일 뿐이었다. 어디까지가 산이고 어디부터가 하늘인지 분간이 되지 않았다.

"내가 경고를 했다니까요." 선장이 선착장에 밧줄을 걸어 힘껏 잡아당겼다. 파도가 거칠어 다시 왔을 때 배가 그 자리에 없을까봐 만전을 기하는 것이었다. "물론 괜히 겁주는 거 아닌가 싶어서 자세한 얘기는 안 했죠. 형사 양반들한테야 못할 것도 없습니다. 그 집은 괴담이 따라다녀요. 거기서 피오르가 훤히 내려다보이는데, 바다에 빠져 죽는 사람들이 마지막으로 보는 게 그 집이라 이겁니다. 물에 빠져 죽는 사람의 절박한 심정과는 비교가 안 되겠지만, 뭔가 영향을 받는 거예요."

베이가르가 콧방귀를 뀌었다. "지금 그 집에 가고 있지 않습니까. 전화기가 꺼져 있으니 가봐야죠. 그 사람들한테 전화 안 왔다고 했죠?"

"네, 하지만 전화를 기다리고 있지도 않았어요. 어차피 내일 저녁에 데리러 가기로 했거든요. 오늘 같이 갈 준비가 되어 있으면 좋으련만. 그럼 내일 다시 오지 않아도 되는데. 일기예보에서 날씨도 나빠진다고 하더라고요. 만약 오늘 같이 못 가면 하루이틀 고립된 채 기다려야 할걸요. 휴대전화가 꺼져 있는 건 전혀 이상할 게 없습니다. 내가 배터리 아끼게 꺼놓으라고 했거든요. 아마 내 말을 곧이곧대로 들은 것 같아요."

프레이르는 배터리를 아끼려고 손전등을 껐다. "빈집인 것 같은데요. 다른 집들처럼 어둡잖아요."

선장은 경멸 섞인 눈초리를 보냈다. 그를 어떻게 생각하는지 그 눈빛이 모두 말해주었다. 프레이르는 배를 타고 오는 내내 창백하고 울적한 얼굴로 앉아 있었다. 다른 사람들이 주고받는 이야기에 귀를 기울이자니 가끔은 알아들을 수 없는 속삭임이 들려오기도 했다. 그렇게 해서 프레이르는 정신이 나가버리거나 앞으로 닥칠 일을 걱정하느라 무너지지 않을 수 있었다. 그는 믿지도 않는 신에게 간절히 빌었다. 제발 그 남자가 정화조를 설치하기 전에 없어진 것이기를, 똑같은 목적으로 헤스테이리에 들어간 세 명의 레이캬비크 젊은이가 화장실 말고 다른 부분을 먼저 손봤기를 빌고 또 빌었다. 벤니가 그런 치욕을 겪어야 할 이유는 없었다. 프레이르는 갑자기 뱃멀미와 상관없이 욕지기가 치밀어올랐다.

"도시 사람이라 뭘 모르는구먼. 여긴 전기가 안 들어와요. 레이캬비크처럼 불이 환하게 켜져 있지 않아도 안에 사람이 있을 수 있습니다." 선장이 소리 높여 말했다.

"그렇군요." 프레이르는 자신이 누군지, 왜 헤스테이리에 오려 했는지 선장이 전혀 모른다는 것을 천만다행으로 여겼다. 그것은 선장이 동정에 이끌릴 이유가 없다는 뜻이었고, 그리하여 프레이르가 감정적으로 무너질 위험도 줄어들었다.

그들은 선착장으로 올라갔다. 발밑에서 목재 구조물이 삐걱거리는 소리가 해변 너머 마을에서 기다리고 있을 적막감을 예고했다. 한때 생기로 넘쳐났을 인가들은 이제 빈집이 되거나 여름별장으로 개조되어 있었다. 프레이르는 어둠 속의 집들이 누가 오는지 눈을 부릅뜨고 지켜본다는 인상을 받았다. 전에 살던 사람이 돌아오는 게 아니란 걸 알고 나지막하게 한숨을 쉰다고 해도 전혀 이상할 것 같지 않았다. 물론 그런 일은 일어나지 않았다. 성큼 다가온 정적은 너무도 강렬해 아무도 깨뜨리고 싶어하지 않았다. 그들은 말없이 길을 걸었다. 다른 사람들에게는 그저 목적지로 가기 위한 이동이었지만 프레이르에게는 한 걸음 한 걸음이 가장 아끼는 사람들에게 다른 누구도 아닌 자신이 초래한 비극의 피할 수 없는 결말을 향해 가는 중요한 단계였다.

뒤늦게 술기운이 오르는지, 아니면 우울한 기분 탓인지 오솔길 옆 말라 죽은 덤불 속에서 속삭이는 소리가 들리는 듯했다. 손전등 불빛이 만들어낸 기괴한 그림자 때문에 뭔가가 움직이는 것 같기도 했지만 걸을 때마다 불규칙적으로 흔들리는 빛 속에서 형체를 알아보기는 힘들었다. 한참 걷다보니 불과 몇 미터 떨어진 곳에서 발소리가 들린 듯했다. 모습을 드러내고 싶어하지 않는 누군가가 말없이 그들을 뒤따라오고 있기라도 한 걸까. 프레이르는 걸음을 멈추고 손전등을 켰다. 좌우로 덤불을 훑었지만 아무것도 보이지 않았다. 길가의 덤불 사이 안쪽도 비춰보았지만 메마른 줄기 사이에 도사리고 있는 것은 칠흑 같은 어둠뿐이었다.

"왜 그래요?" 다그니가 뒤돌아 그 자리에 서서 빛을 비추며 살펴보고 있는 그에게 다가왔다.

"인기척이 들린 것 같았는데 아무도 없네요." 프레이르가 허리를 펴면서 말했다.

"아마 여우일 거예요. 여긴 여우가 많아요." 다그니는 혹시 정신이 나간 게 아닐까 하는 표정으로 그의 얼굴을 뚫어져라 보았다. "여기서, 아니, 선착장에 가서 기다려도 돼요. 선생님 생각이 맞는지 확인되면 바로 부를게요. 꼭 우리랑 같이 움직일 필요는 없어요."

"난 괜찮으니까 걱정 마요." 프레이르는 자신 있는 목소리로 말하려고 애썼다. 물론 그는 모든 일이 끝나고 데리러 올 때까지 기다렸어야 했다. 하지만 그냥 그럴 수가 없었다. 아들의 유해가 발견되는 과정을 하나도 빠짐없이 직접 두 눈으로 보고 싶었다. 덧없는 희망과 두려움을 품고 어둠 속에 혼자 앉아 있느니 그편이 나았다.

"좋아요." 다그니는 미심쩍은 듯이 말했다. "그럼 앞으로 가요. 또 뒤처지면 안 되니까."

프레이르는 막 가지를 옆으로 치워볼 생각이었다고 말하는 대신 순순히 앞쪽으로 갔다. 그리고 아직도 누가 따라오는 기분이 든다는 걸 다그니가 알아챌까봐 손전등으로 앞만 비추도록 주의하면서 어둠 속을 터벅터벅 걸었다. 마음 같아서는 덤불 속에서 나뭇가지 밟는 소리, 속삭이는 소리가 들리지 않느냐며 묻고 싶었다. 하지만 그러면 바로 배로 돌아가라고 할 것이 뻔했다. 시시각각 다가오는 위험이 온몸으로 느껴졌다. 그럼에도 그는 도망치고 싶은 생각을 애써 밀어내고 마음을 다잡았다. 개울을 건너 집 앞에 이르렀을 때 프레이르는 추위에도 불구하고 땀에 흠뻑 젖어 있었다.

"너무 조용해서 무덤 속에 들어오기라도 한 것 같군." 베이가르르가 말했다. 그러고는 상황에 맞지 않는 말이라고 생각했는지 곧 변명처럼 덧붙였다. "쥐죽은듯 고요하잖아."

다그니가 얼굴을 찡그렸다. 그 모습이 손전등 불빛 때문에 일그러져 보였다. "여기가 그 집인 거 확실해요?"

"예, 이 집이에요. 저기 있는 물건들 다 내 배로 실어온 겁니다." 선장이 몇 개 남지 않은 장작과 널빤지 서너 장, 그리고 천막 천으로 덮인 짐을 가리켰다. 그 아래 뭐가 있는지는 알 수 없었다. "그냥 문을 두드려봐야 하려나?"

그들은 나란히 서서 집을 응시했다. 선장의 제안이 옳았지만 아무도 동의하지 않았다. 이상한 기분에 사로잡힌 사람은 프레이르뿐만이 아니었던 것이다. 속삭이는 소리는 오솔길을 나오자마자 사라졌다. 하지만 여전히 공기 중에 이상한 기운이 감돌고 있었다. 아이슬란드 전통방식으로 아담하게 지은 평범한 나무집조차 말없이 서서 문을 두드리기를 재촉하는 것처럼 위압적인 인상을 풍겼다. 손전등 불빛은 박공이 있는 벽의 일부만 비추었을 뿐 집의 기다란 측면은 어둠에 묻혀 있었다. 이윽고 다그니가 제일 먼저 나섰다. "베이가르 선배, 가요. 두 사람은 여기서 기다려요. 안에 있는 사람들이 무사한지 보고 올 테니까."

"아, 그럼요!" 선장이 프레이르의 어깨를 탁 치며 말했다. 안에 들어가지 않아도 되어 기쁜 듯했다. "우린 여기서 얌전히 기다리겠습니다."

선장이 세게 치는 통에 프레이르는 한 걸음 앞으로 발을 헛디뎠다. 프레이르도 집안에 들어가고 싶은 생각은 별로 없었다. 정화조는 밖에 있고 어쩌면 벌써 땅속에 묻혔을 터였다. 지금 발밑에 있을지도 모른다는 생각이 들자 두어 걸음 옆으로 비켜섰다. 그러나 희미한 손전등 불빛에 비친 바닥에는 얇게 눈이 쌓여 있을 뿐이었다. 그는 집을 한 바퀴 돌아볼까 하다가 금세 마음을 바꾸었다. 형사들과 함께 가는 것이 나을 듯싶었다. 곧이어 문을 두드리는 큰 소리가 정적을 깨고 허공에 걸렸다.

"계십니까?" 베이가르의 목소리는 멀리서도 들릴 듯 우렁찼다. 프레이르는 이렇게 시끄러운데 깨지 않고 계속 자는 사람은 없을 거라고 생각했다. 베이가르는 다시 문을 두드린 후 소리쳤다. "경찰입니다. 지금 들어갑니다." 손잡이 돌리는 소리가 귀가 아플 정도로 날카롭게 울렸지만 정작 문 열리는 소리는 이어지지 않았다. 잠시 후 다그니와 베이가르가 모퉁이를 돌아와 뒷문이 열려 있는지 확인하고 거기도 잠겨 있으면 문을 부숴야 한다고 말했다.

프레이르와 선장도 자연스럽게 형사들의 뒤를 따랐다. 함께 들어가고 싶어한다는 오해를 사지 않으면서 무슨 일이 일어나는지는 볼 수 있을 정도의 거리를 유지했다. 다그니와 베이가르는 반쯤 허물어진 테라스로 올라가 뒷문을 쾅쾅 치며 큰 소리로 사람들을 불렀다.

"저, 병원 관사에 있을지도 모르는데." 늙었지만 여전히 건장한 베이가르가 어깨로 문을 받으려는 순간 선장이 외쳤다. "병원 관사 열쇠를 준 게 막 생각났네요. 혹시 무슨…… 안 좋은 일 생기면 가 있으라고."

다그니와 베이가르는 그를 돌아보았다. 아무런 표정 변화도 없는 얼굴이었지만 이제야 그런 말을 하는 선장에게 짜증이 난 게 분명했다. "거기 불빛이 보였나요? 아니면 굴뚝에서 연기가 올라왔어요?" 다그니가 물었다.

"어, 아니요." 선장은 같은 편이라는 것을 보여주려는 듯 프레이르 쪽으로 한 발짝 다가붙었다.

"확인해보고 없으면 거기로 가면 되겠네요." 다그니가 다시 몸을 돌렸고, 베이가르는 낡은 나무문을 향해 돌진했다. 우지끈 소리가 났지만 문은 꿈쩍도 하지 않았다. 베이가르가 또다시 어깨로 문을 받았다. 세 번째에야 겨우 문이 열렸다. "으!" 다그니와 베이가르는 뒤로 물러났다. 지독한 냄새는 금세 프레이르와 선장이 서 있는 곳까지 퍼져 그들

역시 손으로 코를 쥐었다. "으, 고약한 냄새!" 베이가르가 테라스에 침을 퉤 뱉었다. 프레이르도 따라 하고 싶은 심정이었다. 의사 수업도 받았지만 그 악취는 이제껏 맡아본 어떤 냄새와도 달랐다. 가장 근접한 예라면 바다에 빠져 죽은 후 여러 날 떠다니다가 부검대에 올라온 시체의 배를 열었을 때 풍겼던 냄새 정도였다. 짠내가 뒤섞인 부패의 냄새.

그때 문 밖으로 뭔가가 툭 튀어나오는 바람에 그들은 헉하고 숨을 멈추었다. "젠장, 방금 그거 뭐예요?" 선장이 질겁해서 외쳤다. 이제는 옆에 딱 붙어 있다시피 해서 프레이르는 넘어지지 않으려고 살짝 비켜서야 했다. 그들은 손전등을 휘두르며 말없이 주변을 살폈다. 그때 프레이르 옆에서 떨고 있는 개가 불빛 안으로 들어왔다. 한창때를 지난 게 분명한 작은 개는 지저분한 털이 홀쭉한 몸 여기저기에 뭉쳐 들러붙어 있었다. "아, 이놈을 깜박했네! 그 사람들 개를 데리고 있었어요." 선장은 손으로 가슴을 쓸어내렸다. "십년감수했네!"

"깜박하고 우리한테 얘기 안 한 거 더 없어요?" 화가 난 다그니가 선장 옆을 지나쳐 개에게 다가갔다. 허리를 굽혀 쓰다듬으려 하자 슬금슬금 뒤로 물러나던 개는 이내 다가와 품에 안겼다. "덜덜 떨고 있네. 불쌍해라. 개 이름이 뭔지 기억나세요?"

"크뷔티? 파티? 뭐 그런 이름이었던 것 같은데." 선장은 진저리난다는 듯 개를 보았다. "그런 주먹만한 것도 개라고."

다그니는 아무 대꾸도 하지 않고 프레이르에게 개를 맡겼다. "잘 데리고 있어요. 돌아갈 때 얘 잡으러 여길 사방팔방 뛰어다니고 싶진 않으니까." 프레이르는 얼떨결에 개를 받아안았다. 개는 믿을 만한 사람인지 아닌지 살피듯이 그를 빤히 쳐다보았다. 개는 털과 뼈로만 이루어진 듯 가벼웠다. 만약 온몸을 떨고 있지 않았다면 존재를 느끼기조차 힘들었을 것이다. 프레이르는 겁없이 개의 머리를 쓰다듬었다. 물릴 수 있다는 생각은 하지도 않았고, 혹시 그런다고 해도 상관없었다. 그편이 오히려 이 상황을 견디기 쉬울 것 같았다. 개는 물지 않았다. 오히려 눈을 감고 휴식을 취하는 듯하더니 프레이르의 안전한 품안에서 용기를 되찾아 집을 향해 고개를 돌리고 낮게 으르렁거렸다. 프레이르는 개를 똑바로 안다가 털을 쓰다듬은 손이 지저분한 것을 발견했다. 눈으로는 잘 보이지 않았지만 냄새를 맡아보니 피였다. 그는 반사적으로 개를 몸에서 멀리 떼어놓으며 다그니와 베이가르에게 소리쳤다. "개가 온통 피투성이예요!" 두 사람이 뒤돌아보았다. "하지만 다치진 않았어요. 피는 다른 사람 것이 틀림없어요." 둘은 진지하게 고개를 끄덕이더니 다시 집 쪽으로 향했다.

"정말이에요?" 손전등으로 개를 비춰본 선장이 흠칫 놀라며 뒤로 물러섰다. "이거 안 좋은 징조인데." 그는 집 쪽을 바라보았다. "저 안에 들어가지 않아도 되니 다행이군."

밖에 남은 두 사람은 다그니와 베이가르가 코를 틀어막고 집으로 들어가는 모습을 말없이 지켜보았다. 어두운 집안에서 손전등 불빛 두 개가 온 집안을 휙휙 스치고 지나가다가 한곳에 멈추더니 위아래로, 앞뒤로 조금씩 움직였다. 잠시 후 불빛 하나가 도로 밖으로 나왔다. 다그니가 문가에 나타나 프레이르를 불렀다.

"잠깐 와보실래요? 여자 한 명을 찾았는데 다쳤거나 아픈 것 같아요. 옮기기 전에 한번 보는 게 좋겠어요."

프레이르는 선장에게 개를 내밀었다. 선장은 피 묻은 개를 안고 혼자 밖에 남아야 하는 상황이 영 탐탁지 않은 표정이었다. 그러나 다그니는 선장에게 꼼짝 말고 그 자리에 있으라고 못박아 말했다. 다그니와 프레이르는 긴장과 흥분 때문에 악취에 대비해야 한다는 걸 잊었다가 문 앞에서 보이지 않는 냄새의 장막과 맞닥뜨렸다. 그러나 안으로 들어간 뒤

후각은 믿기 힘들 정도로 빠르게 무뎌졌다. 내부는 상상했던 대로 낡고 오래된 모습이었다. 물론 몇 군데 수리한 흔적이 눈에 띄었지만 어두침침한 조명 속에서도 얼마나 조잡한지 바로 알아볼 수 있었다.

"여기예요." 다그니는 부엌으로 프레이르를 들여보냈다. "뒤에 구멍이 있으니까 빠지지 않게 조심해요. 이 냄새도 그 안에서 올라오는 거예요." 베이가르가 여자 옆에 무릎을 꿇고 있었다. 몸을 동그랗게 말고 옆으로 누운 여자의 얼굴 옆으로 검은 액체가 흥건히 고여 있었다. 프레이르는 그것이 피가 아니기를 바랐다. 그러나 그럴 가능성이 높았다. 상처 없이 멀쩡한 개의 몸에 묻은 피도 그로써 설명될 것이다.

프레이르는 여자가 숨이 붙어 있는지 확인한 후 손으로 목뼈를 만져보았다. 그런 다음 베이가르에게 칼을 달라고 해서 옷을 잘라내고 척추가 부러지지 않았는지 확인했다. 뼈는 부러지지 않았고 다른 부상도 없어 보였다. 호흡이 불규칙적이고 거칠었다. "몸을 조심스럽게 뒤집어야 합니다. 좀 도와주세요." 프레이르와 함께 여자를 똑바로 눕힌 베이가르는 시뻘건 피로 얼룩진 얼굴을 보고 놀라서 뒤로 펄쩍 물러났다. 십자 모양의 칼자국 여러 개가 눈을 잃지 않은 것을 고마워해야 할 정도로 가까이까지 뻗어 있었다. 프레이르는 여자의 머리가 손에서 미끄러져 바닥에 부딪히지 않도록 조심스레 받치고 다른 한 손으로 베이가르의 손전등을 가져다 상처를 자세히 살폈다. 그때 마룻바닥에 뚫린 구멍에서 나지막하고 기분 나쁜 아이 웃음소리가 들렸다. 그러나 여자를 알아보고 너무 당황해서 두려움을 느낄 여유조차 없었다.

리프였다. 아니면 리프에게서 아직 남아 있는 무언가이거나.

33장

그렇게 지독하던 냄새가 어느새 사라졌는지, 그냥 무뎌져서 느낄 수 없는지, 더이상 코를 감싸쥐거나 팔꿈치로 막는 사람은 없었다. 집안에 있어야 할 다른 두 사람을 찾느라, 또 리프를 돌보느라 냄새에 신경쓸 틈이 없기도 했다. 빈방을 하나씩 조사할 때마다 더욱 으스스한 기분이 드는 것은 누구도 부인할 수 없었다. 어디로 사라져버렸는지 젊은 부부의 모습은 보이지 않았다. 다그니와 베이가르가 병원 관사에 다녀왔지만 역시 소득은 없었다.

선장은 부엌 의자에 앉아 연신 한숨을 내쉬며 그렇게 경고했는데 자기 말을 안 듣는다며 고개를 절레절레 흔들었다. 지금도 그러지 않느냐면서. 바닥 구멍을 통해 지하로 내려간 다그니와 베이가르를 두고 하는 말인지는 분명하지 않았다. 먼저 베이가르가 구멍 속으로 머리를 들이밀고 손전등으로 아래를 비추었다. 그리고 곧 허옇게 질려서 고개를 들었다. 밑에 어린아이로 보이는 시체가 있다는 것이었다. 그 말에 프레이르는 상태가 서서히, 하지만 꾸준하게 나빠져가는 리프에게서 눈을 떼고 아래로 내려가려 했다. 그러자 다그니가 팔을 잡고 제지하더니 자신이 베이가르를 뒤따라 밑으로 내려갔고 잠시 후 구멍으로 머리를 쏙 내밀어 벤니가 아니라고 말했다. 두 사람은 곧 다시 위로 올라와 의논할 것이 있다며 밖으로 나갔다. 프레이르는 그들이 시야에서 사라지자마자 둘둘 만 재킷 위에 리프의 머리를 조심조심 내려놓고 구멍으로 다가갔다. 그 아래에 있는 시체가 벤니가 아니라는 것을 자신의 두 눈으로 직접 확인하고 싶었다. 쇠사슬이 심장을 점점 더 옥죄는 것 같았고, 낮고 어두운 지하공간을 들여다볼 때는 압박감에 숨도 제대로 쉬지 못할 정도였다. 다그니의 말은 거짓이 아니었다. 시체는 너무 오래돼서 벤니일 리 없었다.

다그니와 베이가르가 돌아왔을 때 프레이르는 여전히 바닥에 엎드려 구멍 속을 들여다보고 있었다. 그 아래 펼쳐진 처참한 광경에 사로잡혀 눈을 뗄 줄 몰랐다. 훗날 이런 곳에서 죽게 될 줄은 조금도 생각 못한 채 숨쉬고 웃고 뛰어놀았을 아이의 유해 옆에는 닳아빠진 가방 하나가 먼지를 잔뜩 뒤집어쓴 채 놓여 있었다. 유해는 해골과 가느다란 손가락뼈 하나를 제외하면 아이가 죽은 날 입었던 옷으로 덮여 있었고, 주변에는 하얗게 먼지가 내려앉은 조개껍데기가 널려 있었다. 그것은 오래전 실종된 베르드노뒤스의 유해일 것이다. 가혹한 삶을 살았던 베르드노뒤스에게 죽음은 더욱 가혹했다. 그의 억울한 운명이 밝혀지려 하고 있었다. 프레이르는 현장을 망칠 생각이냐며 자신을 쫓아내는 다그니에게 아무 말도 하지 않았다. 그녀도 그와 비슷한 생각을 하는 것 같았다.

"아직 멀었어요?" 얼마 후 프레이르가 지옥의 입구 같은 구멍에 대고 외쳤다. 손전등의 노란 빛줄기 속에 먼지가 뿌옇게 올라와 마치 지옥불이 타고 있는 것 같았다. 때때로 번쩍이는 카메라 플래시가 거기에 합세했다. "빨리 병원으로 옮겨야 해요." 프레이르는 리프가 얼굴의

자상 외에 어떤 부상을 입었는지 정확히 몰랐다. 다친 얼굴은 앞으로의 삶을 완전히 뒤바꿔놓겠지만 생명에 지장을 줄 정도는 아니었다. 문제는 열이 심하고 맥박이 점점 약해지고 있으며 자꾸 피를 토한다는 것이었다. 내출혈이 있는 것 같았다. 빨리 치료를 받지 않으면, 아니, 당장 병원에 간다고 해도 목숨이 위태로웠다.

다그니와 베이가르는 옷이 찢기고 온몸에 먼지를 뒤집어쓴 채 위로 올라왔다. 여전히 선장의 품에 안겨 있는 개와 비슷한 몰골이었다. 다그니는 들고 온 가방을 가죽이 바스러질까봐 걱정스러운 듯 조심스럽게 식탁 위에 올려놓았다. "다 됐어요. 부상자를 배로 옮길 제일 좋은 방법이 뭐죠?"

프레이르는 가방에서 다그니에게로 시선을 옮겼다. "들것이 필요해요. 헬리콥터를 부르는 게 제일 좋긴 한데, 배로 가는 게 더 빠를 것 같아요. 상태가 위독해요." 그가 헛기침을 했다. "들것 만드는 동안 나는 밖에 나가서 정화조를 찾아볼게요. 내 생각이 옳았는지 확인하기 전에는 여길 떠날 수 없어요."

다그니는 그를 빤히 바라보다가 말했다. "좋아요. 그럼 나랑 같이 가요. 여기선 혼자 돌아다니면 안 돼요." 그녀는 베이가르와 선장을 돌아보았다. "들것 좀 부탁해도 되겠죠?"

두 남자는 그러겠다고 했고, 다그니와 프레이르는 손전등으로 무장하고 어둠 속으로 나섰다. 문을 나서는 순간 프레이르는 또다시 누가 뒤따라오는 느낌을 받았지만 그 느낌은 곧 약해졌다. 주변을 둘러보는 데 집중했기 때문일 것이다. 사실 그는 이상한 존재가 밤길에 길동무를 한다고 해도 별로 무섭지 않았다. 머릿속은 오로지 벤니 생각으로 가득 차 있었다. 반면 다그니는 그와 역할을 바꾸기라도 한 듯 극도로 긴장해 있었다. 그녀는 집 나간 고양이를 찾아 나선 사람처럼 손전등을 이리저리 휘둘렀다.

"사라진 두 사람을 찾을 수 있을까요?" 프레이르가 물었다. 말이라도 하지 않으면 미쳐버릴 것만 같았다. 마치 가장 높은 곳을 향해 점점 올라가 아래로 곤두박질칠 거대한 롤러코스터를 탄 기분이었다. "리프가 그러는데, 그 가르다르라는 남자가 어제인가 그제 사라져서 돌아오지 않았대요. 오늘이 며칠인지, 자기가 얼마나 오랫동안 부엌에 누워 있었는지도 모르더라고요. 내가 보기엔 다친 지 그렇게 오래되지 않았어요. 잘해야 몇 시간 전일 거예요."

다그니는 손전등을 정신없이 휘두르던 속도를 늦추며 대화를 반겼다. "무슨 일이 있었는지 물어봤어요? 누구한테 공격받았대요?"

"제정신으로 하는 소린지 모르겠지만, 남자아이가 있다고 하는 것 같았어요. 이름이나 인상착의는 못 들었고. 그 아이가 카트린이라는 여자를 공격해 끌고 나갔대요. 얼굴에 난 칼자국이 표정을 담당하는 신경을 양쪽 다 끊어버렸어요. 얼굴이 마비돼서 말하는 데 어려움이 있어요." 리프에게 인슐린에 대해 물어봤다는 말은 하지 않았다. 리프가 고비를 무사히 넘길지 알 수 없었기 때문에 그에게는 이것이 마지막 기회였다. 중요한 문제는 아니지만 꼭 알고 싶었다. 그렇게 하지 않으면 리프가 답을 무덤으로 가져가버릴지 몰랐다. 예전의 매력은 모두 사라져버린 리프를 대하니 그제야 그녀를 꿰뚫어볼 수 있었다. 리프에게 넘어간 것은 자기 잘못이기도 하지만 막상 만나고 보니 증오심에 압도당하고 말았다. 병원에서 약을 받아온 다음 리프를 만나지 않았더라면 벤니는 죽지 않았을 것이다. 적어도 그런 식으로 죽지는 않았을 것이다. 프레이르의 증오는 마치 에덴동산에서 쫓겨난 아담과 이브가 뱀을 원망하듯 원초적인 것이었다. 그렇기에 프레이르는 리프에게 일말의 동정심도 느끼지 못했다. 설령 그것이 옳지 않은 일이라 해도. 그의 심장과 영혼은 돌덩이처럼 딱딱하게 굳어버렸다. 그는 집요한 질문으로 리프를 괴롭혔고 리프는 결국 띄엄띄엄 입을 열었다. 그녀의 대답은 불분명했지만, 내용은 에이나르는 당해도 싸다는 것이었다. 프레이르는 그것이 리프의 남편 이름임을 기억해내고 바로 질문을 멈추었다. 더이상 의심을 확인하고 싶지 않았다. 그날 인슐린에 환각효과가 없다는 말을 듣고 난 뒤 리프가 한 질문은 그가 짐작한 대로 난처한 침묵을 깨기 위한 것이라기에는 지나치게 세세했다.

그들은 집 모퉁이를 돌아 마을 반대 방향에 있는 뒷마당으로 갔다. 땅에 움푹 팬 구덩이가 손전등 불빛에 드러나자 프레이르는 걸음을 멈추었다. 어둠 속에서 정화조 윗부분을 알아볼 수 있었다. 천천히 그쪽으로 걸어가며 애써 호흡을 골랐다. 가까이 다가갈수록 시야가 녹색 플라스틱 정화조로 채워졌다. 밤낮으로 갑자기 찾아들던 바로 그 색깔이었다. 구덩이 앞에 이르자 아랫부분이 눈에 묻힌 정화조가 한눈에 들어왔다. 잠수함. 초록색 잠수함. 타원형의 납작한 몸통과 위에 달린 뚜껑 때문에 실눈을 뜨고 보면 영락없이 잠수함 같았다. 위로 삐죽 솟아 있어야 할 잠망경만 없었다.

"물러서요. 내가 들여다볼게요." 다그니가 프레이르를 가장자리로 밀어냈다. "빠지지 않게 조심해요. 잘못하면 발목을 삐거나 크게 다칠 수도 있어요." 구덩이는 깊지 않았지만 다그니의 말에 일리가 있었다. 지금 정신으로는 밑으로 떨어졌을 때 손으로 몸을 받칠 생각도 못할 것 같았다. 구덩이 아래로 폴짝 뛰어내린 다그니는 정화조 위로 올라가 뚜껑을 더듬었다. 벤니도 그 뚜껑을 통해 들어갔을 것이다. 다그니가 간단한 동작으로 뚜껑의 잠금장치를 열었다. 그것을 본 프레이르는 또다시 심장이 저릿해왔다. 그가 들이받은 차의 주인은 다시 출발하려 할 때 분명 정화조의 잠금장치가 풀려 있는 것을 보고 제대로 잠갔을 것이다. 또하나의 만약이 시작되는 순간이다. 만약 그가 잠금장치를 걸지 않았다면 어떻게 됐을까? 벤니가 안에서 뚜껑을 열고 머리를 내밀 수 있었을까? 그러면 다른 운전자들이 보고 차 주인에게 알렸을까?

다그니는 뚜껑을 열고 손전등으로 안을 비추었다. 정화조는 커다란 전등으로 변했다. 녹색 빛이 오로라와 닮아 있었다. 정화조 맨 아랫부분에 그림자가 나타났다. 그 아픔은 프레이르의 상상을 완전히 초월했다. 거대한 장작불에 너무 가까이 갔을 때 느끼는 아픔이 그러할까? 문제는 그 장작불이 그의 마음속에서 활활 타올라 피할 수 없다는 것이었다. 프레이르는 뼈만 남은 작은 손의 윤곽을 알아보았다. 벤니였다.

바다는 온 힘을 다해 프레이르가 돌아가는 길을 힘들게 하려고 작정한 것 같았다. 배가 위아래로 요동칠 때마다 위장이 뒤집히는 듯했지만 토해버리고 고통을 끝낼 수도 없었다. 그는 조타실 옆 작은 객실의 긴 의자에 앉아 멍하니 허공을 바라보았다. 두 눈은 멀거니 뜨고 앞을 바라보았지만 머리로는 어떤 정보도 처리하지 못했다. 누군가 보이는 것을 설명해보라고 했다면 분명히 헤맸을 것이다. 리프는 배가 이사피아르다르디우프에 막 들어섰을 때 숨을 거두었다. 담배를 찾더니 마지막으로 낮은 한숨을 토해내고는 고개를 옆으로 떨어뜨렸다. 프레이르가 소생술을 시도했지만 소용없었다. 그녀의 차가운 입술에 입이 닿을 때는 역겨움을 이겨내야만 했다.

"선생님." 다그니가 앞에 쭈그리고 앉았다. "곧 도착해요. 괜찮아요?"

"괜찮아요." 거짓말이었다. 두 사람 다 알고 있었다.

"벤니는 내일 아침에 바로 옮기도록 조치할게요." 프레이르는 아무 대답도 하지 않았다. 대답이 필요하지도 않았다. "가방을 살펴봤어요. 베르드노뒤스 거예요." 그때 크고 거센 파도가 밀려와 다그니는 엉덩방

아를 찧을 뻔하다가 프레이르의 무릎을 잡고 겨우 균형을 잡았다. "내용물은 보존상태가 좋은 편이에요. 공책이 하나 나왔는데, 실종 이후의 일이 기록되어 있어요." 프레이르가 아무 대꾸도 없자 다그니가 계속 말을 이었다. "무슨 일이 일어났는지 다 쓰여 있는데 엄청나요. 읽고 싶으면 나중에 복사해줄게요."

프레이르가 고개를 끄덕였다. 언젠가는 읽게 될 것이다. 아니, 읽지 않을지도 모른다. 어쨌든 지금은 혼자 있고 싶었다. 그냥 혼자이고 싶었다.

벤니가 가까이 있다는 느낌은 더이상 들지 않았다. 이제는 사라의 꿈에도 나오지 않으리라 확신했다. 사라는 아마 그 꿈을 그리워할 것이다. 그 자신만 해도 벌써 그랬다.

우르술라는 소리 없이 울었다. 상처가 아직 다 아물지 않은 눈에서 짜디짠 눈물이 흘러내렸다. 따끔거리며 아플 텐데도 전혀 내색하지 않았다. "가버렸어." 그녀는 힘줄이 불거진 손을 만지작거렸다. "이제 여기 없어."

"우르술라, 이게 그때 일어난 일을 잘 표현한 것 같아요? 기억나요?" 프레이르는 그녀에게 방금 막 읽어준 복사본을 치우고 물었다. 헤스테이리에서 돌아온 바로 다음날 다그니에게 전해 받은 것이다. 헤스테이리에서 돌아온 날 밤새 잠을 못 이룬 그는 아침 일찍 다그니에게 전화를 걸어 떠나기 전에 복사본을 달라고 부탁했다. 다그니는 수색대와 함께 실종된 젊은 부부를 찾고 벤니와 베르드노뒤스의 유해를 거두러 다시 헤스테이리로 갈 예정이었다. 그러나 안타깝게도 기상상태가 좋지 않아 출발을 하루 늦추어야 했고, 아마 지금쯤 어두워지기 전에 수색작전을 마치기 위해 분주히 움직이고 있을 것이다. 그는 경찰이 아들의 유해를 조심스럽게 다뤄주기를 바랐다. 마음 같아서는 자기 손으로 직접 거두고 싶어서 같이 가게 해달라며 무릎을 꿇고 애원하다시피 했지만 다그니는 요지부동이었다.

"아이들은 정말로 나랑 친해지고 싶은 게 아니었어. 그냥 그런 척한 거지. 그러다 베르드노뒤스가 사라지자 다시 옛날처럼 괴롭혔어. 나쁜 아이들이었어." 우르술라는 더 열성적으로 손을 주물렀다. "베르드노뒤스는 내 유일한 친구였어. 그런데 아이들이 베르드노뒤스를 배신하도록 시킨 거야. 그러면 나도 자기네 패거리에 끼워주겠다고 약속했지. 나도 사랑받는 아이, 예쁘고 귀여운 아이가 되는 줄 알았어." 우르술라의 손동작은 어느새 멈춰 있었다. "하지만 그건 진심이 아니었어. 거짓말이었지. 베르드노뒤스가 없어지자 모든 게 예전과 똑같아졌어."

프레이르는 뭐라고 말해야 할지 몰랐다. 그가 읽은 것이 글 전체는 아니었다. 베르드노뒤스가 복수를 결심하는 마지막 부분, 이 공책을 발견하는 사람은 여기 언급된 사람들이 벌을 받도록 조치해달라, 특히 우르술라는 꼭 벌을 받아야 한다고 쓰여 있는 부분은 일부러 뺐다. 실제로도 베르드노뒤스가 언급한 사람들은 성인이 되어 모두 벌을 받았고, 그의 절망적인 처지를 외면한 선생은 가장 크게 벌을 받았다. 벌을 받지 않은 사람은 아버지가 유일했다. 부모에 대한 의리를 지키는 것은 학대받는 아이들에게 전형적으로 나타나는 현상이다. 복수심과 원망을 제외하면 베르드노뒤스의 운명은 벤니와 놀랄 정도로 흡사했다. 너무 놀라워서 어떻게 받아들여야 할지 생각할 엄두조차 나지 않았다. 적어도 지금은 그런 생각을 할 수 없었다. 어쩌면 나중에, 좀더 삶과 화해하고 나면, 그때는 생각해볼 수 있을 것이다. 아직은 까마득한 꿈처럼 느껴지기만 했다.

"아이들은 그렇게 잔인하기도 해요, 우르술라. 하지만 나이들면서 달라져요. 혹시 모르죠, 그때 발병해서 레이캬비크로 옮겨지지 않았다면 나중에 친하게 지냈을 수도 있어요."

"누군가에게 말을 했어야 했어. 그런데 도저히 용기가 안 났어. 다른 아이들이 다 내가 한 짓이라고 경찰에게 말하겠다면서 겁을 줬거든. 내가 아무리 아니라고 해도 누가 믿어줬겠어?"

프레이르는 그만 일어나려고 종이를 접어 진료기록 안에 끼워넣었다. 이미 오래전 현실감각을 잃어버린 늙은 환자의 병력에, 도표와 투약기록 사이에 베르드노뒤스의 이야기가 있다는 것은 어쩌면 이상한 일이 아니었다. 그때 일을 마음에 품은 그녀는 정상적인 삶을 살 수 없었던 것이다. 유일한 친구였던 소년을 다른 아이들이 욕하고 놀리고 괴롭히는 것을 속수무책으로 지켜봐야 했던 소녀. 아이들은 체육시간을 마치고 샤워를 하지 않으려는 그를 추잡하고 더럽다고 놀리며 별명을 지어 불렀다. 그러다 놀림거리가 하나 더 생겼다. 아버지가 너무 가난해서 어머니와 동생의 무덤에 십자가를 만들어 세우지 못하고 그의 등에 새겼다는 것이었다. 아이들은 토끼몰이를 하듯 쫓아왔고 그는 항구까지 도망쳤다. 그러다 막다른 곳에 이르자 막 떠나는 작은 배 위로 뛰어오르는 수밖에 없었다. 아이들은 다리 끝에 서서 그 모습을 지켜보았다. 그는 배 주인이 발견하고 아이들이 있는 곳으로 돌려보낼까봐 겁이 나서 범포와 그물이 쌓여 있는 곳에 숨었다. 최악은 자신을 괴롭힌 아이들 사이에 우르술라가 서 있는 것을 본 것이었다. 우르술라는 자신을 도와주기는커녕 다른 아이들과 한패가 되어 그를 괴롭혔던 것이다.

배가 헤스테이리에 도착해 배 주인이 일을 보러 가자, 베르드노뒤스는 어머니와 동생의 무덤에서 십자가를 뽑아다가 아이들에게 증거로 보여줘야겠다는 생각으로 배에서 내렸다. 그러나 십자가를 뽑으려고 끙끙대는 사이 배는 다시 떠나버렸고, 그는 예전에 살던 황량한 마을에

홀로 남겨졌다. 사람들이 모두 떠나버린 한겨울의 마을을 정기적으로 찾는 이는 아무도 없었다.

그는 오랫동안 누군가 데리러 오리라는 희망을 잃지 않았다. 그가 배에 타는 것을 본 아이들 중 누군가가 어른들에게 말할 것이고, 경찰이 배의 행선지를 알아내 곧 찾으러 올 거라고 믿었다. 낚싯대가 없고 만들 줄도 몰랐던 그는 해변에서 조개를 주워다 먹으며 연명했다. 그리고 다른 집에 들어갈 엄두가 나지 않아 옛집에 기거했다. 갈수록 혹독해지는 추위에 쫓겨 그나마 가장 따뜻한 곳을 찾아서 지하실로 내려갔지만 큰 도움은 되지 않았다. 결국 추위는 그를 찾아냈고 죽을 때까지 놓아주지 않았다. 물론 그런 이야기가 공책에 쓰여 있지는 않았으나 왼손 손가락이 까맣게 변했다는 기록에서 얼어죽었다는 것을 추측할 수 있었다. 의학적 처치가 없으면 패혈증은 곧 죽음이라고 봐도 무방하다. 그것은 공책의 채워지지 않은 페이지들이 처참하게 보여주고 있었다.

"왜 더 일찍 발견되지 않은 걸까?" 그렇게 길게 얘기하는 것이 한참 만인 듯 우르술라의 목소리는 갈라지고 쉬었다. 영혼을 짓누르던 무거운 짐을 내려놓은 듯했고, 그녀 자신도 그것을 느끼는 것 같았다. 어쩌면 이런 말을 하려던 것일 수도 있었다. 베르드노뒤스가 삼십 년 전, 아니, 사십 년 전에 발견되었다면 어떻게 됐을까? 그랬다면 나도 정상적인 삶을 살 수 있었을까?

"수십 년간 집이 비어 있었거든요. 삼 년 전에야 사람이 살려고 들어갔는데, 제대로 살펴보지 않았는지 지하실로 내려가는 문 위에 새로 마루를 깔아버렸어요. 하마터면 더 오랫동안 발견되지 못할 뻔했죠."

"베르드노뒤스가 죽은 날 밤 학교에 낙서 사건이 일어났어. 저세상에서 온 복수였지. 난 베르드노뒤스가 죽었다는 걸 바로 알았어. 그날 밤 처음으로 그 꿈을 꾸었거든. 그후로 계속 베르드노뒤스가 보였어. 소리도 들었고." 우르술라는 의아한 표정으로 프레이르의 눈을 보았다. 이런 주제가 나오면 으레 미심쩍어하던 그가 달라졌다고 느끼는 모양이었다. "이제는 가버렸고 다시 나타나지 않아. 어쩌면 베르드노뒤스는 누군가 발견해주길 바랐던 건지 몰라."

"어쩌면요." 우르술라를 알게 된 후 처음으로 조리 있게 말하는 것을 들은 프레이르는 섣불리 말을 끊고 싶지 않았다. 만약 그런 기이한 일이 가능하다면 그 소년이 최근 유치원에도 침입했다는 걸까? 그 이유는 뭘까? 프레이르는 잠시 상상력을 발휘해보았다. 왠지 헤스테이리의 그 집에 온 레이캬비크의 젊은이 세 명과 관련있을 것 같았다. 하지만 그런 문제로 고민할 필요가 없었다. 그것은 영원히 풀리지 않는 수수께끼로 남을 것이다. 그렇다면 베르드노뒤스가 벤니가 발견되도록 힘쓴 이유는 뭘까? 벤니가 발견됨과 동시에 자신의 유해도 발견되고, 그럼으로써 오랫동안 갈망하던 평화를 얻기 위해서였을까? 그렇게 본다면 이 사건은 끔찍한 비극의 해피엔드라고 봐야 할 것이다. 베르드노뒤스를 괴롭힌 사람들은 우르술라만 빼고 모두 죽었고, 소년을 붙잡는 것은 이제 이세상에 아무것도 없었다. 프레이르는 이렇게나마 공포가 막을 내리기를 바랐다.

"피곤해." 우르술라가 말하고 눈을 감았다. "이제는 깊이 잠들 수 있을 것 같아."

어디 이상한 것이 한두 가지겠는가. 프레이르는 잘 자라는 인사를 하고 우르술라의 방을 나왔다. 너무 피곤하고 슬프고 생각이 많아져서 문을 닫은 후 방안에서 들리는 아이의 웃음소리도 듣지 못했다.

프레이르는 차갑고 시원한 겨울 공기를 들이마실 수 있도록 차창을 활짝 열고 요양원에서 출발했다. 벤니를 집으로 데려오는 배가 곧 도착할 예정이라 제시간에 다리에 나가 있고 싶었다. 어쩌면 차 안에서 기다려야 할지도 몰랐지만 그래도 괜찮았다. 그 순간 더 중요한 일은 아무것도 없었다. 항구에 도착한 그는 좌석을 뒤로 젖히고 편안한 자세로 기다렸다. 피오르를 바라보며 멀리 수평선 너머의 까만 점이 벤니를 실은 배이기를 바랐다. 설령 그것이 더이상의 희망은 없다는 최종 증거라 할지라도. 서류 정리만 마치면 앞으로 할일은 많지 않았다. 일하고, 먹고, 자고, 크뷔티인지 파티인지 확실치 않은 주인 없는 개를 돌보는 것 정도? 개는 두 이름을 모두 알아들었다.

아니면 한동안 휴직하고 문명이 닿지 않는 조용한 곳에서 혼자 지낼 수도 있을 터였다. 그리고 물에 빠져 죽는 사람들이 마지막으로 본다는 헤스테이리의 그 집을 떠올렸다. 주인이 모두 죽거나 실종됐으니 싸게 살 수 있을 것이다. 그러면 적어도 할일이 생길 테고, 리모델링을 하면 집에 서려 있던 나쁜 기운도 사라질지 모른다.

프레이르는 뭍을 향해 점점 다가오는 배를 지켜보았다. 일기예보에서는 날씨가 나쁠 거라고 했지만 벤니에 대한 배려인지 바다는 거울처럼 잔잔했다. 눈물이 뺨을 타고 흘러내렸다. 그러자 영혼을 괴롭히던 더없는 고통이 점차 사라지고 기분이 한결 나아졌다. 머릿속으로 그 집을 떠올리며 이런저런 일을 계획해보았다. 개도 데려가고 다그니를 초대할 수도 있을 것이다. 아니면 외모만 리프를 닮은 그 간호사와 동행할 수도 있지 않을까? 사라도 언젠가는 그곳을 보고 싶어할지 모른다. 그래서 그와, 그리고 삶과 화해할 날이 올지도 모른다. 소식을 전하려고 전화했을 때 사라는 마음 깊은 곳에서 우러나온 진짜 울음을 터뜨렸다. 드디어 치유를 향한 애도의 과정이 시작된 것이다. 사라와 다시 합치는 일은 절대 없겠지만 언젠가는 친구가 될 수 있을지도 몰랐다. 헤스테이리 같은 평화로운 곳은 인생을, 무엇보다 이 모든 일에도 불구하고 그들에게 남은 소중한 것을 진지하게 생각해보기에 완벽한 장소였다. 벤니는 슬프게 떠났지만 행복한 기억을 많이 남겼다. 불행도 그 기억을 앗아가지는 못했다. 그곳에서 사라와 화해하고 아들에 대한 아름다운 추억을 공유한다면 두 사람 모두에게 도움이 될 것이다.

프레이르는 그 집을 사서 고치기로 마음먹었다.

카트린은 사람의 눈에 띄지 않는 사구 위에 서서 멀리 피오르에서 파도에 흔들리는 배를 바라보았다. 마치 술에 취한 것처럼 기분이 이상했다. 정신을 잃을 만큼 취한 것이 아니라 그냥 좀 붕 뜬 느낌이었고 머리가 그렇게 맑을 수 없었다. 그녀는 물이 뚝뚝 떨어지는 옷을 입고 새하얀 눈밭을 걸어갔다. 병원 관사 앞을 지나고 다리를 건너 집으로, 그녀의 집으로. 등뒤의 누렇게 메마른 덤불 속에서 나뭇가지 밟는 소리가 났지만 아랑곳하지 않았다. 이제 자신의 내면에서 부글거리며 끓어오르는 분노보다 더 중요한 것은 없었다. 그래도 괜찮았다. 그녀는 집으로 가고 있었고, 무엇도 그녀의 평온을 깨뜨릴 수 없을 터였다. 방해꾼은 가만두지 않을 작정이었다.

옮긴이 **김진아**

숙명여자대학교에서 교육학을 전공했고 베를린자유대학교에서 교육학과 연극학 석사학위를 받았다. 뒤스부르크에센대학교에서 교육학 강사를 역임했으며, 현재 전문번역가로 활동중이다. 『잔혹한 어머니의 날』 『수잔 이펙트』 『산 자와 죽은 자』 『사악한 늑대』 『깊은 상처』 『사랑받지 못한 여자』 『바람을 뿌리는 자』 『너무 친한 친구들』 『백설공주에게 죽음을』 등을 우리말로 옮겼다.

문학동네 블랙펜 클럽

피오르의 유령

초판 인쇄 2021년 6월 15일 | 초판 발행 2021년 6월 25일

지은이 이르사 시귀르다르도티르 | 옮긴이 김진아

책임편집 황문정 | 편집 양수현 임선영
디자인 엄자영 이원경 | 저작권 김지영 이영은
마케팅 정민호 정진아 김혜연 정유선
홍보 김희숙 김상만 함유지 김현지 이소정 이미희 박지원
제작 강신은 김동욱 임현식 | 제작처 영신사

펴낸곳 (주)문학동네 | 펴낸이 염현숙
출판등록 1993년 10월 22일 제406-2003-000045호
주소 10881 경기도 파주시 회동길 210
전자우편 editor@munhak.com | 대표전화 031) 955-8888 | 팩스 031) 955-8855
문의전화 031) 955-8896(마케팅) 031) 955-2659(편집)
문학동네카페 http://cafe.naver.com/mhdn | 트위터 @munhakdongne
북클럽문학동네 http://bookclubmunhak.com

ISBN 978-89-546-8051-6 03850

잘못된 책은 구입하신 서점에서 교환해드립니다.
기타 교환 문의 031) 955-2661, 3580

www.munhak.com